심장개업

심장개업

담 자 연
장 편 소 설

목차

✦ 1장 ✦
환승으로

✦ 2장 ✦
손님들

사막 위의 국숫집

태양이 모래 언덕 뒤로 숨으면 등불이 꺼지리라.

어둠이 사막을 집어삼켰다. 차각, 성냥 긋는 소리와 함께 불꽃이 튕긴다. 언뜻 비친 한 남자의 그림자가 일렁인다. 공중으로 연기를 흩뿌리며 양초는 차갑게 식어갔다. 남자의 손가락 사이에 치솟은 파란 불길이 심지에 다가간다.

심지와 불꽃이 맞닿고 세상은 한순간 파랗게 번득인다. 눈꺼풀 속에 남은 파르란 섬광을 털어내고 주위를 둘러본다. 불에 탄 것처럼 군데군데 그을린 통나무집 앞에는 '국수 팝니다'라고 적힌 초라한 입간판만이 덩그러니 서 있다. 네모난 집을 받치고 선 양쪽 벽은 높이가 맞지 않아 위에 얹은 허술한 지붕을 따라 어둠이 비스듬히 흘러내렸다. 가운데 출입문에 난 동근 창문이 주변을 부윰하게 비추었다. 모래알이 지나가는 바람 모양을 따라 너울거렸다.

　문 틈새로 얼굴을 내민 남자는 보일 리 없는 먼 어둠 속을 노려본다. 무언갈 찾던 그는 고개를 숙이더니 미간을 찌푸렸다. 구두코에 밟힌 푸른 불빛이 꿈틀거렸다. 발을 들어주니, 불빛은 사막을 향해 일직선으로 뻗어 나간다. 환하게 빛나는 길을 바라보다가 고개를 돌리면 남자는 이미 들어가 버린 지 오래다. 창문 속에서 남자의 그림자가 분주히 움직인다. 겉으로 보기에 평범하기 그지없는 국수 가게가 문을 열었다.

　오늘의 장사가 시작됐다.

환승으로

1
흐릿한 기억

뾰족한 돌 끝에서 버티던 물방울이 끝내 떨어진다. 웅덩이 표면을 때리는 청량한 소리에 채이는 정신을 차렸다. 몽롱함이 내리눌러 떠지지 않는 눈꺼풀 속에서 주변을 살폈다. 바닥이 딱딱하고 울퉁불퉁하다. 이런 불편한 곳에서 웅크린 자세로 얼마나 누워 있었는지 온몸이 뻐근했다. 몸을 굴려 허리를 펴고 바르게 누웠다. 바닥에 튀어나온 것이 날갯죽지를 찔렀다. 채이가 애벌레처럼 꿈틀거리며 기지개를 켤 때였다.

똑.

잠기운이 날아가며 눈이 번쩍 뜨였다. 이마에 닿은 차가운 물방울이 관자놀이로 흘러내렸다. 얼굴에 흐른 물을 닦기도 전에 채이는 눈앞에 간신히 매달린 물방울에 또 맞지 않기 위해 냉큼 몸을 일으켰다. 처음 보는 풍경이다. 깊고 넓고 거대하고 축축하고 푸르스름한, 동굴.

자리에서 일어나기 위해 바닥에 손을 짚은 채이는 하얀 옷소매를 발견했다. 보라색 초를 꽂은 치즈케이크 한 조각이 자수로 새겨진 하얀 후드 티셔츠. 자신이 가장 아끼는 옷이다. 옅은 색의 청바지와 밑창이 두툼한 운동화도 그녀가 자주 걸치는 것들이다. 묘한 안도감에 내뱉는 숨이 하얀 연기가 되어 흐트러진다. 채이는 코끝이 시려 코를 훌쩍이고는 조금씩 앞으로 걸음을 내디뎌 보았다.

목뒤를 따라 등줄기에 찌르르 소름이 돋았다. 차갑게 굳은 손을 데우려고 입김을 불어 비벼도 보고, 겨드랑이에 끼워도 봤다. 손바닥이 좀 데워졌을 즈음에 어떤 기억들이 떠올랐다. 매일 아침 눈을 뜨면 굳이 알고 싶지 않아도 저절로 기억나는 사실들 말이다. 내가 누구라든지, 오늘은 뭘 해야 한다든지.

갑작스레 이마에 구멍이라도 난 듯 흩어져 있던 기억들이 머릿속으로 들이닥친다. 마지막 기억이 뇌를 찌르는 순간, 채이는 숨을 들이켜며 입을 틀어막았다.

"나…… 죽었나?"

버퍼링 걸린 동영상처럼 기억이 띄엄띄엄 재생된다. 그렇지만 한 가지는 확실했다.

찰박. 축축한 감촉이 발을 감싸자 채이는 어깨를 움츠렸다. 딴 생각에 빠져 웅덩이를 미처 보지 못했다. 채이는 잠시 주변을 두리번거렸지만 첨벙거리는 소리만 메아리칠 뿐, 여전히 혼자였다.

편편한 자리를 골라 주저앉았다. 젖은 양말을 벗으니 한기가 느껴져 오소소 닭살이 돋았다. 양말을 비틀어 짠 자리에 조그마한 웅덩이가 생겼다. 떨어지는 물방울을 보며 채이는 방금까지 떠올리던 기억에 나머지 기억을 꿰맸다. 자신이 죽었을 때, 정확하게는 죽었을지도 모르는 때.

온 가족이 탄 차가 달리고 있었다. 자동차의 헤드라이트가 비추는 곳 너머로는 보이지 않을 정도로 어두운 밤이었다. 채이 기억으로는 케이크를 사러 가는 길이었다. 어찌된 영문인지 부모님은 뒷좌석에 나란히 앉아 잠든 채였고, 채이는 조수석에 앉아 끔뻑끔뻑 졸고 있었다.

"엄마, 아빠, 나."

채이는 엄지, 검지, 중지까지 접은 채 고개를 갸웃거렸다. 여기가 이상한 부분이었다. 채이 가족은 세 명뿐인데 그렇다면 운전한 사람은 누구인지 알 수가 없었다. 더 이상한 건, 운전한 사람이 자신의 머리카락을 넘겨주고 대화도 나누었는데 정작 채이는 전혀 이상하다고 생각하지 않았다는 것이다.

"아직 멀었느니라. 좀 더 자거라. 참으로 오랜만의 휴식이 아니더냐."

　예스러운 말투와 나직한 목소리만 귓가에 맴돌 뿐, 도무지 얼굴이 기억나지 않았다. 속삭임 직후에 차 앞이 반짝이면서 기억이 끊겼다. 채이는 바로 그 빛 때문에 사고가 난 게 아닐까 추측했다. 무릎을 당겨 얼굴을 묻었다. 부모님에 대한 걱정 사이에서 자신이 죽었을지도 모른다는 공포가 스멀스멀 기어나왔다.

　"아니야. 이건 꿈이야."

　파묻고 있던 고개를 들었다. 죽었다고 생각하는 것보다야 꿈이라고 생각하는 게 마음은 편하다. 억지로나마 앞으로 나아갈 이유를 찾은 채이는 보이지 않는 동굴 끝을 바라보았다. 동굴은 이제껏 걸어온 길과 별반 다를 게 없이 컴컴한 아가리를 벌리고 있었다.

　채이는 덜 말라 축축한 양말을 움켜쥐고 자리에서 일어났다. 고개를 세차게 흔들며 나약한 마음을 털어냈다.

　"안 죽었어, 다시 돌아가야지. 정신 차려, 영채이. 어떻게 붙은 대학인데."

　아직 부모님은 채이의 대학 합격 소식을 모른다. 자신의 생일날, 치즈 케이크에 꽂은 두 개의 길쭉한 촛불을 불면서 발표하려고 아껴둔 말이었다. 이번엔 웅덩이를 잘 피해 가며 채이는 앞으로 나아갔다. 아마 몰랐을 것이다. 자신이 젖은 양말을 짜냈던 곳에 고인 물이 어느덧 증발되고 물자국만 남았다는 사실을. 동굴 밖에서 불어오는 따스한 바람에 양말이 천천히 마르고 있었다.

2
소녀와 장사꾼

"형을 볼 면목이 없어요."

비실비실한 사내는 울먹거리더니 눈물을 훔치고야 말았다. 칵테일 바를 연상케 하는 긴 식탁에 홀로 앉은 손님의 뒷모습이 퍽 쓸쓸해 보인다. 가게 주인은 조금도 신경 쓰지 않는 눈치지만.

식탁과 맞닿아 있는 개방형 주방에서 제 사장은 하얀 와이셔츠 소매를 팔꿈치까지 바짝 걷어 올린 채 분주히 움직였다. 남에게 관심이라고는 한 스푼도 없는 듯한 차가운 표정은 조각처럼 선명한 이목구비를 도드라지게 했다. 미간에 살짝 고인 주름과 꽉 다문 입 때문인지, 이제 고작 30대 중반이나 되었을 그의 얼굴은 그보다 나이가 들어 보였다.

손님과 마주 보는 식탁 밑에는 싱크대가, 뒤를 돌면 가스레인지가, 부엌 가장 안쪽 구석에는 냉장고가 자리 잡았다. 가로로는 다섯 걸음, 세로로는 세 걸음 정도밖에 안 되는 좁은 주방이지만, 주방장이 워낙 호리호리해서 비좁아 보이지는 않는다.

이윽고 손님 앞에 먹음직한 잔치국수 한 그릇이 놓였다. 사내는 젓가락을 드는 대신 멀뚱하니 국수에서 피어오르는 김을 쳐다보기만 했다. 제 사장은 작은 그릇을 국수 옆에 탁, 내려놓았다.

"먹어, 면 불어."

제 사장이 내려놓은 작은 그릇에는 빨간빛이 어린 구슬 하나가 담겨 있다. 굳은살이 박인 주먹을 다 적신 손님은 이젠 얼굴을 닦을 생각조차 없는지 흐르는 눈물을 내버려 두었다. 사내의 눈물이 뺨을 타고 흘러 국수에 떨어졌다.

"형은 국수를 싫어했어요. 손님이 많을 때 후루룩 급하게 먹던 게 국수라고. 그러면서도 이상하게 밥보다 면이 더 먹고 싶을 때가 있다고, 가끔씩 저를 태우고 당신께서 자주 가는 기사 식당에 데려가선 국수를 사주곤 했죠."

검은 앞치마에 물기 어린 손등을 닦은 제 사장은 부엌 안쪽에 마련된 의자에 다리를 꼬고 앉았다.

"빨리 먹고 이승으로 돌아가. 궁상 떨지 말고."

"저 같은 게 혼자 무슨 수로 산답니까."

혓바닥으로 입술을 적신 사내의 눈동자에 두려움이 고였다.

"얼굴도 기억 안 나는 부모님 돌아가셨을 때부터 지금껏, 형이 운전대 잡고 저를 이끌어주지 않았음 벌써 죽은 목숨이었어요. 나쁜 친구들이랑 어울렸다가 경찰서 갔을 때도, 사기당해서 주변 사람 다 잃었을 때도 혼자가 될 때마다 늘 곁에 남아준 건 형밖에 없었어요. 형이 없는 삶은 의미도, 이유도 없습니다. 혼자가 되는 일은 이제 질려버렸다고요."

제 사장은 구두 굽으로 세게 마룻바닥을 때리며 자리에서 일어났다. 신경질적인 표정은, 당연하게도, 자신이 밤새도록 투정을 들어주는 사람이 아니라는 티를 내기 위함이었다.

"징징대지 좀 마. 니 이야기엔 관심 없어."

손님이 옷소매로 코를 슥 닦으니 걸쭉한 콧물이 죽 늘어졌다. 제 사장은 못 볼 꼴을 보기라도 한 듯 눈살을 찌푸리며 턱으로 휴지를 가리켰다. 손님이 오돌토돌한 휴지 서너 장을 뽑아 코를 팽 풀었다. 제 사장은 휴지를 구기고 있는 손님 앞에 구슬이 담긴 작은 그릇을 들이밀었다.

"난 그냥 신의 뜻을 전할 뿐이야."

구슬의 고동 소리가 들렸다. 둥, 둥, 둥……. 구슬은 희미하게, 마치 심장 박동처럼 천천히 뛰어 오르며 빨간빛을 내뿜었다. 빨간빛이 옅게 번지며 구슬 주변에 붉은 안개가 어렸다. 엉킨 실처럼 뭉개진 소리가 흘러나왔다. 빨간빛이 손님의 귓가에서 넘실거리며 아주 작은 소리로 속삭였다.

"으아아!"

손님이 자신의 양쪽 귀를 때리며 벌떡 일어나 뒷걸음질 쳤다. 거의 동시에 제 사장이 황급히 그릇을 자기 가슴팍으로 당겼다. 품에 구슬을 안은 채로 손님을 향해 사나운 눈초리를 쏘았다.

"미쳤어? 떨어뜨릴 뻔했잖아! 이거 없으면 너 이승으로 못 돌아간다고!"

"바, 방금 그 소리 뭐예요! 사장님도 들었죠?"

그러거나 말거나, 손님은 한쪽 귀를 감싸고 남은 손으로 제 사장에게 삿대질을 했다. 정확하게는 구슬을 향한 것이었지만.

"그게 말을 했다고요!"

"당연하지! 이건 네 구슬이니까. 너한테 운명을 알려주는 거라고, 멍청하긴."

버럭 소리를 지른 것과 달리 제 사장의 눈은 꼼꼼히 구슬을 살펴보고 있었다. 멀쩡한 것을 확인하고는 작게 한숨을 쉬었다.

"나는 안 들려. 구슬의 목소리는 주인만 알아들을 수 있으니까."

잠시 고민하던 손님은 단호하게 소리치곤 입술을 비죽거렸다.

"상관없어요. 난 안 갑니다!"

어린애처럼 고집통을 피우는 사내의 콧구멍이 씰룩거린다.

"저요, 평생 사고만 치던 못난 놈입니다. 형 나이 70 먹도록 택시 운전 시킨 못된 동생이 이제야 정신 차리고 사람 구실 좀 하려는데, 이제야 효도 좀 하나 싶었는데……."

차마 끝맺지 못한 말이 목울대에 걸리는지, 그는 울먹거리고 있었다.

"거 끈질기네. 그러니까 올라가라고."

그릇을 기울이자 빨간 구슬이 국수 위로 굴러떨어졌다. 작게 녹은 구슬 알갱이들이 면발 사이로 가라앉으며 국수를 빨갛게 물들인다.

"네 형이랑 마지막 대화라도 나누고 싶으면."

"형이 살아 있어요? 형도 여기 왔다가 이승에 갔어요? 뭐라고 하던가요?"

하도 울어 퉁퉁 부은 눈두덩이에 파묻힌 눈동자가 반짝였다. 손님은 어느새 식탁에 기대어 제 사장 쪽으로 몸을 기울이고 있었다. 제 사장은 겉으론 얼굴을 찡그렸지만 속으론 쾌재를 불렀다. 이럴 줄 알고 흘린 말이다. 가족 얘기가 나오면 대부분 이런 식이다.

"아마 지금쯤 네 얼굴이나 한 번 더 보고 가려고 겨우 버티고 있겠지. 곧 저승으로 가야 할 거야."

"형……."

방금까지 솟아올랐던 생기는 사그라들고 손님의 눈동자가

초점을 잃었다. 제 사장은 한심해 죽겠다는 눈빛을 애써 가다
듬었다.

"네 형은 살 만큼 살았고 너는 아직 죽을 때가 안 됐어. 사람
이 살고 죽는 건 순전히 신의 뜻이야. 너 때문에 죽었다는 거,
거만한 착각이라고."

"그치만요, 사장님. 무슨 낯짝으로 형을 봅니까. 진 빚이 너
무 많은데, 다 갚지도 못했는데 어떡합니까. 제가 살아갈 자격
이 있을까요?"

훌쩍이는 손님의 얼굴은 이미 눈물 콧물 범벅으로 엉망이다.

"그건 남은 네 몫이지."

모진 말을 뱉고 싶은 충동을 억누르려니 머리가 지끈거렸
다. 제 사장은 눈을 감고 검지와 중지로 관자놀이를 꾹꾹 눌
렀다.

"계속 죄책감이니 뭐니 하는 걸로 시간 낭비 할래? 남은 시
간 얼마 없어. 지금 당장 안 가면 네 형 눈도 못 감고 죽는다."

손님은 붉은 국수를 들여다보다가 부르튼 손으로 얼굴을
닦아냈다. 제 사장은 자기 손이 더러워진 양 질겁하며 팔짱을
꼈다. 손님은 결심한 듯 손을 바지에 문질러 닦고는 벌벌 떨리
는 손으로 젓가락을 움켜쥐었다. 그는 면을 가득 집어서 입에
마구 쑤셔 넣었다.

식당에는 한동안 사내가 국수를 삼키며 흐느끼는 소리만이

가득했다.

"사장님, 형도 여기 왔다 간 거죠? 형도 국수 먹었어요?"

제 사장은 손님의 질문에 대꾸하지도, 고개를 들지도 않았다. 묵묵히 설거지를 하는 제 사장을 보며 손님은 말을 이었다.

"고맙습니다. 저희 형한테도 맛있는 한 끼를 대접해 주셨겠네요."

"담배 끊으라더라."

그릇을 달그락거리던 그가 무심한 목소리로 덧붙였다. 손님은 움찔하더니 얼굴에 쓸쓸한 웃음을 머금고 허리를 숙였다.

"사장님까지 잔소리 듣게 해서 죄송해요. 나머지는 제가 직접 들을게요. 감사합니다."

마지막 인사 따윈 없을 거란 걸 아는지, 손님은 대답을 기다리지 않고 가게를 나섰다. 둔탁한 사내의 발소리가 멀어졌다.

제 사장은 수도꼭지를 잠그고 눈을 감은 채 기다렸다.

온다.

먹구름이 드리우듯 심장의 가장자리부터 천천히 욱신거렸다. 제 사장의 볼에 경련이 일었다. 자갈과 모래로 뒤덮인 살갗을 무거운 돌덩이로 짓이기는 것 같았다. 눈꺼풀 안으로 우는 사내의 얼굴이 선명하게 비쳐 보였다. 사내가 미안하다고 중얼거릴 때마다 목소리가 메아리쳤다.

"미안할 짓을 하지 말던가."

그는 구시렁거리다가 급히 가슴을 움켜쥐었다. 가슴께를 걷어차인 것처럼 숨이 막혔다. 싱크대에 기대어 숨을 크게 골랐지만 소용없었다. 심장이 뛸 때마다 걸레를 비틀어 짜듯이 뒤틀린 통증이 느껴졌다. 제 사장은 와이셔츠 옷깃을 쥐고 자리에 주저앉았다. 자신의 것이 아닌 감정이 파도처럼 심장에 밀려들어 왔다. 피붙이를 잃은 아이가 힘껏 소리 내어 우는 듯한 소리가 귓가에 요동쳤다. 형이 죽는 순간 동생이 느낀 감정이겠지.

제 사장의 입술 사이로 얕은 울음소리가 터져 나왔다. 눈물이 얼굴을 적셨다. 그는 감정을 흘려보내기 위해 한참 동안이나 싱크대 밑에 쭈그려 앉아 서럽게 울어야 했다.

"속을 썩이긴 썩였네."

울음을 그친 제 사장이 중얼거렸다. 손님은 듣지 못할 핀잔이었다.

방금 울었던 건 본인의 의지가 아니었다. 그는 손님이 다녀가면 이렇게 주체할 수 없는 감정의 파도를 마주해야 했다. 추측하기론 손님의 감정인 듯한데, 어째서냐고 물어도 대답할 수 없었다. 제 사장도 자신이 왜 그래야 하는지는 알 수 없었으므로. 구태여 이해하자면 그는 손님의 감정을 온전히 같은 형태로 전달받는 벌, 그래, 벌을 받고 있다.

그는 자신을 찾아오는 손님들이 살아온 삶을 '느꼈다'. 느낀다는 표현이 맞겠다. 손님이 떠올리는 기억을 제 사장 역시 보고 들었으니까. 심지어 손님의 뇌 한구석에 처박혀 있어 본인도 기억하지 못하는 작은 조각들마저 그에겐 생생하게 다가왔다. 자신의 의지와는 관계없이 타인의 일생이 심상을 관통했다. 무수히 많은 기억과 감당하기 벅찬 감정 앞에서 그는 늘 무력했다.

그 삶이 자신과 무슨 상관이란 말인가. 손님이 잘났든 못났든 간에 제 사장은 알고 싶지 않았다. 그가 알고 싶은 건 이런 고통을 느껴야 하는 이유였다. 그러나 정작 자신이 살아온 삶에 대해서는 모두 잊어버렸다. 자신의 이름마저도. 그걸로는 벌이 충분치 않았던 걸까.

제 사장은 싱크대를 붙잡고 일어나 수도꼭지를 틀었다. 차가운 물로 세수를 하니 달아오른 얼굴이 좀 진정되는 것 같았다. 검은 앞치마에 젖은 손을 문지르며 냉동실 문을 열었다. 문틈으로 새어 나오는 검은 연기가 얼굴에 남은 물기를 매만졌다.

냉동실에 별다른 것은 없다. 커다란 달걀판 위에 듬성듬성 놓인 검은 구슬만 빼면. 손님상에 올렸던 것과는 달리 냉동실

속 구슬들은 빨간빛을 내지 않았다. 오히려 검다.

"아저씨, 난 약속 지켰어. 살아 있는 게 고단하다던 말, 차라리 죽는 게 낫겠다던 말은 동생한테 전하지 않았으니까."

거칠게 냉동실 문을 닫은 그는 냉장고에 기대어 흘러내렸다. 잊어버려야 한다. 그러지 않으면 지금까지 사라진 구슬들을 합친 만큼의 고통이 자신을 좀먹을 테니까. 살아온 기억을 모조리 빼앗긴 탓일까. 매일 잊어버리겠노라 다짐해도 손님들의 슬픔 어린 절규는 언제나 제 사장의 가슴속에 생생히 살아 숨 쉬며 그를 괴롭혔다.

망연히 허공을 바라보는 눈동자에 노란빛이 드리웠다. 문에 난 창문으로 둥근 햇빛이 파고들었다. 햇살은 가게를 적시며 차츰 영역을 넓혔다. 벌써 동이 트고 있다. 제 사장은 중지로 관자놀이를 누르며 빙빙 돌렸다. 골치 아플 때마다 나오는 오래된 습관이다.

선명한 한 줄기 햇빛이 등불에 손을 뻗었다. 불꽃은 햇빛에 닿자마자 푸르스름한 연기만 남긴 채 사라졌다. 사막에 난 파란 길도 서서히 사라진다. 장사가 끝났다. 오늘도 손님은 한 명뿐이다.

≋

"엄마야!"

불꽃이 꺼지는 동시에 채이가 소리를 지르며 자리에 주저 앉았다.

갑자기 동굴이 흔들리며 여기저기서 작은 돌과 먼지가 굴러떨어졌다. 쭈그려 앉아 눈동자만 굴리던 채이는 천천히 자리에서 일어났다. 신장된 손가락으로 눈앞의 벽을 툭툭 쳐보던 채이는 고개를 갸웃했다.

"이 벽이 원래 있었나?"

채이는 벽을 짚고 뒤를 돌아보았다. 뻥 뚫린 어둠 속에서 물 떨어지는 소리가 들렸다. 여태 채이가 걸어온 길은 직선으로 쭉 뻗어 있었는데, 갑자기 동굴이 흔들리며 벽이 말 그대로 솟아오른 것이다. 일직선이던 길이 오른쪽으로 꺾였다. 새로 생긴 길도 어둡고 축축하긴 마찬가지였지만, 채이는 뒤로 돌아갈 생각은 추호도 없었다. 차각, 차각. 발을 내디디려고 하는데 이상한 소리가 발목을 잡았다.

다시 동굴이 흔들릴까 봐 반사적으로 웅크려 앉은 채이는 멀리서 반짝이는 빛을 발견했다. 파란 섬광이 불꽃처럼 터지며 규칙적인 소리가 들렸다. 그게 무슨 소리인지 알아채는 데는 오래 걸리지 않았다. 차각, 차각. 성냥개비를 긁을 때 나는 마찰음이었다.

채이가 알아챘을 땐, 이미 성냥에 불이 붙은 후였다. 제 사장은 불꽃을 양초 가까이 가져갔다. 불 꺼진 심지에 다시 불꽃이 옮겨 갔다.

그 순간 제 사장과 채이의 발이 바닥에서 떨어지며 몸이 붕 떠올랐다. 두 사람 모두 소리를 질렀지만 목소리가 나오지 않았다. 물고기처럼 입만 뻥긋거릴 뿐이었다. 손톱만 한 공기 방울이 몸속을 가득 채우는 것 같았다. 폭풍이 몰아치는 바다 아래를 헤엄치는 물고기처럼, 수런거리는 바람 소리가 까마득히 들려왔다. 톡, 톡, 공기 방울이 터질수록 채이와 제 사장은 점점 더 아래로, 아래로 가라앉고 있었다.

채이는 멀리 보이던 빛이 자신에게 다가오는 걸 느꼈다. 긴 동굴이 몸을 차곡차곡 접으며 입구를 채이에게 가까이 가져가고 있었다. 희미하게 보이던 바깥 풍경이 쏟아져 내리자, 채이는 눈을 질끈 감았다.

바로 그때, 문이 벌컥 열리며 눈부신 빛이 파도처럼 밀려들어 왔다. 눈을 뜰 수 없을 정도로 환한 빛에 제 사장도 얼굴을 찡그리며 눈을 감았다.

눈을 감은 채로, 채이는 발을 굴러 자신이 밟고 있는 땅을 확인했다. 온몸을 감싸던 차갑고 축축한 공기의 감촉이 사라졌다. 따스하고 건조한 공기가 살갗에 퍼졌다. 꽉 쥐고 있던 양말이 보송보송하다. 혹시라도 눈을 뜨면 모든 게 변했을까 봐, 채이는 눈을 뜨기가 무서웠다.

"뭐야, 너."

갑작스레 들린 목소리에 채이는 눈을 떴다. 동굴은 온데간데없고, 목소리의 주인과 자신이 마주 보고 서 있었다. 얼굴을 잔뜩 찌푸린 남자에게 채이가 할 수 있는 거라곤 당혹스러운 표정으로 맞받아치는 것뿐이었다.

정말 눈 깜빡할 사이에 너무 많은 게 바뀌어버렸다.

3

훼방 맞은 평범한 일과

"야! 웬일로 문을 활짝 열고……."

채이는 색이 바랜 연두색 등산 재킷을 바스락거리며 들어오던 남자와 눈이 마주쳤다. 외모만으로는 눈앞의 남자보다 나이가 많아 보였다. 술이라도 마신 양 얼굴이 새빨갰는데, 술 때문이라고 하기엔 괴상할 정도로 검붉었다.

"이게 뭔……."

그는 아직 문 안에 들이지 못한 한쪽 발을 들썩거리며 눈동자를 굴려 제 사장을 쳐다봤다. 눈썹을 얼마나 치켜뜬 건지, 밀려 올라간 이마가 움푹 파였다. 듣지 못한 뒷말이 뭔지 알 것만 같은 눈빛이었다.

제 사장이 고개를 까딱거려도 남자는 멍청한 표정으로 고개만 갸웃거렸다. 네 번의 턱짓 끝에 제 사장의 말을 이해한 남자는 급히 바깥으로 나가려다가 다시 고개를 들이밀었다.

"미안해요!"

해맑은 미소와 함께 건넨 사과에 채이는 자신도 모르게 고개를 끄덕였다.

남자의 등 뒤로 문이 닫히고 창문으로 환한 햇살이 비춘다. 바닥에 흩어지는 햇빛을 본 제 사장은 이내 무언가를 깨달았다. 자신이 소녀에 대해 아무것도 모른다는 사실을. 그는 소녀에게서 아무것도 읽을 수 없었다. 소녀의 어떤 기억이든. 게다가 지금은 아침이다. 이미 불이 꺼져서 자신이 다시 등불을 켜지 않았던가. 제 사장은 동그랗고 하얀, 앳된 얼굴의 소녀를 돌아보았다. 귀를 겨우 덮는 단발머리의 작은 소녀가 자신을 올려다본다.

"뭐냐고, 너. 너 손님 아니지."

확신에 찬 목소리로 묻는 제 사장과 달리 채이는 얼빠진 얼굴로 "네?" 하고 되물을 뿐이다. 더 들어볼 것도 없었다. 그는 턱으로 문을 가리켰다.

"나가."

문을 가리키는 하얀 손가락을 보고 나서야 정신을 차린 채이가 얼굴을 팍 구긴다.

"저 아세요? 아저씨 누군데요? 여긴 어디고요?"

"모르는 척은. 안 속아."

제 사장이 코웃음을 치더니 손목을 잡아끌었다.

"왜, 왜 이래요! 여기가 어딘데요!"

채이가 발가락을 구부리고 엉덩이를 뒤로 내밀어 버티는 와중에도 앙칼지게 따져 물었지만 소용이 없었다. 문 앞에 거의 다다랐을 땐 당당한 기세도 한풀 꺾인 후였다.

"저기요, 저 진짜 아무것도 몰라요! 제발요, 네?"

제 사장이 손잡이를 잡아당기자 문에 귀를 대고 소리를 엿듣던 남자가 허둥지둥하다가 뒤로 데굴데굴 나자빠졌다. 금방 엉덩이를 털고 일어나긴 했지만.

"객식구는 하나로도 충분해."

차가운 목소리가 등을 떠밀었다. 채이는 모래밭에 얼굴을 처박는 것만은 막기 위해 본능적으로 손을 뻗었다. 새된 소리를 지르며 나뒹굴고 나니, 가슴에 분노가 넘실거렸다. 분노 때문이었는지 채이는 손가락 사이로 파고드는 따뜻한 모래를 쥐고도 이상하다는 생각을, 그 순간에는 미처 하지 못했다.

"괜찮아요?"

붉은 얼굴의 남자가 엉거주춤 손을 내밀었다. 채이가 눈앞의 손을 잡을까 말까 고민하는 사이, 날 선 목소리가 소리쳤다.

"그냥 두지? 일 뺏기기 싫으면."

무안한지 얼굴이 한층 검붉게 달아오른 남자는 내민 손을 다시 거두어 갔다. 어쩌면 채이에겐 마지막이었을지도 모를 기회가 날아갔다. 채이는 덥석 손을 잡지 않은 것이 후회되었다. 남자는 반은 걱정스럽고 반은 의문스러운 표정으로 갸우뚱거렸다.

"손님 아니에요?"

채이가 말을 고를 새도 없이 뒤에서 지켜보던 제 사장이 "아니야, 빨리 들어와."라고 대답을 낚아챘다.

남자는 별수 없다는 듯 몸을 일으켰다. 채이는 그나마 자신을 도와줄 것 같은 남자를 불쌍한 눈으로 쳐다보았다. 자꾸만 뒤를 돌아보던 그는 미안하다는 말만 입 모양으로 읊조리며 오두막으로 쭈뼛쭈뼛 들어갔다. 면전에서 문이 거세게 닫혔다.

허탈한 심정으로 닫힌 문을 노려보던 채이는 내리쬐는 햇살에 눈살을 찌푸렸다. 시선을 돌리니 소복이 쌓인 모래언덕이 보인다. 어느 방향으로 고개를 돌려도 모래밭이다. 그제야 정신이 든 채이는 꾹 쥐고 있던 주먹을 펼쳤다. 양말 대신 모래가 우수수 쏟아져 내렸다.

채이는 비틀대는 다리로 두 칸짜리 낮은 계단을 올라섰다. 창문 너머의 냉담한 얼굴에게 차분히 노크를 해보았다.

"저기, 제가 다 설명할게요. 잠깐만 들어가면 안 될까요?"

남자의 표정은 여전히 싸늘하다. 살갗에 스치는 건 분명 따스한 바람이었지만 어째서인지 이가 부딪힐 정도로 오싹해 소름이 돋았다. 결국 채이는 양손으로 문을 두드리며 언성을 높이고 말았다.

"좀 도와주세요. 저 이상한 사람 아니에요. 제가 들어가는 게 싫으면 여기가 어딘지만이라도 알려주세요."

바람 한 줄기가 채이의 머리칼을 쓸고 지나갔다. 채이는 깜짝 놀라 뒤를 돌아보았다. 여러 명의 눈길이 닿는 것 같은 이상한 위압감이 들었다. 분명 아무도 없는데 누군가 금방이라도 튀어나올 것 같다. 채이는 무작정 손잡이를 쥐고 흔들었다.

"제발, 좀! 저 집에 가야 된다고요!"

악을 쓰며 문에 매달렸는데도 굳게 닫힌 문은 열릴 생각이 없었다. 채이는 어둡고 축축한 동굴로 다시 돌아가고 싶은 심정이었다. 주먹으로 문을 내리치는 그녀의 눈시울이 붉어졌다.

"동, 동굴! 동굴로 가는 길이라도 알려주세요! 제발요! 제발……."

그 순간 채이는 갑작스레 열린 문에 균형을 잃고 앞으로 고꾸라졌다. 하마터면 발을 헛디뎌 계단으로 미끄러질 뻔했다.

"동굴?"

머리 위에서 들려오는 목소리는 여전히 무신경했다. 채이는 고개를 들었다. 제 사장의 차가운 눈빛 사이로 의심이 내비치고 있었다.

"네! 동굴이요! 저 거기서 왔거든요. 돌아가는 길 아세요?

길이라도 알려주세요!"

　또 닫힐세라 작게 벌어진 문틈에 팔을 끼워 넣는 채이를 보고, 제 사장은 골똘히 생각에 잠겼다. 잠시 뒤, 그는 결국 문을 열고 비켜서서 양쪽 관자놀이를 쥐어짜듯이 눌렀다.

　"일단 들어와."

　"학생? 학생!"

　멍하니 앉아 있던 채이는 아지씨가 어깨를 툭 건드리고 나서야 정신을 차렸다. 양말을 건네받으며 감사하다는 인사 대신 고개를 꾸벅거렸다. 채이의 얼굴을 뚫어져라 쳐다보는 눈길이 부담스러웠다.

　"저, 학생이 내가 아는 사람이랑 많이 닮은 거 같그든요? 혹시 이름이……."

　말도 안 되는 소리였다. 부모님뻘은 되어 보이는 아저씨와 채이가 이전에 만났을 확률이 얼마나 높다고. 자신은 그런 뻔한 거짓말에 무심코 이름을 내밀 만큼 만만하지 않다. 채이는 입술을 오므리고 딴청을 피웠다.

　"아유, 내 정신 좀 봐! 내 소개는 안 하고 말이야, 그죠잉?"

　그는 부자연스러운 사투리를 구사하더니 무릎을 내리쳤다. 멋쩍은 웃음은 덤이다.

　"내 이름은 김, 다, 미. 다미라고 해요."

남자는 자신의 이름을 또박또박 대며 살살 채이의 눈치를 살폈다.

아무리 편견 없이 보려 해도 이 아저씨에게 '다미'라는 이름은 안 어울렸다. 그래도 웃는 얼굴에 정색할 수는 없어 채이는 네, 하고 어색하게 웃었다.

"이름이 차암 안 어울리죠? 그냥 아저씨라 불러요."

다미가 뒤통수를 긁적거리며 웃자, 눈가에 길쭉한 주름이 잡혔다. 사람 좋은 웃음이 주로 감초 역할을 맡는 중년 배우를 닮았다. 주름진 얼굴을 보고 있자니 경계심이 조금은 풀렸다. 그러고 보니 이 사람은 아까 쫓겨났을 때, 오히려 채이를 도와주려 했다. 채이는 문득 이름을 알려줘도 괜찮겠단 생각이 들었다.

"저는 영, 채, 이예요."

채이는 식탁 너머를 흘깃 쳐다보며 소곤거렸다. 자신을 쫓아냈던 싸가지 없는 남자보다는 이 아저씨가 더 믿음직했다. 채이는 내친김에 여기가 어디인지, 뭐하는 곳인지 질문을 한 가득 던지기 위해 숨을 들이켰다.

"떠들지 말고 일이나 해."

대화가 막 시작되려는 참에 싸늘한 목소리가 둘 사이를 갈랐다.

"아잇, 사람 맘대로 쉬지도 못하게."

다미는 끝맺지 못한 욕을 소리 없이 구시렁거렸다. 구겨진 표정과는 달리 고분고분 등산 재킷을 의자에 걸치고 주방으로 들어간다. 길쭉한 식탁 옆에는 주방으로 들어갈 수 있는 좁은 통로가 있었다.

그들이 무슨 일을 할지 궁금했던 채이는 몸을 살짝 일으켜 주방 안쪽을 슬쩍 들여다보았다. 문을 활짝 연 냉장고 안에 빗자루 머리가 들어갔다. 짚으로 만든 비에 쓸려 나오는 것은 새까만 재였다. 채이는 눈을 가늘게 뜨고 자세히 살펴보았지만 냉장고가 불에 탄 흔적은 어디에도 없었다.

'냉장고 안에 불이 났는데 냉장고가 멀쩡할 수 있나?'

물론 속으로만 생각했다. 자칫 물었다간 바보 취급을 당할 것 같았다.

"아잇, 퉤! 얼굴에 튀잖아, 살살 좀 해! 오늘따라 왜 이렇게 성질을 부려?"

냉장고 밑에서 사람 하나는 충분히 들어갈 법한 커다란 고무대야를 받치고 있던 다미가 왈칵 짜증을 부렸다. 그는 다 늘어난 검은 폴라 티를 끌어 올려 입을 가렸다.

"다 흘리잖아! 잡아!"

제 사장의 불호령이 떨어지자 다미는 재빨리 대야를 잡았다. 투덜거리면서도 조심스럽게 냉장고 속을 비워내는 작업이 이어졌다. 채이는 그사이에 혼자 가게를 구경하기로 했다.

채이는 오두막 앞에 '국수'라고 적힌 입간판이 함께 서 있던 걸 용케 떠올렸다. 똑같은 음식을 파는 건 아니었지만 동네에서 비슷한 가게를 본 적이 있다. 짙은 색깔의 나무판자를 덧댄 외벽에 빨간 페인트로 두툼하게 적은 '대포찜'이라는 글씨에서는 세월의 흔적이 느껴졌다. 어릴 땐 '대포찜'을 잘못 쓴 건지, '대포'를 판다는 건지 고민하곤 했다. 그런 것치곤 고기 굽는 냄새가 났다.

추운 겨울날, 야자를 마치고 골목을 지나던 채이는 그 가게를 한참 동안 바라본 적이 있었다. 밖에 나온 어른들이 피우는 담배 연기와 왁자지껄한 웃음소리가 거리에 뒤섞였다. 채이는 왜인지 몇 걸음 안 남은 그곳이 함부로 발 들일 수 없는 어른의 세계처럼 느껴졌다. 자신도 어른이 되면, 대학에 붙으면 꼭 가보겠다고 다짐했던 이유였다.

"생긴 것만 비슷하잖아. 이런 식으로 오는 걸 기대한 건 아닌데."

채이는 씁쓸한 혼잣말을 내뱉다가 양손으로 살짝 뺨을 때렸다. 끝이 안 보이는 동굴에서도 빠져나왔으니 집으로 금방 돌아갈 수 있을 것이다. 돌아간다고 믿어야 했다. 그렇게 우울을 털어내고 채이는 마저 가게를 둘러봤다.

굵직한 통나무를 쌓아 만든 오두막답게 내부도 나무판자로 덧대어져 사방에 창이라곤 없이 꽉 막혀 있었다. 출입문에 사람 얼굴만 하게 뚫린 둥근 창문이 가게에서 유일하게 창문이라 부를 만한 것이었다. 키가 작은 채이는 까치발을 들어야 바깥이 온전하게 보였다. 문에서 다섯 걸음쯤 걸어 들어오면 가게를 가로지르는 길쭉하고 높은 식탁이 있다. 손님이 주인과 마주 보고 자리에 앉으면 환풍구가 달린 가스레인지와 냉장고만으로도 빼곡한 주방이 고스란히 보였다. 식탁 뒤편에는 개수대나 조리대가 설치되어 있을 것이다. 손님에게 바로 음식을 건넬 수 있게 말이다. 한쪽 벽에 완전히 고정된 식탁은 반대쪽 벽에 닿기 직전 끊어졌다. 덕분에 식탁과 벽 사이에 사람 한 명이 겨우 오갈 만한 틈이 생겼다. 그게 주방에서 가게로 나올 수 있는 유일한 통로였다.

식탁에 맞는 세 개의 높은 의자는 등받이 대신에 발 받침대가 있었다. 가운데 의자 앞에만 놓인 동그란 수저통에는 포장지를 벗긴 나무젓가락이 빽빽하게 꽂혀 있다. 그 옆에는 바싹 마른 유리잔과 플라스틱으로 된 휴지 상자가 나란히 줄지어 섰다. 뒤집어져서 겹겹이 쌓인 유리잔은 물 자국 하나 없이 깔끔했다. 휴지 갑의 좁은 구멍 밖으로는 오돌토돌 엠보싱 재질의 식당용 휴지가 삐죽 튀어나온 채였다.

식당 규모에 비하면 과하게 많은 듯한 형광등이 밝게 빛났다. 햇빛이 통하지 않아 어두울 법도 한 가게가 그나마 밝은 이유였다. 현대식 형광등 말고도 천장에는 채이의 시선을 사로잡는 것이 하나 더 있었다. 식탁 바로 위에 매달린 예스러운 등갓이었다.

양옆이 볼록한 원형의 등갓은 부처님 오신 날이 되면 길거리에서 자주 보던 알록달록한 것과 닮았다. 다른 점이라면 이건 한지로 만든 종이 등이라는 점이다. 가로로 얇은 주름이 져서 마디마디 파란 빛깔이 진하게 스며들었다. 등 자체가 파란 줄 알았는데 자세히 보니 안에서 타오르는 파란 불꽃이 하얀 한지를 물들이는 것이었다. 등불의 아래 구멍에는 절반쯤 탄 양초가 끼워져 있었다. 채이는 까치발을 들어 등불을 가까이 들여다보았다.

"동물인가?"

채이는 눈썹 사이를 좁히며 등불에 그려진 그림을 유심히 살폈다. 등 주변을 빙 두르고 있는 것은 채이도 알고 있는 열두 띠의 동물 그림이었다. 서로의 머리가 서로의 꼬리에 닿아 이어지는 모습이 마치 다른 동물로 변신하는 것만 같았다.

'왜 이런 그림이?'

등불 속에서 흔들리는 파란 불꽃을 바라본다. 한참 동안 일렁이는 불꽃을 바라보던 채이는 홀린 듯 천천히 손을 뻗었다. 등불에 손끝이 닿기 직전이었다.

"휘유, 겨우 다 했네."

다미가 자리를 털고 일어났고, 채이는 재빨리 등 뒤로 손을 숨겼다.

"끝났어요? 뭐가요?"

제 사장의 미심쩍은 눈초리를 피해 필사적으로 딴청을 피웠다. 이내 그가 시선을 거두고서야 채이는 안도의 숨을 내쉬었다.

새까만 재로 가득 찬 고무대야를 문 앞까지 질질 끌고 간다미는 잠시 뒤를 돌아보았다.

"나만 빼놓고 먼저 얘기하기 없기야. 나도 같이 들을 거야! 알겠지?"

채이와 제 사장을 번갈아 보며 신신당부한 다미는 냉장고 속 잿개비를 한 톨도 남김없이 쓸어 담은 고무대야를 들고 문을 나섰다. 채이는 창문으로 뒤뚱거리는 뒷모습을 지켜보았다. 다미가 한발씩 내디딜 때마다 모래 속에 발이 푹푹 박히는 걸 보면, 양이 꽤 되는 모양이다.

채이는 의자에 걸터앉았다. 이제 제 사장과 단둘이 남았다. 그는 냉장고를 열었다 닫았다 하며 이음새 사이사이를 행주로 닦고 있었다. 채이는 식탁에 엎드려 눈으로 그를 좇았다. 채이 눈에 냉장고는 이미 충분히 깨끗해 보였기에 도통 뭘 닦는지 모르겠다는 생각을 하던 그때였다.

"이름."

넌지시 흘러온 질문에 채이는 자신에게 묻는 말이란 것도 알아채지 못했다.

"이름, 뭐냐고."

그가 재촉하듯 한 번 더 물었을 때야 채이는 부지런히 움직이는 뒤통수에서 눈을 뗐다.

"저요?" 하고 물었지만 돌아오는 대꾸는 없다. 하긴 둘밖에 없지. 채이는 빈정이 상하긴 했지만, 순순히 취조에 응했다. 어차피 제 발로 들어온 마당에 자존심 세워서 뭘 하나 싶었다.

"영채이요, 아저씨는요?"

"제 사장이라고 불러. 가게까지 어떻게 왔어."

"잠깐만요."

쫓겨날까 봐서 쓸데없이 기분을 건드리지 말자고 생각했는데. 채이는 어이가 없어서 말허리를 잘랐다.

"이름이 뭐냐고요. 설마 이름이 사장은 아닐 거 아니에요."

냉장고를 닦던 손길이 멈춘다. 한참을 뜸들이던 그에게서 돌아온 것은 고작 "몰라."라는 애매한 답변이었다. 무릎을 짚고 일어난 제 사장은 태연하게 싱크대에서 행주를 빨았다. 채이의 얼빠진 시선을 느꼈는지 그는 행주를 비틀어 짜면서 덧붙였다.

"설명하자면 복잡해. 일단 네가 여기 어떻게 왔는지부터 설명해."

채이는 물음에 답부터 할지, 통성명도 않으려는 무례함부터 따져야 할지 감이 잡히지 않았다. 고민하는 사이에 제 사장은 다시 냉장고를 닦기 시작했다.

"말을 해. 거짓말 지어내는 중이면 나가고."

"거짓말은, 누가 거짓말 했다 그래요! 뭐 물어봤죠?"

채이는 나가라는 말에 일단 다급히 자세를 고쳐 앉았다.

"그게 다라고?"

"그게 다예요."

제 사장은 다리를 꼬았다. 불만 섞인 신음을 내뱉으며 중지로 양쪽 관자놀이를 꾹꾹 눌렀다. 저 말을 어디까지 믿어야 하는지, 자신이 어디까지 말해도 되는지 도무지 감이 오지 않는 건 제 사장도 마찬가지였다.

동굴에 대해 말하는 걸 보니 거짓말은 아니었다. 그렇다면 손님일 텐데, 채이는 여태까지 찾아온 손님들과는 달랐다. 해가 뜨면 가게로 이어지는 길이 끊어지는데 어떻게 가게를 찾았으며, 오늘 아침의 이상한 느낌은 또 뭐였단 말인가.

게다가 이 소녀에게선 전생이나 현생의 기억을 전혀 느낄 수가 없었다. 보이지도 들리지도 않았다. 소녀를 사막의 영혼으로 오해한 것도 그 때문이었다. 제 사장은 혼란스러웠다.

"저 죽은 거예요?"

심란한 표정을 보고 덜컥 심장이 내려앉은 채이가 물었다.

"아직은."

"아직이요? 그럼 나중에 죽을 수도 있다는 거예요? 여기 어딘데요, 지옥이에요? 그럼 저 다시 동굴로 돌아갈……."

"그만. 질문은 천천히 하나씩."

제 사장은 식탁에 바짝 붙어 앉아 속사포처럼 질문을 발사하는 채이 앞에 손바닥을 내밀었다. 간절한 눈빛과 표정이 적어도 연기 같지는 않아서 그는 소녀를 슬쩍 떠보기로 했다.

"가게로 온 걸 보니까 아직 죽을 때도 아니야. 여긴 환승이니까."

"환승이요? 교통 카드 찍어서 환승하는 거?"

제 사장의 관자놀이에 다시 손이 올라갔다. 아무래도 긴 설명에 피곤해질 것만 같은 예감이 들었다. 보통 이런 재수 없는 촉은 틀린 적이 없다.

"이승이랑 저승은 알지?"

"알기야 하죠. 진짜로 있어요? 진짜 죽으면 저승 가요?"

"가긴 가는데 여긴 이승과 저승 중간이야. 네가 걸어온 동굴은 여길 지나가는 사람들을 위한 길이고."

그 말에 채이가 갑자기 입을 벌리고 눈동자를 굴린다.

"설마 저도 저승으로……."

"말 한 번만 더 끊으면 내쫓는다."

제 사장은 미간을 팍 찌푸린다. 그는 채이가 입을 헙 다무는 걸 확인하곤 깍지 낀 손을 턱에 괸 채 이야기를 시작했다.

"이 세상을 관리하는 열두 명의 신이 있어. 보통 십이지신이라 불리는."

채이는 등불에 새겨진 그림을 떠올렸다.

"신들은 인간마다 살아갈 기간, 운명을 정해줘. 인간들이 이승에서 살 수 있는 이유는 그것 때문이야. 운명에 맞춰서 태어났다가 정해진 때가 되면 죽어. 죽은 몸은 이승에 남아 부서지고, 몸에서 빠져나온 영혼은 저승으로 가지."

채이는 왠지 으스스한 기분에 양팔을 감싸 안았다.

"영혼이 저승에 가면 자기가 살아왔던 기억을 모조리 지워. 완전히 잊으면 새로운 몸에 들어가서 이승으로 돌아가. 다시 신이 정해준 운명대로 살아가는 거지. 인간의 삶은 이걸 반복할 뿐이야."

"좀…… 억울해. 그게 뭐예요, 이렇게 열심히 살았는데. 무슨 재활용도 아니고."

"인간의 영혼은 썩지도, 죽지도, 사라지지도 않으니까. 그렇게 계속 저승과 이승을 오가다 보면 영혼에 가끔 문제가 생겨. 정해진 운명에서 조금씩 벗어나는 거지. 그런데 영혼을 바꿀 순 없고."

그는 깍지를 풀어 손을 비볐다. 스슷스슷 건조한 살결이 스치는 소리가 났다.

"대신 운명을 고쳐줘야 해. 내가 하는 일이 그거야."

채이는 팔을 쓰다듬던 손을 가슴에 올렸다가,

"그러니까 제가 불량 제품이고."

다시 손바닥을 펼쳐 제 사장을 가리킨다.

"사장님이 수리 기사다? 어디가 고장 났다는 건데요?"

"모르지."

제 사장은 어깨를 으쓱하더니 냉장고로 걸어갔다. 그러곤 냉동실 문 뒤로 얼굴을 감추었다.

"난 그냥 시키는 일을 할 뿐이야. 신이 알려주지 않은 건 관심 끄는 편이 나아."

"자기 인생 아니라고 막말 쩐다."

채이는 냉동실에서 뿜어져 나오는 냉기 같은 말투에 질렸다는 표정을 했다. 저도 귀찮다는 듯 채이가 손을 휘휘 저었다.

"됐구요, 그럼 빨리 고치든 뭘 하든 해주세요. 집으로 가게."

"잠깐."

갑자기 제 사장이 손을 뻗었다. 냉동고 밖으로 나온 잔뜩 찌푸린 얼굴이 그녀를 위아래로 훑어본다.

"동굴에서 봤다는 불빛 얘기 다시 해봐."

"성냥개비 긁는 소리가 나면서 파란빛이 보였고, 그 빛에 몸이 끌려갔다고요."

채이는 몰상식한 손가락질에 한층 기분이 상했지만, 일단 고분고분 대답해 주었다. 그런데 제 사장이 냉동실 문을 탁, 소리 나게 닫더니 "일단 잡귀는 아니네." 하는 게 아닌가.

"잡귀라니! 말이 심하네, 진짜! 나도 우리 집에선 귀한 자식이거든요?"

"누가 천한 자식이래? 잡귀 아니라고."

전혀 미안하지 않은 말투에 채이는 나지막이 "어이가 없어서……." 하고 중얼거렸다. 그럼에도 그녀가 할 수 있는 거라곤 기껏해야 눈을 째리는 것이 전부였다.

"어쨌든 그런 취급 했잖아요! 아, 됐고. 빨리 집이나 보내줘요."

"기다려. 아직 보내줄 수 있는 상황이 아니야."

"물어볼 건 다 물어보고, 기다리라고만 하고. 제가 사장님이 기르는 개예요? 밥그릇 두고 마냥 기다리게?"

"오라이, 오라이!"

그때, 창 밖에서 자동차 엔진 소리와 다미의 목소리가 뒤섞여 들려왔다. 채이는 의자에서 폴짝 뛰어내려 문에 난 작은 창문으로 바깥을 내다보았다. 커다란 지프차가 가게 멀찍이서 주차 중이고, 다미가 팔을 흔들며 손짓하고 있었다.

"스답, 스답!"

제 사장이 나지막이 말했다.

"왔네."

채이는 여인이 차에서 내리는 순간부터 눈을 뗄 수 없었다.

바람에 펄럭이는 승려복을 걸치고 있어서도, 머리카락의 흔적이 남아 푸르스름한 민머리와 대비되는 짙은 눈썹 때문도 아니었다. 여인의 얼굴에는 시선을 끄는 기묘한 분위기가 흘렀다.

처음에는 분명 제 사장 또래로 보이는 인상이었는데, 어떤 걸음에는 주름이 다미보다 한참 많은 할머니처럼, 어떤 걸음에는 채이보다 어린 소녀처럼 보이기도 했다. 가게로 걸어오는 한 발, 한 발에 얼굴이 수십 번은 바뀌었다.

"반갑네."

여인은 커다란 상자를 품에 안고 채이에게 인사했다. 키가 어찌나 큰지 햇빛을 가려 얼굴이 보이지 않았다. 털처럼 짙은 눈썹에 비해 입술 선이 희미해 입꼬리에 매달린 것이 기쁨인지 슬픔인지 분간할 수 없었다.

"괜찮다면 좀 비켜주겠나?"

"아유, 들어오세요."

다미가 채이의 손을 잡아끌었다. 채이는 그제야 자기가 입구를 가로막고 있었다는 걸 알았다.

"이 친구 놀랐나 봐요. 하긴, 저두 첨에 봤을 때 여사님 키가 하도 커서 목이 다 아팠다니깐요."

채이는 여인에게 시선을 빼앗겨 다미의 침이 손에 튀는 것도 몰랐다. 제 사장도 익숙한 듯 여인에게서 커다란 상자를 건

네받았다. 이윽고 여인이 몸을 돌려 채이를 바라보았다. 그림 자가 져서 얼굴은 흐릿했지만, 선명한 눈동자는 채이의 모습 을 거울처럼 비추는 듯했다.

"쓸데없는 소리 하지 말고 대야나 주워 와."

박스 속 내용물을 확인하던 제 사장이 다미를 향해 눈을 찌 릿했다. 다미는 허둥지둥 문 앞에 내팽개친 고무대야를 주워 주방으로 들어갔다.

"그대가 채이 양이구면."

여인의 목소리가 날아와 귓바퀴에 내려앉았다. 차분한 말 투에서 상냥함이 느껴졌다. 여인은 대답 없는 채이에게 다가 와 손을 내밀었다.

"난 진 씨라 하네. 진 여사라 부르게나."

채이는 머뭇거리다가 손을 맞잡았다. 길쭉하고 부드러운 손이다. 그제야 얼굴이 더 이상 헷갈려 보이지 않았다. 그녀는 다미보다 주름이 좀 더 많은, 노인에 가까운 모습이었다. 진 여 사가 미소를 지어 보였다.

"여사, 님?"

긴장이 풀린 채이는 저도 모르게 입을 열었다. 이렇게 부르 는 게 맞느냐고 확인받듯이 채이가 고개를 갸웃거렸다. 진 여 사가 허허, 하는 웃음소리를 내며 고개를 끄덕였다.

"제 이름, 어떻게……."

바보같이 말했다는 생각이 들었지만 이미 말을 뱉은 후였다.

"가게로 걸어오는 고 짧은 새에 다미가 자네 이름을 몇 번이나 읊었는지. 보자마자 알았지. 자네가 바로 그 귀한 손님이라는 걸."

그녀의 미소는 사려 깊고 친절하며, 모든 슬픔이 녹아내릴 만큼 인자하고 따스했다.

"혹시 나이가, 아니, 연세가……."

채이가 우물쭈물하는 이유를 이해한다는 듯 진 여사는 호탕하게 웃었다. 웃음을 그친 후에는 한쪽 눈을 찡긋거리며 말했다.

"저승에서는 나이를 세지 않는다네. 나도 내 나이를 세어보지 않은 지 한참 되었지."

다미가 하도 보채기에, 채이는 자신이 어떻게 식당까지 오게 되었는지 짤막한 이야기를 들려주었다. 이야기가 다 끝날 때까지도 제 사장은 냉장고를 정리하고 있었다. 그사이 정신없이 서로에 대해 묻다가 채이는 대학교에 합격한 사실을 축하받기도 했고, 진 여사가 어떤 사람인지도 자연스레 알게 되었다.

진 여사는 저승과 환승을 오가며 식당에 필요한 물건을 갖다주는 배달부 같은 존재였다. 그녀는 모든 인간이 이승과 저승만을 오가는 건 아니며, 신의 부름으로 일하는 사람도 있다고 했다.

"나야 허드렛일이나 하는 잡부지만 말일세."

진 여사가 덧붙이자, 옆에서 다미가 식탁을 탁 내리쳤다.

"무슨 말씀이 그래요! 우리 여사님이 이렇게 재료를 갖다주셔야 저놈이 장사를 하는데. 이게 어떻게 허드렛일이래요?"

"자네가 나를 너무 추켜세우는구먼그래. 그러는 다미 군이야말로 대단하지 않나. 이리 이해심 많고 너그러운 위인이 아니면 이 어려운 일을 어찌 하겠나. 안 그런가?"

그녀는 흡사 동의를 구하듯 고개를 까딱거렸다. 다미의 붉은 얼굴이 조금 더 붉어졌다. 채이까지 고개를 끄덕이자 그는 참지 못하고 어색한 헛기침을 했다.

"내가 가져오는 것들은 없어도 그만인 것들뿐일세. 음식이라고는 하나 이승의 모습을 본뜬 허상에 불과하지."

진 여사는 대나무 살에 한지를 덧댄 합죽선으로 냉장고를 가리켰다.

"진짜 중요한 것은 내가 들고 온 상자가 아니라, 제 사장의 상자 안에 들어 있지."

의미심장하게 웃은 진 여사가 주름진 부채를 차락, 펼쳐 흔들었다. 약한 바람에 채이의 잔머리가 살랑살랑 흔들렸다. 제 사장은 아무 말도 듣지 못했는지 그저 묵묵히 냉장고를 정리했다.

"채이도 같이 갈래?"

진 여사를 배웅하러 일어난 다미가 구원의 손길을 건넸다. 채이의 간절한 눈빛을 읽었나 보다. 두 사람이 떠나면 적막한 공기 속에서 채이 혼자 몸을 배배 꼬고 있을 것이 훤히 보였다. 벌써부터 어색함에 숨이 막혔던 채이는 제안을 냉큼 수락했다.

"너 어차피 바쁘지? 장사 준비하고 있어. 여사님 배웅만 해 드리고 금방 들어올게."

제 사장은 다미의 말에도 무미건조한 표정으로 대꾸 없이 고개를 끄덕였다. 진 여사가 뒷짐을 지고 앞장섰고, 다미가 신난 표정으로 뒤이어 나갔다.

"다녀올게요."

다미 뒤를 따르던 채이가 말했지만, 제 사장은 싱크대에서 고개조차 들지 않았다.

"우와."

채이는 이제야 숨통이 좀 트이는 기분이었다.

탁 트인 모래 바다는 갯벌처럼 채이의 발을 살짝 잡아당겼다. 아까는 무서워서 제대로 볼 경황도 없었는데, 지금 보니 사막의 풍경은 황홀하기 그지없었다. 군데군데 모래언덕이 배를 내밀었고, 능선을 타고 날아온 바람은 사각거리며 목덜미를 스쳤다. 채이는 지평선과 맞닿은 하늘을 올려다보았다. 말간 하늘을 보고 있으니 눈이 시렸다. 잠시 눈을 감고 바람을 느껴보았다.

"그렇게 입 벌리고 있으면 모래 들어간다!"

앞서 걸어가던 다미가 소리치는 말에 채이는 황급히 입을 다물었다. 그래도 어찌나 기분이 좋은지 실실 웃음이 나왔다. 이렇게 밖에 나와서 바람을 맞으며 걷는 게, 제 사장과 단둘이 가게 안에서 숨 막히게 앉아 있는 것보단 역시 나은 선택이었다.

그러나 그것도 잠시, 말없이 따라가던 채이는 조금 지루해졌다. 그토록 웅장해 보이던 사막은 단조로웠다. 가도 가도 아무도 없는 모래밭이 펼쳐질 뿐, 새로운 건 없었다.

"왜 아무도 없어요?"

"여기가 음청 넓그든. 사람 만나는 거 쉬운 일 아냐."

다미는 햇빛에 인상을 찌푸린 채 뒤처진 채이를 잠시 기다려주었다.

"근데 우리 어디까지 가요? 아까 가게 근처에 주차하지 않았어요?"

다미가 낄낄거리더니 팔을 뻗었다. 다미의 손가락 끝에는 유독 크게 솟은 언덕이 있었다.

"쩌어기 언덕배기 보이지? 저 끝을 자세히 봐봐."

채이는 얼굴에 스치는 머리칼을 귀 뒤로 넘기고 언덕을 바라보았다. 꼭대기 주변에도 바람이 부는지 능선이 희미하게 일렁였다. 채이는 정상만 뚫어져라 쳐다보았다. 처음엔 분명 둥글었던 윗부분이 서서히 뾰족해졌다. 뾰족해진 정수리가 조금씩 가라앉더니 이내 평평해졌다. 그 상태로 멈추는가 싶더니, 갑자기 언덕이 움푹 패면서 가라앉았다. 눈이 의심스러울 지경이었다.

"눈 감아봐."

채이는 왠지 어지러워서 순순히 눈을 감았다.

"자, 이제 다시 떠봐."

채이가 다시 눈을 떴을 때, 언덕이 있던 자리는 텅 비어 있었다. 채이의 눈이 휘둥그레지자 다미가 웃음을 터트렸다.

"어떻게 한 거예요?"

"어떻게 한 게 아니라네. 저 혼자 움직인 게지."

"그렇게 말하면 못 알아먹죠."

진 여사의 모호한 대답에 채이가 갸웃거리자 다미는 여전히 웃음기 섞인 목소리로 말했다.

"여긴 바람이 심해서 계속 모래가 날아다녀. 모래가 바람을 타고 이리저리 움직이니까 언덕이 자리에 가만히 있지를 않 그든? 여기 생겼다가, 저기 생겼다가 그러는 거지. 차도 가까이 세워놨는데 그사이에 멀리 움직인 거야."

채이는 그제야 왜 다미가 언덕을 보라고 했는지 이해했다. 바람이 한 번 불 때마다 모래가 흩날렸다. 고정되지 않은 언덕이, 모래가, 풍경이, 전부 살아 있는 것처럼 느껴졌다. 채이는 멍하니 풍경을 바라보다가 멀어진 두 사람을 급히 뒤따라갔다.

차는 생각보다 멀리 떨어져 있었다. 지친 채이는 약간 뒤처졌다. 다미는 진 여사와 담소를 나누면서도 이따금씩 채이가 잘 따라오는지 확인했다. 채이는 그 뒷모습에서 기묘한 기분이 들었는데, 두 사람이 멈춰 섰을 때야 이상한 점을 눈치챘다. 걷는 건 두 사람인데 발자국은 하나뿐이다. 뒤를 돌아보아도 모래에 찍힌 발자국은 자신과 다미의 깃뿐이다. 물론 그마저도 금방 바람에 흩날려 사라지긴 했지만.

"난 저승 사람이라 환승에 발자국을 남기지 않는다네."

땅을 보느라 허리를 숙이고 걷던 채이는 머리 위에서 들려온 목소리에 놀라 걸음을 멈췄다. 하마터면 진 여사와 부딪힐 뻔했다. 어느새 그들은 커다란 지프차 앞에 서 있었다.

"그건 좀 부러워요. 신발에 들어간 모래 털 때마다 그놈이 그렇게 잔소리를 해서."

"멀리 떨어지게. 안 그랬다간 모래를 뒤집어써서 나까지 혼쭐이 나겠구먼."

진 여사가 지프차에 올라타며 껄껄 웃었다.

"조심히 가세요!"

다미가 직각으로 공손하게 인사하자, 채이도 얼결에 허리를 숙이며 따라 인사했다.

"두 사람이야말로 서두르게. 오늘은 유독 해가 짧을 듯하니."

창문 밖으로 걱정스러운 얼굴을 내민 진 여사는 두 사람에게 차에서 떨어지라고 손짓하고는 엷은 미소를 지었다.

"또 보세."

다미가 재빨리 채이 손을 잡아끌어 자동차에서 도망치듯 멀어졌다. 뒤이어 들려오는 엔진 소리에 채이는 귀를 틀어막았다. 바퀴 주변의 모래들이 흩날려 주변을 뿌옇게 가렸다. 흙먼지 속에서 지프차가 쏜살같이 튀어나왔다. 차가 있던 자리는 누군가 삽으로 퍼낸 것처럼 푹 꺼져 있었다. 진 여사는 커다란 구덩이만을 남기고 유유히 지평선 너머로 자취를 감췄다.

이미 점이 된 차가 보이지 않을 때까지 바라보던 다미가 뒤돌아 걷자 채이도 따라 걸었다. 두 사람은 나란히 발자국을 찍으며 왔던 길을 되돌아가기 시작했다.

4
사막의 밤

다미의 걸음이 자꾸만 빨라졌다. 기진맥진한 채이는 열쇠고리마냥 질질 끌려갔다. 잠시 멈춰서도, 발걸음이 꼬여도, 다미는 채이를 부축해 일으켜 세우고는 쉴 틈도 없이 앞으로만 갔다. 뒤처지는 속도가 답답했는지 다미는 어느 즈음부터 아예 채이 손을 붙잡고 걸었다.

"아저씨익!"

넘어질 뻔한 채이가 소리를 질렀다. 다미가 어깨를 받쳐준 덕에 모래밭에 코를 박는 불상사만큼은 막았다. 다미의 손을 살짝 뿌리친 채이는 무릎에 손을 올리고 호소했다.

"좀만 천천히 가면 안 돼요?"

아까부터 다미가 초조해 보여서 차마 꺼내지 못했던 말이었다.

"요즘 학생들은 공부하느라 운동은 잘 안 하나? 이 정도 걷구 힘들다 그러게."

다미가 혀를 찬다. 아니꼬움 대신 걱정이 가득한 표정을 보니 비꼬는 건 아닐 테다.

"그렇게 힘들어? 진짜 거의 다 왔어. 금방 가, 금방, 으응?"

다미가 격려하듯 어깨를 다독이며 손을 내밀었다. 채이는 울고 싶은 심정으로 투박한 손을 다시 붙잡았다. 문득 다미가 고개를 들더니 중얼거렸다.

"아이고, 큰일 났다. 해 지겠다."

내내 바닥에 시선을 처박고 걷던 채이는 하늘을 올려다봤다가 찌르는 듯한 석양에 눈을 감았다. 머리꼭대기에 있던 태양이 어느새 비스듬히 위치를 옮겼다. 파랗고 맑았던 하늘은 점차 주홍빛으로 물들어가는 중이었다. 모래 바다를 향해 곤두박질치는 태양과 마주 보고 있어서일까. 굳은 다미의 얼굴이 한층 더 발갛다.

"어쩐지 오늘 바람이 좀 세더니만, 가게에서 너무 멀리 나왔어. 여기는 시간이 윗동네보다 좀 빨라갖고. 까딱하면 해가 저물어버리그든."

목소리는 입에서 나오는 순간 그들을 감싼 침묵 속으로 사라졌다. 채이는 주변을 두리번거렸다. 광활한 사막에 아무도 없이 단둘이 덩그러니 서 있었다. 텅 빈 사막의 기묘한 분위기에 압도당한 채이는 그제야 어깨를 움츠린 채 발을 빠르게 놀렸다.

이제 다미는 거의 뛰다시피 했다. 채이도 불평하지 않고 따라서 뛰었다. 다행히 뜀박질을 한 지 얼마 되지 않아 가게가 보였다. 가게 뒤편으로 해가 지고 있어서 가게는 짙은 주홍색 후광을 내뿜는 것 같았다. 그즈음엔 두 사람 모두 다른 생각할 거를도 없이 가게만 보고 전력 질주하고 있었다.

그 덕에 곧 가게 앞에 무사히 도착해 숨을 몰아쉴 수 있었다. 어느 정도는 안도의 숨이다. 문에 달린 작은 창에서 뿜어져 나오는 동그란 빛이 얼마나 정겹고 반갑던지. 채이는 눈물이 찔끔 나올 정도였다. 문을 열려는 손을 다미가 갑자기 붙잡았다.

"저어, 오늘 하루지만 참 즐거웠어. 윗동네 가도 공부 열심히 하고, 부모님 말씀 잘 듣고, 뭣보다 건강하게! 알겠지?"

떨리는 목소리와 흔들리는 동공이 필요 이상으로 애틋했다. 심지어 다미는 마지막 당부에 포갠 손을 세차게 흔들기까지 했다. 갑작스러운 덕담에 채이는 당황한 기색을 감추지 못했다.

"오늘 아저씨가 친한 척 해서 부담스러웠을 텐데 별말 없이 받아줘서 고마워. 이거 참, 용돈이라도 있음 좋겠는데 줄 수 있는 것도 없고. 그냥 항상 우리 채이 잘되라고 응원할게. 그니까 힘내구…… 아유, 이러다 더 늦겠다. 얼른 들어가!"

채이는 아직 상황이 이해되지도 않았는데 다미는 저 할 말만 늘어놓더니 등을 떠밀었다.

"잠깐만요, 아저씨는 안 들어가요?"

어렴풋이 마지막 인사라는 걸 눈치챈 채이가 물었다.

"아유, 너무 늦어서 잔소리 들을까 봐 못 들어가. 어여 들어가."

그는 잽싸게 문을 열어 채이를 욱여넣고는 문을 냅다 닫아 버렸다.

가게로 들어오자마자 밖을 급히 내다보지만 작은 창 너머로는 어디론가 뛰어가는 다미의 뒷모습만 보일 뿐이었다. 문고리에 손을 올린 채 가로막은 누구 탓에 다시 문을 열 수도 없다.

"빨리도 온다. 가 앉아."

제 사장은 매우 언짢다는 듯 눈을 내리깔고 턱짓으로 의자를 가리켰다.

"아저씨는요? 들어와야죠. 밖에 금방 어두워진단 말이에요!"

채이는 작은 손을 파들거리며 가로막힌 문을 열어보려 나름 애썼다. 그러나 제 사장의 완강한 태도 앞에선 무용지물이었다. 혹시라도 문이 열릴라, 그는 문 앞에서 비키지 않았다.

"쟨 원래 저기 살아. 그리고 어차피 밤엔 손님 아니면 아무도 못 들어와."

순순히 물러설 채이가 아니었다.

"그런 법이 어딨어요. 사장님 가게니까 사장님만 허락해 주면 되는 거잖아요. 치사하게 도와준 사람한테 그렇게 야박하게 구는 거 아니에요."

"첫째, 이 가게 내 거 아니야. 둘째, 내가 아니라 신이 정한 규칙이야. 그러니까 이젠 들어가 좀 앉아. 나 바빠."

눈썹 하나 까딱 않고 조목조목 따지는 말에는 더 이상 할 말이 없었다. 신이 그러라 했다는데 인간이 무얼 어찌하리오. 채이는 분한 마음을 알리러 발을 세게 굴렀다. 씩씩거리며 의자에 앉는데, 옆자리에 밝은 초록색 등산 재킷이 떡하니 걸려 있는 게 보였다.

"이것 봐! 아저씨 옷도 안 가져갔잖아요!"

부엌으로 들어가는 제 사장에게 버럭 소리를 질러봐도 돌아오는 거라곤 "냅 둬. 내일 가져가겠지."라는 무덤덤한 대꾸뿐이었다.

채이는 속으로 아무 말도 하지 않으리라고 결심했다. 등을 돌리고 턱을 괸 채, 화났다는 걸 티내기 위해 거칠게 숨을 몰아쉬면서. 사실 그 다짐이야말로 제 사장이 원하는 것이었다. 모처럼 조용해진 가게에서 그는 아무런 방해도 없이 장사 준비를 마무리할 수 있었다.

등불 아래로 짭짤한 냄새가 구름처럼 피어오른다.

최대한 부루퉁하게 있고 싶어도, 맛있는 냄새에 콧구멍이 벌름거리는 것까지 막을 순 없었다. 어린아이 정도는 너끈히 들어갈 만한 냄비 안에서 육수가 주먹만 한 공기 방울을 터트리며 냄새를 퍼뜨렸다. 채이는 은근히 몸을 기울여 냄새를 맡다가도 제 사장이 가까이 다가오면 가자미눈으로 그를 째려보았다. 정작 제 사장은 바빠서 그 시선조차 몰랐지만.

태양이 지평선 아래로 완전히 잠수했다. 때를 노리던 어둠이 슬그머니 뛰쳐나와 자리를 잡았다. 하늘에 온전히 어둠만이 담겼다. 이제는 작은 창문으로 밖을 내다봐도 엷은 형광등 빛이 희미하게 가게 주변만 비출 뿐이었다.

흐느적대며 등허리를 맞댄 멸치들이 싱크대에 버려졌다. 그걸로는 모자란지, 제 사장은 아예 거름망을 휘휘 저어서 작은 비늘 조각까지 찾아내 건져냈다. 맑고 깔끔한 국물 맛은 그냥 나는 게 아니리라. 번거로운 과정을 거치고 나서야 국물도, 제 사장 마음도 맑아졌다. 가스 불을 끄자 하얀 연기가 치솟아 시야를 가로막았다.

공중으로 흩어진 연기가 이제는 등불을 휘감는다. 별이 사라지기 전 마지막으로 빛을 내뿜듯, 촛불이 빨갛게 발광하더니 갑자기 훅, 자취를 감췄다. 가게는 삽시간에 어둠에 휩싸였다.

"사장님!"

애써 덤덤한 척, 기다려 보지만 돌아오는 건 침묵이었다. 채이는 급박하게 말을 덧붙였다.

"안 보여요, 어디 있어요? 사장니임!"

눈앞에 갖다 댄 손조차 보이지 않는 어둠 속에서 대답은 돌아오지 않았다. 입에 지퍼를 달았냐는 둥, 내 처음부터 이럴 줄 알았다는 둥, 채이는 반쯤은 들으라고 중얼거리며 자리에서 슬그머니 일어났다. 제 사장의 옷자락이라도 붙잡아야 안심이 될 것 같았다.

차각, 차각. 가느다란 박자에 맞춰 불꽃이 튄다. 왜인지 밀려드는 기시감에 채이는 기억을 더듬었다. 근원지를 찾기도 전에 대뜸 들이미는 얼굴 때문에 금방 까먹었지만. 채이는 팔로 머리를 감싸며 눈앞의 기괴한 얼굴을 향해 비명을 질렀다.

"시끄러워, 요란 떨긴."

혀를 차는 소리에 한심하다는 마음이 묻어났다.

채이는 익숙한 말투에 괴상한 얼굴이 제 사장이란 걸 알아차렸다. 사람은 종종 민망하면 화를 내곤 한다. 마치 지금의 채이처럼.

"놀랬잖아요, 찾을 때나 좀 대답하지! 뭘 하기 전에 미리 말 좀 해요!"

제 사장은 대꾸도 없이 신중하게 촛불 주변을 둥글게 감쌌다. 꺼지기 전에 등불에 불부터 옮겨야 했다. 꺼진 심지에 파랗게 일렁이는 불꽃을 살며시 가져갔다. 오늘따라 불이 잘 붙질 않았다. 심지와 성냥의 이마를 지긋이 맞대고 한참을 있으니, 불이 옮겨붙으며 등불에서 푸른빛이 터져 나왔다. 빛이 원을 그리며 가게 밖으로 퍼져 나간다.

감은 눈꺼풀 안으로 동그랗게 번득이는 파란 잔상이 반복된다. 눈을 너무 늦게 감은 탓이다. 채이는 촛불의 흔적이 사라질 즈음 다시 눈을 떴다. 가게에는 불이 꺼지기 전과 같이 형광등 빛이 잔잔하게 가라앉은 채다. 둥그런 등불의 주름마다 쪼개지는 빛은 분명 파란색인데, 식당은 그저 하얀 빛으로 가득했다.

언제 주방에서 나왔는지, 제 사장은 문밖으로 고개를 내밀고 있다.

"뭐 봐요?"

쭈뼛대며 다가간 채이가 손잡이를 잡아당기자, 제 사장은 곧바로 문을 닫았다. 낮의 뜨거운 열기는 온데간데없어 차갑고 싸늘한 공기가 채이의 얼굴에 훅 끼쳤다.

채이가 너무 가까이 서 있어서일까. 제 사장이 흠칫 놀랐다.

"가, 저리."

"아, 예예. 그래야죠."

자신을 짐짓 단호한 말투로 막아서는 태도에 채이는 입을 삐죽 내밀었다.

그럴 의도는 아니었는데. 별거 없다고 어색하게 둘러대도 삐진 표정은 여전하다. 제 사장은 살짝 한숨을 쉬며 문에서 비켜주었다.

"문은 열지 말고 창문으로만 봐. 위험하니까."

채이는 기다렸다는 듯 창문에 코를 뭉개고 밖을 내다보았다. 차가운 창문에 뜨거운 콧김이 닿아 김이 서렸다. 천지사방이 분간되지 않는 새까만 어둠을 한 줄기 파란 선이 가르고 있었다. 주변을 희미하게 비추는 것이 마치 길처럼 보였다. 채이는 토라졌던 마음도 잊고 빛의 정체를 물었다.

"손님이 걸어오는 길. 이제 장사 시간이야."

채이가 걸어왔던 동굴이 바로 파란 길이었나 보다. 채이는 그제야 성냥 긋는 소리를 어디서 들었는지 떠올렸다. 동굴에서 이상한 빛에 이끌려 나가기 전에 들은 소리였다. 제 사장이 성냥 긋는 소리를 들었던 것이다.

"까불지 말고 얌전히 앉아 있어."

한국말은 끝까지 들으라더니, 제 사장의 본심은 여기 있었다.

그러나 채이는 그때의 이상한 느낌에 대해 생각하느라 받아치지 못했다. 왜인지는 모르겠지만 그게 둘 사이의 비밀을 풀어줄 열쇠처럼 느껴졌다.

'그건 대체 뭐였을까.'

채이는 입속에서만 말을 곱씹으며 의자로 돌아왔다.

"뭔데요, 이게?"

채이는 애써 시선을 돌리고 제법 새침하게 물었다.

먹음직한 잔치국수 한 그릇이 앞에 놓여 있었다. 제 사장은 아직 뜨거운 프라이팬을 키친타월로 닦아내며 "국수." 하고 무심하게 말했다. 두꺼운 키친타월이 기름을 먹어 투명해졌다.

"누가 그걸 몰라요? 이걸 왜 나한테 주냐고요."

"먹으라고. 이승에 돌아가고 싶다며. 그거 먹으면 돼."

이 국수를 먹으면 이승으로 돌아갈 수 있으렷다. 채이는 자신이 의외로 아쉬워하는 것에 놀랐다. 아침만 하더라도 이곳을 떠나고 싶어 안달복달이었는데, 막상 가려니 가게 앞에서 급히 인사하던 다미가 마음에 걸렸다.

"혹시."

채이가 나무젓가락을 천천히 벌렸다. 너무 아래를 잡았는지 나무젓가락은 한쪽으로 치우쳐 못난 모양으로 갈라졌다.

"이걸 먹으면 여기서 있었던 일은 전부 잊어버리는 거예요?"

"왜."

제 사장은 질문에 질문으로 답하는 버릇이 있다.

"따지고 보면 인생에서 다시 못 겪을 일이잖아요? 누가 살면서 이런 데를 와보겠어요. 가끔 떠올릴 만한 재밌는 추억 같아서요."

냉동실 문에 올라가던 손이 잠시 멈칫했다.

"남들한테 말 안 할 자신 있어?"

따박따박 말대답을 하던 채이도 선뜻 말이 나오지 않았다. 소설에서나 볼 법한 일들을 말한다고 믿는 사람도 없겠지만, 누구에게도 말하지 않으리란 자신은 없다. 제 사장이 검지로 관자놀이를 꾹꾹 누르며 채이를 돌아보았다.

"다 이유가 있어. 인간은 욕심이 끝도 없거든. 운명에 하자가 있는 인간은 신이 실수했다는 증거야. 여긴 신들의 실수로 만들어진 곳이고, 신은 인간에게 자기 실수를 드러내기 싫어해. 이승과 저승의 구조를 알게 되면 인간이 신에게 덤벼들 게 뻔하잖아? 모든 게 무너지겠지. 네 조그마한 머리통이 세상을 멸망시킬 수도 있는 거야."

자신의 이마를 겨냥하는 손가락을 보며, 채이는 눈만 끔뻑거렸다. 기억의 대가가 엄청날 것이라는 말은 허무맹랑해 보였지만, 따져보면 일리 있었다. 채이의 표정을 본 제 사장은 겨누었던 손가락을 거두었다.

채이는 민망해서 괜시리 입을 비죽거렸다.

"누가 뭐래요? 이런 것도 다 추억이다, 뭐 그런 거죠."

"이제껏 본 손님 중에 네가 제일 한심한 것 같다."

핀잔을 준 제 사장은 고개를 절레절레 흔들며 냉동실 문을 열었다. 냉기가 그의 목덜미를 감싼다. 냉동실 문을 열 때마다 구슬 때문에 늘 검은 연기가 뿜어져 나왔다. 오늘따라 유독 진득하게 들러붙는 검은 냉기에 그는 흠칫 놀라 어깨를 움츠렸다. 섬뜩한 예감이 그를 얼어붙게 만들었다.

"저 원래 그런 거 써본 적 없는데 이 식당은 평점 남길 수 있었으면 분명 남겼을 거 같아요. '사장님이 불친절해요.'라고."

채이는 조용해진 제 사장을 눈치채지 못하고 툴툴댔다. 이내 김이 폴폴 올라오는 면을 크게 한 젓가락 집어 후후 불고는 입에 넣으려는 찰나,

"기다려!"

제 사장이 날카롭게 소리쳤다.

"깜짝이야. 또 왜요!"

놀란 채이는 발칵 성을 내며 젓가락을 식탁에 내팽개쳤다. 밥그릇을 눈앞에 두고도 기다리기만 하는 개의 심정이 이런 걸까.

제 사장은 냉동실에 고개를 박은 채 멍하니 뭐라고 중얼거리고 있었다. 소리가 잘 들리지 않아 채이는 주방 가까이 귀를 바짝 세웠다. 그러나 냉동실 문은 금방 닫혔다.

"없다고."

채이는 비로소 공포에 질린 그의 눈동자가 보였다. 무언가 잘못되었다.

"네 구슬, 없어."

5
평범한 일과 속으로

"그러니까."

심각한 표정의 제 사장과 당혹스런 표정의 채이 사이에서 국수는 싸늘하게 식어갔다.

"내 구슬, 운명을 담고 있는 구슬이 없어졌는데 그게 없으면 이승으로 못 돌아간다고요?"

반쯤은 확인하기 위해, 반쯤은 그가 자신을 놀린다고 생각해서였다. 예상과 다르게 끄덕임이 돌아왔다. 채이는 몇 분 전까지 추억을 운운하던 자신의 입을 때려주고 싶은 심정이었다. 채이는 코웃음을 치고 식탁을 내리치며 벌떡 일어섰다.

"말도 안 돼. 그걸 지금 나더러 믿으라고요?"

"지금 여기는 말이 되고?"

제 사장은 실소를 터트리곤 팔짱을 풀어 두 팔을 벌려 한껏 빈정거렸다.

채이는 머리가 핑 돌았다. 모든 풍경이 멀어지듯이 앞이 아득해졌다. 채이는 넘어지지 않으려 식탁 모퉁이를 붙잡았다. 갑자기 일어나거나 자세를 바꿀 때면 언제나 심한 현기증이 일었다. 도무지 익숙해지지 않는 감각은 지금 상황이 꿈이 아니라는 걸 증명했다.

제 사장을 보니 아주 골치가 아프다는 듯 미간을 찌푸린 채로, 검지와 중지를 모아서 관자놀이를 누르고 있었다. 그도 해답을 모르는 것처럼 보여 채이는 의자에 털썩 주저앉았다.

"누구 건지 어떻게 구별하는데요? 잘못 보거나 구석에 있어서 못 본 거 아니에요?"

"구슬은 자기 영혼의 기척을 느끼면 빨갛게 빛나. 낮에도 안 보이길래 밤에는 빛날 줄 알고 기다린 거야. 일단 빛난다면 안 보일 수가 없어."

제 사장의 말투는 평소보다 느릿했다. 그가 손가락을 튕겨 국수 그릇 가장자리를 치자 국물 표면에 가늘게 파동이 일었다.

"이건 구슬에 대한 거부감을 줄여주는 방법에 불과해. 이것만 먹는 건 소용없어. 구슬이 심장속에 고장 난 운명을 원래대로 바로잡아서 다시 뛰게 하는 거라고."

등 뒤에서 날카로운 바람이 문을 두드렸다. 채이는 차라리

저 밖으로 나가서 갈기갈기 찢겨버리고 싶은 심정이었다. 그러면 이 끔찍한 악몽에서 깨어날 수 있을 것 같았다.

'생일 전에 돌아갈 수 있을 줄 알았는데.'

생각이 거기에 미치자 채이는 부모님 얼굴이 떠올랐다. 갑자기 눈가에 뜨거운 기운이 모여들었다.

"그럼 어떡해요?"

채이는 형편없이 울먹이는 목소리를 가다듬을 여유가 없었다. 눈물이 흐르지 않게 힘을 주느라 바빴으니까.

"울지 마."

제 사장도 채이의 숨소리가 가늘게 떨리는 걸 느꼈지만, 자신은 눈물에 담긴 감정 따위는 잃어버린 지 오래였다. 그리고 많은 영혼을 마주치며 눈물이 불필요하고 비효율적인 행위라는 것쯤은 충분히 알게 되었다.

"우는 건 딱 질색이야."

다른 사람이라면 몰라도 채이에게는 꽤 효과적인 말이었다. 채이도 눈물을 싫어하니까. 정확히 말하자면, 울고 있는 자신의 모습을 싫어했다. 채이는 세뇌하듯 자신을 다그쳤다.

'지금은 울 때 아니야. 정신 차려, 영채이.'

눈물을 말리기 위해 천장을 올려다보는데 어떤 장면이 뇌리를 스쳐 갔다. 자신도 기억하지 못하는 자기 모습이었다. 눈물을 참느라 입을 앙다문 자신, 그 손을 잡고 있는 부모님의 모습이 겹쳐 보였다.

당황할 새도 없이 몸이 더 빠르게 반응했다. 겨우 참았는데 다시 뜨거운 기운이 눈으로 몰려들었다. 채이는 눈물이 떨어질까 봐 화난 사람처럼 눈을 부릅뜨고 등불을 바라본다.

"정신 차려, 영채이."

조용히 중얼거리는 그녀의 목에 울퉁불퉁 힘줄이 선다. 목구멍에 차오른 떨림이 차차 가라앉았다.

"다른 방법은 없어요?"

채이는 목 안에 매듭처럼 고인 울음을 삼켜낸다. 제 사장을 쳐다보면 가까스로 참은 눈물이 다시 튀어나올 것 같아 국수에서 시선을 떼지 않았다.

"없어."

다시 울컥 목구멍으로 뭔가 올라오는 것 같다.

"당분간 가게에서 지내."

이어지는 말에 그 뭔가가 다시 쑥 내려가긴 했지만.

"네에?"

채이는 고개를 빳빳이 쳐들었다. 제 사장은 눈을 감은 채 명상이라도 하듯 평온한 얼굴이다. 그러고는 한다는 소리가 "귀 아파."란다.

"내일이 내 생일이란 말이에요! 당분간이 대체 얼만데요?"

"네가 돌아갈 방법을 찾을 때까지."

미동조차 없는 안면에 답답해진 채이가 눈을 까뒤집으며 역정을 냈다.

"그러니까, 그게 언제냐고요!"

"나도 몰라."

그러더니 제 사장이 고무장갑을 끼는 게 아닌가. 대수롭지 않은 말투로 답하면서 설거짓거리를 뒤적거리는 광경이 채이는 심히 의심스러웠다.

"지금 나만 심각한 거 아니죠?"

제 사장이 아직 끼지 못한 고무장갑 한쪽을 신경질적으로 싱크대에 집어던졌다.

"내가 너보다 심각해. 30년 동안 매일이 똑같았는데 하루 만에 엉망이 됐어. 이 지긋지긋한 곳을 떠날 날이 얼마 안 남았는데 너 때문에 꼬였다고."

어안이 벙벙한 채이는 뭐라 말은 못 하고 입술을 반쯤 벌린 채 눈만 끔뻑였다. 제 사장은 한숨을 깊게 내뱉고는 왼손에도 고무장갑을 꼈다.

"나도 방법이 없으니까 일단 기다려야지. 기다리다 보면 다른 방법을 찾을지도 모르고. 그 전까지는."

제 사장은 갑자기 눈에 힘을 주고 채이를 쳐다본다.

"몸 조심해. 네가 흠집이라도 나면 문제 생기는 건 내 쪽이 야. 난 지금까지 잘 해왔고, 너 때문에 그걸 망칠 순 없어. 내

발목 잡을 짓 하지 마."

"알겠어요."

잠자코 있던 채이도 입을 연다.

"다 알겠다고요. 사장님이 날 짐짝 취급하는 것도, 내 상황이나 감정 따위 하나도 배려 안 하는 것도 잘 알았어요."

비아냥거리던 채이가 잠시 말을 멈추고 숨을 고른다. 제 사장은 들은 체 만 체, 덜그럭거리며 설거지를 시작했다. 채이는 국수가 담긴 그릇을 앞으로 밀었다. 국물이 출렁이며 식탁에 살짝 쏟아졌다.

"이왕 말 나온 김에 솔직히, 나도 사장님 못 믿어요. 이런 곳에서, 이런 상황에 만난 사람을 어떻게 덥석 믿어요? 그런데도 저는 지금 사장님한테 내 목숨 맡기는 것 말고는 방법이 없어서 말 들을 거예요. 앞으로도 사장님이 하라는 대로 피해 안 가게 조심할 거고요. 그러니까……."

채이는 다시금 눈물이 차오르는 불쾌한 느낌에 아랫입술을 깨물었다. 그녀는 금방이라도 목구멍 안에서 튀어나올 것 같은 울음을 기어이 삼켜냈다. 다시 호흡을 가다듬고 채이는 비장한 표정으로 말했다.

"제발 저 좀 부모님한테 돌려보내 주세요. 내가 원하는 건 딱 그거 하나니까. 해줄 수 있죠?"

채이와 제 사장의 눈빛이 허공에서 맞부딪혔다. 제 사장은 금방 눈길을 거두었다.

"무슨 일이 있어도 돌려보내. 그래야 나도 돌아가니까."

"약속한 거예요. 약속 지켜요."

단호한 목소리에 제 사장이 채이를 바라보았다. 이번엔 눈을 피하지 않고 대답했다.

"난 내가 한 말은 지켜."

눈빛이 마주친 자리에 약속이라는 매듭이 묶였다. 기어이 약속을 받아낸 후에야, 바람에 흩날리는 종잇장처럼 펄럭이던 채이의 마음이 차분히 가라앉았다.

어색함과 불편함으로 가득 찬 가게의 공기는 여전했다. 채이는 눈물을 찍어내고는 괜스레 국수를 휘적거렸다. 침묵이 계속 자신을 짓눌렀기 때문에 채이는 뭐라도 말하려고 입을 열었다.

"만약 나 못 돌아가면 사장님이 책임져요."

말을 내뱉으니 더 침울해지는 것 같아 채이는 명랑하게 굴려 애썼다.

"나 아직 스무 살 생일 파티도 못 했고, 부모님한테 대학 합격한 것도 말 못 했단 말이에요. 어떻게 붙은 대학인데. 캠퍼스 한 번 못 가보고 죽을 순 없다고요."

"설거지하게 국수나 먹어. 그만 뒤적거리고."

제 사장도 이전의 대화가 마치 없었던 것처럼 아무렇지 않게 대답했다. 두 사람 모두 이게 최선임을 알고 있었다. 채이는 면을 후후 불어 입에 넣었지만, 국수는 이미 다 식은 뒤였다.

사막에도 아침은 찾아온다. 모래 폭풍이 불던 지난밤을 어디서 보냈는지 모를 다미는 머리칼에 파고든 모래를 털어내며 가게로 향했다. 어젯밤은 유독 추웠다.

'마음이 허해서 그런가?'

어쩌면 어제 국수를 안 먹어서 그럴지도 모른다. 평소와 다를 것 없는 하루인데 다미는 시작도 전에 힘이 빠졌다. 오늘은 제 사장이 틱틱거려도 받아치지 못할 것 같다. 저 멀리 가게가 보이는데도 다미는 느릿하게 발걸음을 옮겼다.

무심코 손잡이에 손을 올렸다가 멈칫했다. 어제와 같은 일이 벌어질지도 모른다. 그런 일이 있을지도 모른다기보단, 있기를 희망하는 마음이 더 큰 것이지만. 어쨌든 다미는 손잡이에 올렸던 손으로 문을 쾅쾅쾅 두들겼다. 제 사장이 문 좀 벌컥 열지 말랄 땐 귓등으로도 안 들었지만 혹시 모를 일이었다.

귓구멍이 뚫려 있으면 들으란 식으로 "나 들어간다!" 외치고 문을 밀려는 순간이었다.

"아저씨!"

말이 끝나기 무섭게 창문 밑에서 둥근 얼굴 하나가 튀어나온다. 하루 새에 그리웠던 얼굴이다.

"왜 이제 와요! 해 뜬 지가 언젠데! 걸음은 또 왜 그렇게 느려요? 어젠 잘만 뛰더니."

"내가 죽을 때가 됐나?"

다미가 활짝 열린 문 앞에서 중얼거리고 있는데 가게 안쪽에서 "모래 들어와. 문 닫아!" 하는 제 사장의 고함이 들렸다. 정신이 번쩍 들어 식당에 들어섰다. 문을 닫아도 채이를 닮은 손님인지 귀신인지 모를 사람이 아직 앞에 서 있었다. 그 사람이 조금 많이 뻘쭘한 표정으로 다미에게 묻는다.

"아저씨, 많이 놀랐어요?"

다미가 손가락으로 자신을 가리키며 "나? 나한테 물어보는 거야?" 하자, 채이는 무슨 문제라도 있냐는 듯 고개를 끄덕였다. 다미는 자기가 헛것을 보나, 한참을 고민하다가 제 사장을 향해 물었다.

"야, 너도 애 보이냐?"

채이는 웃음을 터트렸고 설거지를 하던 제 사장이 질린다는 표정으로 한숨을 쉬었다.

"헛소리 그만하고 와서 일이나 해."

냉랭한 대답에 다미의 머리는 더 복잡해졌다. 다미의 머리가 폭발하기 일보 직전에 채이는 웃음을 그치고 손을 내밀었다.

"어쩌다 보니 조금 더 머물게 됐어요. 앞으로 잘 부탁드려요."

싱긋 짓는 웃음에 머릿속에서 커튼이 걷히고 따스한 아침의 햇살이 들어찼다. 다미는 손을 맞잡고 힘차게 흔들었다. 마침내 잇몸이 절로 드러나며 웃음이 나왔다.

"참."

채이가 급히 손을 빼고 옆에 걸려 있던 옷을 집어 들었다. 다미가 두고 간 연두색 등산 재킷이었다.

"어제 이거 두고 갔더라고요. 밤에 바람 심하게 불던데 안 추웠어요?"

다미는 부러 장난스럽게 코를 훌쩍거렸다.

"안 춥기는! 어쩐지 드럽게 춥더라!"

"할 말 끝났으면 일 좀 하지. 너 때문에 늦어지고 있거든."

"지금 간다, 가. 하여간 말하는 뽄새하고는. 너 오늘 국수 두 그릇 내놔. 어제 안 먹은 거까지 해서!"

"헛소리 좀 하지 마."

제 사장은 쳐다보지도 않고 익숙하게 대꾸했다. 다미는 재킷을 도로 의자 등받이에 걸어두고 주방에 들어갔다.

투덕거리는 그들을 보니 채이는 피식 웃음이 나왔다. 채이는 두 사람을 뒤로 하고 문 앞에 다가가 창밖으로 바깥을 내다본다. 언제 바람이 불었냐는 듯, 청량한 하늘 아래 드넓은 모래 바다가 펼쳐졌다. 평소와 다름없는 사막의 하루가 이제 막 시작되고 있었다.

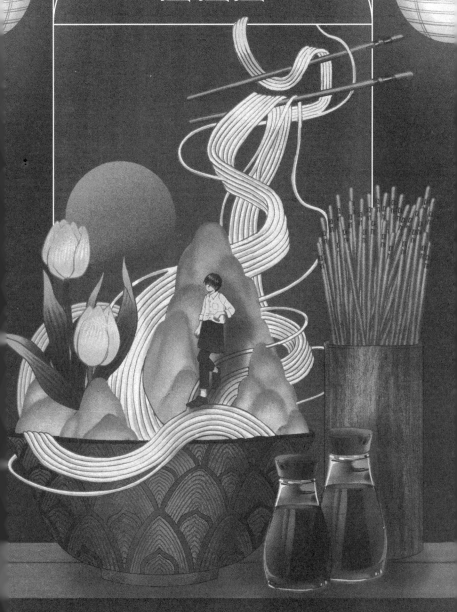

· 2장 ·

손님들

1
적응된 불쾌함

모든 휴지는 정사각형처럼 보이지만 실은 교묘한 직사각형이다.

휴지를 삼각형으로 접으면 완전히 겹쳐지지 않고 길쭉하게 남는 부분이 생긴다. 그 사실을 방금 알아낸 채이는 휴지를 정사각형으로 만드는 데 집중하고 있었다. 긴 부분을 접어서 꾹꾹 누른 뒤 자국이 남은 곳을 살살 뜯어냈다. 이번에는 잘 뜯어지나 싶었는데 마지막에 기어이 삼각형까지 찢어지고 말았다.

"아, 진짜!"

손바닥 안에서 휴지가 구겨진다. 벌써 몇 번째 실패인지 식탁에는 휴지 뭉치가 어지러이 널브러져 있다. 혓바닥처럼 휴지를 내밀고 있어야 할 플라스틱 케이스의 구멍 속에 채이가 손을 넣었다. 식당용 냅킨의 오돌토돌한 감촉 뒤로 딱딱한 바닥이 느껴졌다.

"또 찢어먹었어? 그냥 냅두고 접으라니까는?"

신경질적인 소리에 싱크대 밑에서 벌그죽죽한 얼굴 하나가 튀어 오른다. 방금 막 재 가루를 쓸어 담은 다미의 얼굴은 거뭇한 자국 탓에 얼룩덜룩했다.

뒤늦은 훈수에 채이는 마지막 남은 휴지 한 장을 뽑으며 투정을 부렸다.

"그러면 한쪽은 끝이 뾰족하지가 않잖아요."

"뭔 놈의 꽃잎이 전부 뾰족하대냐? 뭉툭한 꽃잎도 있는 거지. 너도 참."

뒤이어 선반에서 신문지를 꺼내려 일어난 제 사장이 티 나게 한숨을 쉬었다.

"적당히 해라."

그는 혓바닥을 살짝 내민 채이에게 경고를 던졌다. 그러자 채이도 부아가 치미는지 휴지 조각을 흔들며 성을 냈다.

"그럼 외출 금지 좀 풀어주던가요. 나가지도 못하게 하면서. 이 식당, 사람이 오기는 해요? 어떻게 한 달 내내 손님이 한 명도 안 와? 이런 거라도 안 하면 심심해서 이대로 저승 가겠어요."

그러곤 새침한 표정으로 휴지 접기에 열중한다. 비죽 내민

윗입술이 코끝에 닿는다. 옆에 앉은 다미도 맞장구를 치며 뭉친 휴지를 제 사장 얼굴에 들이밀었다.

"얘가 오죽 심심하면 이래, 오죽하면! 휴지 쪼가리로 이러는 거 불쌍하지도 않냐? 그냥 나가게 냅 둬! 내가 옆에서 딱……."

"누구 때문에 나가지 말라는 건데?"

제 사장이 노려보자 다미는 큼큼, 딴청을 피우며 괜스레 널브러진 휴지를 뭉쳐 쓰레기통에 던져 넣었다. "골인!" 하고 외치며 양손을 치켜들었지만 아무도 호응해 주지 않는다. 하이파이브를 받아주는 사람이 없으니 다미의 손은 다시 다소곳이 무릎 위로 올라갔다.

환승에 머문 지 한 달. 제 사장은 채이가 문밖에 나서는 건 물론이고 문을 열어보는 것조차 철저히 금지하고 있다. 세찬 항의가 있을 때마다 그는 해가 질 때까지 들어오지 않았던 첫날을 들먹거렸고, 채이와 다미는 할 말을 잃었다. 채이가 밖에 나갔다가 무슨 사고라도 생기면 큰일이라는 건 굳이 말하지 않아도 아는 사실이니까. 결국 논쟁은 항상 '아무것도 하지 않기'라는 명령으로 마무리되었다.

입 밖에 내진 않았지만, 채이는 제 사장이 자신을 물건처럼 여기는 것에 신물이 났다. 그는 상품에 생채기가 나서 반품을 못 할까 안절부절못하는 손님처럼 보였다.

채이가 식당에만 처박혀 있으니 다미도 자연스레 안에 머무르는 시간이 길어졌다. 일이 끝나도 저녁까지 가게에 있었고, 진 여사가 오지 않는 날에도 꼬박꼬박 출근 도장을 찍었다. 심심한 채이의 말동무가 되어주기 위해서였다.

"악, 나 안 해!"

신경질적으로 휴지를 집어던졌지만 그런 채이를 약 올리기라도 하듯 휴지는 포르르, 얼마 못 가 떨어졌다. 겨우 찾아낸 놀이가 반나절도 되지 않아 질려버린 채이는 지루함에 얼굴을 파묻고 엎드렸다.

"그래, 거 그만해라. 성질 다 버리겠네."

다미는 채이가 버린 휴지를 주워 들어 손바닥에 묻은 검댕을 닦아냈다. 손보다는 얼굴이 훨씬 시급해 보였지만 제 사장은 굳이 말해주지 않고, 묵직한 고무대야를 주방 밖으로 슥 밀어낼 뿐이다. 빨리 버리고 오라는 무언의 압박에 다미는 엄살을 부렸다.

"좀만 쉬자. 나 요새 여기저기 막 쑤신다? 어제 바람이 차서 그런가, 아직도 무릎이 시리다니깐."

"여사님 오시는 날이야. 빨리 나가."

제 사장에겐 결코 먹히지 않는다는 점이 문제라면 문제일까.

"그럼 그냥 문 앞에다가 후딱 버리고 올게. 언제까지 이 무거운 걸 들고 저까지 가게."

다미는 토라진 얼굴로 협상을 제시했다. 혹여나 재 가루가 식당에 튈까 봐 매번 멀리 떨어진 곳에 버리고 오라고 잔소리를 해대는 제 사장이었다. 그가 대답할 가치도 없다는 듯 말을 무시하고 물에 적신 행주로 냉장고를 닦기 시작했다.

"내가 너무 오래 일했어. 돈 한 푼 안 받고 일해줬더니만 사람을 아주 막 대해. 이런 건 대체 얻다 신고해야 돼? 참 나."

다미는 불만을 누더기처럼 다닥다닥 기워 입은 표정으로 구시렁거렸다. 그러면서도 고분고분 엉덩이를 털고 일어난다.

바지를 추켜올린 다미가 "훗챠!" 요상한 기합을 넣으며 고무대야를 들어 올렸다.

"채이야! 빨리, 빨리, 빨리!"

발바닥을 거의 질질 끌면서 걸어가는 내내 다미가 쉬지 않고 입을 놀렸다. 엎드려 있던 채이는 서둘러 일어나 다미를 앞질러 문을 벌컥 열어젖혔다. 다미는 우스꽝스러운 걸음으로 직진해서 문을 빠져나갔다.

"조심해요! 넘어져요!"

채이는 균형을 잡느라 뒤뚱거리는 다미의 뒤통수에 손을 흔들었다. 인사는 핑계고 조금이라도 더 바깥공기를 들이마시고 싶었다.

"문 닫아라."

"빨리 오세요!"

분명히 들었지만 채이는 부러 과장된 몸짓으로 다미가 보지도 않을 손을 열심히 흔들었다.

"문 닫으랬다."

세 번째부턴 잔소리가 날아들 게 뻔했다. 채이는 입맛을 다시며 문을 닫았다.

채이가 의자에 엉덩이를 붙인 모습을 확인하고 나서야 제 사장은 다시 냉장고를 닦았다. 채이는 턱을 괴고 삐뚜름한 자세로 그를 지켜보았다. 투웅, 투웅. 수도꼭지에 매달린 물방울이 규칙적으로 개수대에 떨어지는 소리가 정신을 나른하게 만든다. 앉아서 의미 없이 시간만 때울 바에야 낮잠이라도 늘어지게 자고 싶지만 잠은 오지 않는다. 채이는 환승에 머문 지 일주일 만에야 자신이 단 5분도 잠든 적이 없다는 걸 깨달았다. 소스라치게 놀란 채이에게 제 사장은 뭐 그리 당연한 걸로 놀라냐며 빈정거렸지만.

환승에서의 모습은 몸이 아닌 영혼이니 잠을 잘 수가 없다. 졸리고 배고프고 아픈 것들은 모두 육체의 버릇에 불과하다고 했다. 채이같이 육체와 떨어진 지 얼마 안 되었을 땐 착각이 심하다고도 덧붙였다. 그 증거로 채이는 한 달 동안 한숨도 자지 않았지만 멀쩡했다.

사실 식사도 필요 없었지만, 채이는 꼬박꼬박 저녁을 챙겨 먹는 다미가 민망할까 봐 옆에서 같이 국수를 먹었다. 제 사장이 장사를 시작하기 전에 끓이는 첫 국수는 늘 다미 몫이다.

다미가 제 사장의 일을 도와주고 받는 소박한 대가였다.

"살아 있었던 걸 안 잊어먹을라고 그래. 윗동네에서 내려온 지 엄청 오래돼서 가끔 기억이 가물가물하거덩."

왜 국수를 먹느냐는 질문에 다미는 답했다. 그는 언제나 이승을 '윗동네'라 불렀다. 한 마디를 물으면 두세 마디로 돌려주는 다미였지만, 유독 환승에 어떻게 오게 되었냐는 질문에만은 묵묵부답이었다. 채이가 집요하게 물어보았지만 끝내는 "그 일은 안 물어봤으면 좋겠네."라는 답을 들었을 뿐이다. 표정이 너무나 쓸쓸해 결국 채이는 입을 다물 수밖에 없었다.

'여긴 내일도 어제랑 똑같을 것 같단 말이지.'

채이는 자꾸만 감기는 눈을 뜨려고 애썼다.

물줄기가 개수대를 요란하게 때리는 소리에 감긴 눈이 번쩍 뜨였다. 채이는 허리를 꼿꼿이 세워 자세를 고쳐 앉았다.

'그래도 이젠 익숙해.'

식탁 건너편에서 행주를 빨고 있는 제 사장을 빤히 쳐다보며 엊그제 진 여사가 해준 말을 떠올렸다.

"보이지도 들리지도 않지만 지금도 많은 먼지들이 우리 옆을 떠다니고 있네. 원소니 가스니 하는 것들 말일세. '시간'은 이 모든 것들을 잽싸게 피해 다닌다네. 흘러가는 바람도 시간의 움직임을 뒤따라갈 정도니 얼마나 빠른지 짐작이 가나? 숨을 들이마시고 내쉬는 중에도 우리 안에 흘러 들어왔다가 빠져나가지. 시간은 멈추는 법을 몰라. 그저 끊임없이 움직일 뿐이라네."

그러면서 그녀는 오직 인간만이 움직이는 단위를 환산하여 시간을 계산한다 했다. 이승과 달리 환승에는 시계가 없어서 행주를 바늘 삼아 시간을 세면 된다. 냉장고 속 재료는 진 여사가 가져다준 지, 딱 일주일 만에 불탔다. 제 사장은 새까만 냉장고 속을 새하얗게 닦아내곤 너덜너덜한 행주를 버렸다. 새 행주를 꺼낼 때면 일주일이 지난 것이다.

"한데 시간은 이승과 환승에서만 존재할 수 있네. 저승에 들어서는 순간 튕겨 나가지. 환승은 이승과 저승을 잇는 출입구이니, 이승에서는 느긋하던 시간이 환승에선 훨씬 바쁘게 움직인다네. 저승 입구에서 튕겨 나온 시간들이 자리에서 빙글빙글 돌고 있는 게야. 그러한 까닭에 소용돌이가 생겨 환승은 이승보다 시간이 더 빨리 간다네. 이승에서의 하루가 환승에서의 1년과 맞먹을 수준이니."

'생일 지나려면 아직 멀었네.'

채이는 틈틈이 손바닥에 숫자를 휘갈기며 시간을 계산하는 버릇이 생겼다. 환승의 시간으로는 한 달, 이승 시간으론 두 시간 정도 지났다. 마지막으로 차에서 보았던 바깥 풍경이 어두웠으니, 생일 전날 밤이거나 막 열두 시가 지난 시점일 것이다. 생일 전까지 돌아가기엔 여유가 있었다.

채이는 매일 저녁 등불이 꺼지면 소원을 비는 습관도 생겼다. 케이크의 촛불을 후, 불어 끌 때를 떠올리며 마음속으로 읊조렸다.

'우리 가족 다시 만나게 해주세요.'

어둠에 사로잡힌 순간은 성탄절 전날 밤처럼 더없이 거룩하게 느껴졌다. 비록 후드 티의 그림처럼 윤기 도는 치즈 케이크와 형형색색 양초는 없지만, 불 끄는 시늉이라도 하고 나면 막막한 기분이 조금이나마 나아졌다.

일단은 당장 지루한 것부터 해결하고 싶었다. 정말이지 심심해 미쳐버릴 지경이다. 제 사장이 행주를 빨러 다가왔다. 채이는 매사에 시큰둥한 그에게 언제나 그렇듯 먼저 말을 걸었다.

"사장님 국수 좋아해요? 왜 지나다니는 손님도 없는 여기에다 식당을 열었어요?"

행주 빨던 손길은 낌새를 채지 못하게 움찔거렸다. 이곳에서 장사를 하고 싶어서 한다고 믿는 소녀의 눈치 없음이 짜증났다.

"내가 하고 싶어서 하는 거 아니야."

"그러면 왜 국숫집을 하는데요? 다른 면이 낫지 않나. 라면? 냉면? 아님 비빔? 사장님도 비빔면 개발해 보는 건 어때요? 지금보단 잘 팔리겠다."

대충 짠 행주가 맨들맨들한 냉장고 표면을 훑는다. 행주가 지나간 자리에 지저분한 물 자국이 남았다. 제 사장은 성난 기색으로 대답했다.

"싫어."

"그럼 왜 밤에만 장사해요? 낮에도 장사하면 손님이 더 많이 오지 않을까요?"

"밤에만 저승 가는 길이 열리니까. 그리고."

제 사장이 자리에서 벌떡 일어서는 바람에 채이는 몸을 뒤로 젖혔다. 성큼성큼 싱크대에 다가온 그는 행주를 쓰레기통에 집어던졌다.

"지금도 하나 있잖아, 말 많은 손님. 지금보다 사람이 많으면 얼마나 피곤하라고."

그가 한숨을 쉬며 선반에서 새하얀 행주를 꺼냈다.

채이는 말 붙이기를 포기했다. 제 사장과의 대화는 언제나 이런 식이다. 모래사막을 걸을 때처럼 발이 푹푹 박혀 제대로 이어지지 않았다. 매번 이렇게 끝나는 걸 알면서 굳이 말을 건 자신을 탓할 뿐이다. 이제 할 일은 한 가지밖에 없다. 얌전히 앉아 다미와 진 여사를 기다리며 어떤 이야기를 들을지 기대하는 것.

2
나비잠

높은 의자 탓에 작은 두 발이 공중에 붕 떠서 덜렁거렸다. 채이는 식탁에 턱을 괴고 여느 때처럼 등불을 올려다본다. 말도 없이 제 사장과 밤을 지새우는 동안 채이에게 위안을 주는 유일한 물건이었다. 푸르게 얄랑이는 빛을 가만히 보고 있을 때면 이상할 정도로 포근하고 아늑했다.

채이는 심지 끝을 빤히 쳐다보다가 눈을 감았다. 눈꺼풀 속에 촛불의 잔상이 남아 아른거린다. 푸른빛은 점차 옅어지더니 곧이어 눈동자 뒤로 사라졌다. 온몸 구석구석, 손가락과 발가락 끝까지 따스함이 번진다.

그도 잠시, 다시 한숨이 나왔다. 올지 안 올지도 모를 손님을 기다리느라 오늘 밤도 다 지나갈 게 뻔했다. 장사는 이제 시작인데 채이는 벌써 지루해서 몸이 배배 꼬였다.

게다가 아까 대화 때문인지, 제 사장 기분이 별로 좋아 보이진 않았다. 하기야 기분이 좋았던 걸 본 적도 없지만, 어쨌거나 평소보다 훨씬 나빴다. 아예 입을 일자로 꾹 다문 채 도통 열지 않는 건 안 좋은 신호였다. 밤새 아무 말도 않을 거란 불길한 예감에 벌써부터 입에서 단내가 고인다.

바로 그때, 기적처럼 덜그럭거리는 소리가 들렸다. 바람 소리라고만 생각한 채이가 무심코 문을 돌아보았다가 헉, 숨이 넘어갈 뻔했다. 창문 밖에서 가게를 들여다보는 머리 하나가 보였기 때문이다.

"사, 사장님?"

채이는 방금까지 제 사장 심기를 건들지 말자던 것마저 까먹었다.

"누가 있어요, 밖에. 절 보고 있어요."

"손님이겠지."

뒤도 돌아보지 않고 가스레인지 불을 켜는 그의 목소리에는 감흥이 없었다. 단지 손님, 단 두 글자에 기운이 솟구친 채이만이 자리에서 발딱 일어섰다.

"손님이면, 사람이라고요?"

누누이 들었던 사막의 위험한 것들은 생각할 겨를도 없이 몸이 먼저 반응했다.

아차 싶었던 제 사장이 뒤돌아봤지만,

"어서 오세요!"

이미 채이가 큰 소리로 외치며 문을 활짝 열어젖힌 후였다.

그림자는 대뜸 열린 문에 놀란 듯, 몸을 뒤로 젖혔다. 덕분에 불빛에 손님의 모습이 드러났다. 회분홍의 얇은 점퍼가 바스락거렸다. 다리에 달라붙는 레깅스는 종아리까지 목이 긴 스포츠 양말이 덮고 있었다. 모자를 뒤집어쓴 탓에 얼굴이 잘 보이지 않았다. 손님은 문고리에 올리고 있던 길쭉한 손가락을 그대로 뻗은 채 "저, 그러니까, 그게……." 살짝 쉰 듯한 목소리로 더듬거렸다.

"안녕하세요! 들어와도 돼요, 얼른 들어오세요!"

채이는 입구에서 살짝 비켜섰다.

손님이 반가운 탄성을 지르며 후드를 벗었다. 보기 좋게 탄 둥근 이마가 먼저 보였다. 짙은 갈색빛을 띠는 머리카락 몇 가닥이 눈썹 뼈를 감싸며 흘러내렸다. 긴 머리를 깔끔하게 묶어서인지, 점퍼의 색 때문인지 여자의 각진 턱선이 도드라져 보였다.

"고마워요. 장사를 안 하는 줄 알고……."

"어? 어?"

채이의 입술이 들썩이며 앞니가 드러난다.

"국가대표, 올림픽, 체조, 맞죠!"

여자는 멋쩍은 미소로 화답한다. 분명 텔레비전에서 본 기억이 있는 얼굴이다. 마음은 들떴지만 너무 아는 척을 하면 피곤할까 싶어 채이는 입술을 깨물어가며 참았다. 애달프게 기다리던 첫 손님이 이리도 유명인일 줄이야. 기다린 보람을 느끼며 채이는 웨이터처럼 한 손은 배 위에, 한 손은 쭉 뻗어 식탁을 가리켰다. 앞서 가는 선수의 점퍼 구석에 작은 나비 한 마리가 수놓여 있다. 손님은 팔랑이는 나비처럼 구석진 자리를 골라 높은 의자에 올라탔다. 채이와 마찬가지로 발이 의자 받침대에 닿지 않아 의자 끝에 엉덩이를 걸터앉았다.

이들을 지켜보던 제 사장이 개수대에 당근과 애호박을 냅다 쏟아부었다. 개수대에서 부딪힌 채소끼리 와그르르 무너지는 소리를 내자, 손님은 어깨를 움찔거렸다.

"깜짝이야! 왜 그래요?"

"뭐가."

제 사장은 눈 하나 깜짝 않고 대꾸했다. 자신은 결코 손님을 반갑게 맞이한 적이 없었고 앞으로도 그럴 생각이었다. 설령 이승에서 유명한 사람일지라도. 그는 세찬 물줄기에 채소를 벅벅 문질렀다. 자신이 세운 규칙을 아무렇지 않게 깨트리는 채이가 달갑지 않았다.

채이도 마찬가지였다. 불만이 목젖까지 올라왔지만 내뱉지 않고 그만두었다. 손님 앞에서 제 사장과 말싸움 하는 모습을 보일 수는 없다. 게다가 이렇게 지루한 일상에 평생 자랑거리 삼을 만한 사건이 생겼는데, 다시 심심한 밤으로 돌아갈 순 없었다. 채이는 이를 뿌드득 갈면서 소리 지르고 싶은 마음을 꾹 눌러 담았다.

널찍한 채소 칼이 도마 위의 당근을 내리쳤다. 당근이 일정한 두께로 썰려 나갈 때마다, 손님은 미간을 움찔거렸다. 자신을 반기지 않는다는 것쯤, 아무리 눈치가 없어도 알았을 것이다. 불편해하는 손님을 친절하게 대할 수 있는 건 채이뿐이다.

채이는 정갈하게 쌓인 유리잔 하나를 집어 들었다. 장사 전에 따뜻하게 끓여둔 물을 컵에 붓자, 물이 닿지 않은 컵 안쪽 부분에 뽀얗게 김이 서렸다.

"저, 손님?"

정중한 어투에 손님이 흠칫 놀라서 돌아보았다. 채이는 배시시 웃으며 유리잔을 앞에 슬며시 밀어준다.

"밖에 쌀쌀하죠? 따뜻한 물 좀 드세요."

"고맙습니다."

여자는 멋쩍은 표정으로 고개를 까딱거렸다. 따뜻한 물이 움츠린 어깨를 풀어줄 새도 없이, 이번엔 프라이팬이 요란한 소리를 내며 가스레인지 위로 올라갔다.

세모나게 뜬 채이의 눈이 제 사장의 뒤통수를 쿡쿡 찔렀다. 분위기가 풀어질 만하면 일부러 훼방 놓는 게 틀림없었다.

"저기요."

이번에는 여자가 채이 어깨를 톡톡 건드렸다. 제 사장을 노려보고 있던 채이가 화들짝 놀라 쳐다보자 여자는 입술을 달싹거렸다. 뭔가 말하고는 싶은데 신경 쓰이는 모양이다.

채이가 의자를 바짝 붙여 귀를 들이대자 여자는 그제야 "저분은 누구예요? 뭐 하시는 거예요?" 하고 소곤거렸다.

"이 식당 사장님인데요, 괴팍해서 그렇지 국수 맛은 괜찮아요."

채이는 속으로는 한창 제 사장을 욕하고 있었지만 손님에게만큼은 티를 내고 싶지 않아 제법 친절하게 소개해 주었다.

"식당? 내가 국수를 먹으러 왔다고? 가만, 근데 여긴 어떻게 온 거지?"

손님이 잠꼬대하듯 중얼거렸다. 뒤이어 여자의 고개가 한쪽으로 축 늘어지더니 최면에 걸린 사람처럼 몸이 앞뒤로 흔들거렸다. 눈동자는 희뿌연 회색빛이다.

괴기한 광경에 채이는 오싹 소름이 돋았다.

"저기, 손님? 저기요?"

"금방 깰 거야. 경고하는데."

어느새 다가온 제 사장의 긴 손가락이 식탁을 콕콕 찌른다.

"쓸데없이 말 걸지 마. 웬만하면 대꾸도 하지 말고. 환승에 대해서 말실수라도 했다간 너도 못 돌아가."

제 사장은 쉴 새 없이 몰아치고는 다시 가스레인지로 돌아갔다.

"이제야 좀 따뜻하네요. 고마워요."

채이가 미처 따지기도 전에 탁한 손님의 눈동자는 원래의 총명한 색으로 돌아왔다. 여자는 방금 전까지 정신을 잃었다는 것도 모르는 양 점퍼의 지퍼를 살짝 내리며 손부채질을 했다.

"아르바이트 하세요?"

채이가 고장 난 얼굴 근육을 더듬어 억지 미소를 짓는다.

"그런 셈이죠, 하하."

"이 시간까지 일해도 돼요? 막차 끊기면 어쩌려고."

제 사장은 귀를 활짝 열고 있지, 손님은 대답을 기다리지. 모두의 비위를 맞출 대답을 쥐어짜내는 일은 쉽지가 않았다. 채이는 제 사장처럼 면전에 대고 손님을 무시할 만한 위인도 아니다. 게다가 오랜만에 대화다운 대화였다. 수다 떨 기회를 눈앞에서 놓치라니, 그거야말로 고역이었다.

"사장님이 막차 전에는 보내주셔서 괜찮아요. 저보다 언니 신데 말 편하게 하세요."

말실수만 안 하면 된다고 합리화를 하며 채이는 말을 돌렸다.

"그럴까? 너도 언니라고 불러. 난 딱딱한 말투 싫어."

여자는 손을 내저으며 웃었다. 얇은 입술 위 주름이 팽팽하게 펴졌다. 광대가 밀려 올라가면서 왼쪽 입꼬리 끝에 길쭉한 보조개가 생겼다. 오른쪽엔 없는 보조개다.

"넌 어린데 벌써 알바를 하는구나. 나도 진짜 해보고 싶었는데. 엄마가 허락해 줬어?"

채이는 장난스레 눈을 흘겼다.

"저 이제 대학생이거든요? 엄마 허락 없이도 다 할 수 있어요. 언니는 왜 안 해봤어요?"

"훈련하느라 바쁘기도 했고, 엄마가 절대 안 된다고 결사반대해서."

손님이 자기 입을 찰싹 때렸다. 살짝 웃는 왼쪽 볼에 다시 볼우물이 파였다.

"유명한 척 거만 떨지 말라고 했는데, 잘 안 되네."

"언니 정도면 유명인이죠! 전 어릴 때부터 몸이 안 좋아서 운동하는 사람들이 그렇게 멋져 보이더라고요. 지난 올림픽 때 언니 평균대 경기 보고 바로 반했잖아요. 팬 앞에서까지 너무 겸손 떨지 마세요."

"올림픽⋯⋯. 완벽할 수 있었는데."

선수의 표정이 일순간 굳는다. 균형을 잃고 비틀거렸던 마지막 착지처럼, 밝은 갈색 눈동자가 흔들렸다. 건드려선 안 될 부분을 건드린 듯했다.

"그래도 메달 땄잖아요. 저희 엄마도 막 대견하다고 울고 그랬어요."

채이는 점수에서 눈을 뗄 수 있도록 선수를 얼싸안는 코치처럼 말을 돌렸다.

"우리 엄마한테도 자랑스러운 딸이면 좋을 텐데."

점수를 본 선수의 비뚜름한 입술이 찌그러졌다. 입술 가운데가 갈라지며 피가 내비쳤다.

"미안, 요즘 좀 예민해. 엄마한테는 남은 시간도 얼마 없는데."

침을 자꾸 발라서 그런가. 채이는 어쩐지 입술이 버석거렸다. 사인을 받으러 갔다가 숨어서 울고 있는 선수를 발견한 기분이 들었다.

"우리 엄마가 지금 좀 아프거든. 흔한 감기 한 번 안 걸리던 건강한 사람이 갑자기 쓰러졌어. 의사가 올해 넘기기 힘들 거라고……."

혓바닥이 입술에 옅게 번진 피를 쓸어낸다.

"진짜 나 때문인가? 할머니는 그러더라. 네년이 엄마 발목을 잡더니, 기어코 죽일 줄 알았다고."

"무슨 말이 그래요? 그냥……."

채이는 잠시 머뭇거린다.

"그런 일이 일어난 거지."

"진짜일지도 몰라. 출산할 때 옆에 아무도 없었대. 결혼할 거라 믿었던 놈은 도망가고, 할머니는 그거 낳으면 너도 내 딸 아니라면서. 다들 반대했는데 왜 우리 엄마만 고집을 부렸는지."

채이는 아랫입술을 입속으로 말아 넣고는 윗니로 잘근잘근 씹었다. 비밀을 들을 땐 어떤 표정을 지어야 하는지 도무지 모르겠다고 생각하며. 빨갛게 달아오른 손님의 눈가장을 보고 휴지를 건넸다. 공기 속에서 떨려오는 숨결을 들으며 조용히 기다렸다.

"당연히 선수 생활은 안녕했지. 내가 기계체조 시작하게 된 것도 엄마 때문이야. 원래는 엄마가 선수였어. 나만 없었으면 목에 금메달 걸고 황금빛 인생 살았겠지, 싶어."

딸은 잠시 말을 멈췄다. 미세한 입술의 떨림, 볼에 떨어진 물방울.

"포기하지 말았어야 했는데, 나 같은 거 그냥 낳지 말지."

진동이 하늘을 흔들더니 한 방울, 두 방울, 거센 장대비가 되어 내린다. 이를 악물고 울음소리를 참아내는 모습이 비바람에 대롱대롱 위태롭게 흔들리는 번데기처럼 처연했다. 꽉 쥐어 구겨진 휴지로 얼굴을 닦았지만, 소나기는 눈치도 없이 다시 얼굴을 적셨다.

"독하게 훈련시키고 모질게 잔소리하던 사람이 요샌 맨날 엄마 없으면, 엄마 없으면……. 말끝마다 불안하게 그런 말은 왜 붙이냐고 소리 빽 지르고 나와버렸어. 나 혼자 남겨두고 대체 어딜 가냐고. 정말 나를 엄마 잡아먹는 년 만든다고."

젖은 뺨을 닦아내도 같은 자리에 물줄기가 흐른다.

"곧 선발전인데, 못 하겠어. 중심을 잡을 수가 없어. 발을 내딛고 뛰어오를 때마다 엄마한테서 멀어지는 것 같아서. 훈련할수록 그런 생각이 선명해져. 엄마는 진짜 나 때문에 불행해졌을까, 자기 인생 제대로 살아보지도 못하고 죽는 건가. 그러다 보면 나한테는 더 이상 자격이 없는 것 같아서, 자꾸 넘어져."

채이는 얼굴에 붙은 휴지 조각을 떼어주는 손길로 대답을 대신했다.

"주저앉으면 또 엄마 얼굴이 아른거려. 엄마가 죽으면, 이깟 대회가 무슨 소용이지? 아무리 생각해도 곁을 지키는 게 맞잖아. 할머니가 욕할 때마다 걱정되고 미안해서 미칠 거 같아. 근데 더 괴로운 건, 그러면서도 선뜻 대회를 포기하진 못하는 이기적인 나 자신이야."

딸은 더 말을 잇지 못하고 끄윽, 끅, 숨을 삼킨다.

어쩐지 채이도 엄마가 보고 싶어졌다. 눈물을 참으려 옷소매로 얼굴을 가렸다가 후회했다. 익숙한 향기가 코끝을 쓸었다. 다른 일에선 돈을 아낀다며 허리띠를 졸라맸던 엄마였지만 섬유유연제만큼은 늘 같은 향을 고집했다. 이유는 딱 하나, 채이의 한마디 때문이었다.

'엄마 냄새다.'

하얀 비누 냄새 뒤로 오렌지 껍질이 톡 쏘면서, 비 오고 난 뒤의 풀 내음이 뒤섞인 노란색 섬유유연제. 빨래를 갤 때마다 수건에 코를 박고 맡았던 향이다. 채이는 엄마 냄새라 부르는 향기. 그간 참을 만했는데 엄마 향을 인식하고 나니 더 보고 싶어졌다.

엄마가 보고 싶다고 우는 어린아이가 되고 싶지는 않다. 심장에서부터 울컥 치미는 감정 때문에 가슴께가 뻐근했지만 애써 인중을 늘리며 덤덤한 척을 해본다.

채이가 시큰거리는 콧잔등을 들썩거리며 무슨 말을 꺼낼지 고민하는데, 손님 앞에 국수 한 그릇이 놓였다. 김이 모락모락 오르는 잔치국수 옆에는 빨간 구슬이 담긴 작은 종지도 있었다.

제 사장은 앞치마에 손을 닦으며 "먹어." 짧막하게 말했다.

딸꾹질하듯 히끅거리던 손님도 "네?" 하고 짧게 되물었다.

손님과 제 사장이 잠시 먹네 마네 하는 사이, 채이는 구슬에 시선을 빼앗겼다. 별안간 군침이 돌았다. 분명 아까 다미와 국수를 먹었는데 배 속에서 파도가 넘실거리듯 허기가 졌다.

채이는 구슬을 원한다. 다른 것들은 사라지고 오로지 구슬과 자신만이 존재했다. 이상야릇한 이 느낌을 도무지 말로는 설명할 수 없었다. 구슬은 채이의 애타는 시선을 무시한 채 손님을 향했다. 순간 질투심이 타올라 채이는 구슬을 향해 서서히 손을 뻗었다.

"꼬맹이."

제 사장이 눈앞에서 손가락을 탁, 퉁겼다.

"꿈 깨. 아직 니 차례 아냐."

채이는 눈을 깜빡이며 정신을 차렸다. 방금 잠에서 깬 것처럼 몽롱하다. 식탁 위로 올라온 손을 황급히 무릎으로 끌어당겼다. 다행히 여자는 구슬을 요리조리 살펴보느라 채이의 행동을 보지 못했다.

"당신이 안 먹으니까 얘가 탐내잖아. 빨리 먹고 가."

"식단 중이라 밀가루는 안 되는데……."

손님은 코를 훌쩍거리며 나무젓가락을 쪼갰다. 말은 그렇게 했지만 실컷 울고 나니 진이 빠졌을 터다. 방금까지 먹으라고 재촉하던 제 사장이 면을 건지는 손을 막았다. 그러곤 구슬을 가리켰다가 다시 국수를 가리켰다. 못 미더운지 손님의 눈꼬리가 가늘어졌다.

"이게 뭔데요? 곧 대회라서 이상한 거 먹으면 안 돼요. 감기약도 조심해서 먹어야 된다고요."

"뭐라는 거야. 알아들을 수가 없네."

짜증을 숨길 생각이 없는 제 사장의 미간이 찌푸려진다. 혼자 꿍얼거리더니 그는 손수 구슬을 국수 위에 쏟아버린다. 구슬은 국물에 닿자마자 사르르 녹아 작은 알갱이가 되었다.

"뭐 하는 거예요!"

어이없단 듯 그를 노려보던 손님은 국수 가락 사이로 배어

드는 알갱이를 황급히 휘저었다. 그러나 이미 국물이 빨갛게 물들어버린 후였다.

"괜찮아요, 비법 양념장 같은 거예요."

채이가 금방이라도 덤벼들 것 같은 둘 사이를 황급히 가른다.

"이게 또 사장님 자부심이거든요."

채이는 국수를 팔 생각 없는 사장 대신 손님을 달랬다. 여자는 여전히 찜찜한 눈길을 거두지 못했지만, 채이가 젓가락 쥔 손을 그릇 가까이 잡아당기자 조금씩 면을 집어 먹기 시작했다.

손님이 국수를 먹는 동안 채이는 제 사장을 힐끔 째려보았다. 허나 그는 아무 일 없다는 듯 주방을 정리할 뿐이었다.

여자는 그릇을 깨끗이 비우고 "슬슬 가볼게." 하며 주섬주섬 일어났다.

"저기요, 언니."

채이는 문으로 향하던 발걸음을 멈춰 세웠다. 열심히 머리를 굴려봐도 명쾌한 해답은 찾을 수 없었다. 자신과 엄마의 관계가 그렇듯이, 모녀 관계가 으레 그렇듯이. 채이는 볼에 바람을 넣었다가 후 불었다.

"아마 언니 엄마는 어떤 상황이라도 그랬을 거예요."

여자가 고개를 갸웃거리자 채이는 민망한 웃음을 지으며 덧붙인다.

"엄마들은 원래 그렇잖아요. 딸이 하는 일에 엄청 관심 많고 신경 쓰는 거."

손님도 코로 웃음을 뱉는다.

"엄마들은 매번 얘기를 해줘야 된다니까."

"저희 엄마도 저한테 궁금한 게 너무 많아서 귀찮을 때가 있어요. 아픈 데는 없냐, 친구들이랑은 잘 지내냐, 점심엔 뭐 먹었냐……. 그만 좀 하라고, 나 이제 어린애 아니라고 맨날 짜증을 내도! 끊임없이 신경 쓰지 않으면 제가 오해할 거라고 생각하나 봐요. 사실 저, 입양됐거든요."

아까와는 반대로 이번에는 여자가 입을 다문다. 비밀을 듣던 채이의 표정이 되어서.

채이는 자신의 대담함에 조금 놀랐다. 진 여사도, 다미도, 제 사장도 아닌 오늘 처음 본 손님에게 굳이 할 필요는 없는 말이었는데 어쩌면 다신 못 볼 사람이라 편히 얘기할 수 있는 걸까. 채이는 손님 앞에 다가섰다.

"엄마한테는 걱정하지 말라고 말하면서도, 실은 무섭고 힘들 때마다 정말 어린애가 된 기분이에요. 엄마가 조금은 이해돼요. 나를 왜 애기처럼 대하는지, 왜 그리도 유난인지."

"나도 그래. 엄마 앞에서는 강한 척 할 수 없게 돼. 하고 싶지 않은 건가. 엄마가 없다면…… 허전하겠지, 아주 많이."

씁쓸하게 말린 입꼬리 옆에 희미하게 보조개가 파인다.

"근데, 엄마가 그랬거든. 절대 마지막 동작까지 멈추지 말라고. 그게 선수로서 나 자신에게 지켜야 하는 예의래. 그래서 난 멈추지 않을 생각이야, 엄마한테는 좀 미안하지만. 그러니까 엄마가 날 좀 믿어주면 좋겠다, 제발."

채이의 광대가 봉긋하게 솟았다.

"방금 그 말, 사실 엄마한테 해주고 싶은 말이죠? 직접 말해주세요. 엄마들은 매번 얘기를 해줘야 되잖아요."

딸은 채이를 마주 보고 웃음을 띠었다. 콧잔등을 살짝 찌푸렸지만, 입꼬리 옆 보조개는 여전히 선명하다.

"그래, 걱정 그만하고 엄마나 조심히 가라고 인사 해줘야지."

채이는 손님이 내민 손을 맞잡고 흔들었다. 손을 쥐는 힘이 생각보다 세서 그랬는지, 손금 사이로 박인 굳은살이 채이의 손바닥에서 까슬거렸다. 짧은 악수를 마친 여자는 다시 바스락거리는 점퍼 모자를 뒤집어쓰곤 계단을 내려갔다. 얄팍한 운동화가 사막에 닿자 등에 웅크리고 있던 나비가 힘차게 날갯짓하며 날아오르고 있었다.

"사장님. 사장님? 사장님!"

제 사장은 고통에 가슴을 떠밀려 주저앉으며 채이를 보았다. 문을 닫은 채이의 표정이 의문에서 놀람으로 바뀌고 있었다. 주방 문턱을 넘어 자신에게 달려오는 소녀를 보면서 그는 후회했다. 손님이 다녀간 뒤 자신이 어떤 일을 겪는지 미리 얘기하지 않은 것을.

"왜 그래요? 어디 아파요?"

채이가 그의 옆에 무릎을 꿇고 웅크려 앉았다. 눈썹 앞머리 위에 세로 주름이 잡힌다. 채이는 당장 울음을 터트릴 것만 같은 얼굴이었다.

옷자락을 움켜쥔 제 사장의 손힘에 단추 두어 개가 풀어졌다. 목까지 정갈하게 잠갔던 와이셔츠가 흐트러진다. 대답 대신 허공에 손을 내젓자 채이의 표정이 점점 사색이 되어갔다. 어깨를 두드리는 채이에게, 그는 뭐라 대꾸하고 싶었지만 목소리가 나오지 않았다. 귓가에서 냄비 뚜껑을 닫듯이 소리도 멀어졌다.

뻑뻑한 밀가루 반죽 같은 감정의 응어리가 심장에 달라붙었다. 손님의 두려움이 뒤섞인 감정 덩어리는 계속해서 귓가에 '엄마'라는 단어를 속삭이며 격렬하게 흐느꼈다. 목덜미를 세게 찔린 것처럼 제 사장의 눈앞이 아득해진다. 곧 울음이 쏟아질 것이다.

그러나 금방이라도 터질 것 같던 먹구름은 왜인지 눈 뒤로 역류했다. 그러고는 머금고 있던 눈물을 바싹 마른 목구멍에 쏟아부었다. 세찬 물줄기에 더덕더덕 붙어 있던 감정이 힘을 잃고 떨어져 나갔다.

'난 괜찮아, 조심히 가.'

딸의 목소리가 귓가에 맴돌았다. 악착스럽게 남아 있던 고통의 잔여물이 말끔히 떨어지는 데는 오래 걸리지 않았다. 마치 허물을 벗는 뱀처럼 정수리부터 뒤꿈치까지 해방감이 퍼져 나갔다. 손님의 마지막 메아리마저 사라지고 제 사장에게 고요한 평화가 찾아왔다.

"사장님!"

날카로운 목소리에 제 사장이 참았던 숨을 토하며 몸을 일으켰다. 걱정스러운 눈길을 마주한 제 사장은 그제야 자기 어깨에 올라간 손을 걷었다.

"뭐야, 너 뭘 한 거야?"

약간 어지러운 걸 빼곤 아무렇지도 않았다. 아무렇지 않아서 혼란스러웠다. 지금쯤 눈물 콧물 다 쏟아내고 고통에 몸부림쳐야 할 때였다.

"사장님 진짜 괜찮아요? 왜 그런 거예요?"

영문을 모르는 채이는 그의 눈앞에 손가락을 흔들며 "이거 몇으로 보여요?" 하고 물었다.

제 사장은 손을 낚아채 옆으로 던졌다.

"누가 함부로 들어오래. 나가."

그는 당혹스러움을 감추려 부러 쌀쌀맞은 말투로 채이의 등을 떠밀었다.

"참 나. 걱정을 해줘도 난리야."

제 사장은 아무 소리도 귀에 들어오지 않았다. 채이의 등 뒤로 쏟아진 긴 햇살이 천장을 훑으며 지나갔다. 햇살이 닿자 등불 속에서 위태롭게 흔들리던 불꽃이 꺼졌다. 제 사장은 떨리는 손에 억지로 힘을 주어 성냥개비를 그었다. 양초 심지에 불을 붙이며 잠시 긴장했지만, 아무 일도 일어나지 않았다.

채이가 자신의 행동을 뿌루퉁한 눈동자로 좇고 있었다. 팔짱을 낀 것이 단단히 삐진 모양이다. 제 사장은 소녀를 물끄러미 바라보았다. 무언가 달라졌다. 여태껏 손님들이 다녀갈 때마다 주체할 수 없이 강렬한 감정에 사로잡혔었다. 그를 울부짖게 만들었던 고달픈 지난날들과 달리, 이번 감정은 소나기처럼 스치고 지나갔을 뿐이다.

"뭘 봐요, 왜요."

채이는 눈을 세로로 뜨긴 했지만, 내심 그를 걱정하고 있었다.

그걸 알 리 없는 제 사장은 "말하지 마. 방금 있었던 일." 하고 주의를 줄 뿐이었다.

"그게 다예요? 손님이랑 이야기했다고 혼낼 줄 알았는데."

"환승에 대해 알 수 있는 얘기만 하지 마. 네 이야기는, 네가 알아서 하고."

"말이 뭐 그래요. 사장님은 저한테 궁금한 거 없어요?"

왜인지 냉담한 반응에 채이는 소름이 돋은 팔을 문질렀다. 팔뚝 살을 살짝 꼬집으며 말을 쥐어짰다.

"입양, 이라던가."

"없어."

그는 잠시의 틈도 기다리지 않고 대답했다.

바로 등을 보이는 제 사장의 모습에 채이는 서운했다. 서느런 눈빛과 표정에서, 자신을 배려해 하는 말이 아닌 진짜 무관심이라는 걸 알았기 때문이다. 채이는 평소와 같은 푸대접에 정신이 번쩍 들어 내심 비밀을 털어놓고 싶었던 자신을 질책했다.

"좋은 아침!"

때마침 가게로 들어선 다미를 잽싸게 돌아봤다. 채이는 더 기분이 나빠지기 전에 다미와 실컷 떠들고 싶었다. 둘이 도란도란 손님 이야기를 나누는 사이 가게는 다시 활기를 되찾았다. 제 사장만 빼고.

그는 수다를 늘어놓는 채이의 옆얼굴을 힐끔거리며, 이 변화가 무엇을 의미하는지 생각했다.

'우연이겠지.'

하지만 이내 넘겨짚고 평소처럼 아침을 시작했다.

≈≈≈

"계세요?"

등불을 켜자마자 누군가 문을 두드렸다. 하얗게 센 머리를 귀 밑으로 바짝 자른 중년 여성이었다. 발갛게 상기된 볼과 몰아쉬는 숨. 얼마나 걸음을 서둘렀는지 알 수 있었다.

"어서 오세요. 한 분이세요?"

채이는 예전에 식당에서 주워들었던 대사를 읊으며 제법 아르바이트생다운 면모를 보였다.

재봉선을 따라 하얀 선이 새겨진 검은색 세트 운동복, 쇄골까지 올린 지퍼 안쪽의 볼록한 물건은 호루라기일까. 손님의 모습은 운동장에서 구호를 외치는 체육 선생님을 떠올리게 했다.

"뭘 먹으려는 게 아니구요, 잠깐 길 좀 물을게요. 여기서 서울 가려면……."

눈동자가 초점을 잃는다. 여자는 흔들의자에 앉은 석고상처럼 뻣뻣하게 몸을 앞뒤로 흔들었다.

아직 문고리를 붙잡고 있던 채이는 손님에게 가까이 다가갔다. 빛바랜 회색 눈동자, 어제와 같은 증상이다.

"사장님, 손님이 이상해요."

제 사장은 슬쩍 뒤돌아보더니 문 닫고 의자에 앉히라고 할 뿐, 주방에서 벗어나지 않았다.

일단 채이는 제 사장 말대로 손님을 부축했다. 여자는 겨드랑이를 붙이고 차렷 자세로 자전거 페달을 밟는 것처럼 이상하게 걸었다.

"왜 이런 건데요? 어제도 그랬잖아요."

"의심해서. 여기가 이승이 아니란 걸 알아채기 전에 기억을 지우는 거야."

"누가, 아."

채이가 끙, 소리를 내며 손님을 의자에 앉혔다. 어쩌다 보니 가장 오른쪽 의자였다.

"보나마나 신이겠죠. 근데 왜요?"

제 사장은 여전히 입술을 달싹이며 몸을 흔드는 손님을 턱으로 가리켰다.

"손님이 이곳을 기억하면 안 돼, 전에 말했잖아. 의심이 많을수록 망각하는 시간이 길어져."

손님 옆에 다리를 꼬고 앉은 채이가 손가락을 퉁긴다.

"현실에선 이상하게 여길 일도 꿈에서는 대수롭지 않게 여기는 거랑 같은 원리인 거죠? 왜, 꿈에서는 장소가 획획 바뀌어도 그냥 받아들이잖아요. 손님이 환승에 왔던 걸 기억하더라도 꿈이었다고 넘겨버리면 그만이니까."

채이는 이해가 가면서도 한 가지 사실이 걸렸다.

"그런데, 왜 저는 현실에 대한 기억을 잃지 않죠?"

제 사장은 '현실'이라는 단어에 눈살이 찌푸려져 대답할 기분이 아니었다. 그는 냉장고 앞에 쭈그려 앉아 채소를 꺼냈다.

"몰라, 넌 어제처럼 주절거리지나 마. 다른 손님에 대한 이야기는 절대로 하면 안 돼. 곧 깰 테니까 입 다물고 있어."

말이 끝나기 무섭게 정신을 차린 손님이 "몇 살이에요? 중학생인가?" 하며 떫은 표정의 채이에게 말을 걸었다.

자신이 어디로 가고 있었단 사실을 까맣게 잊은 손님을 보고 있자니 채이는 어쩐지 죄책감이 들었다. 하지만 나이를 한참 낮게 보는 말에는 신물이 났다. 평소에도 워낙 왜소한 체격 때문에 어린아이로 오해 받곤 했다. 큼큼, 채이는 목을 가다듬고 점잖게 자세를 고쳤다.

"아뇨, 스무 살인데요. 대학생이요."

"어머, 미안해요. 하도 어려 보이길래."

채이는 멋쩍은 미소를 지으며 괜찮다는 의미로 고개를 주억거렸다.

"어쩐지. 이렇게 늦은 시간에 어린 학생이 이런 데 앉아 있을 리가 없다 했어. 보고 있으니까 우리 딸 생각이 나잖아. 나이를 먹으니까 나도 주책이야."

채이는 그제야 손님의 얼굴을 유심히 살폈다. 슬쩍 지나가면 30대로도 볼 법한 얼굴이었지만, 가까이서 보니 팔자 주름이 깊게 파였다. 눈가에 자글자글 잡힌 주름은 손님의 나이가 제법 많다는 걸 알려주었다. 토라졌던 마음이 금세 풀린 채이가 물었다.

"따님이 아직 중학생인가 봐요."

"내가 나이에 비해서 애를 좀 일찍 낳았어. 우리 딸이 자기보다 조금 언니예요. 내가 어지간해선 안 하는데 딸 자랑 조금만 보태자면."

손님이 몸을 바싹 붙여 속삭인다.

"국가대표야. 혹시 스포츠 관심 있어? 기계체조라고 아나?"

채이는 저도 모르게 의문을 뱉었다. 전날 식당을 찾은 손님이 국가대표인데, 마침 다음 날 온 손님은 국가대표의 엄마라고? 우연이라면 정말 엄청난 우연이 아닐 수 없었다.

"사진을 보여주고 싶은데 뭐가 하나도 없네."

채이가 관심을 갖는 것 같자, 주머니를 뒤적거리던 손님이 고개를 틀었다. 툴툴거리는 말투와 달리 웃고 있었다. 입꼬리 옆에 길쭉한 보조개가 선명했다.

"내가 한때 알아주는 선수였거든. 나 닮아서 이쁘진 않더래도 운동 하난 잘 해."

"그 선수가 아줌마 닮아서 미인이었구나."

채이는 능청스럽게 대답하며 반대쪽 얼굴을 살폈다. 오른쪽에는 보조개가 없다. 왼쪽 볼에만 생긴 보조개가 어제 본 것과 겹쳐 보였다. 채이는 속으로 자신의 추리에 감탄했다.

"그치? 내가 젊을 때 퀸카는 아니었어도 은근히 고백 많이 받았다니까?"

손님은 몸을 숙여 깔깔 웃다가 찔끔 나온 눈물을 닦아낸다.

"젊을 때도 못 들어본 미인 소리를 죽을 때가 다 돼서 들어 보네."

손님은 장난스레 웃었지만 채이는 차마 따라 웃을 수 없었다.

"왜 그런 말씀을 하세요. 아직 정정하신 때인데."

"내 몸을 내가 모를까. 나도 알아, 나한테 시간이 얼마 안 남 았다는 거."

죽음을 말하는 입술은 피할 수 없는 운명을 겸허히 받아들 이겠다는 듯 변함없이 웃고 있었다. 그 얼굴을 보고 있자니 채 이는 울음을 토하던 딸의 얼굴이 선명하게 떠올랐다.

"듣는 딸 입장도 생각해 주셔야죠."

"사실인 걸 어떡해."

말은 그리 해도 뼈 있는 소리에 찔렸는지, 짧은 한숨이 마음 을 대변한다.

"속상은 하겠지. 근데 걘 속마음을 참 못 숨긴단 말이야. 차 라리 울지, 울 것 같은 얼굴로 화만 내니까 답답해 돌아버리 겠어."

"아픈 엄마 앞에서 울고 싶은 딸이 어딨겠어요."

"딸 마음이 다 그렇지. 나도 씩씩한 척 하느라 어린 날을 다 허비했으니까. 이혼한 엄마한테 난 항상 일찍 철든 딸이었어. 적어도 우리 딸한테는 기댈 수 있는 든든한 엄마가 되고 싶었는데. 고게 나를 쏙 빼닮아서 강한 척만 할 줄 아는 애늙은이가 됐어. 속은 말랑한 게 우길 줄만 알고. 나 없으면……."

어디서 많이 들어본 말투에 채이가 발끈했다.

"언니는 강해요, 아줌마 눈엔 못 미더워 보일진 몰라두요."

두 손을 모아 손가락을 코끝에 댄 손님이 물끄러미 채이를 바라본다.

"우리 딸을 만나본 적 있어?"

"많이 봤죠, 텔레비전에서요."

어물쩍 둘러댄 채이는 제 사장의 매서운 눈길을 피했다.

"제 말은 그게 아니라, 엄마들도 딸이었던 적이 있잖아요. 나를 위해 살아가려는 엄마가 딸 입장에선 얼마나 불편한데요. 나도 충분히 잘할 수 있으니까 엄마도 엄마 인생을 살라, 그런 거죠."

잠시 신음하던 손님은 목에 걸고 있던 것을 옷 안에서 꺼냈다.

"막상 내가 엄마가 되어보니까 오히려 딸들이 엄마를 이해 못 하는 거 같아. 난 충분히 나를 위해 살아왔는데."

그녀는 목걸이를 아예 풀어 채이에게 건넸다.

"내가 가진 것 중에 제일 소중한 거야."

'1등'이라는 글자를 월계수 잎이 둘러싼 그림이 양각으로 새겨진 금메달이다. 너무 가벼운 데다가 군데군데 긁힌 자국 때문에 금칠이 조금씩 벗겨진 상태였다. 진짜가 아니라 장난감 메달이다.

"딸 학교 운동회에서 받았어. 학부모 계주할 때 마지막 주자를 맡았거든. 꼴찌하고 있었는데 내가 앞에 사람들 다 제치고 제일 먼저 들어갔지. 그때 속으로 '아직 운동 실력 살아 있네.' 하고 뿌듯했는데."

"근데 선수할 때 받은 메달도 있는 거 아니에요? 진짜 금으로 된……."

"어우, 진절머리 나."

여자가 빙긋 웃자 유독 큰 앞니가 드러난다.

"우리 딸이랑 똑같은 소릴 하네. 나한테는 선수 때 받은 수많은 메달보다 이거 하나가 훨씬 값져. 이게 '진짜' 메달이야."

손님은 점퍼를 끝까지 잠그고는 돌려받은 메달을 목에 걸었다. 빛이 바래긴 했어도 검은 운동복에 메달을 두르니 훨씬 빛나 보인다.

"내가 이걸 현관에 딱 걸어놨거든. 어릴 땐 좋아라 하더니 나중엔 이런 허접한 거 말고 딴 거 걸라고 성을 내더라니까. 웃겨, 다른 메달 100개가 있음 뭐 해. 이건 엄마가 아니면 못 따는 거라고. 세상에 하나뿐인 금메달이란 말이지."

세상에 하나뿐인. 채이는 미묘한 글자를 입속에서 곱씹었다. 마침 제 사장이 국수를 내놓았다. 구슬이 담긴 종지도 함께였다.

"에이, 한 그릇 더 줘. 우리 학생 것도 내가 살게."

손님은 미안한 표정으로 채이의 어깨에 손을 올렸지만, 정작 채이는 고개를 홱 돌렸다. 구슬을 보고 있다간 또 홀릴 것 같아 아예 눈을 질끈 감는다. 채이의 의지에도 불구하고 고개가 자꾸만 구슬을 향해 돌아갔다. 투명한 손가락이 눈두덩이를 들어 올리려 했다. 힘에 저항하는 속눈썹이 파르르 떨렸다. 황홀한 감각이 목덜미를 감싸온다.

"눈 떠. 구슬 넣었어."

목을 옥죄던 힘이 풀렸다. 빨간 구슬 알갱이가 이제 막 바스라지고 있었다. 안심이 된 채이는 꼭 쥐고 있던 발가락을 스르륵 풀었다.

지켜보던 손님은 "아직 애기가 먹을 음식이 아니구나." 하곤 젓가락을 들었다.

"그럼 나나 맛있게 먹어야지. 어차피 죽을 몸, 먹고 죽은 귀신이 때깔도 곱다는데."

채이가 건조한 손바닥을 비비적댔다. 마무리 짓지 못한 이야기를 듣고 싶어서 식사하는 손님의 눈치를 살피고 있었다. 금방 낌새를 챈 여자는 그릇에 젓가락을 넣고 하지 못한 말을 이었다.

"다들 나 보고 천재라 그랬어. 그럼 뭐 해. 평생을 영문도 모르고 날았는데. 난 늘 붕 떠 있는 인생이 싫었어."

뜨거운 김을 뿜으며 입속에 들어갈 준비를 하던 국수 면이 다시 그릇 속에 들어간다.

"인생 처음으로 착지할 땅이 아니라 하늘을 올려다봤어. 예쁜 별 하나가 세상을 환하게 비추더니 내 가슴에 스며들었지. 평소엔 잘 꾸지도 않는 꿈을 꾸더니만. 딱 알았어, 별이 내 구원자라고. 별빛이 비추는 길이 내가 진짜 가고 싶은 거였어."

가슴을 치며 얘기하는 바람에 젓가락이 떨어졌다. 채이가 새 젓가락을 쪼개며 "나중에 주울게요, 두세요."라고 했지만, 여자는 떨어진 젓가락을 주워 한쪽에 가지런히 올려놓았다.

"당연히 고민도 했지. 주변에서 다 뜯어 말렸으니까. 근데 막상 딸을 보니까 없는 것처럼 살 순 없더라고. 품에 안자마자 그런 고민이 싹 사라졌어. 너무 예뻐서."

손깍지를 입술에 대고 시선을 내리니 마치 기도하는 자세 같다. 천장에서 쏟아지는 빛 아래서 은은하게 미소 지은 얼굴을 보며, 채이는 모녀의 보조개가 참 닮았다는 엉뚱한 생각이 들었다.

"걘 자기가 걸림돌인 것처럼 굴어요. 땅에 발을 디딜 수 있다는 게 얼마나 좋았는데. 땅을 밟았기 때문에 비로소 날아야 할 이유를 고민할 수 있었거든. 우리 딸은 내가 내 인생을 선택하게 해줬어. 덕분에 난 누구보다 나를 위해 살 수 있었고."

말을 마친 그녀는 후루룩 소리를 내며 다시 국수 면을 흡입하기 시작했다.

깊은 기억의 골짜기 속에서 비눗방울 하나가 유유히 날아와 채이 머리 위에서 톡 터졌다.

포근한 비누 향이 느껴진다. 일곱 살 즈음일까, 빨래를 개는 엄마 옆에서 채이가 조잘거리고 있었다. 마이크를 들고 노래를 부르는 만화 캐릭터는 채이의 모든 관심을 앗아갔다. 책이나 텔레비전에서 읽고 본 것들이 꿈이 되는 시기였다. 얼마 전까지 발레리나였던 꿈은 자연스레 가수로 바뀌어 있었다.

한창 혼자 떠들다가 채이가 무심코 엄마의 꿈을 물었다. 표정이 어땠더라, 엄마 얼굴이 빗방울에 떨리는 물웅덩이처럼 출렁거려 잘 보이지 않았다. 그보다는 차곡차곡 쌓은 수건이 더 선명하게 보였다. 새로 갠 수건을 위에 얹어 꾹 누를 때마다 노란 냄새가 넘쳐흘렀다. 손톱으로 귤껍질을 찔를 때처럼 풋풋하고 상쾌한.

'엄마는 이미 꿈을 이뤄서 꿈 안 가져도 돼.'

엄마가 마지막 수건을 탁탁 털었다. 공중에 떠다니는 먼지가 비에 젖은 풀내음을 뿜었다. 지금보다 작고 낮은 코를 찡긋거리며 채이가 엄마의 대답을 재촉했다. 기억이 나는 것 같기도 하다. 엄마는 웃고 있었던 것 같다.

'엄마. 엄마는 우리 채이 엄마가 되고 싶었어.'

엄마가 채이를 꼭 안았다. 수건으로 쌓은 탑이 와르르, 무너지며 엄마의 가슴팍에서 나는 향과 같은 향기가 진동했다. 엄마가 젊을 때 자궁에 심한 병을 앓아서 임신을 못하는 몸이라는 건, 좀 더 나이를 먹고 알게 된 사실이었다.

채이는 손등을 덮은 옷소매에 코를 묻었다. 평소 입는 것보다 한 치수 크게 샀더니 늘 이렇게 소매가 늘어진다. 섬유 깊숙한 곳에서 올라오는 엄마의 향기가 콧구멍을 파고든다. 햇볕에 바삭하게 말린 담요로 온몸을 돌돌 싸맨 것처럼 포근한 기분이었다.

'채이가 엄마 딸이라서, 엄마는 더 바랄 게 없어.'

당연히 채이는 몰랐겠지만, 그 기억은 제 사장의 머릿속에도 재생되고 있었다. 여태 엄마 손님의 기억만 보던 제 사장은 순간 딸을 바라보는 손님의 시점이라고만 생각했다. 하지만 인중을 늘리며 코를 씰룩거리는 모양을 보고 채이임을 알아차렸다. 심장이 찌르르 떨리며 느긋하게 풀어졌다. 이전에는 겪어본 적 없는 편안한 감정의 너울에 제 사장은 따스함을 느꼈다.

"이제 어떻게 해?"

마지막 국물 한 방울까지 그릇째 털어 마신 손님이 빈 그릇을 식탁에 내려놓으며 물었다. 그 말에 채이와 제 사장 모두 아늑한 꿈에서 깼다.

"왔던 길 그대로 돌아가."

아무 일도 없었단 듯, 제 사장은 그릇을 집어 들곤 턱짓으로 문을 가리켰다.

"그럼, 끝? 우리 딸 얼굴 한 번만 더 보고 싶은데."

"내가 해줄 수 있는 건 이게 전부야."

"아저씨 인심이 너무 팍팍하다. 그래도 딸한테 인사는 해야지, 마지막인데."

어깨가 푹 꺼지니 안 그래도 작은 손님의 체구가 더 작아 보인다. 미련이 남은 속내를 눈치챈 건 채이뿐인 듯했다. 손님은 입술을 말아 넣고 볼 안의 살을 잘근잘근 씹었다. 뭉개진 보조개 대신 뾰족한 송곳니로 보고 싶은 마음을 꾹꾹 눌러 담는 모습에 채이의 마음이 다 아릿했다.

"언니한테 하실 말씀이라도 있으세요?"

결국 채이는 그녀의 손을 잡고 물었다. 적어도 들어줄 순 있으니까. 잠시 망설이던 손님이 목멘 소리를 삼키고 입을 열었다.

"꼭 강할 필요는 없다고, 말해주고 싶었어. 강한 딸이 되려면 결국 자신에게 상처 주기 마련이니까. 내 앞에서까지 힘주면 너무 지치잖아. 엄마는 절대 널 떠나지 않는다고, 늘 같은 자리에 있으니까 언제든 찾아오라고. 비가 올 땐 나뭇잎 아래서 날개를 접고 쉬라고. 분이 풀릴 때까지 울고 다시 씩씩하게 날아가라고."

흐느낌으로 넘어갈 뻔한 목소리를 다듬고 손님이 눈가를 훔친다.

"그렇게 말해주고 싶었어. 뭔 주책인지, 나도 늙긴 늙었나 봐."

손님이 변명을 늘어놓으며 문 앞에 다다르는 동안 채이는 차마 괜찮다는 대꾸조차 하지 못했다. 다른 손님에 대해서는 절대 말하면 안 된다던 제 사장의 으름장 때문에. 채이 마음속에는 다시 만나지 못할 두 사람을 위해 마음을 전해주고 싶다는 욕심이 비밀을 지켜야 한다는 책임과 부딪히고 있었다.

"아줌마."

결심이 섰다. 채이는 문을 열려는 손님을 막았다. 자기 생각을 이야기할 뿐이라고 합리화를 하며 양심의 가책을 덜었다.

"저희 엄마 생각은 모르겠지만, 저는 충분히 강해요. 아마 엄마가 생각하는 것보다는 훨씬요. 언니도 그럴 거예요. 딸들이 진짜 원하는 건, 엄마가 자기를 더 많이 믿고 아주 조금만 걱정하는 거니까요."

손님은 채이를 기특한 눈빛으로 바라보다가 부드럽게 안아주었다. 등 뒤에서 도닥이는 손길이 마치 엄마 같아서, 채이는 손깍지를 끼고 손님을 힘껏 끌어안는다.

"믿어. 믿지, 왜 안 믿겠어. 믿고말고. 걱정은 덜 해보도록 노력할게. 엄마도 생각보다 많이 딸을 믿으니까."

"시간 없어."

속으로 자신을 나무라면서도 제 사장의 입술이 제멋대로 움직였다. 어제처럼 고통을 덜 수 있을 거란 작은 기대 때문일까. 평소와 달리 한마디를 덧붙였다.

"딸이 기다려. 마지막 인사가 될 거야."

깜짝 놀란 손님이 제 사장을 돌아보았다. 그녀는 기도하듯 미간에 손을 모으고 인사했다.

"고마워, 아저씨. 허락해 줘서."

"내가 허락하고 말고 하는 게…… 됐다."

못마땅한 제 사장의 표정에 손님은 호탕하게 웃음을 터트렸다. 나뭇잎 끝에 매달린 이슬처럼 광대로 똑 떨어진 눈물을 닦아낸다.

"여기 오기 전에 딸이랑 싸웠거든. 기지배, 죽기 전에 오해는 풀고 가야지."

열린 문으로 가느다란 바람이 들어와 두 사람 사이를 갈랐다. 손님이 채이의 어깨를 툭툭 두드렸다.

"아르바이트 한다고 늦게 들어가지 말고. 부모님 걱정할라!"

옴폭 팬 보조개로도 모자라 걱정하는 것마저 저리 똑같을까.

"언니도 하고 싶은 말 있댔어요. 얼른 가보세요!"

신나서 자기도 모르게 튀어나온 말에 채이가 입을 틀어막았다. 다행히 손님은 못 들었나 보다. 이미 손을 흔들며 사막을 힘차게 달려가고 있었으니까.

제 사장이 자리에 앉아 호흡을 가다듬는다. 그가 아직 쓰러진 것도 아닌데 채이는 눈을 떼지 못했다. 참다못한 제 사장이 등을 돌리고 앉았다.

"쳐다보지 마."

"안색이 안 좋아요. 또 어제처럼…… 그러면 어떡해요."

"그냥 내버려 둬."

말을 마치기 무섭게 가슴을 주먹으로 후려치는 아픔이 느껴졌다. 쿨럭, 허리가 고꾸라졌다. 제 사장은 자신을 부르는 채이를 향해 손을 뻗었다. 헐떡이며 간신히 "가만있어!" 하고 외쳤다. 숨이 가빠온다.

감정이 소용돌이치며 뾰족한 못처럼 심장을 천천히 파고들었다. 구멍이 뚫리는 감각은 느릿하게 다가왔다. 비명을 참아내느라 싱크대를 붙잡은 손끝이 새하얗다. 농축된 감정이 서서히 희석되어 갔다. 쏟아지려던 눈물이 얼어붙은 듯 자리에 멈추더니 작은 파편이 되어 흩어졌다. 숨을 참고 있던 제 사장은 기침을 토했다.

"괜찮아요?"

기침이 멎자 채이가 그에게 물었다.

제 사장은 떨떠름한 표정으로 고갤 끄덕였다. 방금 전의 고통이 무색할 정도로, 아무렇지도 않았다. 하지만 채이는 영 못미더운지 정말 괜찮냐고 재차 확인했다. 쓰러지면 금방이라도 받쳐줄 심산이다.

자신을 위아래로 훑어보는 눈길에 제 사장의 눈썹이 꿈틀거렸다.

"신경 꺼. 괜찮다고."

"그렇게 말하는 거 보니까 멀쩡하네."

이후로도 채이가 뭐라 좋알거렸지만 제 사장 귀에는 전혀 들리지 않았다. 두 번이나 똑같은 상황이 반복되었다. 우연이 아니라는 뜻이다. 손님이 채이와 이야기를 나눈 후 자신이 견뎌야 할 고통이 줄어들었다. 여전히 이해는 가지 않았다. 아무런 힘도 없는 위로가 대체 무슨 도움이 된다고.

"듣고 있어요?"

채이가 턱을 괴고 제 사장을 보고 있었다. 그는 딴 생각에 빠져 있던 것을 들키지 않으려 입술을 구기고 대답을 생략했다.

"언니 이번에도 국대로 선발되겠죠? 경기 꼭 챙겨 봐야지. 아줌마도 분명 보고 있을 거예요. 슬프고 힘들어도 언니가 힘냈으면 좋겠어요."

"슬플 거 없어."

제 사장은 괜스레 심통이 났다. 자신은 기억하지 못하는 이승에 대해 확실한 언어로 떠들어대는 채이가 거슬렸다. 채이도 기분이 나쁘길 바랐다, 자기처럼.

"어차피 언젠가 일어날 일이었으니까. 딸은 원래 태어나지 말아야 했어."

"왜 말을 그렇게 해요?"

예상대로 채이가 골난 표정을 짓자, 제 사장의 마음이 조금은 나아진다.

"여자 운명에도 없었고, 신들도 만든 적 없는 운명이야. 엄마가 멍청하게 실을 다 끌어모아서 딸의 자리를 만들었어. 그런 짓만 안 했으면 더 오래 살 수 있었겠지."

"너무 빨라요!"

채이가 손바닥을 세워 말을 멈추게 한다.

"실? 꿰매는 실 말하는 거예요?"

"실타래."

제 사장은 선심을 베풀기로 했다. 평소라면 안 해줬을 설명이다.

"인간은 태어나면서부터 실타래를 하나씩 갖게 돼. 자기가 인연을 맺고 싶은 사람에게 묶을 수 있게."

"우와! 그럼 저도 있어요? 사장님도요?"

제 사장은 고개를 간략히 끄덕인다.

"여자는 젊은 나이에 실을 다 썼어. 그런데 아이가 생겼고. 맘만 먹으면 없앨 수 있었는데, 다른 곳에 묶여 있던 실을 전부 잘라서 남은 실로 고치를 만들었어. 아기가 들어갈 자리였지. 엄마의 의지가 너무 확고해서 신들이 저승에 있던 몇몇 영혼들을 불러 모아 물었어. 이 몸에 들어가고 싶은 영혼이 있냐고. 한 명이 손을 들었어."

"그게 언니구나."

"딸의 영혼은 이미 들어가야 할 몸이 준비되어 있었어. 다른 몸에 들어가면 원래의 운명을 포기하고 살아야 하는 거지. 엄마를 저승으로 데려오는 때는 신들 마음대로. 엄마는 제 운명을 딸에게 주는 대신 딸의 운명으로 살기 위해 저승으로 가는 거야. 정말이지…… 한심해."

"너무 멋져요."

제 사장의 말이 끝남과 동시에 채이가 말했다. 그의 이마에 주름이 잡혔다.

"멋져? 뭐가?"

"왜 한심해요?"

꾸겨진 건 채이의 이마도 마찬가지다.

"그런 어려운 상황이 있을 걸 알면서도 서로를 선택했다는 건 용기 있는 거예요. 누가 들어도 감동적인 이야기인데?"

기대한 반응이 아니라 제 사장은 다시 언짢아졌다.

"일찍 죽잖아. 이왕이면 오래 사는 편이 더 낫지."

"여기서 중요한 건,"

채이가 왼 손바닥에 오른쪽 검지를 탁탁 친다.

"그래서 서로를 만났다는 거예요. 아줌마가 언니를 만나지 못했다면 오래 살았어도 불행했을 거랬잖아요."

"엄마가 죽었으니 딸은 결국 혼자야. 이렇게 될 거였다면 여자가 사는 편이 나은 거 아냐? 없던 딸까지 만들며 자기가 일찍 죽는 미련한 선택을 할 이유가 없지."

"언제나 딸 옆에 있겠다 했잖아요! 엄마에 대한 추억을 갖고 살아간다면 언니는 혼자가 아니에요. 이해가 안 돼요?"

"말도 안 돼. 그딴 건 없어. 죽은 뒤에 허공에 대고 얘기해 봤자 아무도 듣지 않아. 너도 알잖아."

입을 꾹 다문 채이의 입술 사이로 이를 부드득 가는 소리가 들렸다. 잠시간 제 사장과 눈싸움을 하던 채이가 눈을 크게 뜨고 말했다.

"아줌마도 다시 태어난다면서요? 그럼 다른 모습이긴 해도 딸과 함께 이승에 있는 거네요. 그럼 또 모르죠."

제 사장은 머금고 있던 조소를 펴부었다.

"억지 부리지 마, 꼬맹아. 손님한테 쓸데없는 소리 하지 라는 건 최소한의 배려야. 어차피 잊어버릴 기억, 아무것도 바꿀 수 없다는 걸 알면 쓰라리기만 할 테니까."

"근데 왜 아까 아줌마한테 빨리 가라고 알려줬어요?"

승리감에 도취되어 있던 제 사장의 표정이 싸늘하게 식어 갔다. 그렇다고 채이의 기분이 더 나아진 것 같지도 않았다. 채이는 차분하게 말을 이었다.

"사장님도 은근 신경 쓰인 거잖아요. 둘이 화해하지 않으면 후회할 테니까. 그래서 알려준 거 아니에요?"

제 사장은 아무런 반박도 하지 못했다. 불필요하고 귀찮은 위로 덕에, 희망 덕분에 자신의 고통이 덜어졌으니까. 그 손님의 마음이 덜 괴로워진 것은 사실이니까.

"말로 천냥 빚 갚는다는 속담도 있잖아요. 손님한테 좀 친절하게 대해요. 별점 테러 당하고 가게 망해야 정신 차릴래요? 물론 여기는 절대 망할 일 없겠지만."

제 사장은 더 이상 입을 열지 않았다. 그럴 수 없었다는 게 더 정확할지도. 창문 밖에서 동이 트고 있었다. 그는 냄비에 남은 국물을 개수대에 쏟아 부었다. 오늘 하루, 단 한 명의 손님만을 위해 만든 음식이다.

"화났어요?"

의외로 조용하자 채이는 눈치를 보며 물었다. 그는 고개를 저었다.

화가 나진 않았다. 그저 복잡할 뿐이었다. 자신의 고된 생활은 신이 내린 벌 때문이라고만 생각했다. 그걸 없앨 수 있다는 생각은 단 한 번도 해본 적이 없었다.

'피할 수 있는 거라면, 나는 스스로 벌을 받고 있다는 거야?'

이 사실을 어떻게 받아들여야 할지 난감했다.

그사이 다시 천진난만한 소녀로 돌아온 채이는 "그러엄……."

하고 운을 뗐다.

"실타래 얘기 좀 더 해주면 안 돼요? 운명의 붉은 실 같은 거예요? 왜, 진짜 인연은 새끼손가락에 붉은 실로 묶여 있다고……."

"몰라."

제 사장은 단칼에 말을 자른다.

"내가 아는 건 그런 게 있다는 사실뿐이야."

마음에 차지 않는 대답에 채이의 입술이 댓 발 튀어나왔다.

"괜히 또 심술 부리는 거죠? 됐네요, 진 여사님한테 물어볼 거예요."

채이는 팔을 포개서 식탁에 엎드렸다. 제 사장은 검은 머리카락이 흘러내리는 소녀의 뒤통수를 우두커니 바라본다. 잠시였지만 채이의 기억을 공유할 때, 마음이 편안했다. 감정 따위 지워버린지 오래인데. 이전엔 느껴본 적 없는 따스한 감각은 오래 묵은 고통보다 훨씬 강렬했다. 이제 와 자신에게 이런 감정을 불러일으키는 신의 의도를 알 수 없었다.

'상관없어.'

제 사장은 고개를 돌려 따스한 감각을 외면했다. 이러나저러나 환승을 떠나면 채이와 자신은 남남이다. 신의 의중이야 어떻든, 하던 대로만 하면 그만이다. 일을 끝마치면 자신에게 도 자유가 올 테니까. 그는 호기심을 삭막한 가슴에 묻고 평소처럼 굴려고 애썼다.

하지만 제 사장은 미처 알지 못했다. 고작 한 번 쏟아진 비가 메마른 땅을 이미 축축하게 적셨다는 걸. 습기를 머금고 물러진 땅 속에서 호기심이라는 새싹이 금방 피어날 것이란 걸. 그때는 몰랐다.

≈≈≈

모녀가 다녀간 후 거짓말처럼 손님이 뚝 끊겼다. 잠시나마 생기가 돌았던 채이의 얼굴에 다시 지루함이 깃들었다. 손님한 명 없이 밤을 지새우며 오두막에 갇혀 있는 일에는 도가 튼 채이지만, 진 여사가 오는 날만큼은 손꼽아 기다렸다. 진 여사는 재미난 이야기를 많이 알았고, 채이는 새로운 이야깃거리가 필요했다. 그리고 드디어 오늘, 채이는 일주일 만에 운명의 실타래에 대한 이야기를 들을 수 있었다.

"실타래는 어떠한 색도 아니라네. 사람들이 저마다 살아가며 쌓은 기억의 빛깔로 물들 뿐이지."

"그럼 빨간 실은 거짓말이에요? 운명의 붉은 실이 인연을 이어준다는 말도 있잖아요."

"인연이란 말이 영 거짓은 아니네만. 인연은 누가 정해주는 것이 아니야. 가지고 태어난 실을 원하는 사람에게 묶으면 그게 인연인 게지. 묶는 것은 자유이나 어디에 묶을지, 얼마나 세게 묶을지에 따라 관계의 모습도 달라질걸세. 그러니 실을 묶고 푸르고 잘라내는 것 역시 전부 인간 스스로 해야 하네."

뒤통수에 깍지를 낀 채로 등을 식탁에 기대고 있던 다미가 황급히 몸을 일으켰다.

"그러면 부모 자식 간이래도 끈을 안 묶을 수도 있구 그래요?"

"끈이 아니라 실."

진 여사는 부드러운 손짓으로 말을 바로잡는다.

"태어난 직후로 100일부터는 자식이라 하여도 부모에게 실을 맬지, 매지 않을지 결정할 수 있네. 그전까지는 배울 것도 많은 영혼이 스스로 인연을 맺기는 어렵지 않겠나."

"부모님이 아기에게 실을 묶지 않으면요, 그럼 아기는 어떻게 돼요?"

알고 싶지 않은 마음보다 묻고 싶은 마음이 먼저 나섰다. 채이의 뇌리에 기억나지 않는 두 개의 얼굴이 스쳤다.

진 여사는 채이의 얼굴을 빤히 바라보다가 고개를 설레설레 저었다.

"자네들은 내 말을 듣고 싶은 대로만 듣고 있구먼. 태어나 100일간은 필히 가족의 실에 매달려 있어야 하네. 아기 스스로 이승에 머물 능력이 없는 탓에 말이야. 적어도 그사이엔 가족이 필요하다네. 불연즉."

진 여사가 하얀 천을 덧댄 대나무 부채를 펼쳤다.

"가족들이 실을 끊어버린다면 어린 영혼은 다시 저승으로 돌아와야겠지."

채이가 한마디 덧붙이려는 것을 진 여사가 부채로 가로막는다.

"오늘은 여기까지 하세. 이 이상은 말해준다 한들, 자네들이 이해할 수 있는 게 아닐 터이니."

그녀가 고단해 보여서 채이는 풀 죽은 얼굴을 끄덕거릴 수밖에 없었다. 다미는 의자를 빙글 돌려 제 사장에게 싱거운 시비를 걸었다.

"아직 멀었냐? 여사님 기다리시잖아."

"다 했어."

활짝 열린 냉장고 문에서 평소와 다름없는 냉기가 흐른다. 건조한 대답이다. 환승에서의 하루는 어제와 내일이 판박이처럼 똑 닮았다. 예사로운 일상이 틀어진 것은 진 여사가 던진 한마디 때문이었다.

"대관절 자네 대체 언제까지 채이 양을 가둬둘 심산인가?"

제 사장의 손이 허공에 머문다.

"아마 구슬을 찾을 때까지겠죠."

곧바로 물건을 움켜쥔 손에 힘을 빼며 태연하게 정리를 이어갔지만.

"오늘은 자네까지 내 말을 당최 이해하질 못하는구먼. 아님, 모르는 척 하는 겐가? 채이 양도 어엿한 손님일진대 자네 마음대로 가둬서 쓰나. 가만 보면 자네도 순, 헛똑똑이란 말이야."

진 여사는 눈을 가늘게 뜨고는 혀를 끌끌 찼다.

감옥 같은 생활로 징징거린 거야 하루 이틀 일이 아니다. 그렇다고 진 여사가 대놓고 면박을 주다니. 처음 있는 일이다. 채이는 티 나지 않게 다미를 팔꿈치로 툭툭 건드렸다. 돌아오는 건 가만있으란 듯 조용히 팔꿈치를 움켜쥐는 손길이었다.

제 사장은 자신의 표정이 보이지 않아 다행이라는 생각이 들었다. 그는 이를 꽉 깨문 채로 뒤를 돌아 텅 빈 상자를 내려놓았다.

"그런 의미에서,"

기다란 대나무 부채가 손에 착 감기며 접힌다.

"오늘은 채이 양도 같이 거닐까 하네만."

"그러세요."

분노로 번들대는 입술이 움찔거렸지만 다시 원래대로 돌아오는 데는 얼마 걸리지 않았다.

뜻밖의 대답에 채이가 귀를 의심하고 있는데 진 여사가 손등을 두들겼다.

"이만 가세나."

진 여사가 한쪽 눈을 찡긋하며 일어섰다. 다미도 잽싸게 상자를 들고 채이의 옷자락을 잡아당겼다.

채이는 얼떨떨한 심정으로 그들을 따라갔다. 드넓은 모래사막에서 상쾌한 바람이 불어와 이마를 간지럽혔다. 이미 가게 밖에 나선 두 사람은 채이를 기다리고 있었다.

채이는 뒤돌아 머뭇거리며 제 사장을 불렀지만 그는 쳐다보지 않았다. 짧은 한숨과 함께 "금방 다녀올게요."라는 말만 남기고, 채이는 발을 내디뎠다. 강한 바람에 후드 티의 치즈케이크가 오븐에서처럼 부풀어 올랐다.

"저 진짜 나와도 돼요?"

채이는 아랫입술을 잘근잘근 씹어댔다. 그리도 떼를 썼는데, 막상 이렇게 나오니 제 사장이 신경 쓰였다.

"마음에 걸리면 지금이라도 돌아가시게. 기껏 도와줬더니 닭장으로 들어가고 싶어 안달 난 병아리 같네그려."

"그런 게 아니라."

그를 향한 시척지근한 걱정이 혀 밑을 적신다. 제 사장이 가슴을 쥐어뜯고 소리치는 모습을 본 건 자신뿐이었다. 혼자 두는 게 걱정될 수밖에. 그 일에 대해선 한마디도 꺼내지 말라는 당부 때문에, 마땅한 변명거리조차 찾을 수가 없다. 심통 난 아이처럼 발을 세게 구르는 게 전부였다.

"그냥요. 걱정되잖아요."

진 여사가 뒷짐을 지고 자리에 멈추었다. 채이를 뒤돌아보는 그녀의 짙은 눈썹이 꿈틀거린다.

"제 사장이 자넬 너무 오래 가둬놨구먼. 채이 양은 손님 아닌가. 가게 주인까지 사사로이 챙기는 건 좋지 않네. 마땅히 갈 준비를 해야 하지 않겠나."

"원래 사장님이 은근 소심하잖아요."

나무라는 말투에 괜스레 채이는 그를 변호하게 된다.

"여사님이 그렇게 말하니까 소외감 느껴서 그래요. 사장님도 햇볕 아래서 바람 쐬고 산책 좀 해보면 별거 아니라는 거 알 텐데. 같이 걷자고 하면 안 돼요?"

"누굴 백수 만드려고."

앞서가던 다미가 동그마니 쌓인 모래더미를 휙 걷어찼다.

"걔가 가게 들락날락할 팔자면 내가 괜히 있겠니? 나 아니면 온갖 잡다한 일은 다 누가 하게. 몇십 년 동안이나 그런 성질 드러운 놈 말을 들어가면서. 그거 보통 아량으론 안 되는 그그든."

채이는 우뚝 멈춰 섰다.

"사장님 얘기하는 거예요? 들락날락 못 한다구요?"

"그러니까 죽상이지. 그놈은 식당 밖으로 한 발자국도 못 나와."

채이가 제 사장에 대한 관심을 숨기지 못하고 이유를 캐물었다. 하지만,

"몰라. 자세한 얘긴 안 해줘. 벌을 받는다나, 뭐래나. 자기도 잘 모르는 눈치던데. 아무튼 말이야, 그 힘들고 귀찮은 일들을 내가 다⋯⋯."

궁금증을 들쑤신 장본인은 흥미를 잃었는지 자기 자랑을 늘어놓기 시작했다.

"무슨 벌이요? 왜 벌을 받는대요?"

채이는 다미의 말허리를 댕강 잘랐다. 아무도 제 노고를 칭찬해 주지 않는 것이 서운한 다미가 등허리를 벅벅 긁었다.

"그건 말 안 해줘서 모른다니까 그러네. 그 얘기 할 거면 묻지 말어."

잰걸음으로 앞장선 다미와 거리가 벌어지자 진 여사는 채이의 어깨에 팔을 둘렀다.

"제 사장은 다미 군의 입이 무겁지 않다는 걸 잘 안다네. 그 때문에 입을 다무는 편이지."

"몇십 년이래요. 전 고작 한 달 가지고 이렇게 난리를 쳤는데, 사장님은 몇십 년 동안 못 나온 거잖아요. 어떻게 그럴 수

가 있어요? 그냥 문을 열고 나가기만 하면 되는데."

"겉으론 평범해 보일지라도 신의 보호를 받고 있는 공간이
네. 신이 허락한 자만이 들어오고 나갈 수 있는 게야."

"신이 항상 보고 있는 것도 아닌데, 누가 들어오고 나가는
지 어떻게 다 알아요?"

진 여사가 껄껄 웃는다.

"자네, 신을 너무 과소평가하는구먼그려. 제 사장 하나 확
인하자고 친히 가게에 찾아갈 신이 어딨겠나. 잘 한번 생각해
보시게. 신은 늘 흔적을 남긴다네."

"등불."

입술이 붙었다 떨어지며 속삭인다.

"그게 감시카메라 역할을 하는 거죠?"

"자네가 다미보다 낫구먼."

키가 작은 채이에게 가까이 말하느라 몸을 기울이고 있던
진 여사가 허리를 쭉 폈다. 가리워 있던 햇빛이 닿자 채이의
보드라운 미간이 울퉁불퉁 찌그러진다.

"스트레스 받을 만하다. 사장님이 원래 그렇게 못된 건 아
니었네요. 제가 보기엔 신들이 너무한 것 같아요."

"따지자면 벌을 받는 것 아닌가. 채이 양이 마음 쓸 일이 아
니라네."

"여사님은 아시는 거예요? 사장님이 무슨 일 때문에 벌을

받는 건지."

예리한 질문에 헛기침이 터져 나왔다.

"저도 모르는 것을 내가 알 턱이 있나. 게다가 안다고 한들 제 사장의 개인적인 이야기를 내가 알려줄 자격은 없네."

"자기도 모른다뇨."

북받친 감정이 왈칵 쏟아진다.

"잘못을 해서 벌을 받더라도 이유는 알아야죠. 사장님도 이 승에서의 시간이 아무 의미 없이 흘러가는 게 속상하지 않겠어요? 저는 고작 하루 때문에도 이렇게 애가 타는데……."

"때론 모르는 게 더 나을 때도 있는 법일세. 제 사장의 사연이 어떠한들 자네가 해결해 줄 순 없으니 이쯤에서 신경을 끄시게."

진 여사는 안타까워하는 소녀의 얼굴을 마주하지 못하고 눈을 피했다. 마침 멀찍이 걷고 있던 다미가 "차 찾았어요!" 하고 헐떡이며 거리를 좁혔다.

"오늘은 금방 찾았네요. 좀만 더 가면 돼요."

다미는 차에 다다를 때까지 느긋하게 걷는 두 사람을 채근했다. 아마 채이와 함께 자신까지 외출 금지를 당했던 날이 새록새록 떠오르는 모양이었다. 이번에도 늦는다면 더 이상 진 여사도 왈가왈부할 수 없을지도 모를 일이다. 다미 말에 따라 채이도 진 여사도, 서둘러 발걸음을 옮겼다.

"여사님."

상자를 싣고 진 여사가 차에 올라탔을 때, 채이가 가까이 다가갔다. 창문을 내린 진 여사는 창틀에 팔을 걸치고 얼굴을 내밀었다. 채이는 미처 묻지 못한 것을 물었다.

"여기서 맺은 관계도 실로 이어질 수 있을까요?"

진 여사가 대답은 없이 물끄러미 자신만 바라보는 탓에 괜스레 말을 더했다.

"인연은 인간이 직접 선택하는 거라면서요."

"어쩌면, 이미 이어졌을 수도 있지 않겠나?"

진 여사는 한순간에 폭삭 늙어 보였다. 수심 어린 노인의 얼굴이다. 하지만 눈을 감았다가 뜨니 그녀의 얼굴은 다시 천진난만한 표정으로 돌아갔다.

"실의 색깔은 그것을 가진 인간이 어찌 사용하느냐에 따라 달라지기 마련이라네."

지프차를 등지고 한참을 걷던 두 사람 앞에 국수 가게가 보였다.

"그 자식, 사실 아는 게 없어."

느닷없이 말을 꺼낸 다미는 잠시 고민하다가, "이승에 대해서 거의 기억을 잃었다고 하더라." 하고 한숨을 쉬었다.

"이승에 대해서라면, 어느 정도나요?"

"전부. 우리가 당연히 알고 있는 것들을 걘 모르는 거지. 네가 대학교에 합격했다는 게 무슨 소린지도 모를 거야. 대학교가 뭔지, 합격한다는 게 어떤 의미인지, 그런 걸 모를 거라고."

채이는 그간 제 사장에게 던졌던 질문을 떠올려 보았다. 그 많은 대화가 의미 없이 끝난 이유를 이제야 알았다. 이승과 관련된 이야기만 나오면 어김없이 돌아오던 침묵. 대답을 안 한 게 아니라 할 수 없었던 것이다. 입을 꾹 다물던 그의 얼굴이 채이의 마음에 와닿았다.

"네가 이것저것 관심 갖고 궁금해하는 것도 이해는 해. 나나 그 녀석에 대해 알고 싶은 것도 많을 거고. 근데 그냥 '사정이 있나 보다' 하고 말아. 이런 곳에서 하루 견뎌 하루 사는 나 같은 사람 이야기를, 앞날이 창창한 애가 들어 좋을 게 뭐가 있겠어. 걔도 마찬가지야. 벌 받는다잖아. 좋은 일로 끌려온 것도 아닌 사람 이야기를 들어서 뭐 해."

채이는 다미를 한 번 쳐다봤다가 다시 발끝으로 고개를 돌렸다.

"가끔은 사장님도 마음을 털어놓고 싶을 수도 있잖아요. 아저씨도 그렇고요."

콧잔등을 잔뜩 찌푸린 다미 얼굴이 웃는 듯도 우는 듯도 보였다.

"말이라도 참 고맙다. 근데 난 지금 생활에 나름 만족해. 옛이야기 꺼내봤자 괜히 괴롭기만 하고. 이젠 생각 안 하고 살란다."

목소리에는 소금처럼 짠 슬픔이 녹아 있었다. 마냥 유쾌한 아저씨라고만 생각했는데, 보이는 것이 전부가 아닌 것 같았다.

'하긴, 두 사람이라고 오죽하겠어.'

채이는 자신도 입양에 대해 함부로 이야기하지 않는다는 사실을 떠올렸다. 비밀을 남에게 드러내기 싫은 것은 지극히 당연하다. 그것도 안 지 얼마 안 된 사람이거나 앞으로 계속 얼굴을 봐야 하는 사이라면 더더욱.

"쟤 앞에선 괜한 얘기 꺼내지 말고. 널 이승으로 돌려보내 줄 사람이라는데 성질 긁어서 좋을 건 없잖아."

"에이, 제가 눈치도 없이 그런 걸 물어보겠어요?"

채이는 무거운 분위기가 싫어 너스레를 떨었다. 이 이상 묻는 건 예의가 아니란 것쯤, 채이도 알고 있었다.

어느새 문 앞이었다.

3
쌍둥이 안경

바람이 구름을 긁어 매섭게 연주하는 밤이었다. 나무문이 삐걱거렸다.

"어서 오세요!"

흰 셔츠 깃이 드러나는 남색 니트와 회색 바짓단 밑으로 살짝 드러난 검은 구두까지. 채이는 '단정'이라는 단어를 사람으로 만들면 틀림없이 이런 모습일 거라 확신했다. 서류 가방만 들고 있다면 영락없이 출근하는 직장인이다. 굵게 굴곡진 파마머리는 삐져나온 잔머리 한 올 없이 차곡차곡 고정되어 있었다. 식탁 가운데 의자에 앉는 남자의 안경알이 빛에 반사되어 반짝거렸다.

"국수 한 그릇 주세요."

이토록 제대로 된 주문이라니. 여기가 국수를 파는 식당인 줄 알고 들어온 손님은 처음이다.

"네, 잔치국수 하나."

신난 채이는 언젠가 보았던 패밀리 레스토랑의 직원처럼 한쪽 귀를 누르고 주방에 주문을 전달했다. 그러곤 제법 정중한 말투로 "물 따라드리겠습니다." 하고 식탁 끝에 놓인 물병을 집었다. 비록 웨이터처럼 팔에 타월을 걸치지는 않았지만 물병을 높게 들어 유리잔에 물을 따랐다.

"여기 있습니, 닷!"

순식간의 일이었다. 몇 걸음 되지 않는 짧은 찰나에, 살짝 튀어나온 의자에 발이 걸려 물잔이 기울어졌다. 물잔은 아직 채이의 손에 있었지만, 담겨 있던 물이 사라졌다. 손님의 머리카락에서 떨어지는 물방울이 어깨를 적셨다.

채이가 놀란 숨만 삼키고 말 한 마디 못 꺼내고 있을 때, 손님이 안경을 벗고 눈가를 닦았다. 졸지에 물벼락을 맞은 손님은 차분하게 안경다리를 잡아 물기를 털어냈다.

"죄, 죄송해요. 괜찮으세요? 의자에 발이 걸려서……."

알아서 머리와 옷을 닦아내던 손님이 사과하며 다가오는 채이를 손짓으로 멈춰 세웠다.

잠시 작동이 멈췄던 뇌가 손님이 식탁에 올려 둔 안경을 닦으라고 명령했다. 채이는 자연스레 휴지를 뽑고 오돌토돌한

면으로 안경알을 문질렀다.

"뭐 하는 겁니까!"

옷을 닦다가 그 광경을 발견한 손님이 안경을 낚아챈다.

"이걸 휴지로 닦으면 어떡해요! 상처라도 나면 어쩌려고!"

물세례를 맞고도 평안하더니 웬걸, 이번엔 화를 내며 바지 주머니에서 무언가를 꺼냈다. 안경닦이다. 그는 입김을 불어 가며 정성스럽게 물 묻은 안경을 닦았다

"죄, 죄송해요. 저는 그냥, 도와드리려고⋯⋯."

"됐어요. 멀쩡하니까."

불빛에 이리저리 관찰 당한 안경은 다시 코 위에 안착했다. 탁탁 털어 정확하게 선을 맞춰 두 번 접은 안경닦이도 주머니 속에 도로 들어갔다.

"다친 데 없죠?"

표정은 딱딱했지만 조금은 누그러진 말투다.

"네⋯⋯. 정말 죄송합니다."

채이가 기어들어 가는 목소리로 얼버무렸다. 제 사장이 혀를 차는 소리에 귀가 뜨겁게 달아오르는 것만 같았다. 채이는 고개를 수그렸다.

"그만 사과해도 돼요. 내가 소리 질러서 놀랐나 보네. 미안합니다. 좀 깔끔한 편이라. 내가 정한 규칙에서 어긋나면 예민해지거든요."

손님은 자기 오른쪽의 의자를 툭툭 치면서 앉으라고 채이에게 손짓했다.

"이제 그만하죠. 한 번만 더 사과하면 진짜 화냅니다."

의자에 앉으면서도 머리를 조아리는 채이를 향해 손님은 진절머리 난다는 듯 말했다. 제 사장에게 듣던 신랄한 말투와는 사뭇 다른 느낌이다.

"정 미안하면 물 한 잔 더 줘요. 이번엔 쏟지 말고."

채이는 정돈된 몸짓으로 물을 따랐다. 또다시 죄송하다는 말이 튀어나오려는 걸 혓바닥으로 꾹 눌러가며. 손님은 물을 한 모금씩 마실 때마다 목덜미 찔끔, 어깨 찔끔, 팔 찔끔, 번갈아 긁어댔다. 민망한 모양이다. 주방에서 요리하는 소리만 공허하게 들려왔다.

그는 대뜸 "안경 렌즈는 마찰에 약해요. 그래서 극세사 천으로 닦는 겁니다." 하고 말을 꺼냈다.

"휴지는 펄프로 만드는 거라서 표면이 거칠죠. 그래서 안경알에 미세한 흠집이 생기거나 코팅이 벗겨질 수도 있고요. 옷 같은 섬유도 마찬가집니다."

채이의 시선이 허공을 부유하다가 "아, 네." 어정쩡하게 대답했다.

"물 쏟은 것 때문에 화낸 거 아니라고요. 내가 원래 물건을 좀 아껴서 그렇지."

남자가 한숨을 쉬며 이마를 짚었다. 그가 살짝 젖은 머리카락을 정돈한다.

"압니다, 나도. 구구절절 재미없는 설명 대신 이렇게 말하면 된다는 거. 근데 습관이 무섭다고 또 이러고 있네요."

"아니에요, 재미가 없진 않아요."

"없지 않긴요. 내가 이런 얘기 똑같이 한 적이 있거든요? 안경 선물해 준 놈이 옷으로 자기 안경을 비비직거리길래. 그때 그러더라고요. 너 진짜 재미없다고."

채이는 상황에 맞지 않게 웃음이 나올 것 같아 인중을 늘려 참았다.

"친한 친구신가 봐요. 그런 말도 스스럼없이 하시고."

"보통은 그러면 친한 거라고 하더라고요. 저는 친구가 걔밖에 없어서 비교 대상이 없긴 한데."

손님은 뭐라 말할지 몰라 멈춘 채이를 보며 "친하다는 뜻입니다."라고 덧붙였다.

"이렇게 재미없는 사람이랑 어쩌다 친해졌는지 모르겠다고 투덜거리죠. 누가 할 소릴. 걘 말도 많고 오지랖도 심하고 그쪽처럼, 활발하거든요. 좀 심하게."

적당한 단어를 고른 남자가 만족스러운 듯 고개를 끄덕인다.

"그래도 인생이 재밌긴 합니다. 그런 친구 하나 있으면."

"되게 오래된 친구 같은데. 어떻게 친해지셨어요?"

"오래됐네요. 열셋에 만나서 지금 서른셋이니까."

남자는 식탁을 손가락으로 두들기며 숫자를 세다가 몸서리를 쳤다.

"세고 보니 징글징글하네. 들이댔어요, 걔가. 왜 그랬는진 모르겠지만."

채이는 손님의 반응이 웃긴 나머지, 풋, 웃음을 터트렸다. 어쩐지 두 소년이 운동장을 뛰어노는 장면이 보이는 듯했다.

"학교 친구예요?"

"아뇨. 보육원이요. 여섯 살 때 부모님 이혼하고 쭉 아빠랑만 살았습니다. 아빠가 교통사고로 돌아가신 게 열 살 때고, 친척집 전전하다가 보육원 간 게 열셋. 그때 만났죠, 그 친구는."

예상치 못한 이야기였다. 머뭇거리지도 않고 덤덤한 남자의 말투에 채이는 숙연해졌다. 방금 전까지 풀어졌던 분위기가 다시 무거워지려고 하자 남자가 헛기침을 했다.

"하여간 별난 놈이었습니다. 친해질 거라곤 상상도 못 했는데."

그는 피식거리다가 채이 쪽으로 살짝 자세를 틀었다.

"중학교 올라갈 때였죠. 재수도 없게 같은 보육원 친구들이랑 떨어진 학교를 가게 됐습니다, 저만. 혼자인 건 그러려니 했는데, 하필 귀찮은 일이 생긴 거죠. 좀 노는 패거리가 어떻게 알게 된 겁니다, 제가 보육원생인 걸. 그것들이 자주 시비를 걸더라고요, 진짜로 부모 없냐면서. 제가 맞받아치는 게 영 거슬렸나 봐요. 전 맞서 싸우는 타입은 아니지만 그렇다고 빌빌 기는 성격도 아니라서. 하루는 기를 죽이겠다고 하굣길에 절 끌고 가서 둘러싸더라고요. 슬슬 주먹이 오가려는데,"

손님이 식탁을 주먹으로 약하게 내리쳤다. 이야기에 집중하고 있던 채이가 살짝 놀랐다.

"누가 내 이름을 부르더라고요, 친구였어요. 어디서 구했는지 고등학교 교복까지 입고 막 뛰어오는 겁니다."

남자는 고개를 꺾으며 어이없는 웃음을 짓는다.

"그때 생각하면 지금도 황당하네. 생긴 게 성격이랑 딴판입니다, 그 자식이. 또래에 비해 키 크고 덩치 좋으니까 애들이 흠칫하더라고요. 걔가 가까이 와서는 내가 학원을 빠졌다는 둥, 자기가 대신 혼난다는 둥, 헛소리를 막 하는 겁니다. 그러면서 저를 질질 끌고 갔죠."

어느덧 이야기에 푹 빠진 채이는 "어머, 뭐야?" 하고 맞장구까지 친다.

"애들이 누구냐고 물으니까 얼굴색 하나 안 바뀌고 형이라고 뻔뻔하게 거짓말에, 한술 더 떠 협박까지 하더라고요. '너희가 학원 빠지라고 꼬셨냐?'"

손님은 인상을 쓰며 연기까지 했다.

"겁먹었는지 변명을 하더라고요, 그것들. 친구는 절 건드리지 말라고 윽박을 지르더니 대답은 듣지도 않고 절 데리고 학교 밖으로 나갔습니다. 멀리까지 와서 제가 어깨동무한 손을 쳐냈죠. 따지려고 쳐다봤더니 험상궂은 표정은 싹 사라지고 짓궂게 웃고 있더라고요, 그 자식. 왜 왔냐, 어떻게 알았냐 물어봐도 옛날부터 이런 거 정말 해보고 싶었다고 오두방정만 떨고. 어디 문제 있는 놈인 줄 알았습니다."

채이와 손님이 동시에 폭소를 터트렸다. 손님은 실컷 웃다가 고개를 설레설레 흔들었다.

"근데 그 뒤로 제가 졸업할 때까지 매일 교문 앞에 찾아오더라고요. 종종 다른 친구들도 데리고. 제가 중학교 무사히 졸업한 건 그놈 덕분입니다."

웃느라 찔끔 나온 눈물을 닦는 남자 앞에 제 사장이 국수를 내려놓았다. 곧바로 국수 위에 구슬을 올리는 모습에 채이가 당황한 소리를 내며 제 사장을 바라보았다. 그는 눈을 마주치자 "너 또 이상한 짓 할 거잖아. 귀찮아." 하며 종지를 물로 헹궜다.

말은 쌀쌀맞지만, 채이는 제 사장 나름대로의 배려에 내심 감동을 받았다. 그동안 무시하고 짜증내던 걸 생각하면 감동받을 법도 했다. 채이는 손님에게 나무젓가락 하나를 수저통에서 뽑아 건넸다.

"옛날 생각 나네요. 주말에는 아빠가 꼭 봉지 우동을 끓여

췄습니다. 진짜 맛있었는데."

잠시 추억에 잠긴 어린 소년이 어른으로 돌아와 멋쩍게 웃었다.

"왜 갑자기 그 생각이 났나 모르겠네."

"손님이 그 순간을 특별하다고 생각해서 그렇겠죠?"

그가 그릇 위로 봉긋 솟은 국수 면을 국물에 푹 적셨다.

"하긴 추억이랄 게 없기 합니다, 아버지랑은. 혼자 애 키우신다고 바빠서 아침저녁으로 얼굴만 보는 사이였으니까요. 저도 그다지 살가운 편은 아니었어서. 아마 그 우동이 아버지 나름의 애정 표현이었을 겁니다. 주말에 같이 장 보면 늘 그걸 고르셨거든요, 다른 라면보다 그게 좀 비쌌는데도."

채이의 뇌리에도 한 장의 기억이 현상된다. 아빠라는 단어는 낡은 지갑 속에 덕지덕지 끼워 넣은 사진을 떠올리게 했다. 연애할 때의 엄마, 신혼여행, 갓난아기일 때부터 교복을 바꾸며 학년마다 찍었던 채이의 증명사진까지.

젊을 때부터 출중한 외모로 유명했다는 아빠는 확실히 비슷한 나이대의 아저씨들에 비해 세련된 멋이 있었다. 하지만 취향만큼은 촌스런 구석이 있었다. 그놈의 '처음'에 굉장한 의미를 두는 편이라 물건에 대한 애착이 강했다. 지갑만 해도 그랬다. 채이가 나름 고심 끝에 고른 고급 지갑을 선물 받고도 엄마에게 받은 첫 선물이라며 헌 지갑을 들고 다녔다. 카드와 카페 쿠폰 따위로 두툼해진 지갑의 봉제선이 터질 때까지.

작은 새 지갑으로 이사하는 날, 아빠는 신중하게 사진을 골라냈다. 전에 쓰던 것보다 훨씬 작고 빡빡해서 사진은 딱 한 장만 옮길 수 있었다. 30분을 고민하다가 택한 것은 불꽃놀이하는 놀이동산을 배경으로 아빠의 어깨 위에 채이가 목말을 탄 사진이었다. 문제라면 채이가 폭죽에 정신이 팔려 헤벌쭉하며 엉뚱한 곳을 바라본다는 점이었다.

'잘 나온 사진도 많은데 하필 골라도 못생긴 사진이야?'

면박을 주면서도 채이는 가장자리를 깔끔하게 오려냈다. 옆에서 허리가 휘어진 지폐를 세던 아빠가 혼잣말을 중얼거렸는데 뭐라고 했는지가 기억나지 않았다. 채이는 귀담아 듣지 않았던 것을 후회했다.

'사진 찍을 때 뭐라고 하고 있는 거야?'

사진 속 입을 크게 벌린 아빠 표정이 그저 즐거운 줄만 알았는데, 자세히 보니 무어라 외치고 있었다. 유효기간이 지난 쿠폰을 분류하던 아빠가 대꾸했다. 그런데 도무지 들리지 않았다, 목소리가.

주말이라고 깎지 않아 까끌까끌한 수염, 엄마가 더덕더덕 립밤을 발라주어 번들거리던 입술, 집중하느라 턱을 내밀고 말하던 입모양까지도 확실히 기억나는데. 사진이 된 것처럼 소리는 없이 형상만이 확대되었다. 먹먹한 귀 저편에서 이명이 들렸다.

제 사장은 귀를 틀어막았다. 뾰족한 소리가 고막을 찔렀다. 헉, 그는 숨을 헐떡이며 눈을 떴다. 손님이 잠시 자신을 쳐다봤지만 금방 고개를 숙여 국수를 먹었다. 채이는 턱을 괴고 혼자 골똘히 생각 중이다. 다행히 아무도 자신에게 관심이 없다. 다행이지 않은 것은, 채이가 아빠를 떠올릴 때마다 제 사장도 마음이 답답하다는 사실이었다. 거대한 바위가 심장을 짓누르듯이. 제 사장은 채이의 감정에 전염된 것이 못내 불쾌했다.

남자는 우물우물 면을 씹다가 물을 마셔 함께 목 뒤로 삼켰다.

"영화관, 맛집, 여행."

난데없이 젓가락으로 그릇 바닥을 두드리며 하는 말에 퍼뜩 정신을 차린 채이가 손님을 쳐다보았다.

"개인적으로 싫어합니다. 한 번 보고 말 영화, 삼키면 똑같은데 비싸기만 한 음식, 돈 쓰면서 일부러 집 나가서 고생하기. 예전엔 그렇게 생각했죠."

"너무 현실적이신 거 아니에요? 반대로 생각하면 그러니까 특별한 거죠. 일상을 빛나게 해주는, 뭐라더라, 낭만 있잖아요."

"맞습니다. 내가 그걸 싫어했던 진짜 이유는, 아빠와는 해

본 적 없는 경험이었기 때문이죠. 그런 건 보통 가족이랑 먼저 하게 되니까요. 나한테는 떠올릴 특별한 추억이 고작 봉지 우동인 게 싫어서, 남들은 다 해보고 나만 못 해본 것들을 쓸데없다고만 치부하고 살았습니다."

프스스, 한숨처럼 웃음이 터졌다.

"근데 친구 때문에 영화도 보고 맛집도 가보고, 난생처음 여행이란 것도 가봤죠."

"친구라는 분, 들으면 들을수록 좋은 분 같네요. 어땠어요? 해보니까."

"거추장스럽고 싫었죠, 근데."

그는 따지려 드는 채이를 손으로 가로막는다.

"나중에야 고맙더라고요. 추억을 먹고 산다는 게 뭔지 알게 됐으니까. 덕분에 평범한 연애도 할 수 있었던 것 같습니다. 바닷가에서 노을을 보며 애인 손도 잡고 그랬죠. 효율성이라곤 없고 번거로운 일들이지만, 너와 함께 하니까 특별한 일이 된다고. 앞으로도 같이 비효율적이고 성가신 일상을 만들고 싶다고요."

"그거, 설마 프러포즈? 잘 됐어요?"

"차였습니다."

남자가 그릇을 들어 국물을 마셨다. 같이 빨려 들어온 면을 후루룩 삼켰다.

"당연한 결과였어요. 상대 부모님 반대가 심했으니까. 애초에 기대하지 말자고 다짐했는데 말이죠. 잠깐 시간을 내어 나와 함께 있어주는 것만으로도 만족하자고요. 석양이 너무 아름다워서 나도 모르게 말해버렸나 봅니다."

온탕과 냉탕을 오가는 이야기에 채이는 식은땀이 났다. 아무렇지 않게 말하기까지 얼마나 오랜 시간이 필요했을까. 덤덤한 이야기 속에서 입술을 깨물고 참았을 비릿한 피 냄새가 진동했다. 채이는 목 안쪽이 뻐근해서 헛기침을 했다.

"아빠가 죽었을 때도 그리 슬프진 않았던 것 같은데. 인간은 어차피 혼자라는 걸 체득했으니까요, 어린 나이에. 혼자인 게 당연했던 삶이 언젠가부터 당연하지 않은 게 되었던 거겠죠. 헤어진 직후에는 솔직히 무서웠습니다. 앞으로도 나 같은 건 가족을 이룰 수 없을 텐데, 이 감정들을 견디지 못하면 어떻게 될지."

면을 뒤적거리는 손님에게 채이는 "많이 힘드셨겠어요."라는 상투적인 위로를 건넸다. 그 이상의 말이 떠오르지 않았다.

"아, 그게 아니고요."

당황한 얼굴로 손을 휘젓느라 젓가락에 묻은 국물이 옷에 튀었다. 그가 즉시 휴지로 국물을 닦아냈다.

"의외로 금방 지나갔습니다. 깨달았거든요, 난 이미 가족이 있다는 걸. 늦는 날이면 안 자고 기다려주고, 표정만 봐도 무슨 일 생겼는지 알아채고, 밥 먹었냐고 실없이 말 걸어주는. 귀찮게 해도 늘 옆에 있는 사람이 있더라고요."

채이의 표정이 밝아졌다.

"늘 옆에 있으면 가족이죠."

소리는 없지만 남자의 입가에도 미소가 지어진다.

"친구 덕분에 무성영화처럼 고요하던 삶이 그나마 시끄러울 수 있었던 것 같습니다. 가족이 별건가요, 영화가 끝나고 올라오는 엔딩 크레디트 같은 거죠."

채이는 입속에서 곱씹어보았다. 짧디짧은 자신의 인생이 끝나고 화면 위로 올라갈 이름들을.

"참, 멋진 말이네요."

그러나 이내 불안해졌다. 자신의 이름은 어디에 남을까. 어딘가에 남긴 할까? 혹은 어디에도 남지 않게 될까.

"제가 원래 이런 사람이 아닌데, 별 얘길 다 하네요. 원래 떠드는 건 그 자식 전문인데, 오늘은 어쩐지 침묵을 견디기가 힘들더라고요."

바닥에 붙은 면 가닥을 젓가락으로 긁어모아 입에 넣는다.

"사람이 죽을 때가 되면 변한다더니, 그래서 그런가. 아님 아빠를 만나기 전에 연습하는 걸지도 모르겠습니다. 둘 다 말주변이 없으니 얼마나 조용하겠어요, 한 명이라도 떠들어야죠."

채이 가슴에 돌덩이가 내려앉았다. 손님들은 사후세계가

없다는 사실까진 모른다. 채이는 알고 있지만, 함부로 말할 수 없는 진실이었다.

"아빠한테 자랑하렵니다. 내 인생 꽤 재밌었다고. 정말 괜찮았다고."

손님은 젓가락을 내려놓았다.

"저어."

제 사장이 설거지를 마칠 때까지 서 있던 남자가 입을 뗐다.

"부탁 하나만 해도 되겠습니까?"

제 사장의 눈썹이 꿈틀거린다. 좋지 않은 신호다. 하지만 그걸 알 리 없는 손님은 아랑곳하지 않았다.

"곧 아들이 태어나는데……."

그 말에 채이가 의아한 표정을 지었다. 남자가 황급히 말을 덧붙였다.

"친구 얘깁니다. 결혼한 지 몇 년 만에 고생해서 얻은 자식입니다. 곧 출산일이에요."

"본론이 뭐야."

제 사장이 팔짱을 끼고 눈을 내리깔자, 어려운 이야기는 덥석 하던 손님도 이번만큼은 우물쭈물했다.

"한글 이름을 하나 생각해 뒀거든요. 말이라도 전해주고 싶습니다. 게다가 장례식부터 치르는 건 그렇잖습니까, 이 시점에. 혹시 아기 출산 때까지만이라도 미룰 방법이……."

"안 돼."

말이 끝나기도 전에 제 사장은 등을 돌렸다.

"국수 먹었잖아. 빨리 네가 있어야 할 자리로 가야 돼."

"역시 그렇겠죠. 혹시나 해서 말입니다."

손님은 머쓱하게 웃으며 목덜미를 긁적거렸다. 그는 미련이 뚝뚝 떨어지는 얼굴로, 하지만 더 물어보진 않고 문을 향해 걸어갔다.

너무 빠른 포기에 속이 상한 건 채이였다. 문 앞까지 자신을 뒤따라온 채이를 보고 손님이 어이없다는 듯 웃었다.

"분한 건 난데, 왜 학생이 울상입니까? 괜찮아요. 선물은 잔뜩 전해줬으니까. 옷, 신발, 장난감. 뭐 이렇게 일찍 사냐고 느긋한 소리나 하더니. 미리 준비하길 잘했죠."

"그럼 뭐 해요. 손님이 그걸 못 보는데."

"난……."

손님이 안경을 벗어 채이에게 건넨다.

"이거면 됩니다."

채이가 안경다리를 잡고 조심스럽게 받아 들었다. 또 혼날까 봐 긴장되었다.

"친구랑 똑같은 안경테입니다. 아기 선물에 형수님 선물은 잔뜩인데 친구 것만 안 사기 뭐해서 칠칠맞게 부러진 안경, 테이프 덕지덕지 붙이고 다니지 마라고 좋은 걸로 하나 맞춰줬습니다. 새 안경 쓰고 아기한테 멀쩡한 모습 좀 보여주라고."

그가 돌려받은 안경을 요리조리 살핀다.

"이거 도수 없거든요, 저는 원래 안경을 안 써서. 친구가 그 자리에서 바로 똑같은 안경을 사서 주는 겁니다. 돈 낭비다, 환불해라, 잔소리하니까 뭐라는지 알아요?"

그가 안경을 콧등에 걸쳤다. 안경알이 빛에 반사되어 눈동자가 보이지 않았다.

"우리가 이 안경으로 이어져 있으면 자기가 보는 건 나한테도 보이고, 내가 보는 것도 자기가 볼 수 있을 거랍니다. 알고 있었거든요, 그 자식. 제가 아이 못 보고 헤어질걸. 이게 있으면 볼 수 있다는 거겠죠. 연결되어 있으니까. 유치하긴."

빛이 안경알을 비껴가고 다시 손님의 눈동자가 비쳤다. 울고 있을 줄 알았는데 웃고 있다.

손님과 마주 선 채이는 아주 작은 거라도 자신이 도울 게 없을지 고민했다. 그때 한 가지 기억이 뇌리를 스쳤다.

"사장님!"

손아귀에 쥔 생각이 무엇인지 펼쳐 보기도 전에 일단 입 밖으로 내뱉어본다.

"잠깐, 진짜 잠깐 만나는 건 되잖아요! 이름만 알려주는 정도로 잠깐요! 그죠?"

채이가 제 사장의 등에 대고 대답을 재촉했다. 손님도 숨을 죽이고 제 사장의 뒷모습을 뚫어지게 쳐다본다. 안경알 너머로는 은근한 기대감 같은 것이 어려 있었다.

등을 돌리고 있던 제 사장은 입술을 꽉 깨물었다.

'저 꼬맹이 앞에서 말하면 안 됐는데.'

전에 딸을 보고 싶다던 엄마에게 귀띔해 준 것이 꼬리가 되어 밟혔다. 속으론 투덜거리면서도 왜 자신이 고개를 끄덕이고 있는지 이해가 가지 않았다. 뒤에선 채이가 두 팔을 들어 올리며 환호성을 질렀다.

"뭐 해요, 아저씨! 얼른 조카 이름 전해주세요. 꼭 그 이름으로 지으라고 해요!"

손님은 채이가 내민 새끼손가락에 자기 것을 걸었다.

"장담은 못 하겠습니다만, 노력해 보죠."

마주 본 웃음이 이제야 편안하다. 채이가 손님을 대신해 문을 열었다. 남자는 문턱을 넘어 성큼성큼 걸어간다. 자신을 기다리는 운명을 향해.

≋

"이야, 날씨 한번 끝내주네."

다미는 해가 중천에 떠서야 출근했다. 지퍼도 여미지 않은 연두색 등산 재킷이 어깨 뒤로 흘러내렸다. 뒤늦게 매무새를 고치는 그의 얼굴이 유난히 상기되어 있다.

"날씨가 좋아요?"

채이가 제 사장을 힐끔거리며 메아리처럼 되물었다.

그는 어젯밤 일에 골이 났는지 손님이 떠난 후부터 단 한 마디도 꺼내지 않고 있다. 초조한 마음으로 잔소리를 기다렸지만, 미안하다는 사과엔 대꾸조차 없었다. 심상치 않은 징조다. 뭐라 하지 않으니 되레 채이는 더 눈치가 보였다.

"바람은 선선하지, 햇빛은 따시지. 하늘은 또 얼마나 맑게. 이 동네 오고 오늘 같은 하늘은 손에 꼽는다, 야."

다미가 폴라 티의 앞자락을 들썩거리며 손부채질을 했다. 가뜩이나 제 사장 기분을 살피느라 지친 채이는 날씨를 찬양하는 말에 더욱 숨이 막혔다. 가게 밖으로 나가지도 못하는 사람이 저런 말을 듣고 기분이 좋아질 리는 없으니까.

"그래 봤자 사막이 사막이죠. 어딜 가도 모래밖에 안 보이잖아요."

채이는 이마를 괴는 척, 다미에게 얼굴을 기울였다. 이마에 주름이 잡히도록 눈에 힘을 주어 제 사장을 가리켰다가 다시 다미를 보며 고개를 살살 떨었다. 그만 말하라는 신호였다. 어찌나 턱에 힘을 줬는지 동그란 얼굴이 네모나게 보일 정도였다.

"넌 젊은 애가 땅만 보고 걷냐? 어릴수록 고개를 들어서 하늘을 봐야지."

이제는 못 견디겠는지 다미는 등산 재킷을 벗기 시작했다. 그런데 한쪽 팔을 빼다가 그제야 채이의 잔뜩 찌푸린 표정을 발견한 다미가 대뜸 "너 얼굴이 왜 그래? 뭐, 기분 나쁜 일 있었어?"라고 눈치 없이 묻는 게 아닌가.

"아뇨? 기분 나쁜 일은 무슨요."

수습할 수 없는 분위기가 되기 전에 나가야 할 것만 같다.

"저 산책하러 갈래요! 지금 당장 나가요. 사장님, 일찍 돌아올게요!"

발딱 일어난 채이는 문을 활짝 열어젖히곤 허락이 떨어지기도 전에 밖으로 뛰쳐나갔다. 아직 빼지 못한 한쪽 소매를 잡고 낑낑거리던 다미가 다시 옷을 걸치며 부랴부랴 뒤를 따라나섰다.

"야, 채이야! 잠깐만!"

문을 닫고 달려 나가는 다미의 등 뒤로 팔을 끼우지 못한 소매가 달랑거렸다.

"아저씨! 왜 이렇게 눈치가 없어요! 그만하라고 제가 사인 보냈잖아요!"

좀 멀어졌다 싶어, 일단 꽥 지른 채이는 혹시 몰라 가게를 한 번 더 살폈다.

"그래애."

다미는 억울한지 말끝을 늘리면서 옷을 입는다.

"표정이 요상하길래 내가 기분 안 좋냐고 물어봤잖아."

채이가 주먹으로 답답한 가슴을 두드린다.

"저 말고 사장님이요! 사장님 기분이 안 좋다고요!"

토라진 다미가 앞니 사이로 바람 빠지는 소리를 내며 쭈그려 앉았다. 그러곤 팔을 크게 벌려 모래를 긁어모았다. 봉곳한 모래 더미 두 개가 금방 완성됐다. 더 작은 모래 의자에 앉은 다미가 넓은 옆자리를 톡톡 쳤다.

"걔야 원래 그렇고. 하루 이틀이야? 너야말로 무슨 일 있었어? 뭔데?"

채이는 무릎을 모으고 앉아 지난밤 이야기를 해주었다. 자신이 왜 눈치를 보고 있었는지도.

"사정이 그렇잖아요. 지난번 손님한테는 알려주길래 이번에도 괜찮을 줄 알았죠."

"별것도 아니구만. 잔소리 안 하면 그냥 옳다구나 넘어가면 그만이지. 아직 얼굴이 꽁한 걸 보니까 하고 싶은 얘기가 그게 아닌데, 뭘. 신경 쓰이는 거라도 있어?"

"그게…… 손님은 저승에 가면 아빠를 만난다고 철석같이 믿고 있잖아요."

채이는 무릎을 짚고 일어나 엉덩이를 털었다. 푹신했던 모래 의자는 화산처럼 움푹 패어 있다.

"많은 사람들이 그렇게 생각하겠죠? 죽으면 보고 싶었던 사람과 만나 행복할 거라고. 근데 아니잖아요. 죽으면 전부, 사랑했던 사람들 전부를 잊어버리게 되잖아요."

다미가 알쏭달쏭한 표정으로 자신을 바라봤다. 채이는 신발코를 세워 푹신한 모래 바닥을 쿡쿡 쑤셨다.

"거짓말을 한 기분이라구요. 저승에 가면 친구에 대해서도 잊어버리고, 아빠도 만날 수 없다고 알려주지 않았단 말이에요. 찜찜해요."

다미는 입술을 오므린 채로 비죽 내밀었다. 가뜩이나 쳐진 입꼬리가 더 처져서 팔자주름이 부각됐다. 골똘히 생각하던 표정이 밝아졌다.

"오늘 날씨 정말 좋지? 하늘 좀 봐."

"뜬금없이 무슨 소리예요. 아저씨 제 말 못 들었어요?"

다미가 실눈을 뜨고 태양을 올려다본다.

"좀 보라니까. 날씨 좋지 않어?"

채이는 손차양을 만들어 고개를 들었다. 한동안 공기가 탁해 가게 언저리에서 몇 걸음 걷다가 돌아서길 반복했다. 평소라면 하늘이 뿌옇거나 햇빛에 모래 먼지가 떠다니는 걸 보았을 텐데 오늘은 시야가 맑다. 흠낼새 없이 상쾌한 날씨를 한껏 만끽하니 기분이 나아지는 것 같기도 하다.

"오래간만에 멀리 산책 나가볼까? 내가 경치 좋은 곳 알아."

"온통 사막인데 경치가 좋고 말고가 어딨어요."

다미가 자리를 털고 일어난다. 그의 의자는 흔적도 없이 사라진 지 오래다.

"에이, 나만 아는 곳들이 있지. 따라 와!"

자신만만한 걸음에 채이는 반신반의하며 쫓아갔다.

조금 더 걸으니 땅의 모습이 조금 달라졌다. 채이는 땅 군데군데 난 평평한 구멍을 한참이나 들여다보고서야 그게 모래가 쌓이지 않은 맨땅이란 걸 알았다. 걸음을 내딛기만 해도 발이 푹푹 빠지는 모래사막에 비해, 훨씬 단단해 걷기가 수월했다.

"짜잔!"

채이가 한눈을 판 사이, 다미가 양팔을 한껏 벌려 앞을 가로막는다.

"저의 아지트에 오신 걸 환영합니다!"

마치 서커스단 단장처럼 그는 발끝만으로 사뿐사뿐 걸으며 옆으로 비켜났다.

채이는 무심결에 앞으로 발을 내밀었다가 "엄마야!" 하고 비명을 지르며 뒷걸음질 쳤다. 두 사람이 서 있는 곳은 보기만 해도 아찔한 벼랑 끝이었다. 황급히 끄트머리에서 멀리 도망간 채이는 다리에 힘이 풀려 주저앉았다.

"뭐예요, 여긴! 대체 어디예요?"

"저승의 절벽이라고나 할까? 특별히 이름은 없어."

"하필 골라도 그 두 단어를. 저 고소공포증 있다고요! 그리고 이승에 돌아가고 싶은 사람을 저승으로 데려와요?"

"아유, 괜찮네요. 우린 떨어지고 싶어도 못 떨어지고, 가고 싶어도 못 가. 봐봐!"

다미가 허공에 손을 내민다. 나아가던 손이 보이지 않는 벽에 의해 가로막힌다. 다미는 양손을 내민 채 물끄러미 저승을 바라보았다. 혹여나 떨어질까, 채이는 조마조마한 심정이었다.

"알았으니까 손 좀 떼고 얘기하세요."

"가까이 와봐, 겁먹지 말고. 햇볕 좋은 날 여기서 내려다보는 경치가 아주 따봉이그든."

엄지발가락을 구부리고 있던 채이도 빼어난 경관에 벼랑 끝에 조금씩 다가섰다. 말마따나 환상적이고 아름답다. 그래도 남은 한 걸음은 차마 내딛기가 무서운지 목만 길게 뺀 채로 감상하는 채이다.

절벽 아래 흐르는 강의 폭이 넓어 처음엔 바다인 줄 알았다. 깊이를 가늠할 수 없이 탁하고 짙은 강이 절벽을 에워싸고 있다. 검은 강은 절벽 건너편의 뾰족한 골짜기서부터 흘러내렸다. 겹겹이 비밀을 숨긴 희끗한 암벽은 자신을 긁어내리려는 거센 모래바람에도 굳건히 자리를 지켰다. 가파른 산을 오르는 것도 쉽지 않겠지만, 산골짝 사이가 어찌나 깊던지 헛디뎠다간 영영 못 올라올 것만 같았다. 물속으로 들어가진 못하고 수면에 부딪힌 햇빛이 이따금씩 부서져 반짝거렸다. 떨어진 사람들의 눈물이 모여 흐르는 것일까.

방금 무언가 움직인 것 같았다. 채이는 험난한 암벽을 주의 깊게 살폈다.

"저런 험한 길을 어떻게, 아니, 누가 지나가요?"

"죽은 사람들. 여기는 입구야, 저승 입구."

"입구라기엔 문이 안 보이는데요? 딱히 길이랄 것도 없고."

"아무나 가는 곳이 아니니까. 팔자대로 죽은 영혼만 길이 열린다나."

고요한 바람이 어깨에 살포시 앉았다. 다미가 버릇처럼 혀를 차자 바람이 놀라 파르르 몸짓하며 날아간다.

"어제 왔다는 손님은 저기 어디를 걸어가고 있겠지. 그거 대단한 거야. 먼저 가신 아버지가 보고 싶었을 법도 한데 열심히 살았잖냐. 난 오히려 기억을 지워버린다는 게 가끔은 보상 같더라. 공들인 삶이 아깝든, 미련 없이 후련하든지간에."

다미의 한숨이 바람에 섞여 낭떠러지 아래로 떨어진다.

"나한테는 보이지 않을 길이겠지."

채이는 마지막 혼잣말을 듣지 못했다. 뇌리를 스친 생각을 붙잡고 낑낑거리는 중이었다. 그 생각은 자신이 내내 찜찜했던 이유를 설명해 주고 있었다.

'목말을 태워주는 아빠가 다른 아빠일수도 있었을까?'

부모님에게 부족함 없는 사랑을 받고 자랐다. 그럼에도 궁금한 마음까지 없앨 순 없었다. 자신을 낳은 부모에 대해, 왜 입양될 수밖에 없었는지에 대해. 어린 날의 막연한 호기심이라 여기고 넘어가려 했지만, 알고 싶은 욕망은 점점 커졌다. 그들이 자신을 기억할지, 어떤 마음을 품고 있을지, 살아 있는 동안은 아니더라도 저승에 간다면 만나서 묻고 싶다고 막연히 생각해 왔다. 하지만 앞으로도 영영 볼 수 없다는 게 확실해지자 마음이 뒤숭숭하다.

"너무 공평해서 오히려 불공평한 것 같아요. 다음 생을 위해 이전 생의 기억을 모조리 지워버리는 거요. 모든 걸 잊고 싶은 사람이야 속 편하겠죠. 근데 정말 누군가를 기억하고 싶고, 기억되고 싶은 사람들 입장에선 억울하지 않을까요?"

다미가 미간을 구겼다. 뒷짐을 진 손에 힘이 들어간다.

"사실은 똑같은 거야. 잊어버리고 싶다는 건 사무치게 보고 싶다는 말이랑 같은 뜻이기도 하거든. 왜, 강한 부정은 강한 긍정이라고도 그러니까."

채이는 절벽에서 뒷걸음질 쳤다.

"아무튼요. 어떤 쪽이든 다 잊어버리잖아요. 전 가기 싫어요. 언젠가 가는 걸 막을 순 없겠지만, 아직은요."

"나도. 아직은 잊고 싶지가 않네."

다미가 한숨 섞인 대답을 내질렀다. 처연한 옆모습을 물끄러미 바라보던 채이는 저도 모르게 물었다.

"아저씨도 보고 싶은 사람이 있어요?"

다미가 흘렸던 한숨이 절벽을 타고 올라와 눈동자를 흔든다. 그는 머뭇거리고 있었다. 채이는 대번에 알았다. 그건 애절한 누군가를 또렷하게 떠올리는 눈빛이었다. 그리운 얼굴이 비칠 것처럼 눈동자가 투명하게 일렁였다.

다미가 눈을 깜빡였다. 그리움의 빛은 눈꺼풀 너머로 사라진다.

"시간이 꽤 지난 것 같지? 얼른 가자. 또 늦을라."

그는 채이의 팔을 붙잡곤 저승 반대편으로 걸음을 뗐다.

다미가 앞서고 있었다. 평소라면 다미 옷자락을 잡고 버둥거렸을 채이도 바짝 뒤를 쫓았다. 아직 모래가 많이 쌓이지 않아 걷기가 편했다. 성큼성큼 앞으로 나아가던 중이었다.

"김 씨!"

소리는 앞쪽이 아닌 뒤에서 들렸다. 채이는 자라목을 하고 주변을 두리번댔다. 목소리의 주인공은 방금 두 사람이 지나쳤던 모래언덕에서 힘차게 달려오고 있었다. 눌러쓴 털모자의 방울이 사방으로 흔들렸다.

"사람이⋯⋯."

쉿. 언제 다가왔는지 다미가 채이의 입술에 손가락을 곧게 세웠다.

"절대 입 열면 안 돼. 알았지?"

그는 재빠르게 속닥이곤 "정 씨! 웬일이야?"라며 멀리서 다가오는 사람에게 천연덕스럽게 대꾸했다.

정 씨라 불린 사람은 다미와 비슷한 나이대로 보이는 여자였다. 둘 앞에 멈춘 정 씨는 무릎을 짚고 거친 숨을 몰아쉬었다. 그녀가 턱짓으로 채이를 가리켰다.

"여긴 누구야?"

다미가 채이 앞으로 나서며 사이를 가로막았다.

"헤매고 있길래. 아직 상황 파악이 안 된 거 같아. 괜한 소리 하지 마, 겁먹을라."

그러곤 능청스럽게 대화 주제를 바꾼다.

"내가 그렇게 보고 싶었어? 헐레벌떡 뛰어오게."

정 씨는 으이구, 하며 다미의 등을 찰싹 때렸다.

"심란해서 잠깐 나왔다가. 할머니 정신이 자꾸 오락가락한다. 영 심상찮아."

그녀가 채이의 눈치를 보며 목소리를 낮춘다.

"모레까지나 버틸까 싶다."

"저기 뭐야. 저녁에 얘기합시다. 내 오늘은 그쪽으로 갈게."

채이는 다미가 자신을 곁눈질하는 걸 똑똑히 보았다.

"그래, 얼굴 좀 비추고 그래라. 맨날 골방에만 들어앉지 말고. 하긴 그쪽도 얼마 안 남았지……."

다미가 헛기침으로 말을 가로막았다.

"거, 애 앞에서. 괜한 소리 말고 가 있어. 할머니 기다리시겠다."

"아, 알았어. 왜 이래. 간다, 가."

다미가 등을 떠밀자 그녀는 쫓겨나듯이 본인이 왔던 길로 멀어져 갔다.

슬며시 바람이 일었다. 다미의 머리카락이 날리며 곳곳에 숨어 있던 희끗희끗한 새치가 드러났다. 그는 손으로 머리를 대충 쓸어 흰 머리를 덮었다.

"이제 갈까?"

콧잔등에 검은 머리카락이 몇 가닥 걸려 간지러웠다. 채이는 코를 긁으며 넌지시 누구냐고 물었다. 저녁때가 다가오니 다시 바람이 불어오려는 모양이다. 채이는 아예 머리카락을 귀 뒤로 넘기고 후드 모자를 뒤집어썼다. 다미의 재킷에는 모자가 없었다. 뒷목을 긁적이는 다미는 어딘가 불안해 보였다.

"그냥, 아는 사람."

채이는 후드 끈을 졸라매며 다음 말을 기다렸다. 입술을 부리처럼 내밀고 빤히 그를 쳐다보면서. 물러설 기색이 없는 채이의 태도에 다미는 입술을 이리저리 비틀다가 큰 숨을 내쉬었다.

"오늘 여기 온 거, 다른 사람 만난 거, 그놈한테는 절대로 비밀이야."

"설마 제가 사장님한테 다 일러바칠 정도로 의리 없는 사람이겠어요?"

다미가 주저하는 표정을 하자, 채이는 기회를 놓칠세라 능글맞게 덧붙인다.

"혹시 모르죠. 아저씨가 아무 말도 안 해주면 대신 물어볼 수도……."

"알았어! 대신 약속해. 넌 오늘 아무 일도 없었던 거야."

두 손 두 발 다 든 다미가 채이에게 새끼손가락을 내밀었다.

"뭔데요? 저 아줌마는 누군데요?"

채이는 대충 건넨 새끼손가락이 풀리기 무섭게 물었다.

멀리서 바람이 웅웅거린다. 낮에 평온했던 만큼 밤에 세차게 불어 닥칠 작정인 듯, 음울한 소리였다. 발밑에는 폭신하게 모래가 깔리기 시작했다. 다미는 오두막으로 돌아가는 내내 제 사장도 몰랐던 이야기를 털어놓았다. 채이의 호기심과 상상력을 불러일으키기엔 충분히 흥미로운 이야기였다.

가슴팍에 그려진 스포츠 브랜드 로고가 힘없이 늘어졌다. 남자의 구부정한 자세 때문이다. 비척대며 가게로 들어와 앉은 손님이 가장 먼저 꺼낸 말은 "소주도 한 병 주실래요?" 였다.

어물쩍 제 사장에게 질문을 넘기고 싶어도, 이미 등 돌린 사람에게 대답을 맡길 순 없다. 채이는 난감한 얼굴을 지어 보였다.

"죄송해요. 술은 안 팔아서요."

"아닙니다. 어쩔 수 없죠."

손님은 억지웃음을 지었다. 두툼한 열 개의 손가락이 짧게 뻗친 머리카락 사이로 들어가 가방 속을 뒤지듯 이리저리 더듬댔다. 숱을 쳐서 가벼워 보이는 겉모습과는 달리 머릿속엔 복잡한 고민이 얽혀 무거운 모양이다.

불안한지 머리를 매만지며 다리를 덜덜 떨고 있는 모습을 보자니 덩달아 채이까지 초조해졌다. 본래라면 상당히 위협적이었을 덩치도, 움츠린 자세 때문인지 검은 옷 때문인지 다소 왜소하게 느껴진다.

"술은 없지만 물이라도 좀 드세요."

채이는 그를 진정시키기 위해 물을 따라주었다. 까불거리다가 물을 쏟은 이력이 있으니 이번에는 슥, 얌전히 컵을 옆으로 밀었다. 남자는 유리컵 가득 채운 물을 단번에 마시고 한 잔을 더 부탁했다.

머리모양부터 옷 입는 취향, 침묵을 대하는 자세까지 전부 달랐지만 채이는 바로 알아보았다. 검고 얇은, 동그란 안경테. 볼과 맞닿는 렌즈에 닥작닥작 묻은 지문이 거슬린다는 것만 빼면 며칠 전 본 것과 똑같은 안경이다. 잔을 내려놓은 손님은 코허리까지 흘러내린 안경을 밀어 올렸다. 지문이 묻은 자리를 잡아서 말이다.

채이는 먼젓번 손님이 자신에게 차마 하지 못한 표현을 어렴풋이 알 것도 같았다.

'내가 저렇게 산만한가?'

채이가 원치 않았던 자아성찰의 시간을 보내는 사이, 이제 손님은 허벅지에 손바닥을 비비적거렸다. 기름으로 반질반질한 콧잔등 탓에 누렇게 뜬 코받침이 계속 미끄러졌다. 다시 안경을 올리던 그는 드디어 부유스름한 시야를 눈치채고 안경을 벗었다. 나사가 헐렁한 건지 맥없이 덜렁대는 다리는 안경이 코 위에서 흘러내리는 이유를 말해주고 있다. 옷자락을 끌어당겨 망설임 없이 안경알을 감싸 쥐는 모습에 채이는 나직히 웅얼거렸다.

"그렇게 닦으면 상처 난댔는데……."

그대로 멈춘 남자는 갑자기 고개를 추켜들었다. 채이는 짧은 찰나지만 보고 말았다. 그의 흰자가 충혈되는 것을. 모름지기 상냥한 직원이라면 손님의 눈물을 아는 체 해서는 안 된다.

채이가 시선을 피해주자 그는 아무렇지 않은 척 "참, 그렇죠?"라고 대답하더니 주머니를 뒤진다. 앞주머니부터 엉덩이까지 뒤적거려도 나오는 건 먼지와 실밥뿐이다. 그는 맨투맨을 뒤집어 안감으로 렌즈를 문지른다.

"안경닦이가 없어서, 어쩔 수 없죠. 기모라서 괜찮지 않을까요. 그나마 렌즈가 덜 다치겠죠?"

채이는 안쓰러운 표정으로 고개를 끄덕였다. 남자는 내내 콧물을 들이마셨다.

손님은 제 사장이 국수를 만드는 내내 넋 나간 사람처럼 우두커니 앉아 있었다. 중간 중간 콧구멍을 벌름거리며 눈을 치켜뜨고 울음을 참는 것만 빼면. 채이도 잠자코 손님의 슬픔이 지나가길 기다려주었다. 빈도수가 너무 잦아서 모른 체 하느라 조금은 힘들었지만.

마침내 국수가 나왔다. 국물부터 한 모금 들이켠 남자의 입에서 얼큰한 감탄사가 쏟아졌다. 면을 휘휘 젓던 젓가락이 멈칫했다. 또 울음을 참는 줄 알았더니, 이번에는 손님이 고개를 들어 제 사장에게 말을 거는 게 아닌가.

"국물 진짜 시원하네요. 딱 소주 한 잔 걸치면 좋을 것 같은데. 팔 생각 없으세요?"

"안 팔아."

넉살 좋은 질문에 자비 없는 대답이 맞선다.

"빨리 먹기나 해. 면 붙어."

"말투가 제 친구랑……."

말허리가 잘린 채 잠시 정적이 흘렀다. 잠잠했던 그의 미간이 다시 물결치고 있었다. 겨우 울음을 참은 남자는 쓴웃음을 짓는다.

"죄송해요. 친한 친구 장례식이 그저께 끝났거든요. 제가 원체 눈물이 많아서 그런가, 아직은 힘드네요."

"뭐가 죄송해요. 슬플 땐 울어야죠."

채이는 제 사장이 한숨 쉬는 소리가 들릴까 봐, 일부러 휴지를 뽑아주며 말했다. 휴지를 받아 든 그가 입술을 말아 올려 억지웃음을 지으며 눈물을 찍어냈다. 휴지에는 길쭉한 그믐달 자국이 남았다.

"아내가 임신 중이거든요. 앞에선 조심해야 하는데 뭐가 그리 불쑥불쑥 떠오르는지……."

제 사장은 다리를 꼬고 앉았다. 보아하니 오늘도 서둘러 보내기는 글렀다. 아니꼬운 표정에도 손님은 아랑곳 하지 않고 꿋꿋이 이야기를 이어나갔다.

"결혼 전까지 같이 살던 친구거든요. 걔 집이었으니까 어찌

보면 얹혀산 거죠. 일도 안 구해지고 진짜 힘들 때, 돈 한 푼 안 받고 먹여주고 재워줬으니까."

젓가락은 면을 만지작거릴 뿐, 들어 올리지는 않는다. 채이는 눈으로 움직이는 손을 좇다가 어지러워서 시선을 돌렸다.

"집에 틀어박혀 밥도 안 먹고 술만 마셔대니 걔가 저를 끌고 나가더라고요. 억지로 데려간 곳이 어딘지 아세요? 중국집이에요, 중국집. 새로 생겼다면서요. 외식도 안 좋아하는 애가 그날따라 주문을 오래 하더라고요. 마지막엔 고량주까지 시키는 거 있죠? 술이라면 질색팔색을 하면서. 상다리 부러지게 나온 음식 중에 어디에 먼저 손을 대야 할지 몰라 보고만 있으니까 '면 불어, 비싼 거니까 남기지 말고 먹어.' 그러데요, 사장님 말을 들으니까 그날 생각이 나서……."

"알았어. 입 다물고 있을 테니까 이젠 좀 먹지?"

제 사장은 진저리를 내며 아직도 국수가 가득한 그릇을 가리켰다.

면박을 당한 손님이 드디어 첫술을 뜬다. 큼지막한 입에 면이 꽉 들이찼다. 그는 미어터진 볼을 움직이다가 사레가 들렸는지 캑캑거렸다. 씹고 있던 면 조각들이 폭탄의 파편처럼 사방으로 튀어 올랐다. 팔짱을 끼고 있던 제 사장의 한쪽 손이 다시금 관자놀이로 올라갔다. 채이도 내색은 안했지만 몸을 슬쩍 피했다. 식탁에 튄 국물도 바로바로 닦아내던 친구와는 달라도 너무 다른 모습에 채이는 둘이 참 어울리지 않는다는 생각이 들었다.

"친구라는 분이요. 말은 좀 차갑게해도 마음이 따뜻하신 분 같네요."

울리려던 건 아니었는데, 남자의 얼굴이 일그러지며 입술 밖으로 국수 한 가닥이 삐져나왔다. 채이는 신속히 대화 주제를 바꾸기로 한다.

"어쩌다 같이 살게 되셨어요?"

"같은 보육원에서 자랐거든요. 전 대학을 다니느라 조금 더 늦게 나왔는데, 혼자 살긴 싫어서 친구 집에서 같이 살기로 했죠. 걔가 먼저 자리 잡았거든요."

"성격이 많이 다른 것 같은데 같이 살면 불편하신 점은 없었어요?"

"어우, 많았죠. 제가 지나가는 자리마다 따라와서 막 설교를 늘어놓잖아요. 빨래 통에 양말 뒤집어 넣지 마라, 음료수 마신 컵은 끈적거리니까 바로 씻어라, 샤워할 때 휴지 빼놔라……."

손님은 잔소리 목록을 짚을 때마다 젓가락으로 그릇 가장자리를 때렸다. 그의 행동에 제 사장의 눈살이 찌푸려진 건 당연한 일이었다.

"일찌감치 버릇을 고쳐놔서인지 이젠 안 듣는 잔소리네요. 아내한테 들을 것까지 미리 들었나 봐요. 이젠 듣고 싶어도 못

듣네요, 그놈의 잔소리. 하여튼 성질 급하긴……."

중얼거리던 남자의 눈시울이 붉어졌다. 그릇 위에 젓가락
이 가지런히 올라가자 제 사장의 미간이 다시 한번 출렁인다.
팔짱을 끼고 불편한 기색을 드러냈지만 손바닥으로 눈을 틀
어막은 손님에겐 보이지 않았다.

채이는 제 사장의 심기를 거스르지 말자는 이성과 손님을
달래고픈 감정 사이에서 갈등하다가 다시 휴지 몇 장을 뽑아
건넸다.

그게 허락이라도 된다는 양, 남자는 폭포수처럼 우렁차게
눈물을 쏟아냈다. 제 사장은 눈물과 콧물에 휴지가 푹 젖어드
는 모습에 혀를 차며 빙글 뒤돌아 앉았다. 채이는 손님 쪽으로
냅킨 케이스를 밀어주면서 속으로는 제 사장에게 사과했다.
아무래도 손님을 챙기는 게 우선이었다.

"미안해요. 오늘 집 정리하러 갔다 와서 이래요. 부엌 찬장
을 열었다가……."

묽은 콧물이 목 뒤로 넘어갔는지 목소리 맹맹했다.

"같이 살게 됐을 때 제가 밥그릇을 사 갔거든요? 나름 성의
표시 한다고 없는 처지에 세트로 바리바리 들고 갔더니만 부
부도 아니고 남사스럽게 두 벌씩 맞추냐고 넌더리 치더니. 저
나가고 몇 년간 혼자 살았으면서 낡아빠진 제 수저랑 그릇을
그대로 뒀데요. 언제라도 꺼내 쓸 수 있게."

채이는 옷에 주름 하나 없던 친구의 모습을 떠올린다.

"깔끔하신 분이네요."

남자가 검지로 코를 짓뭉개며 문질렀다. 빠져나오지 못한 콧물이 안에서 부딪히는 소리가 났다.

"비싸지도 않은 그릇을 그렇게 고이 간직할 정도로 큰 의미인 줄 알았으면 자주 놀러갈 걸, 식탁에 둘러앉아 밥이나 한 끼 더 먹을 걸. 미안하더라고요. 예전에 그랬거든요. 짝이 맞는 그릇으로 가족과 식사하는 게 난생처음이라고……."

남자가 뭐라고 떠들었지만 채이는 뒤엣말이 들리지 않았다. 작은 공기 방울에 갇혀 있던 처음이라는 단어가 귓가로 다가와 톡 터지는 것만 같았다. 아빠가 버릇처럼 말하던 '처음'이라는 입 모양이 아른거렸다.

채이는 깊은 바다에 잠긴 것처럼 수압에 온몸이 짓눌리는 기분이 들었다. 흐릿한 사람의 형체가 삽시간에 자신을 에워쌌다. 아빠의 턱을 닮은 그것들은 소리를 내진 못하고 물고기처럼 뻐끔거렸다. 누가 누구인지 분간할 수 없는 짙은 물 그림자 속에서도 입 모양만은 선명하게 보였다. 아빠를 찾아야 했다.

'정신 차려, 영채이, 누가 진짜 아빠지? 아빠가 날 뭐라고 불렀더라?'

아까보다 큰 공기 방울이 발아래서 튀어나온다. 공기 방울은 점점 몸집을 불리며 위로, 위로 올라간다. 채이는 발을 세차게 저어 따라갔다. 정수리가 수면에 닿았다.

"근데 웃긴 건 뭔지 아세요?"

헛웃음 치는 손님의 몸이 들썩거린다.

"자세히 보니 우리 집도 마찬가지인 거예요. 냉장고를 정리하는 방식, 속옷 개는 방법, 충전기 선을 매듭 짓는 모양. 손이 닿는 모든 곳에 친구의 흔적이 남아 있었어요. 이미 곳곳에 사소하게 스며들어서 제 일상이 되어버린 거예요."

'못생기긴, 우리 딸 이쁘기만 하구만.'

'아빠로서 딸내미랑 가는 첫 놀이동산이라고 얼마나 설렜는데.'

'뭐라고 하긴? 딸, 딸, 그리고 계속 불렀지.'

'말도 마라, 네 주의 좀 끌어보려고 목이 터져라 불러도 폭죽 소리가 오직 커야지.'

공중에 날아오른 공기 방울이 터지며 먼젓번에 들리지 않았던 아빠의 대답이 폭죽처럼 흩뿌려졌다. 참았던 숨을 코와 입으로 밀어내자 고여 있던 목소리가 배수구로 소용돌이치는 물살처럼 귓속으로 빨려 들어왔다. 딸, 우리 딸. 기억난다. 아빠는 채이를 늘 그렇게 불렀다. 투박하고 굵직하지만 상냥하고 부드럽다. 채이는 어느새 불꽃놀이를 하는 놀이공원에 서 있었다.

하지만 종아리를 단단히 붙잡은 억센 손은 더 이상 없다. 목말을 타고 사진을 찍는 부녀를 멀리서 바라볼 뿐, 아빠의 목소리는 짙은 그림자로 남았다. 채이는 문득 다미의 말이 떠올랐다.

'잊어버리고 싶다는 건 사무치게 보고 싶다는 말이랑 같은 뜻이기도 해.'

팔짱을 끼고 있던 제 사장은 엄지손톱을 이빨로 틱, 깨물었다. 기억 속에서 멀어지는 형체를 보고 있자니 불안했다. 그는 자신이 채이 대신 행동하고 있는 것을 깨닫고 도로 팔짱을 꼈다. 손톱을 물어뜯고 싶은 충동을 억눌렀다.

"괴로우세요?"

뜬금없는 말에 손님이 채이를 돌아보았다. 채이는 대답을 채근한다.

"만약 괴로운 기억들을 지울 수 있다면 어떻게 하실래요?"

등 돌리고 있던 제 사장이 그녀를 휙 돌아보았다. 저승과 연관된 이야기는 어떤 것도 발설해선 안 된다. 그 사실을 모를 리 없다. 제 사장은 채이를 향해 따가운 눈초리를 쏘았다. 이상한 질문이라고 생각하진 않는지 손님은 얼떨떨한 표정으로 잠시 고민했다.

"글쎄요. 슬픔을 오래 간직하는 건 제 취향이 아니긴 한데. 그래도 추억을 전부 없애고 싶진 않아요. 그럼 진짜 내 안에 조금이나마 살아 있던 친구가 완전히 사라지는 거니까요. 지금 당장은 이 슬픔마저 너무 소중해서, 잃고 싶지 않거든요."

그 대답에 채이는 반쯤은 안도하는, 반쯤은 찝찝한 마음이 들었다.

"만일 친구분은 손님에 대해 벌써 잊어버렸다면요? 원하지 않았다고 해도, 그냥 잊어버렸으면 어떡해요?"

제 사장이 어색한 헛기침 소리로 손님과 채이 사이를 가른다.

"적당히 하고 이젠 좀 먹지. 다 불어터졌는데."

"그러게요, 국수가 아니라 우동이 됐네."

손님은 그릇에 걸쳐 두었던 젓가락을 들어 입속에 면을 찔러 넣는다. 국물을 머금고 통통해진 면이 단 두 젓가락 만에 사라졌다. 바닥에 남은 국물을 전부 삼킨 남자는 잘 먹었다는 인사와 함께 빈 그릇을 제 사장에게 건넸다. 제 사장은 드물게 흡족한 표정으로 그릇을 받아 들었다. 하지만 손님은 자리에서 일어나는 대신 채이 쪽으로 몸을 돌려 앉는다.

"어쩔 수 없죠. 잊고 말고는 친구 마음이지, 제가 막을 순 없잖아요? 그냥 저라도 잊지 않을래요."

대화가 길어지자, 제 사장의 표정도 원래대로 돌아왔다.

"안 가?"

"조금만 더 앉아 있을게요."

웃는 낯에 침 못 뱉는다더니. 생글생글 웃는 손님에게 이길

바가 없다. 제 사장은 남자를 보며 콧김을 내뿜긴 했지만, 더 잔소리는 하지 못했다. 남자는 채이와의 대화를 이어간다.

"걘 제 인생의 이정표 같은 애였어요. 갈피 못 잡고 흔들리던 내 삶에 윤곽을 그려주는. 왜 사는지, 어떻게 살지, 혼자라면 생각해 보지 않을 것들을 고민하게 만들었거든요. 그런데요, 딱 한 가지만은 알려준 적이 없어요. 그게 뭔 줄 알아요?"

채이는 옷소매에 코를 묻고 고개를 저었다. 섬유 깊숙한 곳에서 올라온 엄마의 향기와 아빠의 목소리가 뒤섞여 빙글빙글 채이 주변을 맴돌았다.

"비상구예요. 어디서 봤는데 인생이 영화와 딱 하나 다른 점이 그거라고 하데요. 영화관에서는 영화를 시작하기 전에 항상 비상시 탈출 경로를 알려주잖아요. 그런데 우리 인생은 비상구 같은 게 없다는 거예요. 친구가 그러는데, 도망갈 길 같은 건 없대요. 슬픈 장면도 참고 봐야 하는 거죠."

"그럼 문이 열릴 때까지 기다려야 해요? 정말 못 견디겠을 때가 올 수도 있잖아요."

"분명 이겨낼 수 있을 거예요. 어떤 영화든 끝이 나기 마련이니까. 막상 문이 열리면 겁이 나서 나가기 싫을지도 모르지만요."

손님이 휴지로 콧물을 훔쳤다. 또 우는 줄 알았는데 오히려 웃고 있었다.

"전 우리 아내만 있으면 어디든 갈 수 있을 것 같아요."

남자의 왼손 약지에서 반지가 반짝거렸다.

손님은 채이가 따라 놓은 물을 벌컥벌컥 마시곤 휴지로 입 주변을 닦았다. 채이는 힘차게 일어나 문을 향해 걸어가는 그를 배웅하러 뒤따랐다. 들어올 때완 다르게 기운을 차린 손님과, 반대로 시무룩한 발걸음을 떼는 채이의 모습이 뒤바뀌어 보였다.

손님이 문을 열려다 말고 뒤를 돌았다.

"친구가 아기 이름을 지어주고 갔거든요. 아직 태어나지도 않았는데, 진짜 성질 급하죠? 제왕절개면 미리미리 지어놓으라고 잔소리 하더니만. 하긴, 저라면 돌 지날 때까지도 못 정했을 거예요. 아내도 마음에 든다고 해서 그 이름으로 부르기로 했어요."

채이는 다행이라고 해맑게 웃던 친구의 얼굴이 생각나 설핏 웃었다. 지나치게 빠른 친구와 답답할 정도로 여유로운 친구라. 이제보니 너무 다른 모습이 오히려 묘하게 잘 어울리는 것도 같았다.

"이제는 역할이 바뀌었네요. 아기 이름이 이정표가 되면 친구도 우리 아들 보러 올 수 있을 거 아녜요."

채이에게 손님의 대답은 알쏭달쏭했지만, 어쩐지 마음만은 가벼워졌다. 채이가 문을 열어주었고, 손님은 약간 긴장된 얼굴로 안경을 밀어 올렸다. 기껏 닦은 안경알에 다시 지문이 묻었다. 채이는 손님의 친구가 안경으로 아들을 지켜보겠다던 말이 퍼뜩 기억났다.

"안경 좀 자주 닦으세요!"

채이는 이미 문을 나선 그의 뒷모습에 대고 소리쳤다. 들었을지는 모른다. 손님의 친구가 뿌연 시야로 조카를 보게 될까 걱정하면서, 채이는 문을 닫았다.

제 사장은 설거지를 간신히 마치고 자리에 주저앉았다.

"괜찮아요?"

채이가 주방 입구에 웅크리고 있었다. 허락도 없이 주방에 발을 들였다간 어떤 잔소리가 돌아오는지 아는 채이는 밖에서만 물었다.

"많이 안 좋아요? 들어갈까요?"

그는 싸르르 아파오는 배를 움켜쥐고 저리 가라 손짓했다. 행주 빨듯이 자신을 돌돌 말아 쥐어짠다면 이런 느낌일까. 쓰라리던 속이 한순간 편안해진다. 그는 구부렸던 허리를 곧게 펴고 일어나 왼쪽, 오른쪽으로 돌려보았다. 멀쩡했다. 거듭 괜찮냐 묻는 채이에게 제 사장은 시큰둥하게 대꾸했다.

짤막한 대꾸에 어느 정도 면역이 생겼는지 평소와 다름없는 말투에 안심이 된 채이도 자리로 돌아갔다. 의자에 앉아 다리를 달랑거리던 채이는 잔소리를 듣기 전에 선수를 치기로 했다.

"아까는 죄송했어요. 손님한테 저승에 관련된 얘기는 하지 말라고 했는데. 앞으론 조심할게요."

"죄송할 짓을 왜 해?"

"그냥, 사장님도 얘기 해줬잖아요. 저승 가기 전에 잠깐 시간이 있다던지. 별로 티도 안 났잖아요? '만약에' 하고 물어본 건데."

"그 사람들은!"

그가 숨을 들이키며 언성이 높아지는 것을 참았다.

"서둘러 저승에 보내야 돼. 여기서 어영부영 시간을 보낼 게 아니라."

"어차피 가야 하는데 빨리 가야 할 건 또 뭐래."

채이가 혼잣말로 구시렁대자 제 사장은 목에 걸린 분노를 가라앉혔다. 사람들은 너무 쉽게 흥분한다. 평정심을 잃는 것만큼 꼴불견은 없다. 그는 심호흡을 하며 침착을 되찾았다.

"이승에는 잠시 들르는 것뿐이야. 바로 저승으로 가야 해. 죽었어야 하는 운명들이 시기를 놓치고 이승에 남은 거니까."

"잠깐이잖아요, 아주 잠깐. 소중한 사람들과 인사를 나눌 시간일 뿐이잖아요. 신들도 속이 너무 좁은 거 아니에요? 자기들한테는 찰나의 순간일 텐데."

제 사장은 마지막 인내심까지 증발하는 기분이었다.

"그게 아니야. 그 사람들이 저승에 가야 하는 정확한 때에 맞춰 몸이 만들어진다고. 근데 그때를 놓치면 이승으로 가지 못하는 일이 생길 거 아냐."

채이가 무슨 말을 하려고 입을 오물거렸지만 제 사장은 손바닥으로 식탁을 내리치며 막았다.

"사람이 죽어서 새로운 몸에 들어가는 데 100일이야. 이승, 환승 지나서 저승까지 가는 데 3일. 49일째에 전생의 기억을 지우고, 다음 생에 필요한 것들을 배워서 100일째에 새로운 몸으로 이승에 돌아가. 단 며칠도 아쉬운데 하물며 그 사람은 죽었어도 한참 전에 죽었어야 하는 사람이라고."

숨도 쉬지 않고 말을 쏟아낸 제 사장이 거칠게 숨을 내뱉었다.

채이가 몸을 뒤로 빼며 손을 내밀었다. 제 사장은 아직 창백해 보였다. 통증이 다 가시지 않은 모양이다.

"알았어요. 제가 잘못했으니까 그만. 우리 다른 얘기해요!"

잔뜩 흥분한 그를 진정시키기 위해 억지 미소를 지었다. 으음, 대화 주제를 고민하던 채이가 아, 하고 소리를 내질렀다.

"먼저 왔던 아저씨는 다음엔 어떤 생을 살게 될까요? 궁금하지 않아요?"

싱크대에 등을 기댄 제 사장이 이기죽거렸다.

"방금 저 멍청한 친구의 자식으로 태어나려고 하겠지."

"진짜요? 고를 수도 있구나. 사장님은 그런 것도 알아요?"

말실수를 한 것 같아 제 사장은 눈을 질끈 감았다. 점점 다미나 채이와 비슷해지는 것 같다. 꺼내지 않아도 될 이야기를 왜 자꾸만 하게 되는 건지. 자신도 알 수가 없었다.

"선택은 자유야. 기억이 지워지면 그 남자도 다른 삶을 고를지도 모르지. 나라도 후생까지 보지는 못해. 신조차 모르는 거니까."

다급한 변명에도 채이의 눈동자에는 확신이 가득 찬다.

"아마 선택할 거예요. 이어져 있던 인연으로. 이번에는 가족을 잃는 슬픔 대신 사랑받는 기분을 오랫동안 느끼면 좋겠어요."

"죽으면 잊어버리잖아, 그깟 감상적인 문제는."

희망에 사로잡힌 소녀의 얼굴을 보고 있자니, 갑자기 제 사장의 목젖 뒤에서 어떤 감정이 울컥 올라온다.

"어차피 진짜 가족도 아니고, 왜 그렇게 집착하는데?"

채이는 고장 난 인형처럼 눈도 깜빡이지 못하고 멈춰버렸다.

부모님은 채이가 어려서부터 입양에 대해 숨기지도, 유별나게 굴지도 않았다. 딸을 설명하는 한 줄 정보 정도로 여겼다. 그래서 채이도 자신이 입양되었다는 사실을 일찍이 받아들였다.

입양에 대한 면역성을 상실한 것은 혈액형에 대해 배우면서였다. 유전자의 언어로 설명했을 때, 채이는 부모님과 완전한 남남이었다. 그럼 유전자로 나와 이어져 있는 사람들은? 채이는 좌절하며 언젠가 부모님에게 버림받을지도 모른다고 생각했다. 아니, 사실은 거의 확신했다. 친부모도 그랬으니까.

부모님이 그런 여지를 준 적이 없는 건 물론이다. 그러나 채이가 매일 밤 내일의 자신에게 소포를 부쳐 아침마다 상실감으로 하루를 맞이하는 일까지 막을 순 없었다. 이런 곤란한 심정을 채이가 내색한 적이 없었기 때문이다. 아침에 눈을 뜨면 입양이라는 단어가 정체성을 지배했다. 곧 채이는 자신을 입양아 외에는 다른 어떤 말로도 정의할 수 없게 되어버렸다. 고독한 사춘기였다.

한창 절정을 달리던 즈음, 아빠의 사진을 보았다. 채이는 스스로 쌓아온 불행이 일순간 무너져 내리는 것을 느꼈다. 주로 이름을 부르는 엄마와 달리, 아빠에겐 유독 딸이라고 불린 적이 많았다. 채이는 아빠의 딸이었고, 아빠는 채이의 아빠였다. 엄마가 엄마인 것처럼. 채이와 부모님은 서로를 원했다. 그게 가족이다.

잊히고 싶지 않은 욕심이, 채이를 집착하게 만들었다. 자신이 친부모의 영화에 등장조차 한 적 없는 사람이 될까 봐, 엔딩 크레디트에 엑스트라로도 기재되지 않을까 봐. 죄책감이든, 애틋함이든, 채이는 어떤 감정으로나마 그들에게 기억되길 바랐다. 정작 부모님의 영화 속에서는 늘 자신이 주인공이었는데.

'태어나 100일간은 필히 가족의 실에 매달려 있어야 하네.'

채이는 진 여사의 말을 조금이나마 이해할 것 같았다. 자신이 저승으로 돌아가지 않고 이승에서 살아남을 수 있도록 단단히 실을 동여맨 건, 지금의 엄마와 아빠였을 것이다. 자신의 진짜 부모님은, 진짜 가족은 그분들뿐이니까.

'목말을 태워주는 아빠가 다른 아빠일 수도 있었을까?'

채이는 절벽 앞에서 했던 질문을 다시 던져보았다. 애초에 대답할 가치가 없었다. 채이는 너무 어려 기억조차 못 하는 추억을 오래토록 간직하는 아빠의 마음, 딸에게 잘 기억되기 위해 늘 같은 향을 사용하는 엄마의 마음. 지나가 버린 것에 연연하기엔 현재를 너무 사랑했다.

"먼저 죽은 친구란 남자, 실타래가 부족했어. 타고난 실이 모자라서 주변에 사람이 별로 없었다고. 그래서 얼마 없는 실을 친구 손목에 칭칭 감았겠지."

채이가 다시 골똘히 생각에 잠기자 제 사장은 가슴이 철렁해 먼저 말을 꺼냈다. 당장은 이 침묵을 피해야 했다. 머릿속에 채이의 기억이 흘러 들어오는 것을 막고 싶었다. 구태여 해주지 않아도 될 말이었지만, 아무렴 상관없었다. 채이의 감정에 동화되면 현실로 빠져나오기 힘들었다. 다행히 채이 눈에 초점이 돌아온다.

"나중에 온 손님도 그랬겠죠. 꼭 피가 섞이고 글씨로 묶여야만 가족인 게 아니에요. 진짜 가족이 남보다 못할 때도 있으니까."

앞니로 아랫입술을 꾹 눌렀다가 놓으니 피부 아래로 새빨갛게 피가 몰린다.

"가족이란 거, 선택할 수도 있는 거잖아요."

제 사장은 뇌리에서 삭제된 어떤 이들을 막연하게 떠올려 보려 했다. 채이처럼 그들을 떠올리며 느껴보고 싶었다. 하지만 이내 포기했다. 입가에는 매정한 비웃음이 흐른다.

"가족이냐, 아니냐는 중요한 게 아니야, 꼬맹이. 인간은 어차피 홀몸으로 태어나 홀로 죽으니까."

"남은 사람들에게 기억이 남잖아요, 추억이요. 세상에 완전히 혼자인 사람은 없어요."

"전생의 기억은 잊어버렸을 텐데 무슨 상관이야. 선택한다 하더라도 둘 다 서로가 친구였다는 사실 같은 건 모르는데."

"잊어버리는 거랑 잃어버리는 건 다른 게 아닐까요? 잃어버리면 영영 볼 수 없겠지만, 잊어버린 건 내 마음속 어딘가에 남아 있잖아요. 언제든지 다시 찾을 수 있어요. 가끔 깜짝 선물처럼 튀어나와 주겠죠."

그 뒤로는 채이도, 제 사장도 아무 말도 할 수 없었다. 둘은 시간이 그대로 멈춰 영원히 오지 않을 것 같은 아침을 기다렸다.

4
끝맺음 없는 옛날이야기

매섭게 불어 닥치는 모래 폭풍 속에서 지프차의 엔진 소리가 우레처럼 들려왔다. 채이가 창문에 코를 붙이고 눈알을 굴렸지만, 가게 주변을 뒤덮은 먼지 때문에 아무것도 보이지 않았다. 채이는 소리에 의존해 차가 다가오는 방향을 찾으려 눈알을 굴렸다.

"거봐, 걱정할 필요 없댔지?"

뒤에서는 다미가 팔짱을 끼고 우쭐거렸다.

한 치 앞도 보이지 않는 창 밖에서 엔진 소리가 멎었다. 차문이 열렸다가 세게 닫히는 소리가 연이어 들렸다. 채이가 이마를 창문에 짓누르고 있는데 손가락이 나타났다. 똑똑, 정중하게 구부린 중지가 창문을 두드리자 두개골에 작은 진동이

느껴졌다. 채이는 급히 문에서 비켰다. 문이 왈카닥 열렸다가
닫힌다.

"아주 지독한 폭풍이야. 이리 드센 놈은 오랜만이네그려."

폭풍을 뚫고 강림한 진 여사는 늘 그렇듯 커다란 상자를 들
고 있었다. 다미가 묵직한 상자를 잽싸게 받아 들었다.

채이는 옷매무새를 가다듬고 있는 진 여사에게 다가갔다.
어깨를 털어내던 그녀는 채이가 가까이 오자 환히 웃는다.

"괜찮으세요?"

"암, 괜찮다마다. 사막에서 가장 안전한 곳에 있지 않은가."

채이는 사방의 나무판자들이 부르르 떨리는 것을 둘러보며
"안전하다고요?" 하고 되물었다.

"밤사이에 무너지지 않으면 다행이겠는데요."

"또, 또, 자네 버릇이 나오는구먼. 신들을 과소평가하지 말
게. 오두막은 모래 한 톨 들어올 수 없게 만들어졌으니."

진 여사는 벽을 훑은 손으로 채이의 코끝을 약하게 찌르고
지나갔다.

채이는 바닥을 살펴보았다. 그러고 보니 사막 한가운데 자
리 잡은 가게라곤 믿기지 않을 만큼 깔끔하다. 비질 한 번 한
적이 없는데. 채이는 다미와 진 여사 사이에 앉았다.

"신은 정말 있는 걸까요?"

문득 든 생각이 고민할 새도 없이 앞니 사이로 흘러 나갔다.

진 여사가 물잔을 내려놓으며 자신을 돌아보자 채이는 서둘러 말을 덧댔다.

"한 번도 본 적이 없잖아요. 여사님은 신을 본 적이 있으세요? 저승에 있나요?"

"꼭 보여야만 있는 거라고 생각하진 않네. 때론 눈을 뜨고 있어도 아무것도 보지 못할 때도 있지. 가령, 우리 주변을 늘 맴돌고 있는 시간도 눈에는 보이지 않는다네. 한데 자네들도 시간이 있다는 걸 알고, 또 믿지 않는가."

"그건 믿음의 차이 아니에요? 없다고 믿으면 없는 걸 수도 있죠. 가끔은 신들이 왜 모습을 안 보이는지 궁금해요. 보인다면 사람들도 믿지 않을까요?"

진 여사는 괜히 손톱을 조몰락거리는 채이를 보곤 물을 한 모금 더 마셨다. 그러곤 "채이 양은 자신이 어찌 숨을 쉬고 있는지 알고 있나?"라고 뜬금없이 질문을 던졌다.

"코랑 입으로요?"

채이가 콧구멍을 벌름거리며 크게 숨을 들이마셨다가 입으로 푸우, 뱉었다. 퍽 귀여웠는지 진 여사가 호탕하게 웃었다.

"여기 있는 모두가 숨을 쉴 수 있는 힘이 있네. 태초의 생명에게서 선물 받은 삶이지."

이해하기 어려운 말에 채이는 다미를 돌아보았다. 웬만한 것은 다 알고 있는 다미도 모르는 눈치였다. 두 사람이 따라

웃지 않고 자신을 멀뚱히 쳐다보자, 진 여사는 물을 한 모금
더 마시곤 입을 열었다.

≋

내 이전에 시간에 대해서는 말했네만, 그의 형제에 대해선
말을 안 해줬네그려. 우리는 흔히들 생명이라고 부르는 자
일세.

그래, 그래. 진정하게. 채이 양 말이 맞아. 생명은 어떤 사람
의 이름이 아니지. 숨을 쉬고 움직이면 다 생명인 게야. 그런데
이 모든 숨결이 비롯된 곳은 바로 태초의 '생명'이라네. 생명은
시간의 형제라고 하질 않았나. 시간과 마찬가지로 보이지도,
들리지도 않지만 분명 존재하는 어떤 힘이라고 생각해 주게.
그 생명이 숨을 불어 넣었기에 자네도 존재할 수 있는 것이니
말이야.

생명은 우주가 폭발할 때 시간과 함께 태어났다고 알려졌
네. 무한한 시간과 먼지 더미로 뒤덮인 우주라니. 생명은 가
련하게도 비좁은 어둠에 끼어 자신의 존재를 느끼고 있었을
걸세.

왜긴 왜겠나. 그때까지만 하더라도 빛이랄 게 없었네. 시간
은 어둠이자 사라지는 성질인지라 지독하게 차갑단 말일세.

먼지로 뒤덮인 깜깜한 우주가 시간에게야 행복한 잠자리였겠
지마는, 생명에겐 그렇지가 않았던 게야. 채이 양도 등불이 꺼
지면 어둠이 무서워 오들오들 떨지 않는가. 생명도 마찬가지
일세. 광활한 우주에 깨어 있는 것이 오로지 자신뿐이니 처량
할 수밖에.

생명은 빛이자 생겨나는 성질이니, 시간과는 정반대로 극
히 뜨거운 기운을 지녔다네. 자신의 뜨거움 덕에 버티고는 있
었을 테지만, 생명은 춥고 막막하고 무엇보다 외로웠네. 그리
하여 생명은 큰 결심을 했네. '뭐든 보이면 좀 낫지 않겠는가?'
하는 생각이 들었던 게지.

생명은 제 안의 뜨거움을 한데 모아 뭉쳤네. 거미줄처럼 덕
적덕적 묻은 어둠을 닦아내니 둔하게나마 빛이 보였지. 생명
은 온 힘을 다해 뜨거운 덩어리를 시간 틈으로 던졌다고 하네.
비로소 그 틈이 갈라지며, 선명하고 둥근 덩어리가 보이기 시
작했겠지.

채이 양은 이미 눈치를 챈 거 같구먼. 다미 군도 그리 쉽게
포기하지 말고 조금만 더 생각해 보게. 고개를 들면 가장 먼저
보이는 것, 누구에게나 공평한 빛을 나누어주는 것. 그래, 바로
태양이라네. 자네들이 잘 맞추어주니 이야기가 한결 흥미진진
하이.

그때는 하도 먼지가 낀 탓에 태양마저 흐릿하게 보일 지경

이었다고 하네. 은은한 열기를 머금은 태양이 주변에 잠들었던 시간을 조금씩 깨우기 전까지는. 뜨겁고 밝은 기운에 당황한 시간은 빛을 피하기 위해 마구 돌아다니며 온갖 먼지를 뒤집어쓰기 시작했네. 먼지 속에 자신을 숨기기 위해 원을 그리며 돌고 또 돌았던 게야. 부산한 움직임이 먼지를 걷어내자 빛은 한층 더 강렬해졌네. 태양이 우주 구석구석 손길을 뻗으며 빛이 점차 더 멀리까지 퍼져 간 걸세.

그렇게 순식간에 모든 일이 시작되어 버렸네. 어찌됐든지 시간은 저마다의 궤도를 찾아 돌면서 행성이니, 별이니, 은하계니 하는 것들을 이루곤 자리를 잡았다네. 자네들이 익히 알고 있는 우주의 모습은 바로 그때 만들어진 거나 다름없지.

생명은 밝은 세상을 둘러보았네. 우주는 고요하고 고요했지. 아무리 둘러보아도 자신과 이 따스함을 나눌 상대는 없었다네. 있는 것이라곤 먼지를 뒤집어쓰고 도망치기 바쁜 시간뿐이었으니.

이를 어쩐담. 막상 주변이 보이게 되니 생명은 이전보다 더 외로워지고 말았네. 그 심정을 헤아려보게. 아무것도 보이지 않을 때야 아무도 없는 게 당연한 일이었겠지. 허나 아무도 없는 것을 제 눈으로 확인한다면 더욱 외롭지 않겠나.

생명은 빛에 괴로워하며 시들시들 도망가려는 시간을 조금 움켜쥐었다네.

오늘은 제 사장 자네까지 왜 이러나? 어떻게 그럴 수 있냐니. 생명과 시간은 우주의 자식이자 형제 아닌가. 시간을 움켜쥐는 게 생명에게 뭐 그리 어려운 일이라고. 신화나 전설쯤 되는 이야기에 이러쿵저러쿵 딴지를 걸 생각은 말게. 한 번만 더 이야기를 멈추려 들거든 아예 입을 다물어버릴 테니 그리 알게.

내가 어디까지 말했나? 아, 그렇지. 생명은 당황해 마구 돌아다니는 시간을 단단하게 움켜쥐었어. 손에 묻은 먼지가 녹아서 엉겨 붙으며 시간 주변에 얇은 막이 생겼네. 생명은 껍질 안으로 자신의 숨을 불어 넣었다네. 이리저리 튀어 오르며 괴로워하던 시간은 꼼짝없이 갇혔다는 걸 알고 금방 포기했네. 잠잠해진 그것이 생명의 손바닥에 가만히 내려앉았지.

생명은 태양과 적당히 거리를 둔 행성 하나를 찾았네. 자네들이 가장 친숙히 여기고 지금도 밟고 있는. 옳지, 지구 말이야. 생명은 먼지를 파헤쳐 땅 아래 씨앗이 된 시간을 묻었다네. 씨앗이 흙먼지 속에서 꿈틀대며 홀로 일어서 한 그루 나무가 되었지.

본디 시간이란 모양도 색도 없고, 굉장히 빠르다네. 민첩함 덕분에 태양 빛마저도 피해 다닐 수 있었네. 헌데 자유롭던 시간을 뭉쳐서 가둬놓으니 느리고 둔해지지 않겠나. 그 탓에 나무는 공기 중에 떠도는 많은 것들과 부딪히게 되었어.

기둥에 빛을 쐬니 갖가지 색이 비추었네. 바람과 부딪히는 잎에선 아름다운 소리가 들렸고, 뿌리가 땅 속에서 고여 저만의 냄새를 풍겼네. 처음으로 우주에 불완전한 생명체가 태어난 걸세. 지구에 가장 먼저 뿌리를 내린 첫 번째 나무, 생명의 첫 자식이었지. 그것은 생명에게 더할 나위 없이 찬란한 기쁨과 행복을 주었다네.

생명은 고독함과 외로움을 잊기 위해 더 많은 생명체를 빚기로 했네. 생명과 시간이 혼합된 생명체는 정말이지 특별했다네. 시간의 성질에 따라 때가 되면 소멸했고, 생명의 성질에 따라 다시 스스로 살아났지.

생명은 흙 속에 뿌리를 내리는 식물 말고도 뿌리 없이 움직이는 동물을 빚기 위해 많은 힘을 기울였고. 무수히 많은 실패를 거듭했지만, 결국 다양한 생명체를 만드는 데 성공했네. 거칠고 척박했던 지구가 지금은 이토록 아름다운 숨결로 풍요롭지 않나. 우리 모두는 생명의 증거이고, 생명은 이 세계 전체를 아우르고 있는 게야.

생명은 분명 행복했을 걸세. 더 이상 혼자가 아니었으니.

≋

짤막한 옛이야기를 풀어놓은 진 여사는 숨을 돌렸다. 그녀가 물 한 잔의 여유를 즐기는 사이 채이는 코로 숨을 깊게 들이마셨다가 내뱉었다. 공기가 코를 지나쳐 폐로 향하는 게 느껴졌다. 갑자기 호흡을 의식하자 불편했다.

"그럼 생명은 신인가요?"

채이는 최대한 이 감각을 잊기 위해 말을 꺼냈다.

"글쎄. 생명이 신이라면, 그의 일부인 자네들도 신일까? 여기 모인 영혼들은 생명과 숨을 나눠 가진 거나 다름없지 않은가."

허리를 곧게 편 진 여사가 사람들을 둘러보다가 먼저 다미에게 손바닥을 내밀어 의사를 물었다.

"아, 글쎄요. 저는 종교 같은 건 딱히 없어서……."

다미는 주목받은 것이 부끄러운지 구부정한 거북목을 쑥 집어넣고 앉았다. 그래도 사람들이 시선을 거두지 않자 그는 손사래를 쳤다.

"제가 무슨 신이에요. 전 그냥 사람이죠."

진 여사가 눈을 감고 고개를 끄덕였다. 뒤에선 다미가 안도의 숨을 내쉬었다. 채이는 문득 깃털처럼 내려앉은 진 여사의 속눈썹이 참 길고 풍성하다는 생각이 들었다. 그 탓에 진 여사가 자신에게 손바닥을 내밀고 똑같은 질문을 했을 때, 바로 대답하지 못했다.

"말하신 대로라면, 우리도 신이 되지 못할 이유는 없겠죠."

채이가 엉뚱한 생각을 하는 사이 주방에 있던 제 사장이 예리하게 끼어들었다.

"인간도 신과 같은 능력을 가질 수 있고, 운명에 얽매이지 않은 자유로운 삶을 가질 권리가 있어요."

진 여사는 차가운 제 사장의 얼굴을 바라보다가 웃음을 터트렸다. 다만 시선은 내리깐 채였다.

"그렇게 생각할 수도 있겠구먼그려."

채이의 뇌리에 어떤 기억이 재생됐다. 울음을 참는 자신의 손을 부모님이 잡고 있다. 환승에 온 첫날 떠올린 기억이다. 잠수한 듯 귀가 먹먹해지며 소리가 들리지 않았다. 안개 낀 도로의 신호등처럼 얼굴들이 흐릿하게 깜빡거렸다. 자신의 기억인지 알 순 없지만 채이는 방금 한 가지 중요한 사실을 깨달았다.

"근데, 그게 중요해요?"

침묵 속에서 맹랑한 지적이 불쑥 고개를 든다. 모두가 채이를 바라보았다.

"제가 신이 된다면 뭘 하고 싶은지 생각해 봤어요. 근데 엄마랑 아빠를 보러 이승으로 돌아가고 싶거든요. 결국 원래의 제 모습이 되고 싶은 거잖아요? 저는 신도 아니지만, 그렇다고 신이 되고 싶은 것도 아닌가 봐요."

"신이 아니라서 여기 있는 거잖아. 돌아가고 싶다며. 억울하지 않아?"

제 사장이 조금은 다급하게 물었다. 데굴데굴 구르며 고민하던 채이의 눈동자가 제 사장의 얼굴에서 멈춘다.

"사장님이 돌려보내 준댔잖아요, 이승. 그럼 됐죠!"

티끌 없이 맑은 미소에 제 사장의 심장이 내려앉았다. 무거운 바위에 짓눌린 것처럼 숨을 쉴 수가 없다. 온몸이 굵은 밧줄로 단단히 묶인 것처럼 몸을 움직일 수조차 없다. 목구멍이 깔깔한 이 감각은 손님들의 감정을 떠넘겨 받을 때의 느낌이었다.

'왜 지금이지? 쟨 아직 가게를 떠나지도 않았는데.'

가위에 눌린 듯 옴짝달싹 못 하는 제 사장의 어깨에 진 여사가 손을 올렸다. 공기가 몸속으로 훅 들어오면서 굳은 몸이 다시 움직였다. 그 사실을 아는지 모르는지 진 여사는 손인사를 했다.

"늙은이가 괜한 말을 꺼냈나 보구먼. 분위기를 더 해치기 전에 나는 이만 가봐야겠네."

진 여사와 다미는 여전히 위용이 사그라들지 않은 모래바람 속으로 발을 내디뎠다. 채이는 걱정되는 마음에 그들이 보이지 않을 때까지 창문으로 지켜볼 작정이었다.

그 시간에 제 사장은 몰래 냉장고 앞에서 숨을 고르고 있었다. 채이가 티 없이 미소 짓는 얼굴이 눈에 아른거렸다. 잔상이 흔들릴 때마다 가슴이 욱신거렸다. 채이의 표정은 분명 밝았다. 그간 다른 손님에게서 봐왔던 참담함, 비통함은 느낄 수 없었다.

"그런데 왜……."

제 사장의 중얼거림을 끊고 다가오는 발소리가 들린다. 노을을 등진 채이의 그림자가 가게를 가득 메웠다. 사장님, 하고 부르는 목소리에 다시 한번 목젖을 타고 고통이 찌르르 스민다. 제 사장은 서둘러 침을 삼키듯, 아픔을 넘기고 아무렇지 않은 표정을 지었다.

"육수 안 끓여요? 해 거의 졌어요."

제 사장은 평소처럼 대꾸하지 않았다. 대답을 하지 않아도 이상하게 생각하지 않는 것이 이토록 다행인 날이 있던가.

채이는 "예예, 알아서 하시겠죠. 괜한 참견 말아야죠."라고 자문자답하며 자리에 앉았다.

제 사장은 이전까지 느끼지 못했던 감정을 품었다. 자신의 부족한 언어로는 당장 설명할 수 없는 마음이었다. 먼 훗날에야 알게 된 감정의 이름은 착잡함이었다.

5
동굴에 사는 사람들

채이의 표정이 햇살처럼 밝다. 창문에 갇혀 마룻바닥에 동
그랗게 담긴 햇빛 속으로 발을 담갔다. 채이는 이른 아침부터
문 앞을 서성거리며 이제나저제나 다미를 기다리는 중이다.
며칠간 우중충했던 날씨 대신 따스한 기운이 대지에 흘러 넘
쳤다. 이렇게나 기분이 좋은 이유는 드디어 오늘이 다미가 수
수께끼를 풀어주기로 약속한 날이기 때문이리라.

이 약속은 다미와 저승 절벽까지 산책을 나갔던 날, 그러니
까 의문의 만남이 있었던 날로 돌아간다. 사실대로 말하지 않
으면 모든 일을 제 사장에게 일러바치겠다는 채이의 귀여운
협박 아닌 협박은 제대로 먹혀들었다. 가게로 돌아가는 동안

다미는 순순히 비밀을 실토했다. 채이에겐 마냥 흥미로운 이야기였다.

"내가 지내는 곳이 있어. 나는 너처럼 식당에 밤새도록 들어앉을 수도 없구, 그렇다고 밖에 있다간 뭘 일 날지도 모르잖어. 그래서 몸을 숨길 거처를 찾아둔 게 다야. 진짜루!"

"그 아줌마는 누군데요? 아줌마가 말한 할머니는 또 누구고요?"

채이는 빨리 이야기를 마치고 싶은 다미의 얄팍한 노림수를 받아주지 않았다. 누가 봐도 변명을 떠올리는 사람처럼 수상쩍은 다미의 눈동자를 놓치지 않고 덧붙인다.

"숨길 생각 하지 마세요. 확 사장님한테……."

"누가 숨긴대?"

다미가 다급하게 손사래를 친다.

"나야 운 좋게 팔다리 다 붙어 있지만, 여기서 지내는 사람 치고 사지 멀쩡한 사람 거의 없거든. 할머니같이 몸이 불편하신 분들을 아줌마가 돌봐주시는 거야."

"'분들'이요? 사람이 얼마나 많은 거예요?"

"하여간 이놈의 주둥이, 주둥이가 문제야."

다미는 손바닥으로 자기 입을 찰싹찰싹 내리치다가 억지웃음을 지으며 채이를 쳐다봤다.

"너, 이거 진짜 아무한테도 얘기하면 안 돼?"

"조막만 한 식당에 소문 낼 사람이 몇이나 있다고요? 절대 말 안 할게요."

다미는 새끼손가락을 격렬하게 흔드는 채이가 못 미더운 표정이었지만 어쨌든 입을 열었다.

"산이 하나 있어. 산에 난 동굴 여기저기에서 사람들이 지내고. 사람이 몇인지는 몰라. 계속 늘어나그든. 몸이 멀쩡한 사람들은 도움이 필요한 사람들을 찾으면 일단 산으로 데리고 가니까. 사막이 워낙 험한 곳이다 보니 서로서로 돕게 된 거지."

다미가 말을 마칠 즈음 가게에 다다랐다. 채이는 아직 풀리지 않은 궁금증이 많았지만 창가에서 두 사람을 노려보는 제 사장을 보니 더 떠들 여유가 없었다. 채이는 문고리에 손을 올리며 승부수를 띄웠다.

"다음에 저도 갈래요. 사장님만 모르면 되는 거잖아요?"

다미는 문 앞에 버티고 선 제 사장의 눈길을 의식하며 금방이라도 열릴 것 같은 문을 불안하게 쳐다봤다.

"알았어. 날씨 좋으면 데려갈게. 이젠 그만 얘기하자, 응?"

그러곤 뒷일을 생각하기 싫은 사람처럼 가게로 후딱 들어가 버렸다.

그로부터 거의 한 달 만이었다. 가게 밖으로 발을 내디딜 만한 날씨가 된 것은.

채이는 감탄에 겨운 함성을 내질렀다. 발랄한 발걸음이 사뿐사뿐 모래를 차낼 때마다 황금빛 바다가 첨벙거렸다. 구름한 조각 없는 깨끗한 하늘과 반짝이는 사막이 지평선에서 맞닿았다. 환승에 머무는 동안 이렇게 맑은 날씨는 앞으로도 보기 힘들 것이다.

다미는 채이를 자꾸만 돌아보았다. 손차양을 하고 콧노래를 부르며 광대를 찡긋거리는, 신이 잔뜩 난 소녀를. 영 불안했다. 몇 번인가 말을 꺼낼까 말까, 입술을 달싹였지만 이내 그는 포기한 듯 앞으로 걸어갔다.

≋

희여멀건 바위산은 나무 한 조각 없이 헐벗고 있어 바람이 할퀴고 간 흔적이 그대로 드러났다. 여기저기 깎이고 파여 꽉 채워져 있어야 할 옆면에 구멍이 송송 뚫렸다. 마치 아파트처럼 층층이 있는 동굴 주변에는 넓적한 돌들이 켜켜이 쌓여 계단 역할을 했다.

봉우리와 층계마다 판판하게 덮인 모래 덕분에 돌산은 사막 속에서도 거대한 덩치를 숨길 수 있었다. 사람들이 구멍을 오가는 모습이 꼭 굴을 부지런히 돌아다니는 개미떼 같아, 채이는 닭살이 돋았다.

"이거 풀거나 벗지 말고."

다미가 채이의 후드 모자 끈을 한 번 더 잡아당긴다.

"지금부터 가게에 대해서는 한 마디도 하면 안 돼. 그냥 넌 아무것도 모르고 나만 따라온 거야. 무슨 말인지 알지?"

산이 가까워질수록 다미는 안절부절못했다. 아까부터 하는 것 없이 바쁜 다미 때문에 채이는 덩달아 불안해지기 시작했다. 알겠다고 대답은 했지만 사실은 가게로 돌아가고 싶었다.

"누가 말 걸면 무조건 모른다고 해. 그냥 기억 안 난다고. 그리고 이름은 절대, 절대로 알려주면 안 돼. 내가 말하기 전까지는 입 다물고 아무 말도 하지 말어."

채이 어깨에 올린 손에 힘이 들어갔다.

"알았다니까요."

채이는 어깨를 비틀어 다미의 손아귀에서 빠져나왔다. 다미는 더 이상 별말 않고 걷기 시작했지만 걱정스러운 얼굴은 그대로였다. 물어보고 싶은 게 산더미 같은 채이였는데, 다미의 초조한 표정을 마주하니 차마 용기가 나지 않았다.

산을 오르는 내내 사람들이 몰려들었다. 그들은 다미를 마주칠 때마다 하나같이 반갑게 말을 건넸다. 그러면 다미는 다시 오겠다, 잠시만 기다려라, 하고 말을 돌리며 자리를 벗어났다.

채이는 약속한 대로 입도 뻥끗하지 않았는데, 단순히 약속 때문이라기보단 무서워서였다. 사람들은 어딘가 조금씩 이상해 보였다. 몇몇은 다미처럼 얼굴이 검붉기도 했고, 더러는 새하얗게 질려 있기도 했다. 가장 표정 관리가 힘들었던 것은 입술까지 보라색으로 물들어 푸르스름하게 부은 얼굴들이었다.

사람들의 차림은 또 어찌나 신경 쓰이던지. 이렇게 해가 쨍쨍한 낮인데도 대부분이 목도리나 모자를 뒤집어쓴 채였다. 두꺼운 옷으로 살갗을 꽁꽁 감춘 사람들을 보며 채이는 더위와 답답함을 느꼈다.

다미는 중간 중간 채이가 잘 따라오는지 확인하는 것을 제외하면 눈길조차 주지 않았다. 채이가 귀찮아서가 아니라, 사람들이 제게 말 거는 걸 허용하지 않겠다는 강력한 의지처럼 보였다. 채이는 다미를 잠자코 뒤따랐다. 다행히 올라갈수록 돌아다니는 사람은 줄어들었다.

산을 빙빙 돌아 중턱까지 올라갔을 즈음, 이윽고 다미가 작은 동굴 앞에서 멈췄다. 계단에 절묘하게 가려져서 아무도 드나들지 않는, 입구가 좁고 낮은 동굴이었다. 안에서 떠드는 여러 개의 앳된 목소리가 벽에 부딪혀 들려왔다. 다미가 채이를 돌아본다.

"아까 말한 거, 기억하지?"

은밀한 물음에 채이가 고개를 끄덕였다. 다미가 허리를 살짝 숙이더니 좁은 통로 속으로 사라졌다. 채이는 크게 심호흡을 하고 어두운 동굴 속으로 머리를 들이밀었다.

"아저씨! 너무 오랜만에 오는 거 아니에요?"

카랑카랑한 목소리와 함께 눈앞이 환해졌다. 채이가 허리를 폈을 땐 어느덧 아늑한 동굴 내부였다. 둥근 방처럼 생긴 동굴 가운데 촛불이 일렁이고 있었다. 세 명의 학생이 촛불을 중심으로 빙 둘러 앉았다. 학생임을 안 것은 그들의 얼굴이 어려 보이기도 했지만, 셋 중 둘이 교복을 입고 있었기 때문이다.

"요즘 왜 이렇게…… 누구예요?"

동굴 가장 안쪽 벽에 기댄 여학생이 채이를 발견하고 물었다. 검은 머리를 어깨 밑으로 길게 늘어뜨린, 동그랗고 커다란 안경을 쓴 여학생이었다. 그녀의 오른쪽 안경알은 심각하지는 않게, 그렇지만 분명히 거슬릴 정도로 미묘하게 찌그러져 있었다. 남색 교복 웃옷을 입은 그녀는 다리에 덮은 담요를 허리까지 끌어 올렸다.

다미는 채이를 바싹 끌어당겼다. 환한 불빛 안에 완전히 들어서니 아이들의 그림자 진 얼굴에서 경계심이 느껴졌다. 채이와 가까운 쪽에 앉아 있던 남학생이 슬그머니 구석으로 엉덩이를 옮겼다. 긴장된 나머지 채이의 얼굴이 빳빳하게 경직되어 갔다.

"여기는 영이라고, 새로 온 친군데 또래랑 좀 어울리라고.

친구가 아니라 언니고 누나겠네! 여긴 다 너보다 어려. 영이는 대학생이랬지?"

다미가 채이를 돌아보며 아이들에게는 보이지 않게 눈을 찡긋거렸다.

채이는 갑작스런 정보 공개에 어디까지 말해도 되는 건지 혼란스러웠다. 하지만 그런 마음을 눈치챌 리 없는 다미가 옆구리를 쿡쿡 찌르는 바람에 어쩔 수 없이 아이들을 쳐다보았다. 입을 막 떼려는 참이었다.

"진짜요? 언니 대학생이에요? 어때요? 학교 다니는 거 재미있어요?"

카랑카랑한 목소리의 주인공이 눈을 반짝였다. 다른 아이들도 관심이 생겼는지 몸을 앞으로 살짝 기울였다. 다미가 산만한 분위기를 잡으려 "자, 자." 하며 박수를 쳤다.

"니들 소개부터 해야지. 이쪽은 송이, 고3이시고."

다미는 안경 쓴 여학생을 가리켰다. 송이는 제 가슴께에서 작게 손 인사를 했다. 이번엔 다미가 그 옆에 앉은 덩치 작은 남학생을 가리켰다.

"쟤는 박이. 제일 어려. 열……넷이랬나?"

"열다섯이요!"

다미가 자신 없이 말을 흐리자 이마를 덮는 더벅머리 남학생이 또랑또랑 맞받아쳤다. 다미가 웃으며 사과했지만 소년은

분이 풀리지 않는지 다리를 더 세게 껴안았다. 회색 교복 바지의 무릎 부분이 많이 헤진 것 같았다. 불만 가득한 눈길이 딱히 곱다곤 할 수 없지만, 어쨌거나 박이는 고개를 까딱거리며 채이에게 인사했다.

다미는 이번에는 자기 쪽에 가까이 앉은 여학생을 가리켰다.

"그리고 여기도 송이."

"제가 그 유명한 낭랑 18세죠."

주황색 단발머리의 또 다른 송이는 유독 '18' 발음에 힘을 주며 웃었다. 고른 치아가 하얗게 빛났다. 검은 캡을 썼지만 주홍 머리칼과 시원시원한 이목구비까지 가리진 못했다. 그녀는 유일하게 교복을 입지 않은 학생이었다. 길쭉한 팔다리에 걸친 초록색 트레이닝복 세트가 머리색과 잘 어울렸다.

"송이 언니는 큰 송이, 저는 작은 송이라고 부르면 돼요. 그리고 우린 애 그냥 박박이라고 불러요. 속 박박 긁는다고."

"그렇게 부르지 말라고!"

박이가 버럭 화를 냈다. 반항심 가득한 눈빛에 나머지 사람들은 터지는 웃음을 참지 못했다. 그러자 박이는 씩씩거리며 더욱 몸을 웅크렸다.

작은 송이가 제 옆자리를 권유했다. 아무래도 박이보다는 송이 옆이 나을 것 같아 채이는 냉큼 자리를 잡았다.

"나는 영이고, 스무 살. 나이 차이도 얼마 안 나는데 말 편하게 해줘."

다미가 박이 곁에 앉으려고 땅을 짚자마자 밖에서 "김 씨 왔다며? 있으면 좀 나와봐!" 하는 익숙한 목소리가 들려왔다. 채이는 단박에 지난번 마주친 정씨 아줌마라는 걸 알았다. 다미는 앉으려다 만 엉거주춤한 자세 그대로 굳어버렸다.

"아저씨 여기 있어요! 잠깐만요!"

다미가 하릴없이 서 있기만 하자 작은 송이가 대신 소리친다.

"할머니 때문에 아줌마가 계속 아저씨 찾았어요. 얼른 가보세요."

다미는 채이 한 번, 동굴 입구 한 번, 번갈아 쳐다보았다. 다미가 망설이는 이유를 깨달은 작은 송이가 채이의 어깨를 잡아당겼다.

"에이, 저희가 챙겨주면 챙겨줬지 뭐 잡아먹겠어요?"

"그래요. 영이 언니는 걱정하지 말고 얼른 다녀오세요."

큰 송이까지 나서서 재촉하니 다미도 더 버틸 재간이 없다. 채이는 눈이 마주친 다미에게 고개를 끄덕거렸다. 그를 찾는 목소리는 작아지기는커녕 성큼 가까워졌다. 별다른 방도가 없었던 다미는 염려 가득한 눈동자로 채이를 뒤돌아보며 동굴을 나갔다.

"그래서, 대학교 가보니까 어때? 잘생긴 남자 많아? 매일 술 마시고 놀아? 남자 친구는? 언니도 남친 있어?"

다미가 나가자마자 큰 송이는 채이에게 질문을 퍼부었다. 똘망똘망한 눈망울에 채이는 괜스레 민망해진다.

"그게, 아까 말 못 했는데 나 아직 고등학교 졸업 못 했어. 합격만 한 거라……."

"그런 거야? 그래도 축하해!"

실망한 표정은 감춰지지 않았다. 기대를 저버린 것 같아 채이가 미안해지려던 찰나, 송이는 한 번 더 눈을 반짝인다.

"그럼 어디 대학교 갔는지는 알려줄 수 있어? 과는, 무슨 과야?"

채이는 자신이 어느 대학, 어느 과에 붙었는지조차 잊었다는 것을 질문을 들은 지금 막 깨달은 참이었다. 채이의 기억 속에는 합격하는 순간에 느낀 기쁨만이 남아 있었다.

'내가 합격했다고 누가 알려준 거지?'

"조금 높여서 불러도 모른 척 해줄게, 말해봐."

뜸 들이는 사이 작은 송이까지 합세했다. 아무리 기억을 되짚어보려 해도 자신이 붙었다는 대학교에 대한 실마리조차 잡을 수 없었다. 아래턱이 덜덜 떨렸지만 채이는 당황한 자신을 달랬다.

'환승에서 너무 오래 지내서 그럴 거야.'

"알면 뭐 하냐?"

구석에 있던 박이가 우물거렸다.

"가지도 못할 건데."

작은 송이의 눈매가 삽시간에 사납게 변한다.

"너, 내가 그딴 식으로 말하지 말랬지?"

그녀가 뱉어내는 험한 말에 아늑했던 동굴이 순식간에 싸늘하게 식었다. 입술을 내민 박은 차마 대꾸는 못 하겠는지 그림자 속으로 깊숙이 숨었다.

"요새 내버려 뒀더니 중2병이 도지냐? 왜 말하는 게 점점 싸가지가 없어져."

큰 송이가 "괜찮아, 그러지 마." 하며 주먹을 쥔 작은 송이를 막았다.

"내가 난감한 질문을 해서 그렇지. 영이 언니, 미안해."

어떻게든 무마해 보려는 그녀의 노력에 작은 송이도 미안하다며 채이에게 사과를 건넸다. 큰 송이는 박이에게도 기분 풀라며 사과를 했다. 화해의 의미로 뻗은 손은 그림자 속의 소년에 의해 힘없이 떨어진다.

"언니가 자꾸 봐주고 넘어가니까 애가 점점 기어오르잖아."

작은 송이의 눈꼬리는 아까보다 훨씬 더 높이 치솟았다. 치켜뜬 눈은 어김없이 박을 향했다.

동굴 천장에 드리운 그들의 그림자가 불안하게 흔들렸다. 불빛 때문에 위쪽으로 그림자 진 얼굴들이 어딘가 모르게 기묘했다. 채이는 불현듯 현실감이 사라지며 공포심이 밀려들었다. 큰 송이의 입술이 부자연스럽게 움직였다.

"저, 영 언니……. 합격했으면, 곧 대학교 갈 수 있었잖아. 여긴 왜 온 거야?"

"왜 왔냐니?"

질문의 의도를 파악하지 못한 눈동자가 흔들렸다.

"말하기 싫으면 안 해도 돼. 그냥, 이해가 안 돼서. 내 인생에서는 대학에 합격하는 게 유일한 목표고 소원이었거든. 근데 언니는 내가 가장 소망했던 걸 가지고도……."

그녀가 머뭇거리는 시간이 채이에게는 억겁의 세월처럼 느껴졌다. 누군가 채이의 가슴속에서 문을 두드렸다. 일정한 속도로 두드리던 손은 점점 빨라졌다. 채이는 직감적으로 알았다. 이 문을 열면, 더 이상 환승에 대해 아무것도 모르는 꼬맹이가 아니게 될 거라는 사실을. 채이는 숨을 참고 문을 두드리는 손이 떠나기를 기도했다.

"왜 자살했냐고."

그림자 속에서 박의 목소리가 튀어나왔다.

"뛰어내린 거 아냐?"

초점이 흐렸다. 채이의 눈에는 큰 송이의 찌그러진 안경과 입 모양이 겹쳐 보였다. 곧 부서질 것처럼 문이 거세게 흔들렸다. 귀가 먹먹하고 어지럽다. 이젠 큰 송이의 얼굴에 큰 구멍이 뚫렸다. 동굴 속의 모든 것들이 뒤틀리며 구멍 속으로 빨려 들어갔다. 숨이 막혔다.

어렴풋이 자신의 이름을 부르는 소리가 들렸다. 빗속에서 웅얼거리듯 확실치 않았다. 그저 누군가 뒤에서 끌어안고 있다는 것만 겨우 느껴졌다. 그사이 거대해진 블랙홀 안으로 채이마저, 자신의 기억들까지도 모조리 빨려 들어갔다.

"언니!"

정신을 차렸을 땐 작은 송이의 억센 손에 어깨가 흔들리고 있었다. 채이는 자기도 모르게 참고 있던 숨을 내쉬었다. 햇살이 얇은 천을 뚫고 정수리를 찔렀다. 동굴 입구에 널브러진 채이와 그런 채이를 내려다보는 작은 송이, 단둘이었다.

"괜찮아? 정신이 좀 들어?"

채이는 뜬금없이 작은 송이의 눈이 참 예쁘다는 생각이 들었다. 밝은 햇빛 아래서 보니 훨씬 어려 보였다.

"괜찮아. 갑자기 숨이 안 쉬어져서……."

작은 송이가 안도 섞인 신음을 내뱉으며 채이 옆에 철퍼덕 주저앉았다.

"우린 언니 진짜 어떻게 되는 줄 알고. 하여간 박박이 저 새끼를 내가 그냥."

송이는 당장이라도 동굴에 쳐들어갈 기세로 일어났다가 채이가 만류하자 다시 옆에 앉는다.

"미안해. 온 지 얼마 안 됐다고 그랬는데. 그래도 우린 김씨 아저씨가 다 설명해 준 줄 알았지."

채이는 그게 누군지 되물으려다가 다미를 칭하고 있다는 것을. 금방 깨달았다, 그보다는 더 확인하고 싶은 게 있었다.

"그럼 너희는 전부……."

"자살했어."

어울리지 않는 산뜻한 미소다. 밝은 갈색의 눈동자가 산 아래를 내려다본다.

"우리만 그런 게 아니라 여기 있는 사람들 전부. 그러니까 언니도,겠지? 동굴에는 비슷한 사람들끼리 모여. 우린 전부 투신. 이유는 묻지 마, 너무 진부하니까."

채이는 끔찍한 말을 아무렇지 않게 하는 송이를 쳐다볼 자신이 없어 고개를 돌렸다. 그렇다고 바삐 움직이는 사람들을 볼 자신도 없어서 먼 하늘만 바라봤다. 아무 말 없는 자신의 옆얼굴을 지그시 보는 시선이 느껴졌지만 돌아볼 수 없었다.

"무슨 일이 있었냐고 굳이 물어보진 않을게. 그럴 만한 사정이 있었겠지."

"그게 아니라……."

채이는 옆을 획 돌아봤다가 그녀와 눈이 마주쳤다. 마땅히 할 말이 없다.

"그냥, 기억이 안 나. 몰랐어, 내가 그랬다는 걸."

차마 자살이라는 단어를 입에 담기가 무서웠다.

"기억이 안 난다고? 그럼 억지로 기억하진 마. 차라리 잊어버린 게 나을 테니까."

작은 송이는 다리를 접어 박이처럼 무릎을 끌어안더니 "부러워 죽겠네에." 하고 소리를 내질렀다. 그 말에 채이의 얼굴이 찌푸려진다.

"부럽다고? 뭐가 부럽다는 거야?"

"죽을 수밖에 없었던 이유를 잊어버렸잖아."

나지막한 목소리 속에 언뜻 슬픔이 비쳤다.

"여기 있는 사람들, 다 죽느니만 못한 삶을 살다가 힘든 선택을 한 거야. 죽으면 그나마 편할 줄 알았더니 이딴 데가 있을 줄 누가 알았겠어."

"여긴."

채이는 알았다. 작은 송이라면 무엇이든 대답해 줄 것이다.

"환승은 대체 뭘 하는 곳이야?"

"글쎄. 분명한 건 천국은 아니라는 건데. 어떤 사람은 이승보다 낫대고, 어떤 사람은 이승이 더 낫다고도 하고. 또 누군모래가 되어서 영원히 머물고 싶은 곳이라고도 하고."

"모래가 되고 싶다고?"

잠시 고민하던 송이는 모자를 벗었다. 탐스럽게 불타는 주홍 머리카락을 예상한 채이는 머리가 있어야 할 자리가 움푹 팬 걸 발견하고 숨을 들이마셨다. 그녀의 머리통 뒤쪽은 짓밟힌 탁구공처럼 우그러져 있었다. 송이는 별거 아니라는 듯 어깨를 으쓱거린다.

"뒤통수부터 떨어진 게 다행이지? 앞머리였으면 이마가 박살 났을 테니까."

그렇게 말하며 흘러내린 옆머리를 귀 뒤로 넘겼다. 정확히는 귀가 있어야 하는 자리로. 그곳에 귀는 없었다. 귀를 두르고 있어야 할 귓바퀴만 남기고 구멍만 휑뎅그렁하게 뚫린 채다. 주변에 그나마 남아 있는 귓바퀴마저 희끗희끗한 것이 곧 사라질 것 같았다.

"너, 귀가……."

"없어지고 있지."

송이는 다시 모자를 눌러썼다. 어떠한 감정의 동요도 없는 얼굴로.

"난 그나마 운이 좋은 편이야, 티가 안 나잖아. 송이 언니는 오른쪽 무릎 아래가 사라지고 있어. 발부터 사라지는 경우가 흔해. 코부터 없어지면 답도 없고. 자살해도 즉사하지 않고 살아 있는 경우도 있잖아? 환승에서 사라지기 시작하면 이승의 몸이 죽은 거래. 반대로 멀쩡하면 아직 살아 있는 거. 난 얼마 안 됐어."

채이는 문득 어떤 가설이 떠올랐다.

"그럼 모자, 장갑, 목도리 같은 것도……."

"가리려고 하는 거지. 저승에 가면 기억을 지우는데, 그게 심장에 달라붙은 시간을 떼어내는 거래. 근데 우리 같은 사람들은 살아온 시간이 그대로 붙어 있어서 심장을 점점 파고들어. 나중엔 심장 속의 영혼이 깨져버려서 모래 부스러기가 되는 거야."

송이가 바닥에 깔린 모래를 한 움큼 집어 손바닥에 펼쳤다. 고운 모래가 바람에 흩날린다.

"이 모래들도 예전엔 영혼이었어. 이런 모습으로 영영 사막을 뒹구는 거지, 고통스러운 기억을 안고. 자살한 것에 대한 대가라더라."

채이는 산 주변의 모래언덕을 둘러보았다. 전부터 밖에만 나오면 이상한 소리를 들었다. 마치 누군가 속닥이는 것 같은. 그저 잘못 들었다고 치부했는데 그게 아닐 수도 있다는 생각에 오싹했다. 채이의 어깨가 움츠러들었다.

자신의 신세를 한탄하는지 송이는 우울한 표정으로 조용히 중얼거렸다.

"신이란 것들도 웃겨. 애초에 그런 고달픈 삶을 주지 않을 수도 있었잖아. 자기들이 괴롭게 만들어 놓고. 내가 언제 그렇게 태어나고 싶댔나."

험한 말로 찌푸려지는 얼굴을 채이는 물끄러미 바라본다.

이제 겨우 열여덟. 궁금했다, 너는 왜 죽고 싶었느냐고. 묻고 싶었다, 내겐 살고 싶은 수없이 많은 이유가 있는데 어째서 너에게는 단 하나도 없게 되었느냐고. 무엇이 너의 많고 많은 날들을 포기하게 만들었느냐고.

송이가 사정을 묻지 않았듯, 채이도 수많은 질문을 혀 밑에 묻었다. 단, 한 가지만은 꼭 알고 싶었다.

"송이, 너 이름이 뭐야? 진짜 이름."

"아저씨가 말 안 했어?"

뭐가 문제인지 모르겠다는 채이의 표정에 송이는 눈이 휘둥그레진다.

"이름 알려주지 말고, 물어보지 말라고. 가장 먼저 당부하는 건데."

다미는 이름을 알려주지 말라고 하긴 했지만 물어보지도 말라는 말은 한 적이 없었다. 어쩔 줄 몰라 하는 채이의 귀가 빨개졌다.

"미안, 내가 깜빡……."

"송유진."

채이가 눈을 끔뻑거린다. 송이, 아니, 유진의 얼굴을 빤히 쳐다본다. 혹여나 못 들었을까 친절하게 "유진이라고. 송, 유, 진." 하고 다시 한 글자, 한 글자 짚어주었다.

"알려주면 안 된다며?"

"그거야 어른들이나 하는 얘기고. 우리끼린 이름 다 알아. 그거 알려주는 게 뭐 대수라고. 우리는 전부 언젠가 사라질 테니까, 남은 사람이 괴롭지 않으려면 잊어야 한대. 근데 난 그 말 반대."

뒷덜미를 벅벅 긁은 유진이 씽긋, 장난스럽게 웃는다.

"그거라도 기억 안 하면 내가 떠올릴 건 지옥 같았던 이승에서의 시간뿐이잖아. 그때보단 지금이 더 행복해, 나의 아픔까지도 있는 그대로 보고 기억해 줄 사람들이 있으니까."

채이는 숙연한 마음으로 아랫입술을 잘근잘근 깨물었다. 내가 누군가를 기억하는 것, 나를 기억하는 존재가 있다는 것. 이승에서 자신의 이름으로 기억되지 못했던 아이들은 서로의 이름을 되뇌며 위로 받고 있었다.

"내 이름은……."

"다음에."

유진이 손가락으로 쉿, 입술을 가로지르며 반대 손으론 채이 뒤를 향해 흔들었다.

"나 혼자 들으면 송이 언니 삐질걸? 다음에 만나면 정식으로 소개해."

"왜 나왔어?"

다미가 허겁지겁 달려오고 있었다. 슬슬 돌아갈 때였다.

"아저씨 왜 그랬어요? 왜······."

차마 왜 자살했냐고 물을 순 없다.

"나한테 이름 알려줬어요? 원래는 서로 이름 안 알려준다면서요."

"송이가 말했어? 어디까지 말했는데?"

앞서가던 다미가 어깨를 흠칫 떨며 뒤돌아보았다. 채이는 눈을 피했다. 어차피 숨겨봐야 소용없으니 순순히 털어놓는 편이 나을 것이다.

"알 건 다 알아요. 여기 어떤 사람들이 모였는지도요."

다미는 손바닥으로 제 머리를 때리며 옆에 있었어야 했다는 넋두리만 늘어놓았다. 채이는 답답한 마음에 대답을 재촉했다.

"저한텐 왜 알려준 거예요? 어차피 이승 돌아가면 기억 못할 테니까?"

"아니야!"

확 소리쳐 놓고 다미는 금방 우물쭈물했다.

"그냥, 알려주고 싶었어."

"저한테만요? 거기 있던 애들은 아저씨 이름 모르던데요. 사람이 없어진다고 기억까지 지워지는 건 아니잖아요. 굳이 이름을 숨기는 이유가 뭐예요?"

"그리움에 모양이 생기잖어. 이름이란 게 그래, 사람을 못 살게 굴 거든. 이름을 모르면 괜한 이야기를 꺼내지 않게 되고, 그러다 보면 오래 걸리더라도 잊어버릴 순 있어."

채이는 다미의 눈동자에서 누군가를 보았다. 지난번에 보고 싶은 사람이 있냐는 질문에 떠올리던 사람과 같은 사람인 듯했다.

'그 사람 어디 있어요?'

채이는 진짜 묻고 싶은 말을 꾹 참았다.

"제 이름을 알고 있는 게, 나중에 아저씨를 힘들게 할까요?"

"보고 싶어서 혼나겠지. 그래도 네가 속상할 일은 없잖아. 그러면 된 거야."

다미가 쯧, 혀를 차며 다시 걸어갔다. 멀리서 가게가 손톱만 하게 보였다.

남은 걸음 내내 채이는 제 사장을 떠올렸다. 자신의 이름조차 기억하지 못하는 것과 기억할 것이 너무 많은 것 중에 어떤 게 더 괴로울까? 다른 상황에 놓인 두 사람이지만 괴로워하는 것은 똑같았다.

식당에 도착했을 즈음, 채이에겐 두 사람에 대해 아는 것이 거의 없다는 결론만이 남았을 뿐이었다.

6
아 피아체레

정중하게 인사하는 여자의 자태에서 기품이 느껴졌다. 채이도 인사를 하긴 했지만, 눈으로는 손님을 좇느라 어영부영이었다. 그럴 만도 했다. 손님은 꼭 개화기에서 온 사람 같았다. 환승에 와서, 아니, 이승에 살면서도 이토록 고풍스러운 옷차림은 본 적이 없다.

흰 망사가 달린 동그란 모자가 머리에 비스듬히 얹혀 있었다. 작은 모자의 옆면에는 깃털 두 가닥이 길게 뻗어서 한층 더 우아해 보였다. 눈가까지 드리운 얇은 망사에 가려졌지만, 커다란 진주 귀걸이는 강렬하게 존재감을 뿜었다. 귀걸이와 한 쌍으로 보이는 세 줄짜리 진주 초커는 길쭉한 목을 과시했다. 은빛 실로 화려한 무늬가 수놓인 하얀 시폰 케이프가 양쪽

쇄골 끝부터 팔을 감싸고 허리에서 하늘거렸다. 덕분에 여자의 어깨는 시종일관 반짝거렸다.

"들어가도 괜찮을까요?"

비 온 뒤 풀잎에 매달린 이슬처럼 청초한 목소리다. 귀티가 흐르는 부드러운 말투에 채이는 그제야 정신이 들었다. 자신이 길을 막고 손님을 문 앞에 멀뚱히 세워 두고 있었다. 채이는 사과하며 자리로 손님을 안내했다.

손님이 움직일 때마다 새틴 원피스에 새겨진 규칙적인 무늬가 빛에 반사되었다. 머리부터 발끝까지 하얗게 치장한 여자가 의자에 사뿐히 올라앉자 원피스가 무릎을 덮으며 군더더기 없이 떨어졌다. 하이힐 굽 사이 움푹 파인 부분이 의자 받침대에 쏙 맞았다. 굽이 워낙 가느다랗고 높아서 발등은 거의 직각으로 세워져 있었는데, 툭 불거진 발등을 역시 진주로 장식된 끈이 가로질렀다.

채이는 피아노의 흰 건반을 떠올렸다. 피아노 학원 선생님이었던 엄마는 레슨이 없을 때를 틈타 채이에게 연주를 들려주며 음악 용어에 대해 알려주곤 했다. 지금 떠오르는 단어는 그라치오소grazioso, 우아하게. 손님은 마치 무대 위에서 스포트라이트를 받으며 연주에 몸을 맡긴 한 마리 백조 같았다. 채이와 눈이 마주친 손님이 살짝 웃었다.

"내 차림이 좀 야단스럽죠?"

너무 빤히 쳐다봤나 싶어 채이는 황급히 머리를 조아리며 사과했다. 하지만 여자가 되레 채이 방향으로 의자를 돌려 가까이 당겨 앉는 게 아닌가.

"잘 어울려요? 급하게 오느라 거울을 못 보고 왔거든요. 어머, 괜한 걸 물어서 난감하게 만드는 거 아닌가 몰라."

손님의 목소리는 코르크 마개가 열릴 때처럼 경쾌했다. 덕분에 채이의 목젖 아래 봉인되었던 수다가 샴페인처럼 줄줄 흘러나왔다.

"아니에요! 오히려 너무 잘 어울려서 계속 보고 있었어요. 이런 옷은 드라마에서만 봤거든요."

대화를 듣고 있던 제 사장은 어쩐지 어지러워서 잠시 귀를 틀어막았다. 그에 반해 손님은 채이의 반응이 마음에 든 모양이었다.

"힘준 보람이 있네요. 나는 있죠. 이렇게 나한테 시선이 꽂힐 때가 좋더라구요. 난 늘 내가 가장 눈에 띄고 싶은 사람이거든요."

손님은 뒤통수 아래쪽에 깔끔하게 고정시킨 올림머리를 매만졌다. 케이프가 뒤로 젖혀지며 가슴께의 꽃 브로치가 슬쩍 빛났다. 작은 보석이 달린 매끄러운 표면은 언뜻 보면 진짜 꽃 한 송이를 달아 놓은 것 같았다. 가운데 노란 보석을 널찍한 붉은 꽃잎 다섯 장이 에워싼 꽃이다. 아래쪽 꽃잎에는 검은 무늬가 번졌다.

'길가에서 많이 봤던 꽃인데.'

눈에는 익숙했지만 꽃에 문외한인 채이로서는 이름이 기억날 리가 없었다.

"옷도 옷인데 브로치가 있어서 더 돋보이는 것 같아요. 그런데 꽃 이름이 뭐예요?"

채이는 우선 칭찬부터 건넨 후 궁금한 것을 물었다.

"팬지요. 내가 빨간 팬지를 좋아해서요. 제일 아끼는 거예요."

시종일관 옷매무새를 가다듬던 여자는 브로치로 시선을 돌린다. 꽃잎을 쓰다듬는 표정이 온화했다. 채이는 괜스레 후드 끝자락을 잡아당긴다.

"저도 그렇게 화려하게 좀 입어보고 싶어요. 맨날 똑같은 옷, 질리거든요."

"아직 교복 입을 나이인가요?"

"졸업까지 얼마 안 남았어요. 대학교 다니면 365일 내내 다른 옷만 입을 거예요. 교복은 지긋지긋해요."

여자가 입을 가리고 웃었다. 살짝 구부린 검지가 코끝에 닿는다.

"아주 큰 옷장을 사야겠어요. 그런데 막상 그때가 되면 학생 시절로 돌아가고 싶을걸요. 아침마다 어떤 옷을 입을지 고민하는 것만큼 피곤한 게 없거든요."

"옷장이 미어터져도 고민하는 게 낫지 싶어요. 꽃구경 갈 땐 살랑거리는 원피스, 물놀이 갈 땐 핫팬츠, 가을엔 트렌치코트에 짙은 화장도 해보고, 크리스마스엔 애인이랑 엄지 장갑 나눠 끼고 데이트도 해보고 싶은데. 맨날 교복, 교복, 교복!"

"그 나이엔 자기가 얼마나 멋진 옷을 걸쳤는지 모르는 법이죠."

손님이 채이의 어깨를 부드럽게 감쌌다. 달처럼 가늘게 휘어진 눈에 짧은 별똥별 꼬리가 자글자글하다.

"봐요, 이렇게 흰 티에 청바지만 걸쳐도 예쁜데. 젊음이라는 옷이 사람을 어찌나 빛나게 하는지. 그리고 나도 평소에는 이렇게까지 입지는 않아요. 오늘은, 나한테 특별한 날이라 그렇지."

"특별해요? 어떤 날인데요?"

"내가 주인공인 날이요. 오늘이 내 장례식이거든요."

아무렇지 않은 말투에 채이만 당혹스러웠다. 투정 부리던 제 머리를 쥐어박고 싶다.

"죄송해요. 제가 괜한 소릴……."

"죄송할 게 뭐 있어요, 내 운명인데. 난 하나도 슬프지 않아요."

그렇게 말하는 여자의 눈동자에 고독의 빛이 스쳤다. 그녀가 숨을 깊게 들이마셨다가 내뱉으며 우울함이 깃든 입술 끝을 끌어 올린다.

"나이 차이 나는 아줌마가 자꾸 친구라고 불러서 미안한데, 혹시 내 얘기 좀 들어줄 수 있어요? 사실 이런 이야기를 들어줄 사람이 많이 없었거든요."

"그럼요!"

우렁차게 대답한 채이가 손님 방향으로 턱을 괴었다.

"사실 나는 쌍둥이였대요."

장갑을 벗은 여자의 손톱이 희다. 그녀는 깔끔하게 정돈된 손을 다소곳하게 포갰다.

"그런데 먼저 나온 아이가 죽었어요. 살아남은 두 번째 아이가 바로 나예요. 외동이지만 사실 자매가 있었던 셈이죠. 언니 생명을 양분 삼아 태어났으니 세상 빛을 볼 때부터 남의 걸 뺏는 법부터 배웠네요. 사람들은 내가 부잣집 외동딸이라는 사실만으로 남부럽지 않게 사랑받고 자랐다고들 착각하더군요. 막상 내 유년 시절은 끔찍한데도요."

잠시 말이 멎는다. 말 속에 녹아 있는 슬픔이 공기 중에서 차갑게 얼어붙기 시작했다. 슬픔은 뾰족한 톱니바퀴가 되어 빙빙 돌아가며 여자를 쿡쿡 찔러댔다. 멍하니 허공을 보던 그녀가 어려이 한마디를 뱉는다.

"온기라곤 하나 없는 집이었어요."

깍지 낀 손에 힘이 들어간다. 하얀 손톱이 덜덜 떨리는 손등을 찌르며 파고든다. 힘을 준 탓에 손가락 끝이 검붉게 변했다.

채이는 말을 보채는 대신 물 한 잔을 따라주는 편을 택했다.

물컵에 맺힌 차가운 이슬이 손목 위로 흐르자 여자는 짧은 숨을 토했다. 자신도 모르게 숨을 참았던 것이다. 힘을 뺀 창백한 손등에는 날카롭게 초승달이 박혔다. 채이의 눈길을 느꼈는지 여자는 양손으로 컵을 잡아 쥐락펴락했다. 손이 서서히 생기를 찾았다.

"어린 나이였지만 본능적으로 알아차렸어요. 집에서 난 혼자라고. 어떤 누구도 날 사랑하지 않는다는 걸."

물을 홀짝이는 입술에 조소가 흘렀다. 새끼손톱부터 검지손톱까지 순서대로 컵의 옆면을 때렸다. 돌렌테dolente, 음울한 선율을 타고 고독한 소나타의 전주가 가게 안에 울려 퍼진다.

"미래는 늘 계산해야 하는 수학 문제였어요. 가진 것과 없는 것을 분류하고, 필요한 건 수단과 방법을 가리지 않고 얻어내야 했죠. 부모님에게 결혼은 합리적 거래, 자식은 효율적인 투자였다고 해요. 비싼 돈을 주고 쌍둥이를 임신했는데 한 명이 죽었죠."

아첼레란도accelerando, 흰 손톱이 점점 빠르게 컵을 때린다.

"어머니는 자식 잃은 슬픔이 아니라, 투자 자산을 하나 날렸다는 사실이 분해서 울었대요. 제가 사랑받지 못한 이유이기도 해요. 갓난아기를 보자마자 '제 언니 잡아먹은 불길한 년'이라고 욕했거든요."

"어떻게 그런 말을…… 그게 어떻게 아이 탓이에요!"

덤덤한 손님 대신 채이가 울컥했다. 흥분한 관객의 야유에 잠시 연주가 멎었다. 컵 표면과 얇은 반지가 만나며 청아하게 흐느꼈다. 메조 포르테mezzo forte, 조금 세게 컵을 긁던 엄지손톱을 늦췄지만 나머지 여덟 개의 손톱은 전보다 강하게 컵에 부딪힌다.

"옆에서 그렇게 말해주는 사람이 있었다면 그 시절에 눈물을 아꼈겠죠? 날 피하는 사람들을 미워할 수만도 없었어요. 내 주변에 있으면 정말로 이상한 일이 일어났거든요. 꼭, 저주 인형처럼."

손톱이 일제히 컵을 때리고, 일렁이는 물의 표면이 가운데로 모여들었다. 포르티시모fortissimo, 매우 강하게. 강렬하고 불규칙한 박자를 떠올리며 채이는 침을 꿀꺽 삼킨다.

"손님도 그렇게 생각하세요? 스스로가 불길하다고?"

여자의 손가락이 립스틱 자국이 남은 컵의 윗면을 잡았다. 물이 반쯤 남은 컵의 바닥 면을 식탁에 대고 둥글리자 물살이 일었다. 흔들리는 잔물결이 성벽처럼 높은 컵의 안쪽을 타고 올라 파도를 일으켰다.

"부모에게 사랑받지 못하는 아이는 대개 동정의 대상이 되는 법이에요. 얄팍한 연민이나마 가졌던 사람들마저 오래 지나지 않아 나를 꺼림칙하게 여겼어요. 평평한 길을 걷다가도 넘어져 팔다리가 부러지고, 늘 건강한 사람이 갑자기 병이 생겨 응급실에 실려 가고. 내 곁에선 언제나 불행한 일이 생겨요. 불행이 비껴간 자리에 남은 나는, 불길한 징조 그 자체였어요."

손이 멈추자 컵 속의 동그란 파도도 부서진다. 벽에 부딪힌 물이 주변에 흩어졌다. 손님이 컵을 낮게 들어 올리더니 곧게 떨어트렸다. 작은 충격이었지만 제법 물이 튀었다.

"정말 그 일들이 본인 탓이라고 믿으세요?"

대답 없이 아랫입술을 깨무는 손님의 모습이, 상처를 참는 아이처럼 보인다.

"그럴 리가 없잖아요. 그냥 우연이었겠죠."

유리컵을 긁어대던 반지의 움직임이 멈춘다.

"어렸으니까요. 그러다가 유독 힘든 날엔 언니에게 편지를 썼어요. 내가 그렇게 미우냐고, 나만 호사스럽게 사는 게 저주하고 싶을 만큼. 보기 싫었느냐고, 그게 아니라면."

손가락을 튕겨 위쪽 가장자리를 때리니 공허한 울음소리가 난다.

"언니도 내 곁에 머무르다가 불행해져 그런 거냐고."

똑, 똑, 고요한 연주에 소음이 끼어들며 제1악장이 원치 않게 끝났다. 제 사장이 중지로 식탁을 두드렸다.

"물 다 튀었잖아."

"닦으면 되죠."

채이는 그의 눈썹 위 각진 주름의 의미를 알아채고 잽싸게 휴지를 뽑아 들었다. 자신을 따라 휴지를 뽑는 손님의 호의를 정중히 거절하고 냉큼 식탁을 닦았다.

제 사장은 휴지가 지나간 자리를 쓸어보곤 지문에 낀 물기를 다른 손가락으로 문질러 닦았다. 탐탁지 않은 표정으로 뜨거운 그릇을 손님 앞에 내려놓는다. 살포시 몸을 얹은 구슬이 뜨거운 열기에 파스스 녹아내렸다.

여자는 빨갛게 변하는 국물을 보며 "재미있는 아이디어네요?" 하며 말을 붙인다.

그러나 제 사장이 마뜩잖은 표정으로 대구가 없자, 여자는 자기 때문에 뿔이 났다고 생각했는지 어쩔 줄 몰라 했다.

"일부러 말 안 걸어도 돼요. 원래 저한테도 저래요."

채이가 소곤거려도 손님은 영 마음이 불편한지 눈치를 보았다. 채이는 그런 손님을 달래려 젓가락을 쪼개 주었다.

젓가락질을 할 때마다 팔꿈치에서 흐느적거리며 흘러내리는 케이프가 식사를 방해했다.

"이럴 줄 알았으면 좀 편하게 입고 오는 건데. 너무 유난을 떨었나 봐요."

여자는 민망스레 웃곤 채이 쪽으로 그릇을 살짝 민다.

"배 안 고파요? 좀 덜어줄까요?"

"아니요, 저는 아까 먹어서……."

채이는 그릇을 반대로 밀다가 너무 뜨거워 금방 손을 떼었다.

손님은 후루룩거리는 소리를 내지 않았다. 적당량 입에 물고 면을 끊어 먹었다. 면을 식히려고 후후 부는 소리와 젓가락이 그릇에 부딪히는 소리가 아니었다면 먹고 있는 줄도 모를 정도로 조용한 식사였다. 입속의 음식을 삼킨 여자가 편안한 숨을 내뱉었다.

"함께 밥을 먹고 대화할 말동무가 있다는 건 참 좋은 일이에요. 부모님은 집에서 식사를 잘 안 하셔서 생일날만 같이 먹었죠."

"그게 꼭 좋지만은 않더라고요. 생일에는 가족과 함께 밥 먹어야 한다는 엉터리 규칙 때문에, 친구들이랑 놀아본 적이 없어요. 피자집에서 파티도 하고 노래방도 가고 싶었는데."

채이는 한숨이 절로 나왔다.

생일날이면 거실엔 작고 동그란 좌식 식탁이 펼쳐졌다. 엄마가 생일이 아니면 좀처럼 허락해 주지 않는 걸 알기에, 아빠는 매번 제과점에서 파는 가장 큰 케이크를 사왔다. 물론 채이가 좋아하는 치즈케이크였다. 엄마는 왜 이리 큰 걸 사왔냐, 눈을 흘기면서도 초를 꽂아주었다. 한사코 고깔을 씌우겠다는 아빠로부터 한바탕 도망 다니고 나면 채이는 쌕쌕거리며 자리에 앉았다. 어두운 거실에서 나이만큼 켜진 촛불을 바라보

며 엄마, 아빠는 노래를 불러주었다. 그렇게 생일의 한 자락이
지나곤 했다.

"단란한 가족이네요."

여자가 쓸쓸하게 웃는다.

"돌이켜 보면 생일날 체하지 않은 적이 없어요. 혼자가 익
숙해서 부모님이랑 마주 앉으면 거북했거든요. 누구한테 말도
못하고 밤새 끙끙 앓다가 생일이 다 지나갔죠."

채이는 가슴 한가운데 수놓인 케이크 자수를 만지작거렸
다. 말로는 귀찮게 애 취급한다고 했지만, 온전히 자신만을 위
해 펼쳐지는 생일 축하가 싫지 않았다.

'언젠가는 엄마 아빠 없이 생일을 보내는 날이 오겠지.'

그렇게 생각하니 아무리 성대한 파티를 열어도 허전할 것
같다.

"그래도 결혼한 후론 즐거워졌어요. 밥 먹는 것도, 생일도.
남편이 요리를 제법 잘했거든요. 입이 짧아서 깨작거리다가
수저 내려놓는 편인데, 결혼하고는 살이 10킬로나 쪘어요."

그녀는 전혀 나와 보이지 않는 뱃살을 손가락으로 집으며
짓궂게 웃는다.

"그이가 먼저 간 건 밉지만, 약속했어요. 끼니 거르지 말고
잘 챙겨 먹기로."

아니마토animato, 생기 있는. 남편 이야기를 꺼내는 여자는

식당에 온 이후로 가장 활기차 보였다. 채이는 손님의 기분을 끌어 올릴 기회를 놓치지 않았다.

"남편분이랑은 어떻게 만나셨어요?"

"어떻게 만나긴요. 우리 같은 옛날 사람들은 다 맞선으로 만났지. 아버지가 하도 채근해서 결혼했어요."

여자는 발그레한 볼을 숨기려 공연히 투덜거렸다. 채이는 수줍은 기색을 눈치채곤 남편에 대해 얘기해 달라고 졸랐다. 난리통에 못 이긴 여자가 젓가락을 내려놓으며 슬그머니 제2악장이 시작되었다.

하얀 손톱이 스타카토staccato로 식탁을 짧게 두드리며 경쾌한 연주가 이어진다.

"처음엔 그냥, 신기한 사람이었어요. 맞선 보는 날 눈이 많이 와서 그 사람이 늦었거든요. 그런데 늦어서 미안하다고 사과를 하더라고요. 내가 봐왔던 사람들 중 누구도, 늦었다고 사과한 적이 없었어요. 내게 질문을 하는 것도, 대답에 귀를 기울이는 것도, 행동하기 전에 허락을 구하는 것도, 눈을 보고 웃어주는 것도. 전부 처음이었어요. 신기하기만 했던 마음은 편안해졌고, 앉은 거리는 가까워졌고, 대화는 길어졌죠. 얼마 지나지 않아서 청혼을 받았어요."

연주하던 손이 주먹을 쥐고 손톱을 숨긴다. 툭 튀어나온 손가락 마디뼈가 규칙적인 박자로 식탁을 두드린다.

"불공정하다고 생각했어요. 이 사람은 나한테 내린 지독한 저주에 대해 모르잖아요? 물론 얘기하는 순간 청혼은 없던 얘기가 되고 난 쓸모없는 딸이 될 테지만. 감당할 수 없는 일을 벌이려니 겁이 났어요."

관절을 비틀며 손가락이 주먹에서 빠져나왔다. 손바닥을 식탁에 붙이고 지문으로 톡톡 두드리는 소리는 마치 창문에 빗물이 떨어지는 소리처럼 둔탁하고 은은했다. 트란퀼로tranquillo, 잘 들리진 않았지만 연주는 조용하게 이어지고 있었다.

"난 그 결혼만을 위해 준비된, 아버지의 가장 예쁜 부품이었거든요. 평생 아버지가 시키는 대로 숨죽이며 살아온 나에게 거절은 곧 반항이었어요. 하지만 아닌 건 아니라는 생각이 들더군요. 내 인생을 망칠 각오로, 숨겨온 비밀을 털어놨어요. 내가 당신을 불행하게 만들 테니, 나한테서 도망가라고. 내가 살아온 얘기를 하는데 왜인지 모르게 눈물이 쏟아지더라고요."

아마빌레amabile, 양손이 부드럽게 서로를 끌어안았다.

"그 사람이 처음으로 내 허락을 받지 않고 날 꼭 안아줬어요. 그런데도 싫지 않았어요. 오히려 기분이 나아졌죠. 내 눈을 보고 했던 말이 아직도 잊히지 않아요. 나와 만나면서 단 한 번도 불행한 적이 없었다고, 그러니 자긴 저주가 통하지 않는 사람이 아니겠냐고."

약지에 낀 반지가 빛났다.

"참 신기했어요. 어쩜 내가 원하는지도 몰랐던 대답만 쏙쏙 골라 해줄 수 있지? 정말 저주를 풀어줄 사람인가 보다. 그 사람에게 부탁했어요. 앞으로 날 환한 빛으로만 데려가 달라고, 어둠으로 돌아가고 싶지 않다고요. 그렇게 결혼을 결심한 거죠."

채이도 매일 식당의 등불이 꺼지고 어둠에 사로잡히는 순간이면 소원을 빌었다. 네모난 상자 위에 올려놓은 치즈케이크를 생각하며.

부모님은 자기 생일에도 케이크 위의 촛불 끄는 것은 언제나 채이에게 양보했다. 작은 폐에 숨을 끌어모아 촛불을 불면서 채이가 빌었던 소원은 늘 같았다.

'우리 가족이 앞으로도 계속 함께 행복하게 해주세요.'

또래 친구들처럼 장난감을 갖고 싶다는 소원은 빌어본 적은 없었다. 부모님이 응석을 받아주는 편은 아니었지만, 적정선에서는 원하는 장난감이나 간식을 잘 사주었으니까. 하지만 행복은 달랐다. 마트 어디를 둘러봐도 행복은 팔지 않았다. 그래서 채이는 어릴 적부터 소원으로는 가족의 건강과 행복을 속삭였다.

이 소원은 절실한 외침이라기보단 주문이나 약속에 가까웠다. 마음속으로 한마디 읊조리는 것만으로도 행복이라는 방어막이 가족을 감싸주는 기분이 들었다. 하지만 가족과 떨어져 있는 지금, 채이는 매일 정성을 다해 빌었다.

'우리 가족이 다시 만나게 해주세요.'

대학교에 가야 한다는 목표도 있었지만. 언제나 빌어왔던 그 약속을 자신이 지키기 위해서라도 이승에 꼭 돌아가야만 했다.

제 사장에게 어김없이 노란 치즈케이크 주변에 세 가족이 둘러앉은 기억이 전달되었다. 뭉근한 감각이 그를 사로잡는다. 이 순간이 너무나 소중해서 지키고 싶은 마음마저 들었다. 확실히 알 수 있는 건, 아마 자신은 살면서 단 한 번도 느껴본 적 없는 감정이리란 것. 제 사장은 행복한 동시에 불쾌했다.

손님이 맞잡은 손으로 입을 가리며 마른기침을 했다. 날카로운 기침 소리에 채이와 제 사장, 두 사람의 시선이 다시 손님에게 집중되었다.

"너무 춥게 입고 왔나? 꽤 쌀쌀하네요."

아직 따뜻한 국물을 한 모금 마시니 잔기침이 가라앉는다.

"몇 년간은 행복했어요. 내 인생에 걸쳐두었던 불행이란 커튼을 싹 걷어낸 것만 같았죠. 어느 날 남편이 병에 걸리기 전까지는요. 그래, 저주가 끝날 리 없지. 나는 '영원히 행복했답니다'로 끝나는 동화의 주인공이 아니었던 거예요."

제 사장은 끼고 있던 팔짱을 더 세게 꼬았다. 거친 모래에 살갗을 비비적거리는 것처럼 심장이 까슬까슬했다. '영원히'라는 단어가 유별히도 따갑다. 이쯤이면 훼방을 놓고 손님을 재촉해야 하는데, 이상하게 말을 끊을 수 없었다. 이야기의 끝을 알아야만 할 것 같은 기분이 들었다.

"오랜만에 마주한 불행에 난 미쳐버릴 것 같았어요. 당장 분풀이 대상이 필요했죠. 탓을 돌리지 않으면, 사랑하는 사람을 불행에 빠트렸다는 죄책감에서 헤어날 수 없었으니까요."

흰 손톱이 다시 식탁 위를 미끄러지듯 두들긴다. 피아니시모pianissimo, 매우 여리게. 그 소리는 아주 약해서 문밖에서 수군거리는 바람 소리가 더 크게 들릴 정도였다.

"언니에게 편지를 썼어요. 기어이 내게서 이 사람마저 뺏어가냐고. 온갖 욕이란 욕은 다 휘갈겨 보내지 못할 편지를 쓰다가 책상에 엎드려 울다가 잠들었어요. 근데, 또 꿈을 꿨어요."

채이는 자기가 놓친 이야기가 있었나 싶어 눈알을 굴리다가 머리에 쥐가 날 것 같아 그만둔다.

"어떤 꿈이요?"

"어릴 때 편지를 쓰고 잠들면 꿈을 꿨거든요. 새까만 긴 머리를 한 여자아이의 뒷모습을 보고 있는. 내가 머뭇거리는 사이 사라지는 걸 보고 언니라고 생각했죠. 무시무시한 모습으로 나타나 괴롭히면 맘이라도 편했을 텐데 말예요. 돌아보질 않으니 웃는지, 우는지 알 수가 없었죠. 그날도 꿈을 꿨는데…… 조금 달랐어요."

밝은 빛에 눈이 부신 듯 여자의 눈이 가늘어진다.

"천진난만한 웃음소리가 들렸어요. 아이가 날 돌아보고 있더군요. 강한 빛 때문에 얼굴은 보이지 않았어요. 눈이 부셔서 얼굴을 찡그리는데 잠에서 깼어요. 아침이었죠. 희한한 꿈을 꿨다고 생각하고 어질러진 책상을 정리하는데, 잘 밀봉된 편지봉투가 있었어요. 언니에게서 온 답장 말이에요."

'더 들을 필요도 없군.'

제 사장은 이야기를 끝까지 듣고 있던 자신의 한심함을 탓했다. 하지만 채이는 입을 틀어막으며 뒷이야기를 닦달했다.

"내가 아주 환한 빛이라서 주변에 그림자가 생기는 거래요. 빛 주변에는 항상 어둠이 있다고. 그건 나의 탓도, 누구의 탓도 아니라고."

여자는 손바닥을 완전히 붙인 채, 지문을 맞대어 문질렀다. 칸타빌레cantabile, 지문은 노래하듯이 부드럽게 뭉개지며 화음을 만들어냈다.

쾅, 제 사장이 주먹으로 식탁을 때렸다. 갑자기 난입한 관객 때문에 제2악장도 흐지부지 끝을 맺었다. 그는 가만히 있던 채이에게 버럭 소리를 질렀다.

"언제까지 방해할 거야? 네가 옆에서 나불대니까 제대로 먹지를 못하잖아."

"내가 미안해요, 음식이 다 식어버렸군요. 셰프에 대한 예의가 아닌데."

애먼 채이가 혼이 날까 걱정됐는지 손님은 서둘러 젓가락을 들어 남은 국수를 빠른 속도로 먹었다. 그래도 후루룩거리는 소리는 결코 내지 않는다.

궁금증을 참기 힘들었던 채이는 그녀가 입안의 음식을 삼키기를 기다렸다가 "그래서요? 어떻게 됐어요?" 하고 물었다.

오물거리던 손님은 입을 가리고 꿀꺽, 안에 있던 것을 모두 삼켰다.

"어떻게 되긴요. 남편과 남은 시간이라도 알차게 보내려고 노력했죠. 슬퍼하기엔 남은 시간이 부족했으니까요. 남편 먼저 떠나보낸 지 몇십 년 만에 늦게나마 나도 뒤따라가네요."

여자는 국물 속에 건더기가 없는 걸 확인하고 젓가락을 내려놓았다.

"아쉽지만 어떤 동화든 끝은 나기 마련이니까요."

헛헛한 마음을 애써 감춰보려 해도, 얼굴에 드러나는 것까지 막을 순 없었다.

"영원히 행복했답니다,는 어쨌든 아니라는 건가요?"

"아니긴요? 남편이 죽고 오래 걸리긴 했지만, 난 어떤 사실하나를 깨달았어요. 사람은 운이 나쁘면 남 탓을 하지만, 결국자신을 불행하게 만드는 건 오로지 자기 자신뿐이라는 거죠."

그녀가 휴지를 반으로 접어 입가를 톡톡 두드린다.

"행복과 불행 중 어떤 걸 택할지는 온전히 나한테 달려 있다는 말이에요. 난 웬만하면 행복을 고르기로 했고, 행복을 다른 사람들과 나누려고 노력했어요. 사람들을 만나고 베풀고…… 놀랍게도 내 마지막 모습은 외톨이가 아니었어요. 그러니까 해피엔딩으로 하려고요. 해피엔딩이 어떤 모습이라고 정해진 건 아니잖아요?"

채이는 그제야 밝아진 표정으로 고개를 세차게 끄덕거렸다.

불그스름한 손님의 입술이 붙었다가 떨어지며 빠, 빠, 큰 소리를 낸다. 문 앞에서 마지막으로 옷매무새를 다듬은 그녀가 채이에게 자신의 모습이 괜찮은지 물었다. 채이가 고개를 끄덕이자 손님은 빙그레 웃으며 브로치를 떼어냈다.

"아까부터 계속 보고 있었죠? 자, 선물이에요."

채이의 손이 먼저 브로치를 받으러 올라가다가 깜짝 놀라 손사래를 쳤다. 거절 의사와 달리 채이의 눈은 또 브로치를 힐끔거렸다. 여자는 웃으며 채이 손에 브로치를 쥐여준다.

"내가 이걸 달기엔 많이 늙었다는 것 정도는 알아요. 가져가 봐야 짐만 될 텐데, 뭘."

"그래도요. 제일 아끼시는 거랬잖아요."

"남편한테 마지막으로 받은 선물이에요. 저승길에는 가장 소중한 물건 딱 한 가지만 가져갈 수 있다고 해서."

채이는 엉거주춤 손을 모아 만지작거리던 브로치를 내민다.

"그런 물건을 어떻게 받아요. 안 돼요, 정말."

"날 기억해 주세요."

여자가 싱긋 웃는다.

"팬지의 꽃말이에요. 이 브로치를 하고 헤어지기 전까지 남편과 많은 추억을 쌓았어요. 이게 있어서 모든 순간들을 오롯이 기억할 수 있었어요. 친구도 팬지를 보면서 날 기억해 줘요. 내 마지막을 기억하는 친구가 한 명쯤은 남아 있으면 좋겠거든요."

그녀는 브로치가 든 채이의 손을 다시 한번 꼭 잡았다. 따뜻했다. 마지막으로 아름답게 웃은 손님은 뒤돌아보지 않고 가게를 나섰다. 또각또각, 하이힐 소리가 제3악장의 시작을 알렸다. 아 피아체레a piacere, *자유롭게*, *자유롭게*.

채이가 브로치의 빨간 꽃잎을 매만졌다. 손가락 끝에서 작은 보석 알갱이들이 느껴졌다.

"그 편지 말이에요. 언니가 답장해 준 걸까요? 동생을 미워하지 않는다고 알려주려고?"

제 사장은 밀물처럼 들어와 고여버린 채이의 기억 때문에 머리가 지끈거려 관자놀이를 꾹꾹 눌렀다.

"애당초 언니가 여자를 미워할 이유가 어디 있어. 자기가 양보한 생인데."

"양보했다고요? 왜요?"

말간 눈을 보고 있자니 제 사장의 머릿속에서 기억이 한층 선명하게 재생되었다. 그는 헛기침을 하며 눈을 피했다.

"같이 태어나서 사이좋게 지내면 되잖아요. 둘 중 한 명만 살 수 있는 거예요?"

"이승으로 가기 전에 신이 쌍둥이를 불렀어."

잠깐 손을 뗀 관자놀이가 빨갰다. 그는 목을 돌리며 귀 뒤를 문질렀다.

"전생에 언니의 영혼이 많이 다쳐서 불안정한 상태라는 걸 알려주려고. 약해진 영혼은 아주 작은 충격에도 산산조각날 수 있으니까. 보통은 저승에 머무를 수 있게 해주는데, 이승에 갈 몸이 이미 만들어진 후라서 회복할 때까지 기다릴 순 없었지. 언니의 생은 아주 짧을 것이라고 귀띔해 주기 위해 불렀던 거야. 신 나름의 배려였겠지."

"근데 양보할 게 어디 있어요?"

"얘기를 끝까지 들어, 꼬맹아."

제 사장이 팍, 인상을 쓴다.

"한날한시에 태어날 쌍둥이는 저승에서 내내 붙어 다녀. 언니가 이번 생을 못 산다고 투덜거릴 때마다 동생은 죄인처럼 사과를 했어. 이승으로 가는 문 앞에서도 똑같은 대화를 하다가, 무슨 생각이었는지 문이 열리자마자 동생이 언니에게 실타래를 건넸어. 언니는 곧바로 죽어야 해서 빈손이었거든. 얼떨결에 받고 보니까 동생이 먼저 문 안에 뛰어든 거야. 운명이 뒤바뀐 거지."

채이가 숨을 헐떡였다.

"잠깐만. 뭐야, 원래는 손님이 언니였다는 거네요?"

제 사장이 머리에서 손을 뗐다. 멀겋던 머릿속이 한결 맑아졌다. 채이가 질문 세례로 어지르기 전까진.

"그럼 동생의 삶을 뺏은 대가로 외롭게 살았단 거예요? 근데 동생이 양보한 거잖아요?"

제 사장이 식탁에 커다란 손바닥을 내리꽂았다.

"너 진짜 바보냐? 누구도 저 인간을 외롭게 만들 필요가 없어. 신이 그렇게 한가한 줄 알아?"

바보라는 말에 채이 입술이 비죽거렸다.

"그럼 왜 그렇게 외로웠는데요."

"말했잖아. 영혼이 불안정했다고. 아까, 자기 주변에 사고가 많이 났다고 했지? 당연해. 원래 본인이 겪었어야 할 일들이니까. 오히려 그걸 신이 막아줬기 때문에 안 좋은 일들이 튕겨 나가서 다른 사람을 괴롭게 했던 거겠지."

"그럼 손님 옆에 있으면 불행해진다는 말이 진짜였네요. 근데 신이 그렇게 막아줄 수도 있는 거예요?"

"원래대로라면 신은 인간 문제에 개입하면 안 돼. 근데 전생이 얼마나 궁상맞았는지는 몰라도 안됐다고 생각한 모양이지."

제 사장의 입술 사이로 바람 빠지는 소리가 난다.

"남편을 만날 즈음 영혼이 어느 정도 안정된 상태였어. 여자는 그동안 쉽사리 사용하지 못했던 실을 남편에게 칭칭 감았어."

"근데 남편은 왜 금방 돌아가셨어요? 영혼이 안정됐다면서요."

"남편 운명이 그랬으니까. 하도 주변에 불행한 일이 자주 일어나니까 자기 탓이라고 갖다 붙인 것뿐이지, 아무 상관도 없는 일이었어."

깨달음과 동시에 채이의 눈이 촉촉해졌다. 빛에 반사된 브로치의 보석이 반짝였다.

"영화 같은 이야기네요. 없을 수도 있었던 인생을 선물 받은 거잖아요. 자신은 불행하다고 생각했을지 몰라도 정말 많은 사랑을 받은 분이었네요, 손님은. 자기가 사랑받은 만큼 베풀기도 하고요. 좋은 분이에요."

"그건 멍청하다고 하는 거야. 남한테 퍼주면 뭐가 남냐?"

양쪽 모두 못마땅한지 입술이 뒤틀렸다.

"사장님이 그러니까 못됐다 소리 듣는 거예요. 좋은 일이

든 나쁜 일이든 결국 나한테 돌아온다고요. 좋은 사람이라고 생각했으니까 언니가, 아니, 동생이 삶을 양보했겠죠. 편지에 답장도 해주고. 아, 그런데 답장은 진짜 동생이 보낸 거 아니에요?"

맥락 없는 대화에 익숙해질 법도 하건만, 제 사장은 정신이 사나웠다. 결국 다시 관자놀이에 손가락이 올라갔다.

"지금까지 뭘 들은 거야. 꿈은 무의식이야. 받아들이기 나름이라고. 빛 때문에 눈이 부셨다고? 아침 햇살에 눈이 부셨던 거겠지."

"그건 그렇다 치고, 진짜 답장이 온 건 어떻게 설명하게요?"

"남편. 그 사람도 알아. 편지 속 글씨체가 자기 남편 글씨체랑 똑같았다는 거."

"사장님이 어떻게 알아요? 봤어요?"

환상을 깨부순 제 사장이 미운지 채이가 씩씩거렸다. 그 모습이 마치 내기에서 진 일곱 살 꼬마 같다.

"그래, 봤다. 난 보인다."

평소라면 무시했을 제 사장도 어째서인지 맞받아친다.

"사람들이 살아온 삶이 보이고 들려. 손님이 기억을 떠올려서 감정에 휩쓸리면 나도 느껴. 이 식당을 찾아오는 사람들의 기억이 나에겐 전해져."

'그만 말해.'

제 사장은 스스로 제동을 걸었지만, 한번 고삐가 풀린 혓바닥은 질주를 멈추지 않는다.

"그래서 머리가 터질 것 같아. 내 것도 아닌 기억, 내 것도 아닌 감정에 시달리느라. 그래서 조용히 갔으면 좋겠다는 거야. 시끄럽게 떠들어댈 때마다 내가 견뎌야 하는 고통이 커지니까!"

점차 격해지던 마음이 폭발하고 말았다. 놀란 채이가 얼어붙었다. 그간 제 사장이 짜증은 좀 부렸어도 이렇게까지 흥분한 적은 없었다. 매번 화를 내려다가도 참고 감정을 다스렸다. 어쩌면 채이도 그걸 믿고 제 사장 앞에서 그렇게 조잘거렸을지도 모른다.

놀란 건 제 사장 본인도 마찬가지였다. 감정이 왜 이렇게 널뛰는지 이해가 되지 않았다. 여태 잘 참아왔는데, 채이와 대화를 하다 보면 잔잔한 호수에 돌을 던진 것처럼 감정이 출렁거렸다. 자신이 다른 사람이 되는 기분이다. 불쾌했다.

채이는 머뭇거리다가 브로치를 후드 티 앞주머니에 넣으며 나직이 "사장님." 하고 불러보았다. 그는 대꾸 없이 개수대를 잡고 고개를 수그리고 있었다.

"그만해."

제 사장은 한숨을 푹 쉬곤 와이셔츠 소매를 걷어 올렸다.

"지금은 말하기 싫어."

미뤄 둔 설거지를 하기 위해 수도꼭지를 열었다. 세찬 물줄기가 개수대 바닥에 부딪히며 텅, 텅, 공허한 소리를 냈다.

고요한 밤이 지나가고 있었다.

≋

"채이 양, 주머니 안에 든 물건은 뭔가?"

진 여사는 부채를 문손잡이에 탁 내리치며 채이를 막아섰다.

채이는 무심코 주머니에 손을 넣었다가 꽃 브로치를 꺼냈다. 깜빡 잊고 있었는데 여전히 팬지는 빨갛게 반짝거렸다. 가슴팍에 꽂고는 몸을 비틀어 뽐내보았다.

"이야, 웬 거야? 잘 어울린다, 예쁜데?"

다미는 흘러내리는 상자를 허벅지로 받쳐서 다시 팔에 고정시켰다.

"손님한테 받았어요. 선물이라고."

그날 이후로 말도 안 섞는 제 사장이 무척이나 신경 쓰이는 참이라 채이는 말을 돌렸다.

"근데 이걸 받은 줄 어떻게 아셨어요?"

반달처럼 펼쳐진 대나무 부채가 앞뒤로 살랑살랑 움직였다.

"이 사람아, 내가 그걸 받은 것까지 어떻게 알겠나. 자네 주머니가 볼록하니 혹시나 해서 물은 게지."

"난 며칠 옆에 있어도 몰랐는데. 역시 우리 여사님이라니깐. 눈썰미가 좋으셔."

다미가 너스레를 떨며 흘러내리는 상자를 다시 한번 고쳐
들었다.

"이제 가시죠?"

"그 꽃은 두고 가게. 망자의 물건 아닌가. 밖에 가지고 나가
는 건 좋은 생각이 아니야."

진 여사의 사뭇 엄숙한 말투에 채이는 대답 대신 매끈한 브
로치의 뒷면만 만지작거렸다. 빼고 싶지 않았다.

"그래. 여사님 말 들어."

상자가 계속 흘러내려서 힘들었는지 다미도 옆에서 거들
었다.

아쉬웠지만 꽃을 달고 있는 한, 진 여사가 비키지 않을 것
같았다. 채이는 순순히 브로치를 빼 식탁 구석에 올려두었다.
내려놓는 걸 눈으로 좇고 나서야 진 여사는 식당을 나섰다. 줄
줄이 소시지처럼 채이는 다미 뒤를 따라가며 창문 너머로 반
짝이는 브로치를 뒤돌아보았다.

"근데 왜 가지고 나오면 안 돼요?"

식당에 대화 소리가 들리지 않겠다, 싶을 때 채이가 물었다.
좀 억울하다는 투에 진 여사는 부채 쥔 손으로 뒷짐을 졌다.

"환승은 온 천지에 위험이 가득하다네. 식당에 들어가면 가
려지지만, 사막에서는 누구나 자네를 볼 수 있네. 눈에 띄지 않

는 것이 좋겠지. 좋아 뵈는 물건이라면 누구나 갖고 싶기 마련이야."

채이도 어느 정도는 수궁이 갔다. 황량한 사막에 사람이 산다는 걸 두 눈으로 봤으니까. 지금 옆을 굴러다니는 모래들도 예전에는 사람이었다는 사실을 알게 된 뒤로 다시 산책을 나가는 데까지는 시간이 좀 걸렸다. 밖을 나설 때도 옷으로 꽁꽁 싸매고 다녔다. 지금 후드 모자를 뒤집어쓴 것처럼.

"그런 건 다 어떻게 아세요?"

"여기서 오래 지냈잖은가. 주워 들은 게 많을 수밖에."

오늘따라 햇빛이 강하다. 발을 질질 끌 때마다 따끈하게 달궈진 모래가 한 움큼씩 밀려나간다.

"그 브로치, 나중에 제가 가져가도 돼요?"

땅만 보고 걷던 채이가 아무 생각 없이 물었다. 얼마 안 가 커다란 발이 제 앞을 가로막았다. 해를 등지고 있어서인지 진 여사의 낯빛이 유달리 어둡다.

"어딜 가져간단 겐가?"

"이승에요."

지켜보던 다미가 불쑥 끼어든다.

"손님이 준 걸? 죽은 사람 물건을 뭐 하러?"

채이가 얕게 눈을 흘겼다.

"말을 해도 꼭. 선물 받은 거잖아요! 어떻게 사람 성의를 무시하고 막 그래요."

"이미 이승을 떠난 물건이네. 잠시 자네가 맡을 순 있어도 자네 것이 될 순 없는 게야."

진 여사는 어린애 대하듯 부드럽게 타일렀다. 채이가 우물쭈물하자, 진 여사는 부채를 세게 접으며 "이 문제는 더 묻지 말게. 원래 주인에게 돌아가야 하는 물건이니."라는 말로 차단해 버렸다.

여기서 포기할 채이가 아니다. 앞서가는 진 여사 옆에 바짝 붙는다. 키 큰 진 여사 옆에 서니 그나마 그늘이 져서 햇빛에 찔리지 않았다.

"왜요? 손님이 저한테 준 거잖아요. 다시 돌려줘야 하는 거예요?"

진 여사를 가운데 두고 반대편에서 걷던 다미가 큰 소리로 "에이, 뭘 또 궁상맞게 도로 가져간대? 줬다 뺏는 것도 아니고." 하며 동조했다.

"어허, 그리 말하면 안 돼. 그 손님이 다시 이승에 나가려면 꼭 필요한 물건이라네. 마음대로 주고받을 수 있는 게 아니라니까."

채이와 다미의 눈빛이 먹잇감을 찾은 맹수처럼 빛났다. 이야깃거리를 꺼내버린 진 여사는 헛기침을 했다. 부채를 펴는 손이 유독 어색하다. 서둘러야겠다고 말을 돌려봤지만 소용없었다.

"에이, 이제 막 나왔는데! 시간 많아요, 많아."

"아직 도착하려면 멀었잖아요. 좀 알려주세요, 네?"

"거참. 자네들은 못 당해내겠다니까."

다미의 성화와 채이의 등쌀에 별수 없이 진 여사는 한숨을 쉬며 이야기보따리를 풀기 시작했다.

"저승 가는 길엔 누구나 자신이 가장 소중히 어기는 물건을 하나 가져올 수 있네. 단, 그 이상은 안 돼. 딱 한 가지 물건만 허락된다네."

금메달, 안경, 브로치. 그러고 보니 저승으로 갈 손님들은 모두 자신에게 중요한 물건을 가지고 왔다. 저마다의 추억이 담긴 물건들이었다.

"망자의 물건은 보통 생전의 가장 강력한 기억을 품고 있네. 생생한 기억은 감정을 가져서 자신만의 빛깔로 빛난다네. 저승에서는 영혼의 전생을 지우는 동안 물건에 실린 기억을 실로 뽑아낸다네. 어떻게 만드느냐는 질문은 말게. 그건 나도 모르니."

마침 그 질문을 하려던 다미가 입을 다문다. 채이는 흡사 탐정이 된 것처럼 턱을 매만지며 콧숨을 내쉬었다.

"실타래라는 거, 사실은 기억인 거네요? 전생의 기억."

"궁금하지 않나? 인간이라면 모두 가지게 되는 실타래가 어디에 있는지."

대나무 부챗살이 채이의 정수리를 약하게 내리친다.

"바로 여기일세."

"머리? 뇌? 전생의 기억을 가지고 태어난다고요? 하지만 기억을 다 지우잖아요?"

"그렇지. 그래서 인간들은 종종 어떠한 기억도 없지만, 전생에서의 가장 강렬했던 자신의 모습에 이끌리곤 하네. 그 때문에 말로는 설명할 수 없는 황당한 선택을 하기도 하지. 과거의 행동을 답습하는 거라네. 전생의 기억에 의지하면 행복해지는 법도 보다 쉽게 찾을 수 있을 터이니."

"그건 좀 이상한데요."

다미가 드물게 진 여사 말에 토를 단다.

"범죄를 저지르는 놈들은요? 사람을 못살게 굴고 남의 행복까지 파탄 내는 것도 행복해지는 방법의 하나래요? 당하는 사람들은 뭔 죄가 있어서……."

"말조심하게!"

호통의 잔여물 탓에 숱이 많은 눈썹이 화난 용처럼 뒤틀린다.

"질서를 해치고 섭리를 거스른 자는 다시 이승에 돌려보내지 않네. 생명의 뜻을 어긴 인간들의 영혼은 다른 곳으로 보내게 되어 있어. 파렴치한 인간들을 자네들과 동일시하지 말아주게."

"이상하긴 하네요."

채이는 삼엄한 분위기를 풀어보려 부러 밝게 말했다.

"우리가 늘 행복하지만은 않잖아요. 과거의 행복대로 선택하면 쉬울 텐데, 왜 가끔 잘못된 선택을 해서 슬프고 우울해지는 걸까요?"

"잘못된 선택 같은 건 없네. 전생의 기억이 강렬하다고 해서 무조건 긍정적인 감정만 품고 있다는 건 착각일세. 고난과 풍파를 겪어도 꺾이지 않고 나아가는 과정에서 자신만의 의미를 찾는 게지. 감정이란 인간 스스로 얻어내는 것이지, 신이 줄 수 있는 게 아니야."

말을 곱씹어봐도 이해가 되지 않아, 채이의 미간은 제 사장처럼 찌푸려진다.

"실타래가 행복해질 방법을 알려주는 게 아닌가요?"

"행복의 모습이 어디 정해져 있던가?"

허허, 펼쳐진 부채 너머로 웃음소리가 들렸다.

"나는 과거를 맹신하다 쾌락에 젖어 타락하는 인간들도 많이 보았지만, 과거를 반면교사 삼아 끝없이 단련하여 새로운 삶을 사는 사람도 많이 보았네. 한낱 실타래가 뭐라고, 삶의 순서나 방법을 알려주겠나. 그것에는 어떠한 목적도, 의도도 없다네."

잔뜩 튀어나온 입으로 다미가 "그럼 왜 있대요?" 하고 퉁명스레 말했다.

"아무 쓸모도 없잖아요."

오늘따라 진 여사에게 대드는 다미에 채이는 조마조마했다. 진 여사는 좀처럼 화를 내진 않지만, 한번 화를 내면 무서웠다. 그걸 채이보다 잘 알고 있을 다미였다. 걱정이 무색하게 부채 밖으로 얼굴을 내민 진 여사는 웃고 있었다.

"쓸모없긴! 인연을 만드는 데 필요하지 않은가."

그녀가 부채를 접고 다미의 어깻죽지를 어루만진다.

"삶을 함께 꾸려갈 사람을 선택하고, 어떤 길로 나아갈 것인가를 선택하고…… 인생은 끝없는 갈림길이 아니던가. 인간은 때때로 고통에 몸부림치기도, 기쁨에 사무치기도 하며 더욱 강하고 안정된 영혼을 얻게 된다네. 실타래의 쓸모는 바로 그것이라네. 어떻게 살아갈 것인가, 하는 의지 말일세."

≈≈

팬지 가운데 노란 보석을 비추는 빛이 빨간 꽃잎으로 세세하게 뻗어나간다. 채이는 식탁에 엎드린 채 브로치만 만지작거렸다. 문밖이 조용한 걸 보니 오늘은 손님이 안 오려나 보다. 정밀한 세공을 거친 것인지 브로치에 박힌 보석이 일반적인 보석보다 훨씬 작아서 실제 꽃처럼 자연스러웠다. 손가락으로 질감을 느끼던 채이는 무언가 결심한 듯 브로치를 후드 주머니 속에 집어넣고 자세를 고쳐 앉았다.

"사장님, 그거 아세요? 실타래가 우리 전생의 기억이라는 거. 전생의 내가 후생의 나를 이끌어주는 거예요."

대답이 없을 것이란 건 예상하고 있었다. 적막이 목을 조르는 것 같아, 채이는 목덜미를 쓸어내렸다.

"그대로 이끌려 가면 쉽게 행복해질 수도 있지만, 모두가 그대로 살아가진 않는대요. 어려워서 다 이해하진 못했지만, 때론 헛디뎌서 넘어져도 전부 필요한 경험이라고, 그렇게 생각해요. 어쩌면 오늘 밤도 우리에게 꼭 필요한 시간이 아닐까요?"

"필요? 이 짓거리들이? 난 가끔⋯⋯."

제 사장은 손으로 눈가를 지그시 누르며 억지웃음을 토해냈다. 그래도 심장을 조이는 매듭이, 응어리가 풀리지 않는다. 그가 다음 말을 억지로 삼킨다.

'두려워.'

말을 뱉는 것조차 두렵다. 떨리던 입술을 진정시키고 다시 물었다.

"우리 삶이 그 정도로 가치 있다고 생각 안 해. 이승에 돌아가도 필요는커녕 아무 의미 없었던 시간이면 어떡하게?"

채이는 주머니 속의 손을 꼭 맞잡았다.

"감수해야죠. 지금 이곳에서 일어나는 일들, 사장님이랑 제 선택이었을 테니까요."

"내가 선택한 결과라 치자. 근데 왜 자기들이 난리야. 신이 얼마나 잘났길래 날 이런 곳에 처박아놓고 신경 쓴다는 거지? 나의 어떤 게 마음에 안 들더라도 내 선택이잖아. 내버려 뒀어야지."

채이는 차갑게 식은 남자의 눈을 피한다. 분노에 잡아먹힌 얼굴은 자신이 알던 사람이 아니다. 대신 채이는 손등에 불거진 마디뼈를 매만진다. 살결이 너무 보드라워서일까. 만지고 있는데도 닿지 않는 느낌이다.

"유독 마음이 쓰이는 사람, 자꾸 신경 쓰게 되는 사람을 아픈 손가락이라고 하잖아요. 모든 인간을 돌보는 신에게도 아픈 손가락은 다 있나 봐요. 내버려 두면 그만인데 그게 안 되는 사람. 사장님이 그런가 보죠, 아픈 손가락. 나처럼, 그죠?"

채이는 식탁 가장자리의 거스러미를 발견했다. 비쭉 선 거스러미를 결 반대 방향으로 쓰다듬었다.

"사장님한테 저, 거슬리는 손님이잖아요. 자꾸 신경 쓰이고."

부정하고 싶지만 그럴 수 없었다. 언제부터 티가 났을까. 정작 제 사장은 알게 된 지 얼마 안 됐는데. 스스로도 모를 정도로 잘 숨겼다고 생각한 게, 자신만 답을 못 찾고 있었던 걸까. 제 사장은 고갤 들어 자신을 보는 채이와 마주 보았다.

"고마워요."

예상치 못한 말이었다. 그 말보다 더 놀라운 건, 자신의 눈치를 보는 소녀의 눈동자가 안쓰럽게 느껴졌다는 점이다. 그 속에 비치는 자신은 어떤 모습일까. 뜬금없는 질문에 뭐가 고맙냐고 되받아치지도 못한 채, 채이를 빤히 바라보기만 했다.

당황한 건 채이도 마찬가지다. 제 사장이 이렇게나 그윽한 표정을 지을 수 있다는 걸 처음 알았다. 퉁명스러운 대꾸조차 없는 그의 반응에 채이는 급히 밀려드는 민망함을 콧숨으로 밀어낸다. 막상 말하고 나니 빈 공기가 난처하다.

"짜증내면서도 매일 국수 만들어주고, 귀찮아하면서도 꼬치꼬치 캐물으면 잘 대답해 줘서요. 사막에 뚝 떨어져서 일하는 것도 서러운데, 모르는 사람들의 기억이 보이고 들리면 저라도 견디기 힘들 거 같아서요. 물론 잔소리가 반 이상이긴 해도 옆에서 늘 챙겨줘서 나도 고맙다고요. 사장님은 나 싫어할지 몰라도, 난 사장님 좋아요. 아닌 척 해도 좋은 사람인 거 다 보이니까."

"별소릴 다 하네. 좋고 싫은 건 없어. 너도 나한테는 손님이니까."

휙 뒤를 돈 제 사장이 구겨진 와이셔츠 소매를 풀어 다시 차곡차곡 접어 올렸다.

"그놈의 손님, 손님."

그의 한결같은 퉁명스러움에 채이도 원래의 발랄한 모습으로 돌아왔다.

"그럼 내 기억도 보인다? 느껴진다? 암튼, 전해져요?"

제 사장이 자신을 속속들이 아는 건 좀 불편했다.

제 사장은 우선 그 사실은 감춰두기로 했다. 이유는 모르겠지만 그래야 할 것 같다.

"지금도 충분히 시끄러운데 네 기억까지 보이고 들리면 너랑 같이 있을 수 있겠냐, 꼬맹아."

채이는 저도 모르게 들이키고 있던 숨을 살짝 내뱉었다. 안심한 걸 들키고 싶지 않았다.

"아니, 근데 왜 자꾸 꼬맹이래? 난 꼬박꼬박 사장님이라고 부르잖아요. 이름 석 자 부르는 게 그렇게 어렵나? 나도 이름으로 좀 불러줘요!"

제 사장은 등 뒤에서 쫑알거리는 채이 목소리를 들으며 절레절레 고개를 젓는다. 표정을 숨기는 건 그도 마찬가지다. 스멀스멀 미소가 차오른다. 미처 거부할 틈도 없이, 알아차리지 못하는 새에 또 웃음이 얼굴을 지배해 버린 것이다.

7

어떤 배웅

채이가 오랜만에 휴지를 뽑아 든 것이 사건의 발단이었다. 손님이 없는 다른 날들과 마찬가지로 할 일 없이 앉아 있던 채이 눈에 휴지가 띄었다. 너무 지루했던 나머지 일전에 성질만 버리고 끝났던 휴지 접기를 다시 해보기로 마음먹었다. 채이는 무작정 휴지를 뽑아 들고 조몰락거렸다.

'역시 이걸로 종이접기는 어려운가.'

휴지를 정사각형으로 만드는 것에 몇 번이나 실패하고 포기하려던 때였다. 채이는 아무 생각 없이 휴지를 긴 방향으로 펼쳐서 김밥 말듯이 말았다. 불현듯 괜찮은 아이디어가 스쳤다.

휴지 여러 장을 겹쳐 같은 방법으로 말았더니 연필처럼 길쭉해졌다. 막대처럼 긴 휴지의 허리를 묶고는 반으로 접어 돌돌 뭉쳤다. 동그랗게 바뀐 휴지에 나무젓가락을 꽂았더니 얼추 장미꽃처럼 보이기도 한다. 내친김에 예술혼을 발휘해 여러 개를 만들었다. 나무젓가락에도 휴지로 매듭을 지었더니 그럴싸한 꽃다발이 완성되었다. 적어도 채이 눈에는.

"이거, 이거. 또 휴지 아깝게 다 버려놨네."

출근한 다미가 식탁에 올려놓은 휴지 꽃다발을 보자마자 쓰레기통에 처박았다. 다미는 채이의 얼굴이 붉으락푸르락하는 걸 발견하고서야 무언가 잘못되었음을 감지했지만, 때는 늦었다.

"왜 버려요, 그걸! 내가 얼마나 힘들게 만든 건데……."

채이가 바락바락 소리를 지르며 쓰레기통에서 휴지 꽃다발을 꺼내 들었다. 하지만 끈이 풀린 몇몇 꽃은 채이의 손에서 사르륵 떨어져 뿔뿔이 흩어졌다. 채이가 심통 난 표정으로 문 밖에 나섰다.

"거참, 미안하다니깐 그러네. 다시 보니까 예뻐! 진짜로 꽃 같다니까?"

뒤따라온 다미가 굳이 쓰레기통에 있던 휴지 뭉치를 꺼내 와서 화를 돋웠다. 열이 뻗친 채이가 뒤를 홱 돌아봤다.

"그 '쓰레기'는 뭐 하러 가져왔어요?"

"에이, 쓰레기가 뭐야. 이게 어딜 봐서? 누가 봐도 꽃이잖아."

다미는 그나마 멀쩡한 꽃을 한데 움켜쥐고 있었다. 그는 꽃

한 번, 채이 한 번 보더니 "그래서…… 이게 무슨 꽃이라고?"
라며 속을 긁었다. 다미는 거짓말에 약했다.

얼기설기 모아놓은 꽃을 보니 채이는 속이 상했다. 채이는
토라진 얼굴로 휴지 장미를 낚아채곤 잘 정돈해 다시 묶었다.

제대로 완성된 꽃다발을 든 다미는 "이야, 멋있다. 손재주
도 좋아, 이런 걸 만들고." 하고 한껏 채이를 추켜세웠다. 그래
도 채이의 기분이 썩 나아질 기미가 보이지 않자, 다미는 앞서
가는 채이 옆으로 슥 다가왔다.

"우리 꽃다발 들고 병문안 갈까?"

채이는 순간 질문이 튀어나올 뻔한 걸 겨우 참아냈다. 다미
는 채이의 호기심을 자극하는 법을 알았다. 채이는 티 내지 않
으려 앞만 바라보고 걸었다.

"내가 소개해 주고 싶은 사람이 있어서 그래. 내 친군데, 요
새 좀 아프거든. 네가 가서 꽃도 주고, 얘기도 들어주고 그러면
금방 나을 것 같은데? 어때?"

채이가 고개 한 번 돌리지 않는데도 다미는 끈덕지게 물고
늘어진다. 채이가 관심 없는 척 하는 중이란 걸 다 안다는 듯이.

"쓰레기통에 버렸던 걸 어떻게 줘요."

채이는 딴소리를 하면서도 속으로는 그래도 가자고 해주길
바랐다.

"뭐 어때? 받는 사람만 모르면 됐지. 그럼 갈 거지? 같이 가

는 거다?"

다미가 성큼성큼 앞장서서 뒤를 돌아보았다.

"그러던가요."

채이는 계속 화난 척 멀찍이 따라갔지만 다미가 뒤돌아보지 않을 때까지 미소를 숨길 수는 없었다.

다미는 먼젓번과 달리 돌산 뒤쪽으로 돌아갔다. 산 뒤쪽은 동굴이 훨씬 넓은 간격으로 드문드문 뚫려 있었다. 왕래가 활발한 앞쪽과 달리 주변을 얼쩡거리는 사람도 없었다. 분명 같은 산인데 다른 공간 같았다. 다미는 꼭대기 층에 난 조그만 동굴로 들어갔다.

"얌마! 자냐?"

다미의 목소리가 동굴 벽에 부딪혀 쩌렁쩌렁 울렸다. 채이는 아무런 대답도 기대하지 않았다. 그도 그럴 것이 동굴이 너무 좁아서 도저히 누군가 여기서 지낼 거란 생각이 들지 않았기 때문이다. 예상과 달리 안쪽에서 희미하지만 장난기 섞인 목소리가 들려왔다.

"자겠냐? 알면서 뭘 물어."

오랫동안 말을 하지 않았는지 목 안에서 쇳소리가 났다. 목소리의 주인공은 목을 가다듬더니 "뒤에는 누구야?" 하고 채이를 콕 집어 물었다.

다미 뒤에 가려져서 자신을 못 볼 거라 생각했던 채이는 화들짝 놀랐다. 아직 자신은 동굴 안에서 사람을 발견하지 못했다. 벽을 타고 흐르는 불빛에 익숙해지자 깊숙이 파인 돌 틈 사이에 간신히 기대어 있는 한 남자를 발견했다. 그는 팔만 내놓고 가슴께까지 두터운 이불을 끌어 올린 채였다.

"하여간 눈치 하나는 빨라요."

다미가 킬킬거렸다. 그는 바닥에 철퍼덕 주저앉고는 채이에게 앉으라고 손짓했다. 셋이 둘러앉기엔 동굴이 좁다고 생각했지만 채이는 불평불만 하지 않고 자리에 앉았다. 남자는 채이에게서 눈을 떼지 않았다.

"발소리가 하나가 아니더니만, 뭘. 그래서 이 숙녀분은 누구?"

"왜 거 있잖아. 전에 말했던 손님."

"이렇게 멀리까지 데려와도 되는 거야?"

남자는 대충 얼버무리는 다미에게 핀잔을 주었지만 목소리는 축 늘어져 그다지 힘이 없었다. 다미가 대답하지 않자 남자는 벽에 기대어 채이를 바라보았다.

"얘기 많이 들었어요. 이름이 뭐더라?"

채이는 흠칫 놀랐다. 이곳에서 이름을 묻지 않는 건 불문율이었다. 그보다도 자신은 처음 보는데 대체 무슨 얘기를 많이 들었다는 것인가.

'이대로 뛰쳐나갈까.'

채이는 잠깐 부질없는 고민을 했다. 어차피 이대로 나가봤자 혼자 오두막으로 돌아가지도 못할 게 뻔한데도. 팽글팽글 바쁘게 돌아가던 눈동자가 다미와 마주쳤다. 그가 방긋 웃으면서 괜찮다는 듯 고개를 끄덕였지만, 여전히 채이는 남자를 믿을 수가 없었다.

채이가 여전히 고민하는 사이 남자가 다시 입을 열었다.

"내 정신 좀 봐. 내 소개도 안 하고 숙녀의 이름을 함부로 묻는 게 아니지. 나는 홍태식이. 만나서 반가워요. 손님을 누워서 맞이해서 어쩌나. 보다시피 이런 꼴이라, 미안해요."

태식은 이불을 톡톡 쳤다. 볼록하게 다리가 솟아 있어야 할 자리가 평평했다.

채이는 쭈뼛거리다가 "전 영채이예요." 하고 대답했다. 큰 송이가 담요를 덮고 앉아 있던 모습이 떠올라서였다. 이미 다리가 사라지고 있는 사람인데, 자신을 쫓아오거나 해코지할 만큼 힘이 남아 있을 것 같지는 않다. 게다가 다시 보니 태식의 얼굴이 너무 해쓱해서 채이는 안타까운 마음마저 들었다.

"내 동굴에 온 걸 환영해요."

태식은 팔을 활짝 벌렸다가 힘없이 떨어트린다.

"손에 든 건 뭐예요?"

채이는 들고 있던 꽃다발을 내려다보았다. 오는 내내 바람이 심하게 불어서 휴지 꽃다발은 흐물거리며 꽃의 형태를 간신히 유지하고 있었다. 채이는 민망하게 웃으며 태식 앞에 휴지를 내밀었다.

"맞다, 이건 병문안 선물이에요. 제가 나름대로 만들어봤는데……."

"세상에, 꽃다발이네."

다미와 달리 태식은 한눈에 그것이 꽃임을 알아보았다. 채이는 태식이 조금 너 마음에 들기 시작했다.

"뭐 이런 걸 준비했대. 고마워요. 야, 넌 뭐 느끼는 거 없냐? 좀 보고 배워라."

"갑자기 난 왜 물고 늘어져? 자꾸 뭐라고 하면 확 다시 가버린다. 또 독수공방 한번 해볼래?"

다미는 말로는 투덜대면서도 싱글벙글이다. 티격태격하는 걸 보고 있자니 채이는 다미의 말투가 누굴 닮은 건지 새삼 알 것 같았다.

"독방 신세가 뭐 하루 이틀인가?"

갑자기 태식이 목소리를 낮춘다.

"그러고 보니까 할아버지가 안 온 지 꽤 된 거 같네. 내가 들르는 사람마다 가보라고는 했는데."

"백씨 할아버지가? 넌 그런 얘길 왜 지금 해!"

"이 꼴에 기억을 해낸 게 용하지."

태식이 자리에서 일어난 다미의 급박한 엉덩이에 대고 툴툴거렸다.

엉거주춤 따라 일어나자는 채이를 다미가 다시 앉혔다.

"금방 다녀올 테니까 잠깐 우리 애 좀 봐줘. 괜한 얘기하지 말고. 저번에 꼬맹이 하나가 놀라게 하는 바람에……."

자기 자식 대하듯 신신당부하는 말투에 채이는 당황스러웠지만 태식은 익숙한 듯 "아유, 알았어. 빨리 가봐." 하고 대꾸할 뿐이었다.

다미의 발소리가 완전히 사라지고 나서야 태식은 다시 입을 열었다. 얼굴에는 웃음기를 머금고.

"지 딸도 아닌데 막 우리 애라고 부른다, 그죠? 조금만 이해해 줘요. 쟤도 다 그리워서 저러는 거니까."

마침 늘 궁금해하던 것이었다. 새로운 이야기를 수집할 기회에 채이 눈이 빛났다.

"그리워요? 다미 아저씨가 누굴 그리워해요?"

"금시초문인가 보네. 그럴 줄 알았다."

태식은 뒤통수를 힘없이 벽에 기대고 고개를 살살 젓는다.

"다미 저놈이 왜…… 그전에 내가 말 좀 편하게 해도 될까요?"

"네, 그럼요."

채이는 다음 이야기가 얼른 듣고 싶어서 냉큼 대답했다.

"채이도 여기가 어떤 곳인지는 알지?"

태식의 물음에 채이는 고개를 세차게 끄덕거렸다. 물론 처음 알았을 때는 충격적이었지만, 큰 송이의 말을 조금씩 곱씹어보니 이해가 갈 것도 같았다. 자신이 이승에 돌아가고 싶은 이유엔 대학교도 포함되어 있었다. 큰 송이는 그토록 바랐던 일을 이루지 못하고 크게 좌절했을 것이다.

"다미한테도 그럴 만한 사정이 있었어. 아내가 병으로……아, 교통사고라고 했던가? 음주 운전범한테 뺑소니를 당했다고 했던 것 같다. 갑작스럽게 죽었다고."

태식은 언뜻 들으면 무관심하다고 느껴질 정도로 담담했다. 그는 느릿느릿 이야기를 이어갔다.

"자세한 건 모르지만, 아내가 죽고 한참을 방황했다나 봐. 사이가 안 좋았던 것도 아니고, 죽고 못 살던 사이였는데 마음이 오죽했겠어. 제정신이 아닌 채로 지내다가 나쁜 마음을 먹은 거야. 아내 없이는 못 살겠다, 아내를 따라가겠다, 결심한 거지.

근데 그냥 죽기에는 영 맘에 걸리는 일이, 자기가 죽어버리면 어린 딸이 혼자 남게 된다는 거였지. 몇 살인지 말은 안 해줬어. 겨우 초등학교에 들어갔다는 것 같아. 보통은 딸을 보고 정신을 차려야 하는데, 이놈 말로는 정신이 회까닥했다더라고. 세 가족이 다시 만날 수 있다는 생각을 했대. 딸과 함께 죽을 작정이었던 거야

딸내미를 곱게 재워놓고는 무작정 불을 질렀대. 한적한 곳

에 외따로이 있는 주택이라 다른 사람에게 피해 주지 않으면서 조용히 죽을 수 있겠다 싶었대. 그렇게 불을 질러놓고 가만히 누워 있는데, 아득하게 딸내미가 기침하는 소리가 들리더래. 무시하고 눈을 감고 있는데 갑자기 아내 목소리가 들렸다는 거야. 일어나! 여보! 뭐, 그랬다나.

그 소리에 눈을 떠보니까 딸이 울면서 자기를 흔들고 있었대. 아빠를 막 부르면서. 그제야 자기가 무슨 일을 저질렀는지 알아차렸대. 내가 미쳤나 보다, 하고 허둥지둥 빠져나가려는데 집은 이미 불길에 잡아먹힌 후였지. 정신없는 와중에 머리맡에 꺼내둔 보리차가 보이더랜다. 웃통 벗어서 적시고 딸 얼굴에 씌우고는 두꺼운 이불로 둘둘 말아서 업었대. 애를 살리려니 손이 저절로 움직였다나. 다행히 거실 미닫이 창문 열어둔 게 보여서 날름거리는 불길 사이로 뛰어나가다가 넘어져서 기억을 잃었다더라고."

채이는 턱이 빠진 사람처럼 벌어진 입을 다물지 못했다. 다미가 죽으려던 건 아는 사실이었지만, 자기 딸까지 죽이려 했다는 건 충격이었다. 그렇게 넉살 좋고 유쾌한 사람이 그런 일을 저지를 거라곤 상상조차 가지 않았다.

"안 믿기지? 순박한 얼굴로 그런 짓을 저질렀다는 게."

태식은 이해한다는 표정이었다.

"정신을 차려보니까 여기였고, 내가 지 앞에 나타난 거지."

"아저씨가요? 그럼……."

채이는 자기도 모르게 태식의 하반신에 시선이 갔다. 태식이 시선을 눈치채고 다리가 있어야 할 자리를 손바닥으로 팡팡 내리쳤다.

"그래, 다리가 있을 때 얘기야. 이 돌산에 사람들을 데려오기 시작한 게 나였거든. 한동안 멍하니 틀어박혀 있더니 어느 날인가부터 내 일을 돕고 싶다데. 그러면서 털어놓은 거야."

쩝, 그가 입맛을 다셨다.

"안간힘을 써서 기억해 보니깐 딸이 마당에서 울고 있고 소방차 소리도 들렸대. 몇 날 며칠을 앉아 있다가 그게 번뜩 기억이 났다나 뭐라나. 넘어지면서 딸이 창문 밖으로 굴러 떨어졌고, 자기는 집에서 못 나갔다는 것 같아. 불길 속에서 가스마시고 정신 오락가락하는데도 기어코 딸을 구해낸 거야. 그걸 알았으니 됐다고, 한 짐 덜었다면서 자기도 일을 시켜달라더라. 자기는 살 자격도, 죽을 자격도 없으니 여기서 사람들 도우면서 속죄하겠다고 여태 저러고 있는 거야."

"그럼 다미 아저씨가 그리워하는 사람이…… 딸인가요?"

태식이 여전히 벽에 기댄 채 눈을 감고 고개를 끄덕거렸다. 오랜만에 말을 많이 한 탓인지 지쳐 보였다. 그의 가슴이 작게 부풀었다가 가라앉았다.

"걔가 잘못한 건 맞지마는, 자식새끼 살았는지 죽었는지도 모르는 부모 마음이 마음이겠냐. 입 밖으로 꺼내지만 않을 뿐이지 딸 얼굴이 가슴에 박혔을 건데. 오랜 세월 애써 숨기고 지냈는데, 너를 보니까 자꾸만 딸애 얼굴이 아른거리는 거지."

채이 손가락이 가슴을 콕 집었다.

"저요? 산에도 제 또래는 많던데요? 왜 군이 저예요?"

"걔들은 다 자살했잖아."

태식의 얼굴이 뒤틀렸다.

"아비 입장에서 자기 딸이 자살했다고 생각하겠어? 절대 믿고 싶지도 않고. 근데 널 보아하니 딸이 이 나이쯤 되지는 않았을까, 그런 생각이 들었다고 하더라고. 자기가 여기 온 지 얼마나 오래됐는지 기억도 안 나니까. 혹시나 하는 마음에 너한테 딸 이름을 말해봤겠지."

"딸 이름이라뇨? 그러면 다미가 아저씨 이름이 아니에요?"

태식이 이마에 주름이 잡힐 만큼 눈을 치켜떴다.

"그럼 넌 그게 진짜 개 이름이라고 생각했어? 무슨 씹다 뱉은 밥풀 같은 얼굴에 그런 이름이 가당키나 해? 당연히 자기 딸 이름이지. 나도 걔 진짜 이름은 몰라."

한 번에 너무 많은 정보가 밀려와서 머리가 터질 것 같았다. 그토록 궁금했던 다미의 사정을 알았지만 결코 유쾌하지 않았다.

'차라리 모르고 말걸.'

채이는 후회스러웠다.

"이런 부탁 부담스러운 거 아는데."

태식은 심란해 보이는 채이의 얼굴을 보다가 말했다.

"그 자식, 이승으로 돌아가라고 설득 좀 해줘. 자기는 이미 늦었다고 하는데, 천만에. 아직도 눈에서 미련이 뚝뚝 떨어지는데 무슨. 갠 절대 안 사라져."

"미련이 남았다고요? 이승에 몸이 살아 있어서 안 사라지는 거 아니었어요?"

"넌 얼마 안 있다 갈 애인데 별걸 다 안다. 그게 다가 아냐. 인연의 끈이 괜히 있는 게 아니그든. 환승에 온 사람이나 이승에 남은 사람이나 양쪽이 끈을 잡고 있으면 아직 기회가 있어. 서로에게 아직 서로가 필요하다는 증거니……."

무자비하게 튀어나오는 기침이 그의 말을 가로막았다. 태식은 한바탕 기침을 쏟아내고 거칠게 호흡했다. 호흡이 너무 거칠어지자 채이는 슬슬 걱정이 되었다.

"아저씨, 괜찮으세요?"

몇 번인가 더 기침을 토해낸 그가 가느다란 목소리로 속삭였다. 채이에게 하는 말보다는 자기 자신에게 하는 말에 가까웠다.

"사람들을 사라지게 내버려 두는 게 아니었어. 신의 말을 듣는 거였는데……."

채이는 웅얼거리는 소리를 알아듣지 못하고 태식에게 몸을 기울였다. 그가 어떻게 될까 봐 심장이 덜컥 내려앉았다.

"뭐라고요? 아저씨, 괜찮아요?"

"채이야!"

마침 다미가 황급히 뛰어 들어왔다.

"갈 준비 하자. 날씨가 심상찮아. 이상해, 꼭 비라도 올 것처럼……"

"비?"

태식은 눈을 번쩍 뜨고 채이를 노려본다. 여태껏 힘없이 늘어져 있던 태식이 아닌, 다른 사람 같다.

"너 가지고 있으면 안 되는 걸 가지고 있구나?"

얼결에 주머니에 손을 넣은 채이는 그제야 자신이 손님에게 받은 브로치를 가지고 나왔다는 걸 깨달았다. 그리고 진 여사가 '절대' 그것을 밖에 가져가지 말라고 했던 것도. 채이는 브로치를 천천히 태식에게 내밀었다.

태식의 손이 브로치를 만지려는 순간, 손가락은 브로치를 통과해 채이의 손바닥에 닿았다. 다시 한번 브로치를 잡아보려 했지만 마찬가지였다.

"이거…… 죽은 사람 거지?"

태식의 덜덜 떨리는 손이 이불 위로 툭 떨어졌다. 그는 채이의 대답도 듣지 않고 다미에게 "곧장 지름길로 가. 절대 얘 손

놓지 말고, 된다면 뛰어." 하고 긴박하게 말했다.

"모자라도 뒤집어쓰고, 눈 감고 아저씨만 따라 가. 입 다물고 절대 말하지 마. 무슨 일이 있어도 절대로 눈 뜨거나 말하면 안 돼. 알겠니?"

그는 채이를 보며 여태껏 중에 가장 또박또박 지시했다. 채이도, 다미도, 그 눈빛에 압도당해 고개를 끄덕였다.

"돌아가, 빨리!"

태식이 윽박질렀다. 기세에 놀라 두 사람은 부랴부랴 채비를 마치고 동굴 밖으로 나섰다.

동굴 밖은 대피하는 사람들로 아수라장이었다. 사람들은 너나 할 것 없이 바람에 휘청이며 자기 동굴을 찾아 들어갔다. 주변이 어두컴컴해서 채이는 벌써 해가 진 줄 알았다. 하지만 하늘 한복판에는 여전히 태양이 자리 잡고 있었다. 다만 먹구름이 몰려들어 하늘이 새까맣게 뒤덮인 것이었다. 바람이 옷깃을 스치고 채이의 목덜미에 파고들었다. 저 멀리서 깔때기 모양의 모래 기둥이 하늘을 향해 솟구치는 것이 보였다. 폭풍이었다.

"채이야, 눈 감아!"

다미가 채이의 손을 꽉 잡았다. 채이는 남은 한 손으로 후드 모자가 벗겨지지 않게 꽉 붙잡은 채, 눈을 감고 다미를 따라 발걸음을 옮겼다.

눈을 감고 가는 것은 생각보다도 훨씬 힘든 일이었다. 자신을 밀어뜨릴 듯이 강한 바람이 귓가를 때리는 소리에 채이는 눈을 뜨고 싶었던 적이 한두 번이 아니었다. 낙엽처럼 휘청거리는 자신을 아는지 모르는지, 다미는 계속 말없이 앞으로 걸어갔다. 그 손을 놓치면 다시는 잡을 수 없을 것 같아서, 채이는 손을 꽉 쥐어 잡고 뒤따랐다.

얼마나 시간이 지났을까, 다미가 갑자기 멈춰 섰다. 채이는 저도 모르게 다 왔냐고 물으려다가 간신히 입을 다물었다. 그런데 다미는 쥐고 있던 채이의 손을 확 빼더니, 채이의 등을 밀었다. 채이가 느낀 것은 발목을 쥐고 있던 차가운 기운이 한순간에 따스한 공기로 변했다는 것뿐이었다.

"뭐 해?"

제 사장의 목소리가 들리고서야 채이는 눈을 떴다. 따뜻하고 안락한 가게에 들어와 있었다. 채이는 급히 창문 밖을 내다봤지만 다미는 이미 사라진 뒤였다. 대신 하늘 위의 먹구름이 빠르게 걷히는 중이었다.

"뭐 하냐고."

채이의 행동을 지켜보던 제 사장이 미심쩍은 목소리로 물었다. 물어보는 걸 보니, 아직까지는 밖에 무슨 일이 있는지 모르는 듯했다.

"아, 저, 그게요. 바람이 너무 세서, 아저씨가 위험하다고 빨리 들어가라고……."

뜨끔한 채이가 브로치가 든 주머니를 팔로 가렸다. 자신을 쏘아보는 눈빛에 그가 알아챈 줄 알고 말을 흐렸다.

제 사장은 채이를 위아래로 한차례 훑어보더니 "일찍 좀 다녀." 하고 말았다.

채이는 순순히 고갤 끄덕이고 의자에 앉았다. 그러곤 제 사장이 뒤돌아 있는 사이 잽싸게 브로치를 식탁 구석에 올려두었다. 다행히 제 사장은 눈치채지 못한 것 같았다.

손님 없이 적막한 오두막에 바람이 문을 두드리는 소리만 울려 퍼졌다. 채이는 제 사장의 미심쩍은 눈길을 피하기 위해서 문 앞을 서성이는 마음을 억눌러야만 했다. 그러면서 한편으로는 태식이 말한 것들을 생각하느라 머릿속은 바빴다. 자신이 몰랐던 다미에 대해서였다.

≋

소리 없이 문이 열린다.

키가 작은 중년 여성이다. 손가락 길이의 머리칼을 질끈 묶어서 앙상한 목덜미가 그대로 드러나 안 그래도 왜소한 덩치가 더 말라 보였다. 화장기 없이 초췌한 얼굴인데도 이목구비가 뚜렷해 분위기가 살았다. 다만 콧잔등부터 광대까지 콕콕 박힌 기미와 일찍이 미소를 잃어버린 입꼬리 탓에 여자는 침울해 보였다.

제 사장은 식탁을 두들겼다. 깊은 생각에 빠져 있던 채이가 화들짝 고개를 들자, 그는 턱짓으로 손님이 왔음을 알렸다. 그제야 뒤를 돌아본 채이는 멈칫했다. 여자를 뒤이어 한 명의 손님이 더 들어서고 있었다.

처음엔 백발의 노인처럼 보였지만, 자세히 살피니 앞선 손님과 비슷한 나이대의 남성이었다. 일찍이 정수리에 서리가 내려 그나마 남아 있던 검은 머리마저 위험했다. 콧대가 날렵하고 눈썹이 짙은데다 키도 훤칠했다. 그러나 이마를 가로지르는 선명한 주름과 까칠한 수염 자국은 풍파를 피하지 못한 세월을 고스란히 보여주었다.

"어, 안녕하세요?"

채이는 가까이 다가가 인사했다. 손님들의 옷차림은 설명할 것 없이 평범했다. 목이 조금 늘어난 티와 바로 서 있어도 살짝 튀어나온 무릎마저도, 동네 슈퍼에서 마주칠 만한 모양새였다. 두 사람의 얼굴이 창백하다 못해 하얗게 질렸기 때문에, 채이는 긴장을 풀어주려고 생글생글 웃으며 "두 분이세요?"라고 물었다.

남자가 여자의 어깨를 감싸 안는 걸 보니 아무래도 부부인 듯했다.

"네, 두 사람인데, 자리 있나요?"

"그럼요!"

채이는 서둘러 그들을 식탁으로 안내했다.

부부는 지쳐 보였다. 특히 아내는 실컷 운 사람처럼 눈이 퉁퉁 부은 채였고, 하얗게 보여야 할 눈자위는 핏줄이 터져 새빨갛게 물들어 있었다. 채이는 영업 직전에 제 사장이 끓여둔 따뜻한 물부터 따랐다. 끝에 앉은 남편 앞에 한 잔, 가운데 앉은 아내에게 한 잔. 그런데 컵을 내려놓는 자신을 뚫어져라 쳐다보던 아내의 눈에서 눈물이 주룩, 흘러내렸다.

"왜, 왜, 그러시는, 왜……."

채이는 당황해 허둥거리기 바빴다.

"미안해요, 우리 애기 생각이 나서."

그녀는 남편이 건넨 티슈로 급히 눈물을 찍어냈다. 하지만 이미 터진 눈물에 저항할 도리가 없는지 서럽게 흐느꼈다.

"여보, 갑자기 울면 당황하시잖아."

남편은 아내의 젖은 볼을 부드럽게 닦으며 자신의 품 안에 안고 등을 토닥인다.

"지금 이 사람 마음이 안 좋아서 그래요. 학생 때문이 아니에요."

정작 그렇게 말하는 남자의 눈가도 어느새 촉촉했다.

졸지에 손님을 둘이나 울려버린 채이는 컵을 내려놓고 조용히 자리에 앉았다. 부딪히지 않게 손님들과 살짝 떨어져서. 입술 틈으로 스며 나오는 흐느낌과 코를 훌쩍이는 소리만 들렸다. 손톱 주변의 살을 쥐어뜯으며 관심 없는 척 했지만, 채이는 무슨 사연이 있는 건지 내심 궁금했다.

'영채이, 때와 장소를 가리자.'

자꾸 다짐해 봐도 호기심을 이기기란 힘들었다. 울음이 진정된 듯하자 채이는 의자를 당겨 앉으며 휴지를 건넸다.

"저어…… 괜찮으세요?"

"네."

여자는 코맹맹이 소리로 대답했다가 아랫입술을 물어뜯었다. 콧잔등에 자글자글 파인 모양대로 주름이 잡힌다.

"아니요. 사실 괜찮지가 않네요. 어린 딸이 나보다 먼저 하늘나라로 가버렸는데 어떻게 괜찮겠어요."

채이가 숨을 헐떡이며 입을 막았다.

"죄송해요. 괜히……."

"아닙니다. 누구에게라도 털어놓고 싶었거든요."

남자가 고개를 푹 숙였다. 눈물방울이 토도독 떨어져 무릎 늘어난 바지를 적셨다. 그걸 본 이상 채이는 아무 말도 할 수 없었다. 할 말이 있을 리 만무했다. 그녀는 아랫입술을 입안에 말아 넣고 가만히 부부의 이야기를 들었다.

"태어나기 전부터 심장이 안 좋았대요. 오죽하면 의사가 포기하랍니다. 평생 병원 신세 지면서 사느니 그게 아기에게도 편할 거라고."

식탁 위에서 휴지를 쥔 남편의 주먹이 바들바들 떨렸다. 천장을 바라보며 울음기 가득한 숨을 고르던 아내가 심호흡을 한다.

"태어난 지 얼마나 됐다고, 온갖 줄을 칭칭 휘감고 있는 모습이 애잔하더라구요. 그런데도 꼬물거리면서 손발을 움직이고 몸을 비틀고. 절박하고 간곡한 움직임이 내 것인 양 생생하게 느껴졌어요."

코를 너무 세게 푼 걸까, 그녀의 목소리에서 코맹맹이 소리가 난다.

"이상하잖아요, 멀쩡히 심장이 뛰는데. 조그만 것이 악착같이 살겠다고 하는 마당에 어른들이 아기를 포기하다니요. 엄마는 포기 안 한다, 뭐든 좋으니 살아남기만 해라, 그랬어요."

남편은 다 구겨진 휴지로 젖은 얼굴을 닦는다.

"남들이 뭐라 해도 부모니까, 아이가 이겨낼 거라고 믿고 기다리자고 약속했습니다. 그것 말고 달리 뭘 할 수 있겠어요. 우리마저 놓아버리면 안 된다고, 흔들리지 말자고 말입니다."

눈물 때문에 속눈썹이 뭉쳐 시야를 가렸다. 채이는 옷소매로 눈을 가렸다. 눈두덩이 속에서 굴러다니는 눈알의 감촉을 느끼며 엄마의 향기를 맡았다. 어둠 속에서 기억의 조각이 날아와 뇌리에 박혔다. 채이는 묘한 기시감에 사로잡힌다. 언젠가 봤던 장면이다.

눈물을 참겠다고 입술을 입안에 말아 넣고 인중을 한껏 늘린 얼굴이 익숙하다. 환승엔 거울도 없는데 전보다 자기 얼굴을 더 자주 보는 것 같다.

'왜 내 얼굴이 보이지?'

문득 의문이 생겼다. 자신의 기억이라면 부모님이 보여야 정상이다. 채이는 지금껏 모든 기억 속에서 부모님의 시선이 되어 자신을 쳐다보고 있었다는 걸 뒤늦게 알아차렸다.

시선을 바꿔보려고 해도 망막 속엔 오직 애절하게 붙잡은 세 사람의 손이 담길 뿐이다. 절망적이게도 반대편으로 고개를 돌릴 수조차 없었다. 이승을 떠난 지 너무 오래되어서일까. 부모님 얼굴이 자세히 떠오르지 않는다. 돌에 맞은 수면처럼 얼굴이 출렁인다. 고요히 가라앉을 때까지 기다릴 자신이 없어 채이는 무턱대고 기억 속에 뛰어들었다. 하지만 흙탕물이 일어 아예 형상마저 사라져 갔다. 붙잡고 있던 손이 떨어지고 엄마와 아빠의 얼굴은 점점 멀어진다. 부모님과 헤어지고 있다.

채이는 기시감의 정체를 알아냈다. 이건 식당에 온 첫날, 이승에 돌아갈 수 없다는 걸 알았을 때 잠시 머리를 스쳤던 기억이다. 문제는, 아무리 떠올려 봐도 무슨 상황인지 알 수가 없다는 것이다. 자신이 정말 겪은 일이 맞긴 한 건지, 채이는 자신의 기억을 의심하고 있었다.

'이게 정말 내 기억이라면……'

뒤에 올 슬픔을 상상하고 싶지 않았다.

"나도……"

기억 속의 채이가 뭐라고 중얼거리자, 귀가 먹먹해졌다. 뒤에 무슨 말을 더 한 것 같은데. 이명 소리와 함께 짓눌려 있던 눈꺼풀이 걷혔다. 채이는 갈비뼈 안으로 급하게 들어온 숨을 작게 오랫동안 게워냈다. 악몽을 꾼 것처럼 등줄기를 따라 식은땀이 흘렀다. 어쩌면 잠이 없는 이곳에도 꿈은 존재하나 보다. 채이는 머리를 털어내고 한창 이야기 중인 부부에게 집중하려 애썼다.

"우리 퇴원하던 날 기억나? 왜, 처음에 후회하지 말라던 심술궂은 의사."

아내의 눈앞머리로 싱거운 웃음과 함께 눈물이 흐른다. 남편은 고개를 끄덕이며 아내의 광대를 엄지손가락으로 어루만졌다. 눈물 묻은 지문을 손에 뭉개며 채이를 본다. 설핏 웃음기가 비쳤지만 금방 사라졌다.

"기적이랬어요. 아이가 연달아 위험천만한 수술을 버텼거든요. 정밀검사까지 다 마치고 병원 나서는 날 그러더라고요, 아기도 끈질긴데 부모도 대단하다면서, 그 부모에 그 자식이라고. 큰 고비가 올 때마다 기도했어요. 우리 애기 아직 데려가지 말라고, 이번만 살려달라고. 얼굴도 모르는 신한테 빌고 또 빌었는데 결국, 이렇게 데려가 버리네요."

부부의 눈에서는 원래 그랬던 것처럼 다시 눈물이 흘렀다. 꾹꾹 눌러 담아보아도 흘러넘치는 울음소리를 듣고 있자니 채이도 눈자위가 발개졌다. 슬픔에 동화될수록 가슴이 답답해졌다. 어디서 튀어나왔는지 모를 장면이 계속 머릿속에서 반복되고 있었다. 길쭉하고 마디뼈가 불거진 엄마의 손, 짤막하고 핏줄이 선 아빠의 손, 자신을 붙들고 있던 두 손이 떨어지는 순간이 선명하게 재생되었다.

"이렇게 딸이 죽고 나니까 그런 생각이 들어요. 내가 기도해서 연명한 삶을 살면서 행복했을지. 이럴 거면 진작 보내줄 걸 그랬나 보다."

아내가 입을 틀어막으며 식탁에 엎드렸다. 비통한 심정이 채이에게도 전염되었는지 기어이 눈물이 한 방울 흐르고 만다. 콧날을 타고 흐른 눈물을 닦는 사이 다른 눈에서 흘러내린 눈물이 턱에 매달렸다. 손바닥으로 아직 식지 않은 눈물을 닦아냈다. 자신보다 큰 아픔을 견디는 손님들 앞에서 우는 건 예의가 아닌 것 같았다.

양손으로 얼굴을 문질러 눈물을 닦은 남편이 일그러진 얼굴로 아내의 어깨를 감싸 안았다.

"딸애는 우리가 미웠겠죠? 그래도 할 말이 없어요. 아프게만 했으니까."

그는 한 손으로 얼굴을 감싼 채, 아내와 함께 엷은 울음을 토해냈다.

'왜 나였어? 그 많은 애들 중에?'

다른 아이들은 다 잘하는 것을 속속들이 찾아내는데, 좋아하는 것마저 없어 한심함이 극에 치달았던 때, 채이도 부모님을 잠시나마 미워한 적이 있었다. 이토록 초라한 자신을 선택한 부모님을 이해할 수 없었고, 부모님은 왜 하필 자신을 선택해서 이토록 괴롭게 하나, 싶었다.

돌이켜 생각해 보니 그때 채이는 입양되지 않은 아이들보다 더 완벽해야 한다는 이상한 강박에 시달렸던 것 같다. 그렇다고 부모님에게 왜 자신을 입양했느냐 따져 물을 용기는 없어서 돌리고 돌려 묻는다는 것이 저런 질문으로 튀어나왔던 것이다.

'그냥 보자마자 알았어, 네가 우리 딸이란 걸.'

답변은 간결했다. 채이는 짧디짧은 대답을 두고 며칠을 고민했다. 그리하여 나온 결론 역시 간단했다.

'그럼 이대로도 괜찮다.'

특출 나지 않은 채이를 부모님이 좋아한다면, 자기도 굳이 자신을 싫어할 필요가 없었다.

"부모님을 한순간도 미워하지 않는 자식은 없어요."

스스로도 놀랄 만큼 차분한 말투였다. 왜인지 모르게 마음이 냉정하게 가라앉는다.

"제가 부모는 아니라서 부모님도 저를 미워한 적이 있을지는 모르겠지만요. 저는 미웠던 적이 있거든요. 그렇다고 사랑하지 않았다는 건 아니에요. 함께 살면서 행복했다는 거, 그게 중요한 거 아닌가요?"

남편은 다 떠지지 않는 눈으로 채이를 보았다.

"불행한 날이 더 많았을까 봐 그래요. 짧디짧은 생, 꽃 피워보지도 못했는데 홀쩍 가버렸으니. 한없이 미안하고 또 사무치게 미안해서."

손님의 한숨 속에서 채이는 미안하다고 말하는 아빠의 목소리가 들리는 것 같았다.

"그 말 때문에 오히려 죄책감이 들어요. 전 미안하단 말보단 고맙다는 말을 더 자주 듣고 싶거든요. 부모님들은 왜 매번 미안해만 하실까요?"

"다 내 탓 같거든요, 못 해준 것만 생각나서. 부모는 원래 자식 앞에서 죄스러운 존재들이니까. 만약 내가 더 좋은 엄마였다면……."

"'만약에'는 없어요."

코를 팽, 푸는 아내를 향해 채이는 딱 잘라 말한다.

"저희 부모님도 '만약에' 놀이를 자주 하시거든요. 만약 내가 돈이 더 많았다면, 만약 내가 키가 더 컸더라면……. 어떤 만약이건, 저에게 좀 더 나은 부모가 됐을 거라고요. 그때마다 제가 그래요. 그 '만약에'가 없어서 우리가 만난 거라고. 지금보다 더 나은 모습은 없어요."

아내가 입술을 잘근잘근 씹는다. 눈물에 통통 부은 주먹이 식탁 위에서 힘없이 풀린다.

"우리 딸도 그랬을까요? 우리와 함께했던 모든 순간 행복했을까요?"

"장담해요."

채이가 여자의 손 위에 자신의 손을 포갰다. 따뜻했다.

"아무리 어린아이라도 이렇게 큰 사랑을 못 느낄 리가 없어요. 난생처음 보는 제가 다 느껴질 정도인데. 분명 행복했을 거예요."

"산통 깨서 미안한데."

제 사장의 전혀 미안하지 않은 목소리가 그들 사이를 갈랐다. 빨간 국수 두 그릇이 손님들 앞에 차례로 놓였다.

"식으면 맛이 없거든."

국수를 건네는 표정이 어딘가 심상치 않았지만, 채이는 제 사장까지 신경 쓸 여력이 없었다.

"그래요. 일단 좀 드시면서 진정하세요. 따끈한 거 마시면 마음이 편안해질 거예요."

주문한 적도 없는데 뜬금없이 나온 국수를, 손님들이 의심하기 전에 서둘러 먹여야 했으니 말이다.

다행히 두 손님은 훌쩍거리고 휴지로 눈물을 찍어내면서 국수를 먹었다. 남편은 국수를 흡입하는 아내를 바라보며 흐뭇하게 미소 지었다.

"이렇게 운 건 딸을 만난 날 이후로 처음이에요. 안간힘 써서 살아온 우리 딸도 참 대견하고, 아이를 책임지겠다고 먼저 말해준 이 사람한테도 고맙고. 연애할 때도 그렇게 아름답게 보인 적은 없었는데 말이에요."

"나 꼬일 땐 세상에서 제일 예쁘다더니. 연애하면서 했던 말은 다 거짓말인가 보네?"

둘은 웃음 섞인 대화를 나누며 식사를 이어갔다. 단란하고 화목한 부부의 모습에 채이가 다 흐뭇했다. 한바탕 울고 나니 다시 웃을 힘이 생긴 것이리라. 한층 단단해진 그들의 모습에 채이까지 기분이 좋아졌다.

"고마워요. 갑자기 들이닥쳐서 울고불고 별소릴 다했네요, 저희가."

문 앞에 선 남편이 쑥스러운 웃음을 지었다. 자신들을 옥죄던 슬픔이 걷힌 듯, 들어올 때보다 한결 가벼운 얼굴이었다. 채이는 그들을 향해 활짝 웃어주었다.

"여기서 하는 일이 그런 건데요, 뭘. 손님들 이야기 들어드리는 거요. 힘든 일도 아니잖아요."

"딸이 죽은 후로 매 순간 후회됐어요. 우리 딸이 한 번 만 더 우리에게 와준다면, 다시 우리에게 기회가 온다면 얼마나 좋을까."

아내가 남편의 손을 잡았다. 코를 훌쩍거리는 그녀의 입가에 미소가 스친다.

"이젠 알아요. 우리에게 와주었던 것만으로도, 이미 충분히 감사한 일이라는 걸. 그치?"

남편은 자신보다 세 뼘은 작은 아내를 사랑스러운 눈으로 내려다보며 대답했다.

"우리에겐 과분할 정도로 멋진 아이였지."

"고마워요, 정말."

아내는 다른 손으로는 채이의 손을 덥석 잡았다. 남편도 남은 손으로 채이의 어깨를 살짝 잡았다가 놓았다.

"조심히 가세요."

채이는 두 사람이 눈으로 보내는 인사에 함박웃음으로 화답했다. 여자의 손이 채이를 놓기 싫은 듯 끈적하게 떨어졌다. 남편은 아내의 어깨를 안고 밖으로 나섰다. 계단을 내려갈 때마다 부부의 키는 한 뼘씩 작아졌다.

그 뒷모습을, 채이는 하염없이 바라보았다. 점점 오두막에서 멀어져 가는 부부의 모습에 채이는 울컥 그리움이 차오른다. 부모님이 보고 싶었다. 모래바람이 휙 끼치더니, 이내 두 사람의 모습은 온데간데없이 사라졌다. 눈부신 태양이 떠오른다.

8
마지막 손님

채이는 한동안 떠오르는 태양을 멍하니 바라본다. 눈을 찌르는 햇살에 눈을 감는다. 동그란 빛 안에서 찬찬히 걸어가는 부부의 뒷모습이 눈꺼풀 속에서 아른거렸다. 그 이미지가 깨져버린 것은 제 사장의 한 마디 때문이었다.

"끝났어."

평소처럼 무미건조하지만, 어딘가 불안한 목소리다.

"장사 끝났다고."

채이가 뒤를 돌아보았다. 그는 식탁에 놓인 그릇을 치우지도 않고 멀뚱히 쳐다만 보고 있었다. 채이는 식탁으로 걸어가 그릇을 포개며 대꾸했다.

"끝났죠. 지금 해 뜨잖아요."

"아니."

제 사장은 초점 없는 눈으로 채이를 쳐다본다.

"더 이상 구슬이 없어."

분주히 움직이던 채이의 손길이 멈춘다. 물어볼 필요도 없었다. 무슨 말인지 알 수 있으니까. 어젯밤 다녀간 부부가 제 사장의 마지막 손님이었다. 동시에 채이의 구슬은 아직까지 코빼기도 보이지 않는다는 뜻일 것이다.

제 사장은 얼떨떨했다. 지난 오랜 세월, 하라는 것만 하고 살았는데 막상 그 일이 끝난 것이 실감 나지 않았다.

"이제 어떡하지."

그는 그답지 않게 대책 없는 소리를 했다. 걱정보다는 정말 뭘 해야 할지 모르겠는 막막함이 앞섰다.

"그걸 왜 나한테 물어요. 사장님이 알아내야지."

어젯밤에 실컷 울고도 또 흘릴 눈물이 남았는지 채이는 울먹거렸다.

제 사장은 참담한 눈빛으로 자신을 바라보는 채이의 눈을 피했다. 어쩌면 자신은 이런 날이 올 걸 알았는지도 모르겠다. 덜컥 이승으로 돌려보내 주겠노라 약속하긴 했다만, 한 번도 채이를 어떻게 돌려보낼지에 대한 생각을 해본 적은 없었으니까.

'그럼 나는?'

제 사장은 엉뚱한 질문을 던졌다. 아닌 게 아니라, 그동안 일이 끝나기만 기다렸지 자신이 어떻게 이승에 돌아가야 하는지도 알 수 없었다. 그는 긴 세월 동안 수도 없이 열어젖혔던 냉동실을 열어보았다. 이 안에 있다. 자신이 이곳에 왔던 이유도, 아직 여기 남아 있는 이유도.

아직 끝나지 않았다. 자신에겐 손님이 남아 있었다.

"사장님!"

채이가 버럭 소리를 지르는 바람에 제 사장은 고개를 돌렸다.

"저 어떡하나구요."

그는 다시 텅 빈 냉동실을 돌아보았다.

텅 비어? 구슬 없는 냉동실이라니, 처음 보는 광경이다. 자신이 환승에 왔을 때부터 냉동실은 꽉 차 있었다. 황량한 냉동실 풍경에 새로운 사실 하나가 겹쳐진다. 등불을 올려다봤다. 심지에 일렁여야 할 불꽃도 없다. 해가 뜨면서 불꽃이 꺼졌으니.

구두 굽 부딪히는 소리가 뚜벅뚜벅 울렸다. 그동안은 최대한 주방을 벗어나려 하지 않았다. 어차피 빌어먹을 가게 안에 갇힌 영혼이니, 나가고 싶은 마음까지 봉쇄해 버리는 것이 편했으니까. 반질거리는 구두코가 문 앞에 멈췄다.

'진짜 될까?'

제 사장이 문고리에 손을 올렸다. 이젠 딱 한 가지 방법만이 남았다. 가능한지 아닌지는 여기에 달렸다. 그는 벌컥 문을 열었다.

태양이 따갑게 정수리를 쑤셨다. 언젠가 잠시나마 느꼈던 햇빛의 냄새에 눈을 찌푸렸다. 콧잔등에 잡힌 주름에도 햇살이 고루고루 스며들었다. 그는 후, 심호흡을 하고는 한쪽 발을 내밀었다.

여기까진 이전과 같다. 전에도 오두막을 나가려고 시도해 본 적은 있었다. 그는 눈을 질끈 감고 나머지 발을 바깥에 내놓은 발 옆에 붙였다. 원래대로라면 누군가 제 사장의 뒷덜미를 잡아당기듯이 식당 안으로 빨려 들어갔을 것이다.

제 사장이 눈을 떴을 때, 그의 두 발은 문밖에 나와 있었다.

그것도 잠시, 억센 손길이 그를 안으로 끌어당겼다. 채이가 닫힌 문 앞을 가로막고 섰다.

"뭐 하는 거예요? 도망가려고요?"

어째 예전과 입장이 뒤바뀐 모양새다.

"밖에는 어떻게 나갈 수 있는 거예요? 못 나간다면서요?"

"언제부터 알고 있었냐?"

그의 오른쪽 눈썹이 꿈틀거린다.

"아무튼 이젠 나갈 수 있어. 냉동실에 구슬도 없고, 등불도 꺼졌으니까."

"도망갈 생각 하지 마요. 약속했잖아요. 나 돌려보내 주기로."

"도망 안 가. 너랑 한 약속 지키려고 이러는 거 아냐."

채이는 눈에 힘을 풀고 한층 누그러진 기색으로 물었다.

"어떻게요?"

"저승에 갈 거야. 가면 신이든 누구든 한 명쯤은 있겠지. 이 빌어먹을 일 좀 끝내게 널 이승으로 보내달라고 해보려고."

그가 앞치마를 풀어 식탁에 올려놓았다. 늘 접고 있던 하얀 와이셔츠 소매도 손목까지 내려 단추를 잠갔다. 오랜 세월 동안 접어두었는데도 주름 한 줄 없이 깔끔하다.

"그건 너무……."

윗니로 깨문 채이의 아랫입술이 빨갛게 물들었다.

"위험하잖아요. 만약 저승에 갔다가 사장님이 못 돌아오면 어떡해요."

"돌려보내 달라며. 뭐라도 해봐야 할 거 아냐. 이대로 가만히 있는다고 구슬이 생기는 것도 아니고."

채이가 "진 여사님은요?" 하고 물었다. 간절한 눈빛이 제 사장을 바라본다.

"진 여사님을 기다려보는 거예요. 혹시 모르잖아요, 가져다주실지……."

으으응, 제 사장이 부정의 신음을 뱉었다. 습관처럼 관자놀이에 올라간 손가락에 한껏 힘이 들어간다. 관자놀이를 누를수록 지끈거림이 심해졌다.

"여사님한테는 구슬을 받은 적이 없어. 다른 방법이 필요할 거야."

"그럼 같이 가는 건……."

"억지 부리지 마. 이게 최선이야. 너도 알잖아. 내가 담판 지어야 한다는 거."

살갗까지 배어 나오는 두통에 그는 포기하고 손을 내렸다.

아랫입술을 입안에 말아 넣고 고개를 수그린 소녀가 발뒤꿈치로 연신 바닥을 찧었다. 제 사장은 소녀 앞으로 바짝 다가섰다. 자신에겐 채이와의 약속을 지킬 의무가 있었다. 소녀의 운명은 자신에게 달렸다.

"꼬맹이."

채이가 고개를 든다. 울음보가 터질 것 같은 눈망울에 제 사장의 심장이 철렁 내려앉았다.

"믿어, 날."

채이가 눈을 피했다. 가게를 더듬거리는 불안한 눈동자에 심장이 욱신거린다. 그는 한쪽 무릎을 꿇고 자세를 낮췄다. 다시 눈이 마주쳤다.

"네가 이승에 가야 나도 살 수 있어. 난 무슨 수를 써서라도 널 돌려보내야만 돼. 그러니까 기다려. 난 약속한 건 지키는 사람이야."

채이는 제 사장의 눈에서 확신을 보았다. 기분이 좀 나아지는 것도 같다. 채이는 옷소매를 잡아당겨 눈에 고인 눈물을 찍어냈다.

"약속 지켜요. 기다릴 테니까."

제 사장이 무릎을 세우고 일어나자 문이 벌컥 열렸다. 가게 한복판에 덩그러니 선 두 사람을 본 다미가 "이건 또 무슨 상황이야?" 하며 슬금슬금 식당으로 들어왔다.

"저기, 부탁 하나만 들어줘."

제 사장이 야, 라고 부르지 않은 것만으로도 놀라운데 부탁이라는 단어까지 꺼내자 다미 눈알이 튀어나오려고 했다.

"얘 잘 데리고 있어. 밖에 돌아다니지 말고."

제 사장은 대답을 기다리지 않았다. 그 말만 하곤 다미가 열어둔 문밖으로 온전히 두 발을 내디뎠다.

"뭐야. 너 어떻게?"

"그렇게 됐어요. 이따 설명할게요."

채이는 따라나서려는 다미의 옷자락을 잡아당겼다. 여전히 못 미덥지만, 지금으로선 방법이 없다. 채이는 제 사장의 뒤통수에 대고 당부한다.

"조심히 다녀오고, 뭐가 됐든 돌아와야 돼요. 나 버리고 튀었다간……."

"다녀온다."

제 사장은 더 듣기 싫다는 듯 손을 흔들며 걸어갔다. 등 뒤에서 문 닫히는 소리가 들렸다.

그가 발을 멈췄다. 따스한 바람이 쿠션처럼 폭신하게 부딪혔다. 드넓게 펼쳐진 모래사장을 보고 있으니 해 너머로 도망치고 싶은 마음이 솟구쳤다. 지긋지긋한 몇십 년간의 시간. 이대로 멀리 달아난다면 아무 방해도 없이 이승으로 돌아갈 수 있을 것 같았다.

그가 머리를 흔들어 두통을 털어냈다. 아직 자신의 기억을 돌려받지 못했다.

"대체 뭐 때문인지, 이유나 좀 알자."

제 사장은 작게 읊조리고는, 묵묵히 바람을 헤치고 앞으로 나아가기 시작했다.

+ 3장 +

거스르다

1
짧은 기다림과 긴 이야기

다미가 여느 때처럼 냉장고를 청소하는 동안 채이는 무슨 일이 있었는지 말해주었다. 재 가루는 문 앞에 슬쩍 버리고, 걸레질은 눈에 보이는 거뭇거뭇한 자국만 슬쩍 훔쳐내는 정도에 그쳤다. 제 사장이 없으니 청소가 금방이다. 이야깃거리가 떨어지자 나란히 앉은 두 사람 머리 위로 긴 침묵이 덮쳤다.

채이는 어째서인지 텅 빈 주방을 흘깃거리게 되었다. 자리에 있을 때도 좀처럼 대화에 낀 적 없는 제 사장이다. 셋이 있어도 항상 두 사람의 목소리만 들렸는데, 막상 그가 없으니 아무런 말도 할 수 없었다. 그런 그들에게 구원의 동아줄이 내려오듯 익숙한 소음이 들려왔다. 두 사람은 문을 박차고 나가 속도를 낮추고 있는 지프차를 향해 내달렸다.

"여사님!"

둘은 한목소리로 어김없이 미소 짓는 그녀를 부르며 달려 갔다.

"늘 보는 얼굴이 뭐 그리들 반갑다고 버선발로 뛰어오시나."

"사장님이 방금!"

채이가 불쑥 외쳤고,

"밖으로 나갔어요, 그놈이!"

다미도 고래고래 고함을 질렀다. 알아들을 수 있는 말은 방 금 그 두 마디뿐이었다. 흥분한 두 사람은 목청 높여 자기 말 을 쏟아내기 바빴다.

"그만!"

진 여사가 우렁차게 소리치자 발밑이 살짝 울렸다. 손쉽게 저지된 두 사람을 보는 그녀의 표정에는 그리 놀라워하는 기 색이 없었다.

"제 사장이 밖으로 나갔단 게지. 혹 구슬을 찾는다 하던가?"

"왜 이렇게 무덤덤하세요? 이렇게 될 줄 알고 계셨어요?"

채이는 되레 황당한 얼굴로 묻기 바빴다. 다미도 말은 않지 만 벙벙한 표정이었다.

"이 나이쯤 되면 어지간한 일에는 동요하지 않게 된다네."

진 여사가 뒷좌석에서 꺼낸 상자를 다미에게 전했다.

"마지막 손님은 어제 다녀갔는데?"

상자에 시선이 꽂힌 채이가 갸웃거리자, 뒷짐을 지고 오두막으로 걸어가던 진 여사가 뒤돌아보았다.

"그게 무슨 허언인가? 내 기억으로는 아직 손님이 한 명 더 남은 걸로 알고 있네만? 아무렴, 내 가게에 볼일도 없이 왔으려고."

채이는 그게 누구냐고 물으려다가 바보 같은 질문이라는 걸 알고 그만두었다. 제 사장이 자신의 구슬을 찾으러 갔으니, 아직 손님이 남아 있는 셈이다.

진 여사는 멍하니 선 다미에게 "안 들어갈 겐가? 내 목이 마르니 물이나 한잔 주시게." 채근하며 가게로 쏙 들어가 버렸다.

"물 맛 좋구먼. 한 잔 더 주겠나?"

진 여사는 순식간에 컵을 비우곤 다미에게 컵을 내밀었다. 잔 속에 시원한 물이 다시 채워졌지만, 이번에는 마시지 않고 만지작거리기만 했다.

"주방 다루는 것이 능숙하구먼. 이리 보니 자네도 주방이 잘 어울리네 그려."

"저도 어깨너머 배운 게 있죠. 솔직히 요리는 고놈보다 제가 한 수 위일걸요? 저요, 생긴 건 이래 봬도 요리라면 제법 손맛이 있어요. 장사하란 소리도 많이 들어봤다니까요?"

"기왕 주방에 들어간 김에 물건 좀 정리하게. 저리 밖에 오래 두면 못써."

진 여사는 우쭐거리는 다미 앞으로 묵직한 상자를 밀었다. 안 그래도 살짝 부루퉁한 다미의 입이 한껏 튀어나왔다.

"저 기분 띄워서 심부름 시키실라고 그러신 거예요?"

"이 사람아. 내가 거짓말 하는 거 봤나? 채이 양에게 물어보게. 잘 어울리는가, 아닌가."

"어울리긴 해요, 진짜로."

채이는 몰래 눈을 찡긋거리는 진 여사를 보곤 식탁에 널브러진 앞치마를 건넸다.

"한번 둘러보세요. 사장님보다 훨씬 멋질 것 같은데."

"됐어, 다들 괜히 그러는 거지."

다미는 투덜거리면서도 올라가는 입꼬리를 숨기지 못했다. 등 뒤로 꺾은 팔을 허우적대던 그는 허리끈을 앞으로 둘러 작게 매듭을 묶었다. 허름한 연두색 등산 재킷이 아닌, 단정한 검은 앞치마를 두른 다미의 모습은 낯설지만 제법 잘 어울렸다.

냉장고 앞에 주저앉아 물건을 막 쑤셔 넣던 다미가 작은 상자를 집어 들었다. 귀 가까이에 대고 흔들어봐도 아무 소리도 들리지 않았다.

"웬만하면 그대로 냉동실에 넣어 두게. 구슬은 아주 예민해서 쉽게 상처가 나니 말이야."

"구슬이요?"

채이와 다미가 동시에 소리쳤다.

"마지막 손님을 위한 구슬이지."

진 여사의 표정이 의미심장했다.

"아유, 그런 건 미리미리 말을 해주셔야지!"

다미는 만져서는 안 되는 보물이라도 만진 양, 팔을 꼿꼿하게 편 채로 엉거주춤 일어섰다. 냉동실 문을 열어 상자를 살포시 내려놓는다. 그는 진 빠진 표정으로 냉장고에 기대어 주룩 흘러내렸다.

"방금 흔든 건 못 본 거예요. 그거 알면 저 죽어요. 그 자식이 저걸 얼마나 애지중지하는데. 너도 못 본 거야, 응?"

"여사님은 구슬 안 갖다주신다면서요?"

채이는 다미에게 대꾸하는 대신 진 여사에게 따지고 들었다.

"내가 언제 그랬나? 나는 그저 받은 물건을 옮기는 사람이라고 했네만."

듣고 보니 틀린 말은 아니라, 채이는 할 말을 잃었다. 그러다 갑자기 뇌리를 스친 생각에 외마디 비명을 지르며 발딱 일어났다. 채이의 엉덩이에 밀려 쓰러진 의자가 요란한 소리를 내며 나뒹굴었다.

"그럼 사장님이 나갈 필요 없었잖아요! 여사님을 기다리면 됐는데."

"그러게. 니 구슬은 여기 있으니까. 하여간 그놈 자식, 성질 급한 건 알아줘야 한다니깐."

틈새에 끼인 재 가루와 채소를 마구잡이로 쑤셔 넣은 냉장고 꼴을 본다면 제 사장이 한 소리 할 게 뻔했지만 채이는 지금 그걸 신경 쓸 새가 없었다.

"찾으러 나가볼까요? 사장님이 길이라도 잃으면……."

"길을 잘못 들었다는 걸 알면 돌아올걸세. 나와 길이 좀 엇갈렸나 보구면."

진 여사는 쓰러진 의자를 세우곤 앉으라고 톡톡 두들겼다.

"우리가 할 수 있는 건 그저 기다리는 것이네. 신의 뜻대로라면 분명 돌아올 것이니 너무 걱정 말게."

채이는 여전히 울상인 채로 입술을 질근질근 씹어댔다. 걱정하는 눈빛의 채이를 더 걱정스레 보던 진 여사는 등불을 올려다보았다. 불꽃이 흔들리며 십이지신의 그림이 꿈틀거리는 듯했다.

"일전에 저 십이지신에 대해 이야기한 적이 있지."

이제 채이는 손톱을 깨물고 있었다. 보다 못 한 진 여사는 채이의 나머지 손을 잡으며 말을 꺼냈다.

"기다리는 동안 심심치 않게 이 늙은이가 옛날이야기나 들려주면 어떻겠는가?"

"지금 그럴 때가……."

"그러죠, 뭐."

다미가 냉장고를 닫으며 대꾸했다. 그는 빈 상자를 식탁에 올려두곤 제 사장의 의자에 앉았다. 채이가 쏘아보자 다미는 "여사님 말이 맞잖아. 그냥 기다리자고. 어차피 우리가 할 수 있는 것두 없는데, 뭘." 하고 입맛을 다셨다.

채이는 할 수 없이 물어뜯던 손톱을 입에서 빼고 턱을 괴었다.

"무슨 이야기인데요?"

"신들의 이야기지만 결국은 인간의 이야기라네."

진 여사는 채이 옆에 바짝 붙어 앉아 이야기를 시작했다.

2
실패한 전설

생명이 지구에 많은 생명체를 만들었다는 이야기는 기억하나? 그때까지만 해도 생명은 모든 동식물의 몸을 직접 빚느라 동분서주하고 있었네. 그러는 사이에 생명도 생각지 못했던 어떤 일이 벌어지기 시작했지.

비록 갇힌 몸이라 할지라도, 시간은 아주 거칠고 날쌔다네. 게다가 예민했지. 몸속에서 날카롭게 배회하는 시간에 의해 하나의 덩어리였던 생명의 숨은 잘게 쪼개지고 말았어. 수백, 수천 개의 조각으로 나뉜 생명의 숨이 시간과 함께 몸속에서 유영했네. 우리가 영혼이라고 부르는 것들이지.

영혼과 시간의 균형이 어긋난 동물들은 본능적으로 균형을 맞추는 방법을 찾아냈네. 수컷은 너무 많아진 영혼을 몸 밖으로 일부 빼내어, 시간이 과했던 암컷에게 주었다네. 영혼이 수컷의 몸에서 암컷의 몸으로 이동한 게지. 생명의 본능을 지녔던 영혼이 뭘 했겠나? 시간과 합쳐져 또 다른 몸, 그러니까 새끼가 되었다네.

어미 몸에서 빠져나온 새끼가 처음엔 부모와 다르게 생긴 이유를 알고 있나? 영혼의 크기가 부모보다 작기 때문이라네. 점점 커지면서 부모를 닮아가고, 몸속의 영혼이 조각나면서 또 다른 새끼를 만드는 것. 생명체는 스스로를 번식시킨 걸세.

이 과정에서 허기를 느낀 동물들은 배를 채우기 위해 끊임없이 먹기 시작했네. 먹고 먹히고, 싸고 나면서 견고한 연결 고리가 만들어졌지. 생명이 더 이상 손댈 게 없었네. 지구가 알아서 움직였으니 말일세.

이내 생명은 저 혼자 힘으론 벅차다는 걸 인정해야만 했네. 생태계가 커질수록, 다양한 생명체가 지구를 채워갈수록, 관리하기가 힘들었던 게지.

생명은 이들을 돌보고 지구를 관리할 적임자를 찾아 나섰네. 어디에나 머무를 수 있고 어디로든 움직일 수 있는 동물들 중에서 열두 마리를 고르고 골랐지. 그것이 바로 십이지신이라네.

영리하고 잽싸게 계산하는 쥐. 우직하고 성실하게 일하는 소. 용맹하게 맞서 쟁취하는 호랑이. 순하고 평화롭게 해법을 찾는 토끼. 하늘을 날며 멀리서 내려다보는 용. 땅을 기며 가까이서 올려다보는 뱀. 앞만 보고 빠르게 달리는 말. 천천히 걸으며 주변을 살피는 양. 재주를 부리며 남들과 어울리는 원숭이. 경계하며 자신의 것을 지키는 닭. 모험하며 새로운 것을 발견하는 개. 한자리에서 이치를 연구하는 돼지. 전해듣기로 힘을 합쳤을 때 가장 완벽할 수 있는 짝을 고른 것이라고 하네.

생명이 만든 첫 자식을 기억하는가? 생명은 지구의 첫 나무에게서 나뭇가지 하나를 빌려 작은 구멍을 찾아갔네. 빛도 어둠도 시간도 생명도, 아무것도 없는 구멍이었지. 이 구멍은 들여다보려 해도 볼 수 없고, 찾으려 해도 찾을 수 없네. 아주 새하얀 빛과 칠흑 같은 어둠이 공존하는 곳. 그 구멍은 없음, 즉 '무無'일세. 우주가 태어난 점이자 끝나는 점이지.

나뭇가지를 구멍에 찔러 넣자, 가지에 작은 열매가 열네 개 맺혔다는구먼. 시간의 태초, 존재하지 않았던 시절의 우주가 담긴 것이었지. 생명은 동물들에게 열매를 하나씩 나누어주고 남은 가지는 나무에게 돌려주었네. 나무는 가지에 매달린 열매를 소중히 간직했다네.

열두 동물이 열매를 삼키자 몸속에 흐르던 시간과 영혼이 소용돌이쳤네. 점점 커진 폭풍은 그들의 몸을 집어 삼켰네. 틀에 갇혀 있던 이들에게 완전한 균형, 즉 자유가 생긴 게지. 있으면서도 없을 수 있고, 없으면서도 있을 수 있는 독립적인 불멸의 존재, 십이지신. 그들은 생명의 뜻에 따라 지구의 형제들이 잘 어우러져 살 수 있도록 바삐 돌아다녔네.

모든 것이 자리를 잡아가던 어느 날. 아무도 생각지 못한 일이 일어났네. 어느 작은 동굴에서 남들과는 조금 다른 생명체가 태어났어. 앞다리가 남보다 반이나 짧은 짐승이었지. 본디 다리가 넷인 생물들은 앞다리와 뒷다리 길이가 비슷하네. 네 발로 땅을 받치고 서는 것이 몸의 균형을 맞추는 가장 안정적인 자세이기 때문이라네. 그런데 이 짐승은 필요한 반절의 길이를 갖지 못한 채 태어난 게야.

어떤 짐승인지 알겠나? 바로 인간이었다네.

인간은 두 다리 걸음을 금방 터득했네. 다른 동물들이 그 모습을 반기지 않은 건 당연지사였지. 생명이 만들어준 본연의 모습을 거스르는 걸음은 동물들에게 징그럽기 짝이 없었네. 당혹스러웠던 십이지신은 인간을 생명에게 데려 갔다네. 생명이라면 이것들을 고쳐주거나, 없애줄 거라고 생각했던 걸세.

십이지신의 생각과 다르게 생명은 인간의 모습에 감탄했네. 이제 와 하는 말이지만, 사실 인간은 생명과 아주 닮았어. 손을 사용하는 능력은 웬만한 동물에게는 없는 것이었으니 동질감을 느꼈을 게야. 자신과 꼭 닮은 인간을 보며 생명은 마음속에 끝끝내 남아 있던 마지막 공허함의 조각이 채워지는 걸 느꼈던 것 같네.

생명은 인간을 꾸중하기는커녕 아름다움을 칭찬하며 기특히 여겼어. 그 탓에 인간의 형태가 아주 불안정하다는 사실은 가려졌네. 똑바로 선 인간의 몸속에서 영혼은 아래로 가라앉고, 시간은 두둥실 떠오르고 있었네. 물과 기름처럼 분리되고 있었던 게지. 그러면 영혼이 잘 조각나지 않아 번식이 어려울 수밖에 없네. 생명은 그 사실을 뻔히 알면서도 몇 번의 가벼운 손길로 균형을 맞추곤 십이지신에게 인간을 돌려보냈네. 거두어 돌보라며 말이야.

십이지신은 인간이 살아남지 못할 거라 생각했네. 작고 연약한 몸으로 가당키나 했겠나. 허나 걱정과 달리 인간은 차츰 번성했네. 물론 생명의 도움이 컸겠지만, 손의 힘이 얼마나 위대했는지. 명석한 그들이 남은 손으로 괴기한 물건을 만들어 사용하니, 다른 동물들이 버텨낼 재간이나 있었겠나.

신의 자식이란 호칭까지 얻은 인간들은 날로 어깨가 으쓱해졌네. 그런데 기형적인 육체 속에서 시간과 영혼이 차츰 분리된 탓이었는가, 인간은 기이한 욕망에 지배되기 시작했네. 그들은 점차 필요에 의해서가 아닌, 제 힘을 과시하기 위해 생물들을 괴롭히는 만행을 저질렀어.

이 모든 일에 앞장서는 한 인간이 있었다네.

요즘 말로는 지도자라고 하지. 그는 특히 손재주가 뛰어났다네. 동물과 식물을 위협할 수 있는 기발한 물건을 나날이 발명해 댔고, 추종자들은 그 물건을 휘두르며 온갖 악행을 저질렀네.

지도자는 자신이 인간임을 자랑스러이 여기길 넘어서, 인간이 위대하다는 광기에 사로잡히고 말았네. 허나 눈치가 빠르고 똑똑해서 신들 앞에선 부러 티를 내지 않았지.

그즈음엔 신들도 인간에 대해 극명하게 태도가 나뉘었네. 인간을 옹호하는 신이 있는가 하면, 인간이 분수도 모르고 날뛴다며 저지해야 한다는 신들도 있었지. 지도자는 모든 신에게 고루 예쁨을 받으려 하기보단, 자신을 아끼는 몇몇 신들에게 특별한 존재가 되는 게 낫다는 것을 진즉 알아차렸어. 신은 공평하기에 단 한 명의 신이라도 자신을 옹호한다면 인간을 벌할 수 없단 사실을 이용한 걸세.

그런 지도자를 유독 아끼던 신이 하나 있었네. '미르'라 불리던 용의 신이었지.

미르는 인간의 아름다움에 흠뻑 취했다네. 용이 보기에 인간이란 신의 장점을 한데 모아 만든 걸작 같았네. 신은 인간을 기특하게 여겼고 그들이 하는 행동을 좋은 쪽으로만 생각하려 했어. 어리석다 할지라도, 알잖나. 누군가를 사랑하는 마음이 앞서면 결점까지도 아름다워 보인다는 것을.

지도자는 미르 앞에서 인간의 기질을 한껏 발휘했네. 때론 부족한 것마저 매력적으로 보이도록 상대를 홀릴 줄 알았지. 자신이 지혜롭다고 자만한 용은 꾐이 꾐인 줄도 모르고 깜빡 넘어가 버렸던 게지.

다른 신들이 말려도 소용없었네. 미르는 이미 지도자를 제 자식처럼 생각하고 있었어. 그를 등에 업고 하늘을 날았고, 그를 품고 땅에서 잠을 잤네. 점점 하늘에 머무르는 시간보다 땅에 머무르는 시간이 길어졌다. 종종 지도자가 잘못된 짓을 저지를 때마다 따끔하게 다그쳤다고는 하나, 지도자는 그럴수록 집요하게 품을 파고들고 눈물을 흘렸어. 결국 미르는 잘못을 눈감아주기에 이르렀지.

지도자는 더욱 대담해져선 사람들을 모아 연설을 하곤 했다네. 인간은 신의 자식이므로 다른 동물들보다 위대하니, 인간 역시 신이나 다름없다고 말이야. 미르는 고 발칙한 말을 신들에게 차마 전할 수는 없었지만, 나름대로 일리가 있다고 생각했어. 신도, 인간도 완전히 평정심을 잃고 말았던 게야. 위태로운 관계는 날로 깊어져만 갔네.

여느 때처럼 미르와 지도자가 잠을 청하던 밤이었네. 용은 제 몸에 인간을 누이고 꼬리로 이불을 덮어주었다네. 하늘의 별을 바라보고 있던 지도자가 미르에게 귀엣말을 했지.

"어머니는 제가 없을 때 어디에서 주무시는지요?"

미르는 아직까지 궁금해한다지. 그 질문이 그저 순수한 호기심이었는지, 무언가를 알아내기 위한 꾀였는지. 결국 고민의 끝에 가서는 항상 지도자가 그 순간만큼은 순수했을 거라 믿지만, 마음이 불편한 건 매한가지라네. 왜냐하면 그 질문에 대한 답은 결코 인간에게 발설해선 안 되는 것이었거든.

"우리 신에게만 허락된 신들의 정원이란 곳이 있단다."

신들의 정원! 두말할 것도 없이 절대 인간이 알아선 안 되는 곳이라네. 중요한 무언가를 숨긴 신들의 유일한 안식처였으니 말일세.

정원에는 오래된 나무가 한 그루 있었다네. 두 개의 열매가 맺힌, 자네들이 알고 있는 그 나무 말일세. 생명은 십이지신으로 하여금 남은 열매를 소중히 지키도록 했네. 무의 구멍은 우주가 시작되기 전부터 그 끝을 알고 있었네. 그러니 생명은 그 구멍에서 나온 나머지 두 개의 열매도 언젠가 필요한 때가 오리라 믿었던 게지. 미르는 이런 비밀을 자장가 삼아 자식에게 들려주었다네. 조용히 이야기를 듣던 지도자가 입을 열었지.

"저도 데려갈 수 있으십니까?"

지도자의 말이라면 무엇이든 흔쾌히 들어주던 미르였지만, 선뜻 대답할 수 없었네. 신의 보금자리에 인간이 발을 들이다니 얼마나 위험한 짓인가. 허나 용에게 지도자의 청을 거절하기란 날아오르는 일을 포기하는 것만큼 쉽지 않았다네. 신은 인간의 투명한 눈동자를 멀거니 들여다보았네. 달빛에 반사되어 아름답게 빛나는 제 모습이 비추었지.

"비밀을 지켜주겠니?"

지도자는 한 치 망설임도 없이 고개를 끄덕였고, 잠시 멈칫했지만 미르도 고개를 끄덕였다네. 이미 말해서는 안 될 비밀까지 술술 털어놓은 마당에 그깟 정원 한 번 보여주는 게 대수라고.

용이 고개를 끄덕인 순간부터일지도 모르네. 지도자는 열매를 남몰래 탐냈던 것 같네. 속으론 안달이 났을지 몰라도 겉으론 절대 티를 내지 않고 말이야. 되레 정원에 대한 어떤 말도 꺼내지 않으며 입을 다물고 비밀을 간직했다네. 언젠가 때가 되면 열매를 손에 넣으리라 확신했던 걸세. 미르는 지도자가 신의을 지키는 줄 알고 크게 감명을 받았지.

결국 둘은 함께 신들의 정원에 들어갔네. 울창하고 거대한 나무를 본 인간은 감격한 듯 신을 껴안았고, 신도 그를 세게 껴안았다네. 그사이 인간의 손은 열매를 움켜쥐었지. 용은 그 사실을 모른 채 다른 신들이 볼까 두려워 급하게 땅으로 내려왔네. 지도자는 용의 등에서 내려 인간들을 향해 걸었고, 미르는 그런 뒷모습을 오래도록 지켜보다가 하늘로 돌아갔네.

지도자는 인간들을 조용한 동굴에 불러 모았어. 의기양양하게 열매를 보여주면서.

"이 열매는 신의 열매이니라. 이걸 삼키면 나도 신이 되어 세상을 다스리는 위치에 서게 될 것이다. 그리되면 인간 모두가 지금보다 마땅한 대우를 받을 수 있도록 하겠노라."

이야기를 들은 인간들의 생각은 모두 달랐네. 어떤 이는 그가 신이 될 자질이 충분하다고 믿었고, 어떤 이는 해코지 당하지 않으려면 그에게 잘 보여야 한다고 생각했으며, 어떤 이는 자신도 신이 되겠다는 계획을 세웠다네. 하지만 그들 모두 입을 모아 하는 말은 같았지. 어서 열매를 먹으라고 말이야.

바로 그때, 단 한 명의 인간만이 앞으로 나섰네.

"당신은 결코 신이 될 수 없습니다. 그 어떤 인간도 신이 될 필요가 없어요. 지금보다 나은 삶은 없습니다. 우리는 지금 가진 것으로도 충분히 행복할 수 있으니까요."

지도자에 버금가는 권력을 가진 신하였지. 참으로 올곧고 정직한 자였네. 사람들의 일에 사사건건 끼어들어 바른말을 하고, 인간에게 피해 입은 생물들을 돕고 잘못을 뉘우칠 줄 아는.

반면, 지도자를 따르는 인간들은 어떻게든 신하를 막으려 들었네. 진실된 호소에 마음을 고쳐먹은 인간도 몇몇 보였기 때문이겠지. 두 무리가 맞붙어, 동굴은 열매를 뺏으려는 자와 지키려는 자로 혼잡해졌어. 그러다 신기한 일이 일어났다네.

그것을 보고만 있던 사람들의 마음도 조금씩 움직였던 걸세.

처음엔 아주 작은 기대감이 꿈틀거렸네. 인간이 신이 된다면? 신만이 누리는 것들을 나도 누릴 수 있다면? 기대는 욕심으로 바뀌었고, 이내 분노로 바뀌었다네.

인간들은 신하를 동굴 밖으로 내동댕이쳤네. 결국 열매는 지도자의 손에 남게 되었지. 내쫓긴 신하는 급히 닭의 신을 만나러 갔네. 유달리 인간을 경계했던 닭은 용이 인간에게 빠져버린 후로 신경을 곤두세우고 있었네. 혹여 무슨 일이 생기면 즉시 알리라고 영민한 신하에게 단단히 일러두었던 게지.

하지만 얼마 가지 못해 신하는 앞으로 고꾸라졌네. 때는 늦어, 이미 지도자가 열매를 삼켜버렸던 게야.

지도자가 열매를 삼키는 순간, 온갖 구멍으로 몸속에 있던 영혼이 모조리 빠져나왔네. 끔찍하게도 지도자뿐만 아니라 모든 인간들이 그랬지. 몸속의 소용돌이는 생명이 억지로 맞춰놓았던 균형을 깨트리고 인간을 파괴하고 있었네. 몸에서 해방된 생명의 숨결은 세상을 배회하며 울부짖었네. 생명이 극찬했던 아름다운 몸뚱이는 잔혹한 시간에 의해 속절없이 무너지기 시작했지.

괴기한 울음소리를 듣고 땅에 내려온 십이지신이 얼마나 놀랐을지 짐작이나 가나. 신들은 우선 흩날리는 영혼을 잡아서 닥치는 대로 인간 몸속에 급히 쑤셔 넣었네. 다행히 숨은 쉴 수 있었지만, 전처럼 자유롭지 않았네. 몸이 늙어가고 있었던 걸세.

영혼은 만들어내는 성질이기에 영원히 존재하네. 헌데 시간은 사라지는 성질이기에 결국 아무것도 남지 않네. 그렇기에 살아 있는 생명체는 생성과 소멸을 향해 동시에 간다네. 때가 되면 죽고 스스로 살아나는 자연의 이치는 여기서 비롯된 것이지. 몸은 균형 잡힌 순환의 흐름을 비추는 거울이란 말일세.

균형을 잃은 인간의 몸속은 살갗을 밀고 몸 밖으로 뛰쳐나가려는 시간으로 아비규환이었네. 소용돌이에 심한 상처를 입은 인간의 영혼은 더 이상 조각으로 나뉠 수가 없었다네.

그 탓에 아이를 낳아도 영혼 조각이 없는 딱딱한 먼짓덩어리에 불과했지. 다른 동물이나 식물을 삼켜도 그대로 빠져나갈 뿐이었네. 인간의 몸은 더 이상 아이를 낳을 수도, 다른 생명체와 통할 수도 없는, 그야말로 빈껍데기가 되어버렸지.

생명은 이미 자신의 역할을 알고 있었던 것 같네. 마지막 열매를 들고 찾아온 십이지신에게 아무런 질책도 않았던 걸 보면. 죄책감에 시달리던 미르에게 생명은 미소 지을 뿐이었네. 태양처럼 환하고 밝게.

생명은 지구에 커다란 구멍을 뚫었네. 구멍의 입구에서 시간이 소용돌이치며 우주 밖으로 흘러나왔네. 생명은 마지막 남은 열매를 삼키곤 몸을 둥글게 말아 구멍 속에 뛰어 들었어. 알겠나? 지구 안에 있는 저승은 생명의 몸이라네. 바깥에 보이는 지구는 이승이고, 둘을 잇는 길이 바로 생명이 뻗은 팔인 셈이지.

왜 저승에는 시간이 없느냐 물었지. 저승은 생명의 원천, 그 자체이기 때문이라네. 비록 열매를 먹고 '무'가 되어버렸지만, 생명은 여전히 지구 깊숙한 곳에서 자식들을 돌보고 있어. 자신의 존재로서 말이네.

생명의 움직임이 멎자, 신들의 정원에 있던 나무가 시들어 버렸네. 부드러운 나무껍질은 빠짝 말라 딱딱한 기둥이 되어버리고, 무성했던 잎은 죄다 바닥에 나뒹굴어 바스러지고 말았지. 이파리가 떨어진 앙상한 나뭇가지 사이사이로 짙은 구름이 속속 몰려들었네. 십이지신은 생명이 말하는 바를 알아차렸네. 생명은 자신을 희생시켜 어리석은 인간과 부주의한 신들에게 마지막 기회를 준 걸세.

십이지신은 인간을 철저한 관리와 감시 아래 두기로 했네. 인간은 이승에서 불완전한 삶을 살며 죗값을 치러야 했네. 그들은 늙고 병드는 고통을 생생히 느껴야 했지. 헌데 인간의 몸이 영원하지가 않은 터라, 때가 되면 새로운 몸이 필요했다네.

십이지신은 몇몇 인간들을 저승으로 내려오게 했네. 이승에서의 생을 마친 그들에게 전생의 기억을 지우고 새 몸을 만들어 주기 위해 말일세. 하나의 몸에는 오직 하나의 영혼만이 허락된다네. 영혼은 안전한 주머니에 담겨서 육신에 들어가는데, 그 주머니가 이승에서의 수명을 결정하지. 흔히들 운명이라 부르는 그것이 바로 심장이 하는 일이라네.

신들은 순서를 정해 해마다 지구를 다스렸네. 그 해에 태어날 아이들의 운명을 주관하고, 그들이 잘못되지 않도록 인간을 지켜보았지. 더는 인간을 믿을 수 없다는 뜻이기도 했지만, 그보단 반성의 의미로 자신들에게 내린 형벌이기도 했어. 십이지신으로서의 자유를 빼앗기는 것.

그렇게 지금의 질서가 만들어졌네. 인간이 이승과 저승을 오가며 끝없이 고통 받는 굴레 말이네.

≋

긴 침묵이 이어졌다.

"이승과 저승 사이에 뻗은 길."

말하는 내내 창문 앞을 서성거렸던 진 여사가 입술을 뗐다. 흡사 누굴 기다리는 것만 같았다. 태양이 비스듬히 모래 산에 몸을 걸쳤다.

"늘 시간이 소용돌이치는 삭막한 곳이라 대부분의 인간들은 모르지만, 지금 이야기를 듣는 자네들이라면 알겠지. 그곳에서 지내고 있으니."

채이는 어딘가 모르게 오싹한 기분이 들었다. 제 사장은 환승이 신들의 실수로 만들어진 곳이라고 했다. 하지만 신들의 실수가 있기 전, 이곳은 인간의 오만함이 있던 자리였다.

"이야기는 끝일세."

채이는 여전히 문밖을 내다보고 있는 진 여사의 등에 대고 조심스레 물었다.

"지도자랑 신하는요? 어떻게 됐어요?"

"그들도 다른 이들처럼 운명을 되풀이하며 벌을 받고 있다 들었네만."

"신하도요?"

저도 모르게 목청을 돋운 채이가 살짝 입을 가린다.

"그 사람은 말렸잖아요. 열매를 먹지 말라고."

"전해지는 얘기로는, 오히려 신하 자신이 벌을 받길 원했다고 하네. 지도자를 끝까지 막지 못했으니 저도 죄인이라며. 그자가 말하길, 언젠가 지도자가 같은 실수를 하려 들 때 자신이 기필코 막겠다고 했다는구먼. 언제나 그의 옆에 있게 해달라고 신에게 간청했다 하네."

"신들도 참 답답하구만."

흥분한 다미의 얼굴이 평소보다 더욱 상기되었다.

"아니, 그 지도자란 놈이 또 그런 짓을 못 하게 어디에 가둬 버리면 되잖아요! 왜 굳이 살게 내버려 뒀대요?"

"그것 역시 신하의 생각이었네. 그를 가뒀다간 잘못된 욕망을 키우는 꼴이 될 거라고 말이야. 지도자라면 결국 언젠가는 잘못된 마음을 먹을 것이니, 오히려 평범한 인간으로 둔갑시켜 감시하는 편이 안전하다고 했다네. 그도 몇 번씩 환생의 굴레를 경험하다 보면 배우는 것이 있을 거라더군."

"아직도 정신을 못 차렸나 보네요."

두 사람의 시선이 중얼거리는 채이에게 닿았다.

"지도자 말이에요. 아직도 벌을 받고 있다면, 여전히 자기가 신이 될 수 있다고 믿는 거겠죠."

"글쎄. 그건 그자만이 알겠지. 신이 그를 감시한다고 하여 그의 속내까지 알 순 없잖나."

진 여사는 다시 고개를 돌려 하염없이 먼 산만 바라보았다.

"신하란 녀석만 불쌍하게 됐네요. 놈이 언제 그런 일을 저지를 줄 알고요? 저 같으면 진작 때려치웠어요."

"왠지 저는 이해가 가요."

채이는 못마땅하다는 듯 혀를 차는 다미를 보고 말했다.

"불쌍하잖아요. 자기 삶에 만족하지 못해서 다른 것에 집착하는 게. 아마 신하는 지도자가 행복하길 바랐을 거예요."

"그 말대로면 신하가 지도자를 엄청 사랑한 거지."

퉁명스러운 대꾸의 방향이 진 여사 쪽으로 바뀌었다.

"그래도 그 이후론 비슷한 일은 없었던 거잖아요. 이제 신하는 더 이상 인간으로 살 필요가 없을 것 같은데."

"지도자는 매 환생을 거듭할 때마다 어떤 방식으로든 자신의 욕망을 드러내 왔네. 영생과 불멸에 대해."

진 여사가 드디어 문에서 등을 돌렸다. 눈을 감고 있던 그녀는 잠시 심호흡을 했다. 가뜩이나 풍성한 속눈썹이 눈 아래에 드리워져 근심이 깊어 보였다. 진 여사는 눈을 뜨곤 씁쓸하게 웃었다.

"신하는 약속을 지키기 위해 늘 그의 곁에 머물렀지. 오랫동안 이 질서가 유지될 수 있었던 건, 신하가 적절한 때에 나서서 그를 막아주었기 때문이라네."

"설마!"

다미는 무언가 깨달은 표정으로 싱크대를 내리쳤다.

"그 유명한 진시황도 지도자가 환생한 거 아니에요?"

흥미로운 가설에 채이도 눈을 반짝이며 진 여사를 쳐다보았다. 그러나 그녀는 목을 가다듬더니 갑자기 분주한 몸짓으로 상자를 집어 들었다.

"그런 것까진 모르네만. 나는 이만 가봐야겠구먼."

다미는 실망한 기색이 역력했지만 말로는 바래다주겠다며 자리에서 일어났다.

"자네는 채이를 잘 지켜달란 부탁을 받았잖은가. 내 이만 가봄세. 제 사장은 금방 올 것이니 걱정 말고 기다리게."

진 여사는 배웅을 하겠다는 두 사람을 한사코 말렸다. 그녀가 혼자 문을 나선 뒤, 곧 지프차의 굉음이 들렸다. 그러곤 순식간에 멀어졌다.

진 여사마저 떠난 식당은 다시 적막에 휩싸였다.

다미와 단둘이 남겨졌단 걸 깨닫자 채이는 새삼 태식이 해준 이야기가 떠올랐다. 건너편에 앉은 다미를 똑바로 쳐다볼 자신이 없었다. 채이는 휴지 한 장을 뽑으며 넌지시 물었다.

"태식 아저씨는 좀 어때요?"

다미에게서 돌아오는 답은 없었다. 무언가 말 하려고 입을 벙긋거리다가도 다물기를 되풀이할 뿐이었다.

"저 오늘 이승 돌아가면 다시 못 보잖아요. 어제 인사도 제대로 못 하고 나왔는데 안부 좀 전해달라구요."

채이는 휴지를 삼각형 모양으로 접었다. 잠자코 대답을 기다리고 싶었지만 어색한 공기를 참지 못하고 변명하듯 뒷말을 내뱉었다. 채이가 삼각형 옆의 길쭉한 직사각형을 뜯어낸다.

다미가 신음 비슷한 소리를 내며 마른세수를 했다.

"나도 이제 못 봐."

휴지가 찢어지며 삼각형에 균열이 생긴다.

"내가 돌아갔을 땐 이미 가슴까지 사라진 상태였어."

금이 간 삼각형을 물끄러미 바라보던 채이는 천천히 고개를 들었다. 입술은 떨어져 있었지만 목소리가 나오지 않았다.

"간당간당했어. 언제고 사라질 거라 생각은 했는데, 막상 그렇게 되니까 참……."

다미는 얼굴에서 손을 떼지 못했다. 그는 코를 훌쩍거리며 떨리는 목소리로 말을 잇는다. 이내 머리칼을 쓸어 올리며 손을 뗀 다미의 눈가가 촉촉했다.

"그 자식이 그러더라구. 널 만나서 다행이라고. 그러더니 흔적도 없이 사라졌어. 웃겨, 마지막까지 수발들어 준 친구한테 고맙다는 말은 못 할망정."

채이는 다시 고개를 숙였다. 마음에 구멍이 뚫린 것처럼 허전했다. 태식과는 어제 처음 본 사이인데, 말 몇 마디 나눈 게 전부인데, 왜 이렇게 서글픈 마음이 드는지 모를 일이었다. 아마 돌산에 있는 사람들은 모두 그렇게 사라져 버리겠지. 유진이도, 박이도, 큰 송이도, 그리고 다미도.

"태식 아저씨한테 전부 들었어요. 아저씨가 왜 저한테 이름을 알려줬는지."

채이는 찌그러진 삼각형을 다시 접어 작은 삼각형으로 만들었다. 다미가 뭐라 말하려 했지만 채이는 아랑곳없이 담담하게 말을 이었다.

"처음엔 무서웠어요. 아저씨가 다른 사람 같더라고요. 어떻게 그럴 수 있지? 그런데, 좀 지나고 나니까 아저씨 얘기도 들어보고 싶더라고요. 왜 그랬는지."

"그때는 죽는 것 말고 다른 생각을 아예 할 수가 없었어. 내 자신이 너무 한심하더라고. 이런 꼴을 하고 사느니 죽는 게 낫다. 애한테도 이편이 낫다. 그렇게 생각했던 거야."

잠시 그대로 있던 다미는 느지막이 말하곤 머쓱한지 코를 문질렀다.

"혹시 나한테 실망했다면, 미안해."

"저한테 미안할 게 아니라, 따님한테 미안해하셔야죠."

"눈에 넣어도 안 아픈 우리 딸. 그래도 다미는 살리고 왔으니 천만다행이지. 그 조그마한 것이 지금쯤 몇 살이나 됐을는지 몰라."

"그렇게 궁금하면."

채이는 휴지를 한 장 더 뽑는다.

"보러 가면 되잖아요. 아저씨 아직 포기 못 했잖아요. 그래서 몸이 살아 있는 거라면서요."

다미의 아버지가 허탈한 웃음을 뱉었다.

"가더라도 그 애가 날 보고 싶어 하겠어? 자길 죽이려던 애비를. 평생 딸이 날 원망하더라도 할 말이 없어. 다미는 내가 없어야 행복할 거야."

휴지를 접던 손이 멈추었다.

"아저씬 왜 그렇게 자기 생각만 해요? 다미도 아저씨 포기 못한 거잖아요. 아저씨를 애타게 기다리는 거라고요. 그 애한테는 지금 누구보다도 아빠가 필요해요. 아직도 모르시겠어요?"

"그치만, 이런 아빠는 없는 게 나을지도 몰라. 이런 아빠는……."

"어제 어떤 손님이 다녀간 줄 알아요? 병에 걸려서 어린 나이에 죽은 딸의 부모님이 왔어요. 자신들이 해준 게 없어서, 더 해주지 못해서, 고통만 받게 해서 너무 미안하다고 우시더라고요."

채이는 다시금 눈물이 나올 것 같아서 아랫입술을 꽉 깨물었다. 어제 왔던 손님 부부를 보며 채이는 자식의 마음에 대해 다시 생각해 보게 되었다. 다미에게 하고 싶은 말이 무엇인지 어렴풋이 알고 있었다.

"근데 자식이 원하는 건 완벽한 부모님이 아니에요. 최선을 다해서 자신을 사랑해 주는 부모님이라야 자식은 더 행복하거든요. 그래서 전 그 분들에게 따님이 분명 행복했을 거라고 그랬어요."

"난, 난 너무 미안해서……."

"거짓말."

채이가 중얼거리는 다미의 말을 가로챈다.

"사실은 딸한테 미움 받는 게 무서운 거잖아요."

다미는 굳은 얼굴로 고개를 푹 숙였다. 변명할 의지조차 잃은 듯했다. 채이는 어쩐지 측은한 마음이 들어 말투를 부드럽게 하려고 애썼다.

"지금도 충분히 늦었잖아요. 딸이 아빠를 얼마나 보고 싶어 할지 생각 안 해봤어요? 잠깐 떨어져 있는 저도 부모님이 이렇게나 보고 싶은데. 엄마도 잃고 아빠도 잃은 아저씨 딸은 어떻겠어요."

다미의 어깨가 미세하게 떨렸다. 그는 떨리는 턱을 손으로 가려버렸다. 얼굴을 감싼 그의 손가락 사이가 축축하게 젖어들었다. 얼굴은 이미 눈물 콧물로 엉망이었다. 그는 개수대에 얼굴을 처박고 한참이나 세수를 했다. 다미의 긴 세수를 말없이 기다린 채이는 그가 고개를 들었을 때, 양손에 든 무언가를 내밀었다.

"하나는 아저씨 거, 하나는 사장님 거."

삼각형 아래 두 개의 꼭짓점을 윗변으로 접어 올려 꽃 모양으로 만든 휴지 조각이다. 다미의 시선은 휴지 조각을 지나쳐 채이를 향했다. 채이는 휴지 끄트머리를 손가락으로 살살 쓸었다.

"튤립이요, 제가 제일 좋아하는 꽃이에요. 이 끝을 뾰족하게 접으려고 휴지에 침 묻혀가면서 찢을 때마다 아저씨가 했던 말 기억나요?"

다미가 고개를 저었다. 머리카락 끝에 매달려 있던 물이 튀어 휴지가 살짝 젖었다. 채이의 입술이 둥글게 말린다.

"뭉툭한 꽃잎도 있다고요. 모든 꽃잎이 뾰족하진 않다고 그랬잖아요. 찌그러져도, 살짝 찢어져도, 꽃은 꽃이니까. 이젠 신경 안 쓰려고요."

다미는 물끄러미 휴지로 만든 튤립 두 개를 바라보았다. 그러다가 피식, 웃었다.

"그 자식, 니를 두고 하는 말이었구나. 널 만나서 다행이라고."

창문 밖으로 어스름하게 저녁이 찾아들고 있었다.

3

구슬의 주인

"젠장!"

사방이 모래 천지였다. 제 사장은 눈앞에 쌓인 모래더미를 걷어찼다. 모래알이 바람에 흩날려 곧바로 되돌아왔다. 그가 팔로 얼굴을 가린 채 웅크려봤자, 작은 틈으로 파고드는 모래까지 막아내기는 역부족이다.

"그래, 될 대로 돼라."

그는 자리에 철퍼덕 주저앉다 못해 드러누웠다. 이미 옷은 더러워진 지 오래다. 머리카락이고 신발이고 모래가 안 만져지는 곳이 없었다. 좀 눕는다고 뭐가 달라질까. 눕고 보니 눈동자에 먹먹한 하늘이 비쳤다. 빛은 아득히 멀어지고 어둠이 다가온다. 완전히 사라지기 전 몸부림치는 빛이 눈을 좀먹듯이 시리게 파고들었다. 제 사장은 눈을 감았다.

각오는 했지만, 드넓은 사막은 호락호락한 상대가 아니었다. 바람이 불 때마다 혓바닥은 서걱거리지, 옷깃과 구두 틈새로 숨어드는 모래 때문에 몸은 계속 무거워지지. 게다가 누가 뒷덜미를 잡아당기는지 발이 푹푹 빠지는 탓에 한 걸음 내딛기도 힘들었다. 가게로 돌아갈 수도 없는 마당에 이놈의 사막은 제 사장에게 쉽사리 길을 내주지 않았다. 아무리 걸음을 독촉해도 제자리걸음을 할 뿐이다.

눈꺼풀을 들어 올릴 힘이 나질 않는다. 제 사장은 여기까지 걸어오는 내내 그럴 리가 없다고, 자신을 속이려 들었지만 결국 인정할 수밖에 없었다. 처음 느껴본 감정이었다. 그는 돌아가고 싶었다, 네모난 감옥으로. 안락한 불빛과 구수한 냄새, 그리고 실없는 대화를 나누던 사람들이 있을 그곳이, 그는 그리웠다.

'가끔 떠올릴 만한 재밌는 추억 같아서요.'

제 사장은 한심하다 생각했던 채이의 말이 떠올랐다. 환승에서 그는 언제나 손님들의 괴로운 감정에만 시달려왔다. 그랬는데, 이제 그런 진통 따위는 전혀 기억나지 않았다. 채이가 온 이후로 늘 좋았던 것만은 아니다. 다만 똑같이 반복되던 하루하루가 매일 다르게 기억되었다. 핀잔을 들은 채이가 입술을 내밀며 째려보던 눈빛, 매일 아침 바스락거리는 소리를 내던 다미의 연두색 등산 재킷, 진 여사가 부채를 부칠 때 은은하게 퍼지던 대나무 향기…….

"이런 게 추억이라는 건가?"

이토록 선명한 감각을 마지막으로 느낀 게 언제였던지. 제 사장은 너무 지치고 피곤한 나머지, 자신이 왜 이런 감각을 느끼는지 곰곰이 생각해 볼 여유도 없었다. 만약 평소 버릇대로 예리한 질문을 던져봤다면 머릿속에 어떤 기억이 계속 떠오른다는 사실을 눈치챘을 수도 있었다.

푹신하게 허리를 받쳐주는 의자에 몸을 맡긴 채였다. 손가락에는 정밀하게 세공된 열쇠의 촉감이 느껴졌다. 바퀴를 부드럽게 굴려 뒤를 돌아보았다. 벽면 전체를 뒤덮은 유리 진열장에 흐릿하게 누군가 비추었다. 유리창 안에 줄지어 있는 투명한 유리 돔이 빛을 반사시켜 얼굴을 가렸다. 문을 열면 차가운 고뇌의 냄새가 코를 찌른다. 가장 큰 유리 돔을 들어 올리자 속에 들어 있던 붉은빛이 넘쳐흘렀다. 솜사탕처럼 달콤한 촉감이 심장을 파고들어 그를 황홀경으로 몰고 갔다. 몽롱한 무의식에 지배당하기 직전이었다.

……끼오!

꿈과 현실을 들락날락 하던 차에 제 사장은 정신이 번쩍 들었다. 눈을 떠도 감은 것처럼 새까만 하늘이었다. 움켜쥔 주먹을 짚어 상체를 어렵사리 일으킨다. 손가락 틈새로 짙은 어둠이 스며들었다.

'밤인가?'

하늘이 아예 사라져 버린 것만 같다. 시간을 가늠할 순 없어도, 닭 우는 소리가 들릴 시간이 아닌 것만은 확실하다. 제 사장은 잠시 귀를 기울였지만 자신을 깨웠던 그 소리는 다시 들리지 않았다.

"환청이 들리나……."

제 사장은 고개를 기울여 관자놀이를 살살 때렸다. 어디에 숨어 있었는지 모래가 우수수 떨어졌다. 이젠 놀랍지도 않다. 그는 똑같은 행동을 반복하다가 지금 자신을 지켜보고 있을 신들이 생각났다. 이 꼴을 보고도 아무 답을 주지 않는 그들을 생각하니 부아가 치밀었다.

"대체 뭘 얼마나 잘못했다고 이렇게까지 하는 건데? 이유나 좀 듣자고!"

허공에 대고 고성을 지른다. 당연하게도 돌아오는 대답은 없다. 제 사장은 이를 빠득빠득 갈며 주먹에 쥐고 있던 모래를 사방에 흩뿌리곤 다시 벌러덩 드러누웠다.

꼬끼오!

아까보다 선명한 소리다. 그는 날랜 몸짓으로 몸을 일으켰다. 주변이 이상하리만치 어둡다. 빛을 흡수한 듯 새까맣다. 그런데도 제 사장의 모습은 말끔히 잘만 보였다. 자신을 뺀 모든 배경에 검은 칠이라도 한 것처럼.

'저 소리를 따라가면 된다.'

머릿속에 드리워진 장막이 걷혔다. 그는 온 힘을 쥐어짜 무릎을 짚고 일어서서 주변을 두리번거렸다. 섣불리 움직였다간 길을 잃는다. 그는 모래에 파묻혀 잠자코 다음 울음소리를 기다렸다.

꼬끼오!

곧 끝이 긴 울음소리가 들려왔다. 제 사장은 직감이 가리키는 곳을 향해 성큼성큼 걸어갔다. 오래지 않아 달리고 있었다. 닭 울음소리가 끊이지 않고 들렸다. 점점 커지던 소리가 어느 순간 갑자기 그쳤다. 제 사장의 구두도 우뚝 멈춰 섰다. 그는 한 치 앞도 보이지 않는 깜깜한 밤을 둘러보았다. 싸늘한 공기가 목덜미를 스쳤다.

"여기 있는 거 다 알아. 나와서 얘기 좀 하자고!"

팽팽한 긴장감이 보이지 않는 실처럼 공기를 옭아매고 있었다. 다시 말을 꺼내려는 순간, 그의 주변으로 둥근 원형의 빛이 생겼다. 갑작스런 밝은 빛에 제 사장은 손등으로 눈을 가렸다.

"여전히 교만하고 천박하구나."

목 안을 날카롭게 긁는 목소리엔 짙은 증오심이 배어 있다.

"마음 같아선 네 놈을 모래 구덩이에 그대로 처박아버려도 시원찮을 것을. 너의 수호신이자 나의 오랜 벗을 생각해 내 기꺼이 꺼내주었건만."

뒷덜미의 잔털이 오소소 돋았다. 제 사장은 완고한 태도를 굽히지 않고 되레 "당신 뭐야? 그 소리 당신이야?" 하고 큰소리를 쳤다.

"예부터 그랬느니라. 과거에 그 난동을 부렸을 때도 인간들을 모조리 가둬야 한다고 그리 충고했건만."

질문에 대한 답은 없이 제 할 말만 늘어놓는다.

"미르가 말을 듣지 않았어. 다 좋은 교우인데 유독 인간에 대해서만큼은 아집을 피운단 말이지. 하늘을 나느라 허상 좇기에 바빠 그런 게지. 땅에 발붙일 생각이 없으니, 원. 인간의 본모습을 직시하지 않고 관대한 시늉만 하니 네 녀석이 항시 사특한 계교만 꾸리는 것 아니겠느냐?"

목소리가 뭐라 하든, 제 사장은 원의 바깥에서 들려오는 목소리를 찾아 두리번거렸다. 그가 빛의 경계선에 발을 디딜 때마다 원은 그를 따라 움직였다. 제 사장은 짜증 섞인 얼굴로 물었다.

"당신 신이야? 우는 소리 들어보니까 뭐, 닭의 신인가?"

"그래! 내가 너희 인간들에게 그토록 무참히 죽임당하는 '닭'이니라. 왜, 나의 동족들을 산 채로 끓는 물에 처넣고 가죽을 벗겨 기름에 튀겨내던 야만적인 습관이라도 떠올랐더냐?

말만 하거라. 똑같이 되갚아줄 터이니."

"그딴 건 모르겠고 나와서 얘기해. 골 울리니까."

정말이었다. 목소리는 아주 멀리서 들리는 것 같다가도, 귓가에 대고 속삭이는 것처럼 들렸다. 제 사장은 어쩐지 속이 울렁거렸다.

망망대해에 쓴웃음이 울려 퍼졌다.

"가소롭구나. 네놈이 이제는 내게 명령질을 해? 너처럼 추악하고 역겨운 몸뚱이로 나를 둔갑하란 소리냐? 그럼 내가 옳다구나 하고 인간 놀이라도 해줄 줄 알았단 말이더냐!"

난데없이 제 사장의 몸이 붕 떠올랐다가 모래밭에 내던져졌다. 한순간에 일어난 일이라 그는 얼떨떨한 기분으로 자리에서 발딱 일어섰다. 누군가 제 사장을 들어 올려 내동댕이친 것 같았다. 어찌 된 까닭인지 쓰라린 느낌이 들어 팔을 만지작거렸다. 날카로운 발톱에 긁힌 자국이 남아 있었다.

"대체 이게……."

신이 코웃음쳤다.

"네 기억들이 안달이 난 모양이구나. 널 끌어당기다 못해 네 흔적을 따라 이곳으로 오고 있는 걸 보니."

멀리서 불어치는 사나운 바람 소리가 들렸다. 제 사장은 뒷덜미를 잡아당기는 느낌의 정체를 깨달았다. 이승에서의 기억과 조금씩 가까워지고 있었다. 귀 뒤의 얄따란 머리칼이 쭈뼛

섰다.

"난 할 만큼 했어. 내 일을 다 끝내고도 꼬마 녀석 돌려보내 겠다고 내 발로 저승엘 가고 있다고. 이제 그만하고 구슬을 주 든지, 꼬맹이를 돌려보내든……."

입술이 붙기도 전에 제 사장은 다시 허공에 두둥실 떠올랐 다. 거세게 몰려오는 바람에 밀려 그대로 엉덩방아를 찧었다. 울분을 주체할 수 없는지 신은 다시 한번 그를 집어던졌다.

"어딜 감히! 네가 평탄하게 저승길에 오를 만큼 죗값을 치 렀다고 생각하느냐! 저승길에 오를 것은 네가 아니다, 아니란 말이야!"

절규에 가까운 고함이었다. 신은 "더러운", "버러지 같은!" 한 마디, 한 마디를 내뱉을 때마다 제 사장을 밀치고 집어던졌다. 거센 바람이 사방에서 그를 휘감아 몸을 가눌 수조차 없었다.

"그, 그만 좀!"

제 사장은 뺨을 할퀴는 알갱이를 피하느라 눈도 뜨지 못했 다. 어딜 가나 푹신한 모래밭인 게 그나마 다행이었다. 지금도 충분히 온몸이 얼얼한 터다.

"그만? 그만 죽여달라는 게냐? 오냐, 이 자리에서 영혼을 갈기갈기 찢어발겨 주마!"

하늘 높이 떠올랐던 몸이 갑작스레 추락했다. 사방으로 뻗 은 손발에 못이 박힌 듯 저항할 수 없었다. 보이지 않는 발톱이 배를 찌르는 기분이 들었다. 곧이어 창자가 끊어지는 고통에 그는 비명을 내질렀다.

"사, 살려줘……."

피부에 닿는 모래가 따갑다. 정신없는 와중에 제 사장은 누구에게인지 도움을 속삭였다. 바람이 매섭게 따귀를 때렸다. 정신이 희미해진다. 그는 혓바닥에 달라붙은 꺼칠한 감촉을 느끼며 가까스로 숨을 몰아쉬었다.

우르릉거리는 자동차 경적이 들려오더니 지프차의 노랗고 네모난 등이 다가왔다. 그것이 제 사장이 실눈으로 본 마지막 장면이었다.

"살려, 줘……."

그는 간신히 이 말만을 내뱉고는 기절했다.

몸이 부드럽게 덜커덩댔다. 간혹 몸이 흔들릴 때마다 머리가 좌우로 흔들려 어지러웠다. 정신이 든 제 사장은 엉덩이를 끌어당겨 몸을 고정시켰다. 푹신한 시트가 허리를 감싼다. 잠시간 아무것도 떠오르지 않았다. 여기가 자신이 원래 있어야 하는 자리인 것처럼, 그저 이대로 누워 있고 싶은 절실한 욕망만이 마음을 가득 채웠다.

'영혼을 갈기갈기 찢어발겨 주마!'

머릿속에 울려 퍼지는 소리에 눈을 떴다. 한 치 앞도 보이지 않는 어둠 속에 두 줄기 노란빛이 길게 뻗어 있었다. 진 여사의 차가 다가오던 모습이 생각났다. 그는 그제야 안심하고 다시 눈을 감았다.

"자네가 너무 경솔했네. 신과 대화할 땐 충분한 예를 갖춰야 해. 특히 신이 노했다면 더더욱 말일세."

나직하게 자신을 타이르는 목소리에 제 사장은 의자에 몸을 더욱 깊숙이 파묻는다.

"저 살아는 있는 겁니까? 제 영혼을 갈기갈기 찢어버린다고 했는데."

"자네가 보기엔 지금 여러 조각 같은가, 한 조각 같은가?"

제 사장은 찬찬히 주먹을 쥐었다가 펴기를 반복했다. 손바닥을 파고드는 손톱의 단단함을 느끼며 눈을 떴다. 차창 너머 차가운 현실이 보인다.

"한 조각이요, 아직은요."

"그것 참 다행이구면. 마지막 국수는 끓일 수 있으니 말이야."

"그냥 죽게 내버려 두시지 그러셨어요? 전 그 지긋지긋한 곳으로는 안 돌아가요. 여기서 내려주시죠."

그가 안전벨트를 풀었다.

"여유 부릴 때가 아니네. 한시라도 빨리 식당에 돌아가야 해."

"안 갑니다. 사막에서 허우적대다가 죽어버린다고 해도 그 답답하고 숨 막히는 감옥으로는 못 갑니다."

"가게는 자네를 안전하게 지켜주는 공간이란 걸 자네도 알잖나."

"무엇으로부터요?"

잠시 말문이 막힌 진 여사는 눈썹을 꿈틀거리더니 "많은 것으로부터."라는 궁색한 답을 내놓는다.

"아니요. 거긴 절 가둬놓고 감시하는 곳입니다."

"신은 그저 자네를 보호하기 위해……."

"신 타령은 이제 그만하세요! 그쪽도 신이잖아! 날 가둬놓고 늘 지켜봤잖습니까!"

제 사장은 숨을 몰아쉬며 진 여사를 노려본다.

"내가 모를 줄 알았습니까? 빌어먹을 닭인지 뭔지 하는 신이 당신을 들먹일 때부터 알았다고요. 그 신은 절 죽이려 들었는데 여사님은 도대체 날 왜 살려낸 겁니까?"

핸들을 잡은 진 여사의 손에 힘이 들어갔다.

"자네가 아주 영리하다는 걸 내 깜빡 잊고 있었지 뭔가."

그녀의 손등에 힘줄이 툭 불거졌다. 튀어나온 핏줄을 따라 팔에 새하얀 털이 돋기 시작했다. 그 모습을 발견한 제 사장은 눈을 의심했다.

"왜 자네를 살렸느냐고? 나는 자네의 수호신이니까. 자네를 그렇게 만든 건 바로 나라네. 자네가 조금만 덜 똑똑했으면 좋았을 것을."

진 여사가 깊게 한숨을 내쉬었다. 그러자 털 주변의 살갗이 나무껍질처럼 우둘투둘하게 변하기 시작했다.

"잠깐만요, 여사님. 손이⋯⋯."

차가 심하게 흔들려서 제 사장은 양손으로 허벅지 옆의 의자 시트를 꽉 움켜쥐었다. 진 여사의 목뒤에서 작고 하얀 돌기가 솟았다. 등허리부터 옷이 찢어지기 시작했다. 척추뼈를 따라 촘촘히 솟은 돌기가 머리 위쪽으로 뻗었다. 머리 꼭대기에서 길쭉하게 자란 돌기는 단단한 뿔로 변했다. 뿔이 자란 민머리는 매끄럽고 하얀 비늘로 뒤덮였다. 모든 변화가 눈 한 번 깜빡이는 사이에 일어났다.

"내가 자넬 위해 할 수 있는 건, 지금 당장 자네의 영혼을 추방하겠다는 다른 신들을 말리는 것뿐이었네. 이해해 주게."

진 여사는 입을 열지 않았지만, 목소리가 귓가에 울렸다. 제 사장은 말하는 법을 잊어버린 사람처럼 넋을 놓고 그녀를 바라보았다. 열 손가락 끝이 나뭇가지처럼 구부러지더니 딱딱한 발톱으로 변했다. 진 여사가 핸들을 제대로 쥘 수 없게 되어서인지 차가 심하게 덜컹거렸다. 이제 그녀는 온몸이 거의 하얀 비늘로 뒤덮인 상태였다.

"자네가 방금 만난 신이 가장 골이 났지. 달이 유일하게 아끼는 아이가 자네 때문에 크게 고통 받았어. 본디도 인간을 못마땅하게 여기는데, 그 일로 인해 더욱 인간을 혐오하게 되었네."

진 여사의 귀가 옆통수에 바짝 붙으면서 끝이 뾰족해지는 동시에 짙은 눈썹이 새하얗게 변했다. 길고 가늘게 가닥진 속눈썹도 마찬가지였다. 진 여사의 민머리는 온통 비늘로 뒤덮였고 찢어진 옷 틈새로는 탐스러운 털이 끊임없이 쏟아져 나왔다. 돌기 주변에 자라난 길쭉한 털이 목덜미를 감쌌다. 그러나 제 사장은 그걸 지켜볼 새가 없었다. 그는 의자를 부여잡고 오뚝이처럼 양쪽으로 흔들리고 있었다.

그때 커다란 타이어 하나가 자동차 불빛 바깥으로 굴러가는 게 보였다.

"잠깐만요! 타이어가 빠졌잖아요!"

제 사장은 급히 창문을 내려 밖으로 고갤 내밀었다. 하지만 잠깐 사이 코끝이 까끌한 바닥에 스치는 감촉에 바로 고개를 집어넣었다.

"자네를 비롯해 모든 이들을 고통스럽게 하는 일은 그만 멈춰주게. 내가 도와줄 수 있는 건 여기까지일세. 이제부턴 스스로 해야만 하네. 부디 마지막 속죄가 되길 바라네."

"지금 속죄 타령이나 할 때가⋯⋯."

제 사장이 운전석으로 고개를 돌렸을 때, 진 여사는 이미 사라진 후였다. 순식간에 일어난 일에 그는 본능적으로 운전석으로 넘어가 핸들을 잡았다.

'차를 어떻게 운전하더라? 내가 운전을 할 줄 알던가? 그런데 운전이 뭐지?'

제 사장은 혼돈의 도가니 속에서도 끊임없이 질문을 던지며 일단 핸들을 꺾었다. 하지만 방향이 틀어지지 않았다. 지프차는 금방이라도 옆으로 넘어질 듯 위태로웠다.

'끝이다.'

제 사장이 핸들에서 손을 놓았을 때, 우지끈 부서지는 소리가 들렸다. 제 사장은 차가 어딘가에 부딪힌 줄 알고 눈을 감았다. 하지만 흔들림이 멎은 채로 한층 순조롭게 달리는 느낌이 이어졌다.

조금씩 눈을 뜨자, 차는 안쪽이 온통 우그러진 채로 땅과 평행선을 그리며 달리고 있었다. 마치 자동차가 공중을 나는 것처럼. 그는 금이 간 창문을 올리려고 했지만 버튼이 고장 났는지 눌리질 않았다. 그는 창문을 두들기다가 거대하고 두꺼운 발톱이 차를 감싸고 있는 걸 보았다. 진 여사의 손에서 본 것과 비슷했다.

"저건······."

갑자기 엉덩이가 붕 떠올랐다. 깨진 창문으로 거센 바람이 몰려들어 왔다. 그는 오금이 저릿저릿해서 의자에 몸을 딱 붙이고 앉아 앞을 바라보았다. 모래밭에 비추지 않던 두 줄기 빛이 허공을 향해 팔을 뻗고 있다. 제 사장은 너무 당황해서 풀어혜췄던 안전벨트를 더듬거렸다.

그 순간, 땅이 울릴 정도로 우렁찬 소리가 들려왔다. 난생처음 듣는 소리에 제 사장은 온몸이 빳빳하게 굳었다. 사방팔방 메아리치는 소리는, 다름 아닌 용의 울음소리였다. 그가 벌벌 떨리는 손으로 안전벨트를 매려고 하는데 다시 울음소리가 들렸다.

쨍그랑! 제 사장의 뒷덜미에 후덥지근한 공기가 닿는다. 차 안에서 빠져나가지 못해 구겨진 바람이 소용돌이쳤다.

잠시 휘청이던 그는 등받이를 껴안았다. 얼굴을 잔뜩 찌푸리고 살펴보니 커다란 뒤 창문이 산산조각 난 것이 보였다. 뻥 뚫린 창문에 담긴 밤하늘이 어울리지 않게 아름답다. 인정하기 싫었지만 이 차는 지금 하늘을 나는 중이었다.

'뛰어내려야 돼.'

왜인지 모르겠지만 제 사장은 그렇게 생각했다. 언젠가 차가 떨어지면 자신도 산산조각 날 게 분명하니, 차라리 모래밭에 떨어지는 게 안전해 보였다. 그는 천천히 한 손, 한 손 쥘 것들을 확보하며 출구로 나아갔다. 밀려드는 바람에 머리카락이 사정없이 헝클어졌다. 그가 거의 창문 앞에 도달했을 즈음, 다시 한번 용이 크게 울었다.

그는 불쑥 짜증이 솟구쳐 "그만하고 빨리 내려줘요!"라며 어림도 없는 소리를 했다. 뛰어내려야만 한다는 것은 자명한 사실이었다. 뻥 뚫린 창문의 모서리를 잡고 머리를 바깥에 내민 순간이었다. 그는 얼굴로 날아오는 무언가에 맞아 운전석까지 굴러갔다. 잡히는 걸 쥐어보려 했지만 모두 손끝에서 미끄러졌다. 자신의 얼굴을 후려친 게 매끄러운 용의 꼬리라는 걸 알아차렸을 때, 그는 이미 차 앞쪽 창문에 뒤통수를 부딪친 후였다.

아픔은 느껴지지 않았다. 투명한 벽을 통과하듯이 몸이 쑥 유리창을 빠져나갔을 뿐. 새까만 허공에 떠 있는 찰나의 순간이 억겁의 시간처럼 느껴졌다. 그는 단단한 벽에 머리를 또 한 번 세게 부딪히고 정신을 잃었다.

"사장님!"

걱정스러운 채이의 얼굴이 먼저 눈에 들어왔다.

"정신이 좀 들어요? 아저씨, 물, 물!"

그다음으로 눈에 익은 등불도 보인다.

"기다려봐!"

선반에서 뭔가가 후드득 쏟아지는 소리가 들려온다. 제 사장은 손으로 얼굴을 가리고 갑자기 밝아진 시야에 적응했다. 허허벌판에 누워 있어야 할 자신이 삐걱거리는 나무 바닥에 누워 있다. 채이가 그를 조심히 일으키자 다미가 숨을 헐떡이며 달려들었다.

"여기, 물, 물! 괜찮냐?"

얼굴에 튄 물방울을 닦아낼 겨를이 없었다. 가뭄이라도 난 것처럼 목이 말랐다. 물 한 잔을 거뜬히 비워내고 숨을 돌린 제 사장은 다미와 채이를 쳐다보았다. 이 생뚱맞은 상황에 대해 설명해 주길 기다렸지만, 두 사람 역시 가만히 눈만 끔뻑였다. 망부석처럼 꼼짝도 않는 모습에 답답해진 그가 "뭔데." 하고 먼저 짜증을 부렸다.

"기껏 입 열자마자 한다는 소리하고는. 잘났다, 잘났어."

다미가 혀를 차며 비꼬았다.

"혓바닥 멀쩡하면 설명 좀 해봐. 대체 무슨 일이 있었던 거야?"

제 사장은 한껏 찌푸린 미간으로 기분을 나타냈다. 그는 몰려오는 편두통에 검지와 중지를 모아 양쪽 관자놀이를 눌렀다. 헛구역질이 나왔다.

"그건 내가 묻고 싶은 말이야. 뭐가 어떻게 된 거야?"

다미와 채이는 토끼눈으로 서로를 마주 본다.

"하나도 기억이 안 나?"

"안 나. 아무나 설명 좀 해봐."

채이가 콧잔등을 찡그렸다. 윗니로 입술을 쥐어뜯으며 어떻게 설명해야 할지 모르겠다는 듯 손을 휘적거린다.

"사장님이 갑자기 문밖에서 날아왔어요. 그니까, 그게요,

갑자기 문이 꽉 열리더니 사장님이 그대로 굴러 들어와서 여기에 쓰러졌어요."

말 그대로였다. 문밖에서 바람이 수런거리더니 갑작스레 제 사장이 '날아들어' 왔다. 재빨리 달려가 문을 닫은 채이는 정신을 잃은 사람이 제 사장이라는 걸 알아챘다. 두 사람은 그를 똑바로 눕혀 여태 깨우던 중이었다. 팔도 툭툭 쳐보고, 어깨도 흔들어보고, 슬며시 뺨도 때려봤지만 일어나지 않아서 찬물이라도 끼얹어보려던 참이었다. 물벼락은 맞기 싫었는지 제 사장이 때마침 눈을 뜬 것이고.

채이는 순식간에 지나간 일을 어떻게 정리할지 갈피를 잡지 못하고 어, 하는 얼빠진 소리만 냈다.

"누가 사장님을 던진 것처럼……."

"알아, 무슨 소린지."

제 사장이 말허리를 끊었다. 방금 막 차에서 고군분투하던 자신의 모습이 기억났기 때문이다. 용의 꼬리에 맞고 차 밖으로 떨어진 후, 머리를 세게 부딪히는 느낌이 들었다.

"그게 문이었나."

"뭐 생각나는 거 있어?"

작게 중얼거린 말에 다미가 꼬리를 물었지만 제 사장은 "몰라, 정신 차려보니까 여기였어."라며 적당히 둘러댔다.

다미가 시시하다는 표정을 지었지만, 있었던 일을 다 말했다간 오늘 밤을 새워도 모자랄 게 분명했다. 그가 목을 이리저리 돌리자 뼈 맞춰지는 소리가 났다.

"별일 없었지?"

다미가 눈을 가늘게 뜬다.

"별일 없긴! 너는 인마, 성질 급한 거, 그게 문제야. 하여튼 간에."

제 사장은 돌려받은 앞치마를 허리에 두르며 "뭐가." 시큰둥하게 물었다. 다미가 수선 떠는 일 치고 열에 아홉은 별일이 아니었다.

"좀만 더 기다리지, 짜식. 진 여사님 오셨걸랑?"

"뭘 가져오셨게요?"

채이가 말을 이어 받는다. 천진난만한 웃음에 제 사장의 심장이 벌름거리며 불안한 예감이 스쳤다.

"힌트 줄까요? 사장님이 냉동실에 넣어놓는 거!"

제 사장은 어지러움도 잊고 자리에서 벌떡 일어섰다. 하이 파이브를 하자고 손을 내민 다미와 채이 사이를 가로질러 주방에 뛰어 들어갔다. 냉동고를 확 열어젖혔다.

자그마한 상자가 덩그러니 놓여 있다. 떨리는 손이 상자를 집어 들었다. 이 안에 든 게 정말 '그것'이라면……. 목울대가 위아래로 요동치며 침 넘어가는 소리가 들렸다. 열고 싶지 않았지만 확인해야 했다. 제 사장은 뚜껑을 열었다.

작은 용이 빨간 구슬을 감싸고 똬리를 틀었다. 눈보다도 새하얀 용이다. 제 사장이 방금까지 함께 있었던 용과 매우 닮았다. 하얀 속눈썹을 들어 올린 용은 새까만 눈동자로 제 사장을 쳐다보았다.

구슬은 그의 맥박과 비슷한 속도로 뛰며 빨간빛을 뿜어냈다. 여전히 용과 눈을 맞추고 있는 제 사장의 귓가에 그르렁거리는 소리가 스쳤다. 용은 둥글게 말고 있던 몸을 풀어 날아올랐다. 상자 밖으로 나온 용의 몸은 연기만 남기고 사라졌다.

제 사장은 다시 상자를 내려다본다. 구슬은 심장박동처럼 일정하게 빨간빛을 내뿜었다. 손 위에서 구슬이 두근거렸다. 그는 재빨리 상자의 뚜껑을 닫아 냉동실에 집어넣었다.

"짜식, 놀라기는."

다미가 식탁 앞에 바싹 붙어서 한껏 거들먹거렸다. 채이도 그 옆에서 웃고 있었다. 그들 눈에는 그저 제 사장이 그저 구슬을 찾아 기뻐하는 걸로만 보이나 보다.

"구슬 맞죠?"

제 사장은 무뚝뚝하게 굴려고 애쓰며 고개를 까딱거린다. 심장이 너무 빠르게 뛰었다. 다행인지, 불행인지 다미가 어지럽힌 주방을 정리하며 두 사람의 감시망에서 벗어날 수 있었다.

"아저씨도 봤어요?"

채이가 소곤거리는 말에 제 사장은 저도 모르게 숨을 참는다.

"빨갛게 빛나는 거, 구슬 맞겠죠?"

참고 있던 숨이 코를 통해 빠져나왔다. 제 사장은 못 들은 척 다시 그릇을 정리했다.

"으응, 뭐가 시뻘겋게 빛나드라. 쟤 얼굴이 나보다 빨갛던데."

제 사장은 두 사람이 용을 보지 못했다고 확신했다. 하긴, 굳이 말해줄 필요도 없다. 그는 냄비에 물을 받았다.

"어? 육수 끓이는 거예요? 바로 국수 만들게요?"

채이가 신난 기색을 숨기지 못하고 물었다. 제 사장이 수도 꼭지를 잠그고 창문 밖을 살폈다. 어둠이 흐릿하게 깔리고 있지만 아직 완전히 어둡지는 않았다.

"등불 꺼지기 전에 준비해야지."

환호성을 지른 채이가 다미의 손을 낚아채 가게 한가운데서 빙빙 원을 그리며 돌았다.

"저 이제 진짜 돌아가는 거예요! 진짜 가는 거라고요!"

"잠깐만!"

빨라지던 원의 속도가 사그라들었다. 다미가 비틀거리며 채이의 어깨를 꼭 붙잡았다.

"어우, 그럼 나는 나가야지. 밤 되기 전에 나가야 되잖아."

제 사장이 막 씻어내 아직 물기가 남은 당근을 도마 위에 내팽개친다.

"그냥 있어, 하루 정도는 상관없겠지."

"그래요. 오늘이 마지막인데, 그냥 있어요."

싱글벙글 웃는 채이와 달리 다미는 조금 섭섭한 표정으로 옆에 앉았다. 제 사장이 날랜 칼질로 당근을 썰고, 채이는 다리를 달랑거렸다. 가게 밖에까지 탕, 탕, 도마 내리치는 소리가 울려 퍼졌다.

식탁에 흐드러지게 휴지 꽃이 피었을 무렵, 맛있는 냄새가 가게에 차올랐다. 티슈가 얼마 남지 않아서 구멍에 손을 넣어 휴지를 꺼내야 했다. 채이가 마지막 꽃잎을 접어 올리는데 등불이 꺼졌다, 늘 그랬듯이 갑작스럽게. 당황한 다미가 얼결에 짧은 비명을 질렀고 채이는 깔깔거렸다.

'엄마 아빠, 곧 다시 만나요.'

채이는 여느 때처럼 소원을 빌었다. 오늘만큼은 어둠이 무섭지 않았다. 무섭기는커녕 오늘따라 반갑기까지 했다. 작은 섬광과 함께 불이 켜졌을 땐, 채이 앞에 국수가 놓여 있었다. 마치 생일을 축하하는 깜짝 파티 속 케이크처럼.

"뭐야, 내 건 없어?"

가뜩이나 튀어나온 다미의 입이 더 튀어나왔다.

"한 그릇밖에 안 나와."

정신이 온통 구슬에 쏠린 제 사장은 건성으로 대꾸한다. 상자는 가벼운데 마음은 무겁다. 아지랑이처럼 피어오르는 초조함에 심장이 깃발처럼 나부꼈다.

막상 상자를 열려니 채이도 긴장되었다. 눈을 감은 채 크게 심호흡을 했다. 출렁이는 마음을 차분히 가라앉혔다.

드디어 상자가 열린다.

핏빛 고동이 맹렬하게 뿜어져 나왔다. 강렬한 빛이 식당을 온통 새빨갛게 물들였다. 채이는 구슬을 빤히 쳐다보았다. 알 수 없는 구슬의 언어가 잔잔하게 메아리쳤다.

도톰한 털실처럼 소리가 한데 뭉쳐 제대로 들리지 않았다. 구슬 가까이 귀를 들이밀었다. 자세히 들으려고 하니 인상을 쓰게 된다. 쉬잇, 채이는 손가락을 입술에 대며 아무 말 않는 다미에게 괜한 핀잔을 주었다.

"잘 안 들리잖아요."

"돌아가."

채이가 고개를 든다. 그토록 바라던 말이었지만 구슬의 목소리는 아니었다. 제 사장이 고개를 푹 숙이고 다시 중얼거린다.

"돌아가라고, 하고 있어."

"그건 나도 들었어요."

거짓말이다.

"그 뒤에 뭐라 하는지 안 들린다니까요?"

제 사장이 마른세수를 하며 말했다.

"제원영. 그게 내 이름인가 봐."

채이는 마비된 혓바닥 위에서 목소리가 느릿느릿 몸을 일으키는 걸 느꼈다.

"무슨, 말을, 하는 거예요?"

"아까 상자를 열었을 때부터 들렸어. 똑똑히."

고개를 수그린 제 사장은 머뭇거리다가 말한다.

"이 구슬, 내 거야."

오두막은 적막에 휩싸였다. 제 사장이 장난치는 줄 알았던 다미만이 나불거렸다.

"뭐라는 거야, 이게 왜 네 거야? 얌마. 아까 여사님이 분명히……."

돌이켜 보니 진 여사는 구슬이 채이 것이라는 말은 한 마디도 하지 않았다. 두 사람이 그렇게 믿었을 뿐이다. 다미도 더 이상 말을 잇지 못했다.

"그럼 이 국수……."

채이의 초점 없는 눈이 국수를 바라보았다.

"내가 먹어야겠지. 다른 손님들처럼."

제 사장은 깍지를 껴 엄지손가락으로 눈썹 뼈를 눌렀다.

"그럼 채이는 어떡해? 무슨 수로 돌아가냐고!"

채이가 하고 싶은 말을 다미가 대신한다. 하지만 제일 답을 듣기 싫은 말이기도 했다. 제 사장은 주방에서 나와 채이 옆자리에 앉았다.

"내가 이걸 먹으면 분명히 기억이 돌아올 거야. 그 기억 안에 답이 있어. 너를 돌려보낼 해답은 거기에 있겠지. 지금은 이 것밖에 방법이 없어."

"분명 약속했어요."

이미 꽉 찬 눈망울에서 눈물 한 방울이 흘러내린다.

"나, 우리 부모님 다시 만나게 해준다고. 생일 전에 이승 돌려보내 준다고. 기억하죠?"

"난 내가 한 말은 지켜. 날 믿어, 반드시 이승으로 보내줄게."

제 사장은 이제껏 피하던 채이의 눈을 어렵사리 마주쳤다. 왜인지 싱거운 웃음이 새어 나왔다.

"너는 내 손님이니까."

눈물을 슥슥 닦은 채이가 아직 뜨거운 그릇을 제 사장 앞으로 옮겨주었다. 눈물자국이 아롱진 옷소매를 보는 제 사장의 시선을 눈치챈 채이가 옷을 걷으며 장난치듯 말했다.

"빨리 구슬 넣어요. 뺏어 먹기 전에."

제 사장은 머뭇거리다가 등에 묶인 끈을 끌렀다. 다미에게 검은 앞치마를 건네자, 그가 젓가락을 건네주었다. 의자를 당겨 식탁 가까이 앉았다. 지난 긴 세월, 이 자리에 앉은 손님들에게 국수를 대접하는 것이 제 사장의 일이었다. 그리고 오늘, 자신도 손님이 되어 국수를 맛볼 것이다. 그는 상자를 기울여 국수 위에 구슬을 떨어트렸다.

첫입을 들었다. 입안으로 국수가 들어오자 귀 뒤가 뻐근하게 당겼다. 목을 타고 흘러내리는 국수 가락이 꺼끌꺼끌했다. 목 뒤로 음식이 넘어가는 감각이 너무 오랜만이라 턱의 움직임이 어색했다. 그는 말없이 빠른 속도로 그릇을 비웠다.

그릇을 들어 마지막 국물 한 방울까지 입에 털어 넣었다. 배 속이 꾸르륵거렸다. 아무 일도 일어나지 않았다. 아무도 말은 하지 않았지만, 무슨 일이라도 좀 일어났으면 하는 생각만은 같았다.

채이가 초조하게 입술을 물어뜯었다. 언제 들어갔는지 다미는 주방에서 다리를 떨고 있다. 제 사장은 자리에서 일어나 가게를 서성거렸다. 네 개의 눈동자가 제게 꽂혀 따라다니는 것이 느껴졌다.

너무 고요해서일까. 지붕 위로 먹구름 달려드는 소리가 들렸다. 멀리서 웅성거리던 소리가 점점 커졌다. 쿠릉, 지붕으로 천둥이 내리쳤다. 제 사장은 눈살을 찌푸리며 바깥을 살피러 문 앞으로 다가갔다.

그 순간, 등불이 양옆으로 세차게 흔들리며 바닥이 덜컹거렸다.

채이가 비명을 지르며 의자와 함께 쓰러졌다. 동시에 넘어진 다미가 채이를 부르며 기다시피 주방을 빠져나왔다. 순식간에 옆으로 다가온 다미가 채이의 팔을 움켜쥐었다. 가게는 여전히 흔들리고 있다.

"사장님!"

채이의 외침에 다미는 멀리서 미끄러진 제 사장에게 손을 뻗었다.

그러나 제 사장은 손을 잡을 정신이 없었다. 그는 양팔로 머리를 감싸고 바닥에 웅크렸다. 관자놀이가 찢어지듯이 아팠다. 가게 벽면에 포효하는 한 남자의 그림자가 드리웠다.

"아! 너 괜찮아?"

다미가 잔뜩 인상을 쓰고 제 사장을 향해 소리쳤다.

그때, 채이도 머리를 부여잡았다. 송곳으로 찌르듯 예리한 고통이 파고들었다. 채이는 날카롭게 소리를 질렀다. 풍선처럼 부푼 이마를 새가 부리로 쪼아대는 것 같았다. 머리가 뜨겁게 달아올랐다.

"얜 또 왜 이래?"

다미는 난감한 표정으로 둘을 번갈아 보다가 이상한 소리에 두리번거렸다. 챙, 챙, 천장에서 부딪히는 소리가 났다. 등불이 요동치고 있었다. 거의 다 타서 밑바닥만 남은 양초가 떨어질락 말락 했다.

"저건 또 왜 저래?"

다미는 혹여나 한지가 탈까 봐 불을 끄려 했지만 일어날 때마다 번번이 넘어지고 말았다. 등불은 점점 더 세게 흔들리며 벽에 몸을 부딪혔다. 양초를 끼워둔 철사가 헐겁게 흔들렸다. 양초에 제일 가까운 곳에는 채이가 쓰러져 있었다. 다미는 불안한 마음에 벗어두었던 재킷을 끌어당겼다. 채이 머리 위에 덮어씌우는 순간, 양초가 떨어졌다.

다미는 이상한 현상을 목격했다. 떨어지던 파란빛이 바닥에 닿기 전에 산산조각 나 공중에 흩뿌려졌다. 불빛들이 가게를 배회하더니 제 사장을 향해 돌진했다.

날아간 빛은 제 사장의 관자놀이를 통해 머릿속으로 흡수되기 시작했다. 머리가 타들어가는 고통에 그는 팔을 허우적거렸다. 빛을 더 많이 받아들일수록 가게는 어두워졌다. 마지막 불빛마저 제 사장에게 흘러 들어갔을 때, 그는 모든 것을 생생하게 떠올릴 수 있었다.

자신이 잃어버렸던, 지난 31일간의 이야기를.

4
다시 쓰일 운명

거대한 용 한 마리가 바람을 가르며 날았다. 구름 사이를 흘러 다니는 용을 발견할 수 있는 사람은 드물다. 갈 길이 바쁜 사람들은 하늘을 올려다보지 않는다. 하늘을 올려다본대도 용이 아닌, 높은 빌딩의 전광판이 사람들의 시선을 사로잡을 테니.

'인공 심장 마지막 수술, 과연 인류의 도전은 성공하나.'

화면 속에서는 앵커가 열심히 입을 벙긋거렸다. 아래에 쓰인 자막은 그렇지 않아도 심란한 미르의 마음을 헤집어 놓았다. 불안하게 하늘을 서성이던 미르는 기다리던 부름을 받고 신들의 정원으로 가는 중이었다.

불길한 예감이 딱 들어맞았다. 기어이 사고가 나고야 만 것이리라. 조금만 더 지켜보겠다며 신들을 달랜 지 얼마 되지 않아서의 일이었다. 더는 지체할 수 없다. 미르는 비늘을 납작하게 누이고 속도를 내어 구름을 뚫고 나아갔다.

"내 말했지. 이 꼴이 나기 전에 진작 그것의 영혼을 찢어버려야 했다고!"

미르의 발이 닿기도 전에 익숙한 누군가의 호통이 들려왔다. 신들의 정원은 끈적끈적한 구름으로 뒤덮여 있었다. 한때는 나뭇잎이 살랑거리는 아름다운 곳이었으나 지금은 메마른 가지를 앙상하게 드리울 뿐이다.

신들은 본래 투명하지만 서로를 알아볼 수 있었다. 다만 보는 인간에 따라 그 색이 달리 보일 뿐이다. 미르에게는 벌써 십이지신이 안광을 번득이며 각자의 자리를 지키고 있는 것이 똑똑히 보였다.

"진정 좀 하게. 10리 밖에서도 목소리가 들리더구면."

미르는 애써 미소 지으며 넉살 좋게 인사를 건넨다.

"다들 모였는가. 내 이승에 나가 있느라 오랜만에들 만나는구려."

"어찌 그리 태평할 수 있나, 미르. 그 아이가 일을 쳤단 말이네. 이제 어쩔 셈인가?"

달이 미르 가까이 다가왔다. 유독 사이가 좋은 달과 미르는 정원에 있을 때면 언제나 서로의 옆자리를 지켰다.

"혜안을 가졌다는 용의 신이 이런 일도 하나 내다보지 못했단 말인가!"

어떤 신인지 다 들으라는 듯 구시렁거렸다.

미르는 다른 신들을 둘러보았다. 모두 심기가 불편한 표정으로 미르의 눈을 피했다. 하기야, 일이 나지 않았더라면 이렇게까지 모이진 않았을 일이었다. 미르 역시 더 이상 거북한 기색을 숨기지 않았다. 용의 콧김에 구름들이 찌르르 떨렸다.

"할 말이 없구먼. 이승을 돌보고 있었으면서도 일을 막지 못했으니. 내 어리석음을 용서하게."

달이 갈고리처럼 휜 발을 움켜쥐곤 초조하게 발톱으로 구름을 긁어댔다.

"이건 그대에게 관용을 베풀고 말고 할 일이 아니야. 저승에 가야 할 영혼들이 오지 않고 있네. 한시라도 빨리 해결하지 않는다면 이승과 저승은 그야말로 진창이 될 것이야. 가만히 두고 볼 수만은 없어."

눈치 없는 비늘이 구름에 스쳐 아름답게 반짝였다. 미르는 몸을 꿈틀거리며 고되게 숨을 내쉬었다. 그는 자신의 동료들을, 십이지신을 둘러보았다.

"그래. 어찌하는 게 좋겠는지 의견을 내주게. 내 자네들의 이야기를 먼저 들어봄세."

한동안 격렬한 토론이 벌어졌다.

"인간에게 더 이상의 기회는 필요 없다. 불멸에 대한 도전은 신에 대한 모욕이다!"

어떤 신이 격분을 참지 못하고 정원이 떠나가라 소리쳤다.

"옳다. 오래전 탐욕스러운 일이 또 반복된 거나 다름없지 않은가?"

누군가 동조하며 노여움의 물결이 번지는 듯했으나,

"에이, 그렇게까지 얘기할 거야 있나. 이성적으로 생각해, 그런 식으론 아무것도 해결 못 해."

다른 신이 그들을 말렸다.

"맞습니다. 일단은 이 일을 수습할 방법부터 찾아야 합니다."

어떤 차분한 목소리가 냉정한 판단으로 그 말에 힘을 실었다.

"잊었나 본데, 소동을 일으킨 건 하나라지만 대부분의 인간들이 동참했다구. 수습하려거든 이것들을 싹 밀어버리는 게 나아."

어떤 신은 과격하게 반박했고,

"설마 그 아이 하나 때문에 인간을 모조리 없애자는 건 아니겠지요? 질서가 무너질 게 뻔한 일이랍니다."

다른 신이 또다시 반박했다.

"그렇지만 도저히 용서할 수가 없는걸요. 정원 꼴을 좀 보세요. 그 시절 그 일 때문이지 않나요? 이번에야말로 그냥 넘어가선 안 된다고 봐요."

하지만 여전히 그에 맞서는 목소리는 줄어들지 않자,

"왜 옛날 일을 꺼내고 그러시오? 정원은 이미 끝난 일 아니오. 우리에겐 인간을 돌볼 의무가 있지 않소."

분노를 잠재우고 자신들의 역할을 일깨우려는 목소리도 있었다.

"뭐든 좋으니 말싸움 말고 묘안을 내보란 말이야. 지금 이 순간에도 운명이 뒤틀리고 있는데!"

발만 동동 구르며 채근하는 신이 있는가 하면,

"이봐, 말만 하지 말고 자네부터 대책을 내봐."

그 옆에선 시비를 거는 신도 있었다.

"보게들. 이래저래 번잡스럽구먼, 안 그런가?"

격한 논쟁에 끼어든 미르는 이런 때에 맞지 않게 웃음을 지었다.

"그런데 말이야, 어려운 방법을 택할 거 있나? 저승에 가야 할 영혼들을 원래대로 저승에 인도한다면 이승에 남는 영혼들에게 본보기가 될걸세. 운명이 굳건함을 알려준다면 인간은 늘 그랬듯 받아들일 거라네."

신들은 그제야 입을 다물고 가만히 제안을 생각해 보았다. 그럭저럭 괜찮은 결론이었는지, 대부분의 신들이 고개를 끄덕거리며 미르의 말에 동의했다. 하지만 여태 아무 말 않던 달은 불만이 가득한 표정이었다.

"그 아일 어쩔겐가?"

소란이 가라앉고 다시 조용해지자 달이 낮은 목소리로 물었다.

"벌써 몇백, 몇천 년이 지났는데도 고것의 거만한 성정은 도무지 나아질 기미가 보이질 않잖나. 장담하건대, 그대로 두었다간 후환이 있을 것이야."

역린을 찔린 미르의 비늘들이 차르륵 섰다가 누웠다.

"자네는 언제나 나의 가장 친한 벗이긴 해도, 인간에 대해서만큼은 나와 늘 반대란 말이지. 그것이 못내 안타깝네."

미르가 능청스럽게 말을 이어가려 하자 "딴소리 말게." 하고 달이 말허리를 잘랐다.

"그 아일 어쩔 셈인가? 그대가 해결할 방안을 찾아왔다면 처벌도 생각해 왔을 터."

"자네는 당해내질 못하겠구먼그려."

그는 똬리를 풀고 긴 꼬리를 뻗는다.

"그 말이 맞네. 모든 것을 원래대로 돌려놓기 위해서는 책임질 누군가가 있어야겠지. 자네들에게 한 가지 제안하고 싶은 게 있다네. 들어주겠나?"

미르는 신들을 둘러보았다. 모두 다음 말을 기다리고 있었다.

"내 벗들이 허락하기만 한다면, 내 아이가 모든 일을 해결

하도록 하고 싶네. 하여, 저지른 죄에 대한 마땅한 벌을 받고 다시 이승에 돌려보내 운명대로 살도록 하고 싶네만."

신들이 수런거리기 시작했다. 격분한 달이 나서서 날카롭게 소리쳤다.

"고 발칙한 것은 씻을 수 없는 죄를 지은 게야! 자네가 감싼다고 될 일이 아니란 말이네!"

"그 말도 물론 맞네. 허나."

미르가 정원 높이 올라 십이지신을 내려다본다.

"우리에겐 인간을 판단하고 처벌할 자격조차 없다는 걸 잘 알지 않나? 그건 오직 생명의 권한일세."

점차 신들 사이의 웅성거림이 잦아들었다. 이윽고 정원이 숙연한 분위기에 잠기자 미르가 다시 입을 열었다.

"우리는 그저 생명이 맡긴 일을 하는 것뿐이라네. 그러니 이승과 저승이 질서를 찾은 후에는 모든 것이 원래대로 흘러가게 내버려 두자는 말일세."

"그리 당하고도, 그대는 그 아일 믿는단 말인가?"

오직 달만이 미르를 올려다보고 있었다.

"믿고 싶네."

미르의 대답은 결연했다.

"아니, 믿는다네. 생명님이 그리했듯, 나는 여전히 그 아이가 변하리라 믿네."

좀처럼 볼 수 없는 미르의 웃음기 없는 표정에 달이 포기한 듯 고개를 절레절레 저었다.

　십이지신은 각자 저승에 가지 않고 이승에 남은 인간들의 운명부를 가지고 한자리에 모였다. 본디 운명부란 인간의 영혼이 육체에서 가장 안정적으로 살아남을 수 있는 기한을 정하는 서책이다. 지금은 신들이 찍어둔 마침표 뒤로 계속해서 새로운 운명이 쓰이고 있었다.

　"내 아이는 아직 마침표에 도달하지 않았어."

　달이 운명부 속의 글자를 어루만진다.

　"이번 생에는 죽음을 받아들이지 못했구나. 가엾은 것."

　"외람된 말이지만, 그 아이의 시간을 빌려도 되겠는가?"

　미르가 쥐고 있는 운명부에는 '제원영'이라는 세 글자가 선명히 적혀 있었다. 미르는 달의 표정을 보고 황급히 덧붙였다.

　"물론 그 아이를 안전히 지키도록 하겠네. 영혼에 흠집 하나 나지 않도록."

　"내 손수 그것의 영혼을 찢어발겨도 모자랄 판국에 내 아이의 시간까지 빌려 가는 건 과한 처사라 생각하지 않나?"

　달의 몸을 감싼 구름이 분노로 파르르 떨렸다.

　"자네에겐 미안하게 됐네. 허나 늘 그래왔듯이 자네의 아이 말고는 내 아이를 막을 자가 없지 않은가. 그 아이 스스로 선택한 길이야. 한 번만 더 신세 좀 지겠네. 이번에야말로 배우는 것이 있을 걸세."

미르는 수심이 깊은 얼굴로 원영의 운명부를 펼쳐보았다. 하얀 백지 위로 원영이 금단의 운명을 거침없이 써 내려가고 있었다.

"그래야만 할 것이야."

달이 한숨을 쉬자, 그가 내뿜던 분노의 빛이 점차 사그라들었다. 달이 미르를 향해 눈을 흘겼다.

"죽음만은 꼭 지켜주게. 단 한 번의 생도 마음 놓고 살아본 적 없는 아이니."

"희희낙락할 때가 아니다! 모두가 제때를 맞춰 행해야 한단 말이다."

미르가 뭐라 대답하기도 전에 건너편에 있던 다른 신이 끼어들었다.

"알았네, 알았어. 다들 준비되었는가?"

미르가 신들을 둘러보았다. 그들은 운명부의 마지막 장을 펼쳤다. 모든 일은 동시에 이루어져야만 한다. 조금이나마 혼란을 줄이기 위해서 말이다.

"그럼, 지금일세!"

미르의 말에 맞춰 모든 신들이 운명부의 마지막 장을 찢어 냈다. 순간, 원영을 포함한 열한 명의 시간이 멈췄다. 그사이

신들은 재빨리 각자 자기 아이들의 운명을 원래대로 적어나
갔다.

"난 내 아이의 혼을 환승으로 불러오겠네. 그럼 모두들 수
고하시게."

미르는 재빨리 한 치 앞도 볼 수 없는 구름 사이로 날아올
랐다.

다른 신들이 새로운 운명을 적고 마침표를 찍는 동안 달은
운명부에 적힌 글씨를 부드럽게 쓰다듬었다.

"내 선물이니라."

발톱이 닿은 곳에 반짝이는 글씨들이 사르르 녹아내렸다.
전에 있던 글씨는 살짝 투명해졌을 뿐, 여전히 그 자리에 있었
다. 반짝이는 글씨가 꿈이 되어 책 주인의 괴로움을 잠시나마
덮어줄 것이다. 아직은 때가 아니었다. 이 운명의 주인은 신의
손길을 따라 잠시 행복하고 평온한 잠을 잘 것이다. 달이 운명
부를 내려놓자, 마침내 책 속의 운명은 마침표가 찍힌 채 더
이상 움직이지 않았다.

"아직 멀었느니라. 좀 더 자거라. 참으로 오랜만의 휴식이
아니더냐."

영채이. 달은 책등에 적힌 이름을 한 번 더 쓰다듬었다.

4장

마지막 약속

1

디데이

"영원히 뛰는 심장은 없습니다."

화면에 잡힌 남자가 카메라를 응시했다. 머리카락 한 올 삐져나오지 않게 가르마를 따라 넘긴 머리, 눈썹 한 가닥조차 흐트러지지 않게 정돈된 얼굴, 몸에 딱 맞게 떨어지는 무채색 정장. 말쑥한 모습의 그는 웃음기 하나 없이 삭막한 표정으로 입을 뗐다.

"하지만 인생 2막은 이제 시작입니다. 몸에게 새로운 심장을 선물하세요."

"네, 지금까지 제일메디 의료기기개발센터의 제원영 본부장이었습니다. 감사합니다."

앵커가 만면에 웃음을 띠고 남자를 향해 고개를 끄덕인다. 남자는 감사하다는 인사를 이어받을 수 없었다. 앵커의 말이 끝나기 무섭게 텔레비전이 꺼졌으니까. 방금까지 뉴스에 나오던 남자가 검은 화면에 비쳤다. 그는 자기 얼굴을 향해 리모컨을 집어던지며 혀를 찼다.

"안 한다니까 저건 왜 시켜가지고."

그는 신경질적으로 머리칼을 쓸어 올리며 마른세수를 했다. PD 성화에 못 이겨 마지막 말을 읊던 얼굴이 한심했다. 중지로 지끈거리는 관자놀이를 꾹꾹 눌렀다. 편두통이 잦아 생긴 습관이다.

뉴스에 나올 때완 달리 편안한 차림이었다. 새하얀 소파에 등을 기대고 잠을 청하려 눈을 감았다. 탁자에 마시고 남은 와인이 눈앞에 아른거렸다. 유리잔에는 아직 몇 모금의 와인이 남았지만 마실 생각은 없다. 인터뷰를 보니 취기마저 싹 달아나, 더 이상 술맛이 나질 않는다.

그는 깊은 한숨을 내쉬고 탁자를 치우기 시작했다. 남은 와인을 개수대에 버리고 수도꼭지를 틀어 설거지를 했다. 원영이 집에 없으면 가사도우미가 출근하긴 하지만, 하얀 대리석 개수대에 설거짓거리를 대충 던져두고 잘 만큼 그는 게으르지 못하다.

원영은 자신이 할 수 있는 어지간한 집안일은 다 해두는 편이다. 남에게 맡기는 건 영 찜찜했다. 제 깔끔함의 기준이 워낙 높은 걸 알기에 본인이 하는 게 차라리 몸도 마음도 편하다. 그는 자신이 던진 리모컨 때문에 살짝 삐뚤어진 텔레비전이 정면을 보도록 똑바로 세우고, 리모컨은 제자리에 반듯하게 눕히고 나서야 침실로 터덜터덜 들어갔다.

침대에 누워도 잠은 오지 않았다. 술기운을 빌려 자려고 했건만, 졸리기는커녕 작은 하품조차 나오지 않았다. 오랜만에 술을 마신 탓일까. 무료함을 달래기 위해 평소에는 장식으로 달아두던 텔레비전을 켠 것이 화근이었다.

"멍청한 노인네들."

원영은 오른쪽으로 돌아누웠다.

마지막 순간까지도 '알겠다'는 말을 뱉은 적이 없는데 모든 것이 이미 확정되어 있었다.

인공 심장을 발표했을 때만 하더라도 이사진의 반응은 싸늘했다. 후계자가 경영을 물려받을 생각은 않고 별 쓸데없는 일에 매달려 허송세월을 보낸다는 반응이 대부분이었다. 하지만 몇 년 만에 실험이 뚜렷한 성과를 보이자 그들은 말을 바꾸기 시작했다. 실험을 비공개로 돌려야 한다느니, 몇몇 재벌가에게만 비공개 서비스를 제공해야 한다느니. 원영은 지겨웠다.

그래서 아무런 대책도 없이 일을 저질렀다. 임상시험 허가를 받아버린 것이다. 빼도 박도 못하게 원영의 인공 심장이 전

세계에 알려졌다. 그 일을 두고 이사진은 한바탕 들고 일어났지만, 엎질러진 물을 어떻게 해야 조금이라도 주워 담을까 저들끼리 고민하기 시작했다. 그들이 제시한 조건은 인공 심장이 정식 등록되면 동시에 병원에 순차적으로 공급하기 위한 홍보를 하라는 것이었다.

세상이 원영을 주목하고 있었다. 아니, 정확히는 원영을 원하고 있었다. 그건 합당한 이유가 되었다. 물론 그보다는 주식 시장의 흐름을 휘어잡고 싶은 것이 더 큰 이유였을 테지만. 어쨌든 원영은 한 번 더 제일그룹, 아니 제씨 가문의 전성기를 끌어낼 마땅한 미끼였다.

"네 손으로 만든 물건이니, 네 손으로 직접 팔아야지. 네 일은 네가 책임지겠다고 하지 않았냐."

정신 나간 이사진을 뒤로하고 아버지와 대화를 시도한 건 판단 오류였다. 아니, 본가에 발을 들인 것부터가 잘못이었다. 눈치를 보아하니 가뜩이나 복잡한 형제 관계가 후계자를 운운하며 더욱 복잡해진 듯했다. 원영은 일을 더 키우기 싫어 저녁을 먹고 가란 말을 무시한 채 거대한 대문을 나섰다.

몸을 뒤척이던 원영은 결국 침대에서 일어났다. 침실에서는 도무지 잠이 오지 않는다. 원영은 포근한 슬리퍼를 질질 끌면서 침실 건너편으로 향했다. 남들은 서재라고 부르지만 원영은 개발실이라 부르는 방이었다. 텅 빈 침대보다는 종이 냄새와 차가운 유리의 울림으로 가득 찬 책상에 엎드려 자는 게 마음이 편했다.

푹신한 의자에 등을 기대어 앉자 그제야 안심이 된다. 눈을 감고 잠시 생각에 잠긴다.

개발에 몰두하고 싶었다. 후계자니, 경영이니, 그런 성가신 일에는 일찍이 흥미를 잃었다. 돈이란 언제든 손바닥만 내밀면 가질 수 있었다. 그리고 돈이 있으면 나머지도 가질 수 있다. 그 탓에 이미 세상에 존재하는 것들은 원영의 눈길을 끌지 못했다. 그는 자신이 유일하게 가지지 못하는 것에 대해 고민했다. 죽음. 누구도 피할 수 없으면서 누구도 가질 수 없는 것이었다.

줄줄이 형제가 생기며 가소로운 권력 다툼이 이어졌다. 원영은 보란 듯이 관심을 끊었다. 피 튀기는 암투보다는 연구실에 틀어박히는 편이 몇 배는 재밌었으니까. 그래 놓고는 주목받을 만한 물건을 제 손으로 직접 만들어내다니. 허탈한 웃음이 나왔지만 그렇다고 심장을 만든 걸 후회하진 않는다. 위대한 발명품을 돈벌이 수단으로 엮는 것이 역겨울 뿐이었다.

서랍장에서 작은 열쇠를 꺼내 의자를 돌려 앉았다. 책상 뒤편의 벽면을 뒤덮은 유리 진열장에는 다양한 심장 모형이 전시되어 있다. 개발 초기 단계의 심장부터 지금에 이르기까지, 어느 하나 아름답지 않은 모양이 없었다. 찰칵, 열쇠 돌아가는 소리에 심장을 바라보는 긴 속눈썹이 파르르 떨렸다. 원영은 가운데 있는 심장에 손을 뻗는다.

길쭉한 돔 모양의 유리 뚜껑을 열어 심장을 양손에 쥐었다. 하얗고 보드랍고 아름다웠다. 원영은 제 심장이 뜨거워지는 것을 느꼈다. 둥, 둥, 미세한 진동과 함께 심장이 펌프질을 하며 튀어 올랐다. 그럴 리는 없지만 적어도 원영은 그렇게 느꼈다. 단언컨대, 그 어떤 신도 이보다 완벽한 심장을 만들어낼 수는 없을 것이었다.

내일은 첫 심장이식이 있다. 원영이 빚은 조각품이 주인을 찾아 제자리를 찾는다.

심장이 제 역할을 충분히 할 것이란 걸 원영은 믿어 의심치 않았지만, 그마저도 수술이 잘된 후의 얘기였다. 그가 도통 잠들지 못하는 것도 이 때문이다. 첫 참가자는 팔순이 넘은 고령의 환자로, 심장 수술을 하지 않으면 어차피 죽을 팔자였다.

원영은 왜인지 수술을 맡은 주치의가 첫 만남부터 못 미더웠다. 혀가 짧은 말투도, 덜떨어진 표정도 전부. 돌팔이 같은 의사에게 이 정도의 영광을 안겨줘도 되는지 의문이었다. 자회사인 제일 의료원에서 수술을 집도할 의사를 선정할 때 추천을 가장 많이 받은 의사였다. 그게 수술 실력이 아닌, 보이지 않는 끈에 의한 것이 분명하긴 했지만. 어쨌거나 원영은 그 문제는 더 생각하지 않기로 했다.

무엇보다 병원 앞에 북적거릴 기자들을 생각하니 벌써부터 머리가 지끈거렸다. 옷깃을 붙들고 늘어질 건 빤히 정해진 수순이다. 주목받는 일에는 영 젬병인데다, 머저리 같은 질문들에 일일이 대답하고 싶은 마음은 추호도 없지만 해야 한다. 아버지가 보고 계실 테고, 대답하는 것은 제일그룹을 대표하는 얼굴로서 의무일 테니까.

원영은 심장을 다시 유리 케이스에 넣고 책상에 엎드려 가만히 바라보았다. 그는 눈을 감고 일정하게 울려 퍼지는 심장 소리에 귀를 기울였다. 몸 안에서 뛰고 있는 심장과 앞에 놓인 심장의 박동이 점차 리듬을 맞춰갔다. 제 몸속에 든 것은 그토록 싫어하는 아버지와 어머니가 준 것이지만, 눈앞에 놓인 심장은 온전히 원영 자신이 만든 것이다. 원영은 불현듯 앵커가 했던 질문이 떠올랐다.

"본부장님 본인도 추후 필요할 경우 해당 인공 심장으로 교체하실 의향이 있으십니까?"

받았던 질문 중에 가장 마음에 드는 질문이었다. 좀처럼 웃질 않아 앵커의 속을 태우던 원영은 그 순간 처음으로 엷은 미소를 지었다. 그리고 대답했다.

"가능하다면, 지금이라도 교체하고 싶습니다."

평화로운 공기에 서서히 졸음이 몰려왔다. 원영은 어느 순간 책상에 엎드려 곤히 잠들었다, 웃음을 머금고.

D-33

"에, 연세도 있고 해서 회복은 좀 더디디만. 에, 환자가 살고자 하는 의디가 강하서서 경과는 아두 됴씁니다."

입을 다물고 있으면 한층 전문적으로 보이긴 할 텐데, 인터뷰란 것이 입을 꾹 다물고 있을 수만은 없는 노릇이다. 생방송으로 송출된다는 걸 많이 의식했는지 의사는 발음 연습을 한 모양이었다. 수술보다 인터뷰 발음에 더 신경 쓴 결과겠지만 끝으로 갈수록 혀 짧은 발음이 노골적으로 드러났다. 뻔뻔하기라도 했으면 좋았으련만, 당혹스러운 표정이 카메라에 그대로 잡히는 바람에 권위 따위는 전혀 느껴지지 않았다.

첫 번째 임상시험은 성공적이었다. 긴 수술 시간과 몇 차례의 처치 후 완벽하게 이식을 마친 환자는 심장병을 앓기 이전보다 건강하다는 진단을 받았다. 눈물을 흘리며 감사하다고 허리를 숙이는 보호자의 모습이 전파를 타면서 인류는 새로운 희망으로 들썩였다. 아니나 다를까, 아직 심장 이식 수술을 앞둔 임상시험 참가자가 열 명이나 남아 있었는데도 인공 심장 문의가 밀물처럼 빠르게 달려들고 있었다.

기자들은 다른 누구보다 환자를 카메라에 담고 싶어 했지만, 그들이 만날 수 있는 건 어설프게 웃고 있는 의사뿐이었다. 대수술을 받은 환자에게는 절대 안정이 필요하기 때문이기도 하나, 제일그룹은 신중을 기하길 원했다. 혀 짧은 의사는 A4 용지 열다섯 장에 달하는 답지 내에서만 고르고 골라 대답하며 교묘하게 날카로운 질문을 피해 갔다.

원영은 임상시험이 진행된 후로 얼굴을 잘 내비치지 않았다. 혹시라도 수술 중 문제가 생길 경우 책임 소재를 의사에게 떠넘겨야 했으므로. 기꺼이 의사에게 스포트라이트를 돌린 게 꼭 그 때문만은 아니었다. 오히려 원영은 마음에도 없는 인터뷰 따위를 떠넘길 수 있어 속이 시원했다. 꼭두각시 노릇은 뉴스에 나간 것 한 번으로 족했다.

게다가 애초에 사람들이 관심 갖는 것은 의사가 아니다. 의사는 수술 경과를 읊는 기계에 불과했다. 심장이 얼마나 빨리 자리를 잡고 환자가 얼마나 빨리 회복하느냐에 온 관심이 집중될 것이다. 인공 심장이 얼마나 대단한 발명품인가를 세상에 알리면 그걸로 되었다고, 원영은 생각했다.

D-22

"아저씨 뉴스에서 봤는데 부장님이라면서요?"

예의상 던진 '궁금한 건 없냐'는 물음에 되묻는 여자아이의 목소리는 무미건조했다. 호기심이나 친근함은 전혀 담기지 않은, 방어적이라기보단 무심할 정도로 생기 없는 질문이었다.

그 나이 또래 아이들을 볼 기회가 없는 원영조차 소녀가 또래에 비해 냉담하다는 걸 알아챌 정도로.

"정확히는 본부장."

맞대꾸하는 자신의 목소리 역시 만만찮게 건조했다. 아이의 부모가 있었더라면 조금 더 성의가 담겼으려나.

"부장은 보통 나이가 많지 않아요? 아저씨는 우리 아빠보다 젊어 보이는데."

"나이 많다고 다 부장 달아주진 않아. 능력 있으면 젊어도 부장 달아주는 거고."

명치를 가격하는 질문에 원영은 눈썹을 찡그렸다. 애써 숨기려고 해도 꼬리표는 언제나 원영의 꽁무니를 질질 따라다녔다. 결국 아버지가 앉혀준 자리라는 말만은 사양이었다. 자리에 충분히 앉을 만한 자격이 있다는 걸 제 손으로 증명해 낸 마당에 굳이 그런 말을 들을 필요는 더더욱 없었다.

"그렇겠죠. 능력 있으니까 내 심장도 새로 만들었겠죠."

아이는 한숨을 쉬곤 고개를 돌렸다. 창밖을 바라보며 아랫입술을 잘근잘근 씹어대는 옆얼굴은 체념한 것 같아 보였다.

이제 남은 참가자는 다섯, 반쯤 진행된 임상시험은 순항 중이었다. 그 말은 즉 원영도 눈코 뜰 새 없이 바쁘다는 뜻이기도 했다. 환자마다 수술 부작용과 이물감을 줄일 수 있는 인공심장의 모양이 조금씩 달랐기에, 원영은 매 수술에 들어가기 직전까지 적응도 기준치에 맞춰 모의 실험을 마치고 인증 보고서를 제출해야 했다. 한동안 연구실에 틀어박혀 지내던 원영은 전화 한 통에 등 떠밀리다시피 사무실을 나섰다.

곧 있을 수술은 제일기업의 창립 때부터 꾸준히 후원한 재벌 집안의 외동딸 순서였다. 영향력 있는 정치인 가문의 남편이 명을 달리한 탓에 일찍이 홀몸으로 산 그녀는 재혼도 마다하고 남은 일평생을 기부하며 살아왔다. 노블레스 오블리주를 실천한다며 모두가 여자의 삶을 칭송했지만, 사실 사람들은 여자가 죽으면 남은 재산이 어디로 떨어질지에 더 관심을 가졌다. 경영에 문외한인 원영은 그녀의 주식 지분 따위에는 흥미가 없었다. 그렇다고 성의를 보이라는 성가신 주문까지 떨쳐낼 순 없었다.

인공 심장에 대한 문의가 쇄도하는 시점에 신문에 커다란 글씨로 '제원영 본부장, 환자들과 주기적인 만남'이라는 헤드라인 정도면 주가를 심심찮게 뽑아먹을 수도 있거니와, 재력가의 비위를 맞추는데도 도움이 될 것이라는 치밀한 작전이었다.

원영은 주문받은 최소한의 주목만 끌고 싶었기에, 의료원에 예고하지 않고 평일에 찾아갔다. 정확한 계산이었다. 이제 의료원 앞에 죽치고 앉아 있는 기자도 없었고, 24시간 내내 환자 곁을 지키며 수발드는 보호자도 거의 없었다. 그나마도 자고 있거나 안정이 필요한 참가자들을 지나치고 나니 원영이 마주할 참가자는 몇 명 되지 않았다.

영채이. 소녀는 그중 마지막 참가자였다.

심장이식 임상시험은 위험도가 높은 수술이기 때문에 참가자 모집은 오로지 담당 의사의 추천으로만 진행되었다. 연령대는 다양했지만 10대는 아직 미성년자이기에 참여가 불가능했다. 하지만 소녀를 추천한 담당 의사는 그녀가 주민등록상 성인이라는 점을 강조했다. 나이는 이미 성인이지만, 지독한 선천적 심장병에 의해 학교 다니는 게 늦어져 여전히 고등학생으로 기재되어 있을 뿐이라고.

다소 특이한 이력 덕분에 채이는 가까스로 마지막 참가자로 탑승할 수 있었다. 10대 참가자가 없는 아쉬움을 달래줄 만한 최적의 조건이었다.

"고맙습니다, 본부장님. 정말 고마워요."

대부분의 환자들이 원영을 봤을 때의 반응이다.

아까 지나친 어느 남성 보호자는 두꺼운 손가락으로 자신의 손을 부여잡고는 고맙다느니, 생명의 은인이라느니 했다. 그의 두툼한 손바닥 안에서 뭉개진 손가락에 '뼈가 부러지진 않을까' 생각이 들 정도였다. 원영이 손을 잡아 빼려고 해도 도무지 말을 듣지 않았다. 수술 받은 형이 옆에서 말리지 않았다면 무릎까지 꿇을 기세였다.

　육상 국가대표로 얼굴을 알린 젊은 여자는 원영을 보자마자 허리를 직각으로 숙였다. 카메라가 있었으면 곤란할 뻔했다. 선수의 엄마가 수술을 받는 것만으로도 뉴스는 한동안 시끄러웠다.

　자신을 교사라고 소개한 젊은 남자는 비타민 음료 한 박스를 건넸다. 둥글게 솟은 배를 부여잡은 그의 아내도 옆에서 감사 인사를 건넸다. 정작 수술을 받은 사람은 가족도 아니고 그저 친구였는데 말이다.

　표현은 제각각이지만 어쨌든 새로운 삶의 기회를 얻은 것에 기뻐하는 것이 보통이다.

　그러나 이 소녀는 달랐다. 자신의 삶이 곧 끝장난대도 그다지 놀라울 것도 없다는 듯, 모든 걸 내려놓은 표정이 원영의 심기를 건드렸다. 금방 일어나려던 원영은 의자를 끌어당겨 앉으며 무슨 생각을 하느냐고 물었다.

　"죽는 날을 고른다면 언제가 좋을까요."

　그녀는 원영을 돌아보지도 않았다. 질문을 이해하기도 전에 원영의 표정이 험악하게 구겨졌다.

　"그런 걱정을 왜 해? 수술하면 살 수 있을 텐데."

　"심장이 정말 완벽하다고 믿으세요?"

　귀를 겨우 덮는 단발머리의 작은 소녀가 자신을 올려다본다. 그 눈동자를 어디서 본 것만 같았다. 물론 이전에도 환자들을 본 적이 있으니 당연하겠지만. 그를 쳐다보는 채이의 눈동자에는 악의도, 그렇다고 감사함도 없었다.

"그걸 제 심장이랑 바꾸면 앞으로는 병원 신세도 안 지고, 엄마 아빠보다 더 오래 살 수 있는 거, 확실한 거예요?"

"믿지도 못하면서 뭐 하러 수술을 기다려?"

자신이 개발한 심장을 고물 넝어리 취급하는 말투에 원영은 슬슬 짜증이 났다. 자신이 얼마나 큰 행운을 거머쥐었는지도 모르는 이 건방진 아이에게 화가 나려는 찰나였다.

"엄마랑 아빠가 무릎 꿇고 빌었거든요. 제발 수술 받게 해 달라고, 의사 쌤한테."

고개를 돌려도 어깨를 작게 들썩이며 슬픔을 삼키는 모습은 고스란히 보였다.

"부장님한테 악감정이 있는 건 아니고, 그냥 아무도 못 믿어서 그래요. 태어나서부터 병원 침대에만 누워 있잖아요? 의사한테 '이번엔 살 수 있다, 이번 수술은 성공적이다' 뭐 이런 말만 수백 번쯤 듣다 보면 이렇게 돼요."

원영의 마음에 자리 잡으려던 분노가 사그라들었다. 원영은 잠자코 채이의 말을 들었다.

"솔직히 아침에 눈을 뜰 때마다 제가 살아 있는 게 신기해요. 애초에 일찍 죽을 운명을 타고났다면 굳이 살려고 아등바

등해 봤자 무슨 소용 있겠어요. 그래서 저는 자기 전에 항상 기도해요. 차라리 내가 모를 때, 자고 있을 때 죽게 해달라고. 살고 싶다는 생각을 하면서 죽어가는 걸 느끼고 싶진 않거든요."

원영은 아무 대꾸도 할 수 없었다. 창밖으로 고개를 돌리고 있는 채이의 아랫입술이 피가 몰려 빨개진다. 무던하게 굴려고 애써도 아직 감정을 숨기는 데는 서투른 어린애다. 원영은 잠시 고민하다가 입을 열었다.

"날 믿으란 소리가 아냐. 나도 사람 믿으라는 말 안 믿어. 그러니까 난 안 믿어도 상관없어. 내 말은, 나 말고 내가 만든 심장을 믿으란 소리야."

채이가 의외라는 듯 발갛게 젖은 눈으로 원영을 마주 보았다. 원영은 제가 이런 말을 하는 자신이 어색해 헛웃음을 지었다.

"수술하고 나면 네가 마라톤 선수를 한대도 아무도 안 놀랠 거다, 꼬맹아."

"마라톤은 관심 없어요. 그냥 대학교나 한번 가보면 좋겠어요. 남들은 다 간다는 대학교."

"누가 그래? 대학교 아무나 못 가. 공부나 해둬."

채이가 흐릿하게 웃었다. 원영도 희미하게 웃었다. 이번엔 진짜 웃음이었다.

D-day

채이는 아침에 눈을 뜨면서부터, 이 수술이 그동안 해왔던 수없이 많은 수술과 별다를 것 없다고 속으로 중얼거렸다. 부모님이 어제부터 내내 그 말만 앵무새처럼 되뇐 탓에 자기한테까지 전염된 거라고, 채이는 생각했다. 그렇게 생각하려 애썼다. 그렇지 않으면 불길하고 싸한 꿈이 자신을 덮쳐버릴 것만 같았으니까.

꿈에서 채이는 혼자였다. 나무 바닥으로 된 작은 직육면체의 오두막에는 길쭉한 식탁이 네모난 공간을 가로지르고 있었다. 키가 높은 책상과 같은 높이의 의자 세 개가 줄지어 있는 좁은 식당이었다. 채이가 앉은 식탁 건너편은 주방처럼 보였다. 싱크대와 선반들, 가스레인지와 냉장고가 꿈이라기엔 지나칠 정도로 선명했다. 확실한 것은, 가게 안에는 채이 빼곤 아무도 없었다는 사실이다.

식탁 위에는 채이가 좋아하는 동그란 치즈케이크가 놓여있었다. 치즈케이크에 꽂힌 길쭉한 두 개의 초에는 아직 불이붙지 않은 채였다. 이건 분명 채이의 스무 번째 생일 케이크일 것이었다. 생각이 거기에 미치자 채이는 번뜩 정신이 들었다. 수술이 끝나면 부모님과 생일 파티를 하기로 했다.

작년 한 해는 잠깐의 퇴원도 없이 내내 병동에 틀어박혀 지내야 했다. 그나마 기다렸던 생일날은 혼수상태로 허비했다.

며칠 만에 정신을 차린 채이는 케이크의 촛불을 끄지 않았다. 스물이 되는 날을 허무하게 지나쳐 버렸다는 걸 인정하고 싶지 않았다.

올해도 생일이 다가오고 있었다. 채이는 부모님에게 촛불을 스무 개만 준비해 달라고 부탁했다. 이왕이면 스물이고 싶었다. 벌써 촛불을 스물한 개나 끄기엔 억울했다. 흘려보낸 시간을 주워 담을 수는 없대도 새로운 인생을 시작하는 나이 정도는 원하는 대로 골라도 괜찮을 거라 위로했다. 열아홉까지는 그간 살다시피 해온 병원에 다 주었으니 적어도 스물은, 스물만은 온전히 제 것으로 보내도 괜찮지 않을까 싶었다.

'한 살, 겨우 한 살이잖아.'

채이는 생각을 곱씹었다. 다른 나이는 슬퍼할 새도 흘러갔다 쳐도, 스무 살 만큼은 남들처럼 온전히 1년을 살아보고 싶었다.

아직 꿈이라는 걸 눈치채지 못하고 채이는 생일 파티에 오지 않은 사람들을 기다렸다. 사람들이라고 해봤자 부모님을 빼면 몇 없겠지만. 그녀는 물끄러미 치즈케이크를 바라보았다. 희끄무레한 노란빛을 띠는 치즈케이크 위로 윤기가 흘렀다.

테두리가 까진 좌식 식탁과 쓰기 싫다고 칭얼거리던 고깔모자. 채이 얼굴보다 커다란 치즈케이크. 일곱 살 즈음 집에서

세 가족이 둘러앉아 케이크를 먹은 것이 제 인생에 유일한 생일 파티였다. 채이는 혀에서 녹아내리던 부드러움을 잊지 못했다. 목 뒤로 침이 꿀꺽 넘어갔다.

채이가 눈을 깜빡일 때마다 케이크 윗면이 번쩍거렸다. 채이는 머리 위에 달린 하얀 한지 등을 올려다보았다. 미술 시간에 쓰는 물통처럼 접힌 자국마다 빛이 쪼개졌다. 아래로 떨어지는 빛이 치즈케이크의 윤기에 반사되어 눈을 간지럽혔다.

채이는 뒤를 돌아보았다. 작은 문이 보였다. 문에는 동그란 창이 하나 나 있었다. 눈을 가늘게 뜨고 창문 밖을 내다보려 했지만 바깥에서 들이치는 빛 때문에 바깥 풍경이 잘 보이지 않았다. 왜인지 채이는 사람들을 마중 나가야 한다는 생각에 사로잡혔다. 자리에서 일어나 문으로 한 발짝 내디딜 때마다 햇빛은 더욱 강렬해졌다. 눈을 뜰 수 없을 지경이 되자 채이는 문으로 뛰어가 벌컥, 문을 열어젖혔다.

그러곤 잠에서 깼다.

"딸, 우리 딸."

채이는 잘근잘근 아랫입술을 씹다가 아빠의 부드러운 목소리에 번뜩 정신이 들었다. 눈앞에 부모님의 얼굴이 저를 쳐다보고 있었다.

"이제 들어가야지."

근심을 한가득 머금은 아빠의 목소리가 떨렸다. 옆에선 엄마가 통통 부은 눈두덩을 애써 들어 올리고 있었다. 간밤에 대체 얼마나 운 걸까.

"우리 애기, 잘 할 수 있지?"

"그렇게 부르지 좀 마."

채이는 코맹맹이 소리로 자신을 부르는 엄마에게 핀잔을 주었다. 엄마는 가끔 자신을 애기라고 불렀다. 채이는 그게 못마땅하면서도 좋았다. 엄마가 자신을 아끼는 마음을 듬뿍 담아 부르는 게 느껴졌다. 매번 투덜거리긴 하지만.

"애기는 무슨. 이제 스물이 넘었는데."

하필 수술 날은 스무 번째 생일 하루 전이었다. 수술 날짜가 잡혔을 때부터 자신이 스무 번째 생일을 맞이하지 못하고 죽을지도 모른단 생각은 했지만, 부모님 앞에서 차마 꺼내지 못할 말이었다. 아마 부모님도 그런 불안함에 시달렸을 것을 채이는 알고 있었다.

"치즈케이크 제일 큰 걸로 사줘야 돼."

채이는 어리광 부리는 말투로 케이크 타령을 했다. 마치 자신이 금방 수술실에서 빠져나와 생일 파티를 할 거란 듯, 칭얼거리고 떼쓰는 것. 그게 부모님에게 자신이 해줄 수 있는 최선이었다. 수술 전, 가족과의 마지막 면회에서 맥없이 울적한 모습을 보이거나 민망한 고백을 한다거나 해서 부모님의 눈물샘을 자극하긴 싫었다.

"초는 스무 개만, 맞지?"

활짝 웃는 아빠의 눈 밑에 경련이 일며 부르르 떨렸다. 엄마가 급히 고개를 돌렸다. 눈자위에서 미끄러지던 눈물을 훔치는 손길이 다급했다. 다시 채이를 향한 얼굴에는 아직도 물기가 어려 있다. 부모님 역시 늘 그래왔듯이 아무렇지 않은 체했다. 세 가족이 할 수 있는 건, 고작 그게 전부였다. 엄마가 채이의 손을 끌어당겨 깍지를 쥐었다.

"엄마랑 아빠가 우리 채이 많이, 많이 사랑해."

"뭐야, 오글거리게."

채이는 엄마의 눈을 피했다. 잘 참아온 울음이 나올 것 같아서였다. 맞잡은 손 위로 아빠가 자신의 손도 포갰다. 손금마다 땀이 스며서 축축했지만 아무도 손을 빼지 않았다. 대신 더 세게 서로의 손을 움켜쥘 뿐이었다.

"수술실 들어가겠습니다."

간호사가 침대를 살짝 잡아끌었다.

세 가족은 손을 한 번 꼭 쥐었다가 놓았다. 채이가 누운 침대가 미끄러지듯이 자동문 안으로 들어갔다. 채이는 눈을 꽉 감고 있다가 문이 닫히기 직전 자기 발끝을 바라보았다. 엄마가 아빠 품에 안겨 있었다. '나도 사랑해.' 채이는 문이 닫히기 전에 마음속으로 속삭였다.

"잠시 대기하겠습니다."

수술 전, 대기실에 누워 듣는 간호사의 목소리는 언제나 무미건조했다. 그들은 누워 있는 환자에게 딱히 동정심이나 관심 같은 게 없다. 이건 일에 불과하니까. 간호사가 침대를 고정시키고 혼자 쏙 수술실로 들어갔다. 차라리 이런 사무적인 태도가 나았다.

여느 대기실보다 불빛이 좀 셌다. 채이는 연신 눈을 껌뻑이며 쌍꺼풀로 겹쳐 드는 불빛의 잔상을 가만히 지켜보았다. 평소에도 불안한 기운을 느낀 적이야 많았다. 실제로 그런 느낌을 받은 날은 어김없이 혼수상태에 빠지거나 생사를 오가는 큰 고비를 넘기곤 했다. 그런 경험을 몇 차례 하고 난 후, 채이는 자신이 언제든지 죽을 수 있다는 사실을 받아들이기로 했다. 그런 채이도 오늘만큼은 평소보다 몇 배 강력한 두근거림에 사로잡혔다. 여태껏 죽지 못해 살아남은 질긴 심장이 최후의 발악이라도 하듯. 이건 설렘이 아니었다. 수술대에서 영영 눈을 뜨지 못할지도 모른다는 두려움이었다.

'가슴을 활짝 열어둔 채로 죽어버리면 어쩌지?'

갑자기 밀려드는 불길한 상상에 채이는 칼날이 수없이 지나간 자리를 옷 위로 매만졌다. 가슴께에서 울퉁불퉁한 수술 자국이 느껴졌다.

"가슴을 열어둔 꼴만은 면하게 해주세요. 제 몸이 온전한 상태로 죽고 싶어요."

채이는 저도 모르게 속삭였다. 아무 신이나 좀 들어주었으면 하는 바람이었다. 어쨌거나 빌고 나니 조금은 안심이 됐다. 죽지 않게 해달라는 건방지고 불량한 소원보다는 현실성 있었으므로. 이 정도는 들어줄 거란 생각에 안도하는 마음까지 들었다.

채이는 눈을 감고 눈꺼풀 안에 남은 불빛의 잔상이 희미하게 사라진 걸 느꼈다. 자신을 비추는 빛을 누군가 가린 것처럼 주변이 캄캄하게 느껴졌다. 간호사가 다가온 것 같았다.

"그게 소원이야? 곱게 죽여달라는 게?"

멀지 않은 곳에서 차가운 목소리가 스쳤다. 굳이 눈을 뜨지 않아도 누군지는 알 수 있지만, 너무 놀라 눈이 절로 뜨였다. 원영이 누워 있는 채이를 내려다보고 있었다.

"부장님? 여기 어떻게 들어왔어요?"

"나 관계자거든?"

"들어오는 소리가 안 들렸는데?"

원영이 목에 걸린 출입증을 흔들었지만, 채이는 믿기지 않는다는 듯 발밑의 자동문을 힐끔거렸다.

"당연하지. 너보다 먼저 들어왔으니까."

원영이 턱짓으로 뒤쪽을 가리켰다. 채이가 고개를 살짝 들어 살펴보니 수술실 옆, 조명이 꺼진 곳에 작은 문이 하나 있었다.

"나는 너 수술할 때 저기서 보고 있어야 되거든."

채이는 원영의 살짝 삐뚤어진 눈썹과 귀찮은 말투에 이상하리만치 안도감이 들었다.

"나 걱정돼서 온 거예요?"

"네 심장 가져왔다. 다른 환자들 수술할 때도 다 왔으니까 어디서 그런 말 함부로 하지 마. 차별 대우 한다고 오해 받기 싫으니까."

원영의 목소리는 차가웠지만 부정하지 않는 걸 보니 걱정하는 것도 영 틀리지는 않은 모양이었다.

"그냥 그렇다고 하면 어디가 덧나나."

채이도 틱틱거리긴 했지만 정말 토라진 건 아니었다.

"곧 수술 들어갈 텐데 어때. 준비는 됐어?"

"소독약 냄새가 벌써 심한 거 빼고는 그럭저럭요."

"아니, 그 준비 말고."

원영이 무릎을 굽혀 채이와 눈을 맞췄다.

"시험 볼 준비는 됐냐고. 수술실 나오면 수능 100일도 안 남았는데. 너 대학 가고 싶다며."

사뭇 진지한 표정에 채이는 긴장이 풀리면서 웃음이 터졌다. '이 깐깐한 사람이 확신하는 수술이라면 어떻게든 되겠지.' 계속 불안하게 쿵쾅거리던 채이의 심장이 천천히 제 속도를 되찾아갔다.

"수술 끝나고 생각해 볼게요."

"남들 따라잡으려면 힘들 거다, 꼬맹아."

원영이 손가락을 튕겨 침대의 머리맡을 때리곤 자리에서 일어났다. 수술실 앞에 붙은 '수술 중' 간판에 불빛이 켜졌다. 채이는 원영을 힐끗 보고 눈을 감았다.

"수술 끝나면 생일 파티 할 건데 부장님도 시간 되면 오세요. 올 거죠?"

수술실 문이 열리고 간호사가 나왔다. 간호사가 가까이 다가오기 전에 원영은 채이의 귓가에 "수술 끝나면 생각해 볼게."라고 속삭이곤 씨익 웃었다.

두 사람의 운명이 각자 다른 문을 향해 돌진하고 있었다.

마취약이 들어가자 채이의 심장박동은 한층 더 느려졌다. 그녀의 심장은 쿵, 쿵, 묵직한 소리로 더디게 뛰었다.

"수술 시작하겠씀니다."

심각하고 진지한 상황에 걸맞지 않은 혀 짧은 말투는 여전했다. 그러나 오늘만큼은 그 소리가 거슬리지 않았다. 원영은 마취 때문에 눈을 감고 있는 채이를 물끄러미 바라보았다. 이상한 기분이 들었다. 마치 물속에 잠긴 듯 귀가 먹먹하고 몸이 둥실 떠오르는 느낌이었다.

의사가 메스를 건네받는 순간, 수술실 안에 귀를 찌르는 경보음이 울려 퍼졌다. 갑작스런 적색 고음에 원영은 귀를 틀어막았다. 의료진이 다급하게 심장 충격기를 작동했고 채이의 몸이 들썩였다. 흐트러진 도구들에 수술실 불빛이 반사되어 원영의 눈을 찔렀다.

채이의 심장이 완전히 멎음과 동시에, 원영은 정신을 잃었다.

D+1

원영이 정신을 차렸을 땐, 어둠 속이었다.

머리 위에 매달린 등불이 그네처럼 진자 운동을 한다. 희미한 빛이 양쪽 벽을 번갈아 비추느라 방 안이 번쩍거렸다. 원영은 초점 없는 눈으로 가만히 그 광경을 지켜보았다. 등불은 마치 괴로워하는 것 같았다.

"저건 자네의 기억이네. 지금까지 가지고 있던 기억 말이야."

문득 들려오는 목소리에 원영이 고개를 내리니, 웬 머리를 빡빡 민 여자가 서 있었다. 현란한 빛 때문에 여자의 왼쪽, 오른쪽 얼굴에 번갈아 가며 그림자가 졌다. 그래서인지 여자의 표정은 희한했다. 그림자가 비칠 때마다 한쪽 얼굴은 웃고 있는데 나머지 한쪽 얼굴은 울고 있는 것처럼 보였다. 원영은 누구냐고 묻고 싶었지만 묵직한 입술이 떨어지질 않았다. 왜인지 말하려는 시도만으로도 지쳤으므로 원영은 금방 질문을 포기했다.

"자네가 또 죄를 지었어. 입에 차마 담지 못할 끔찍한 죄를."

여자가 원영과 눈을 마주쳤다. 원영은 그 눈동자에 잠시 분노가 어리는 걸 느꼈지만, 분노는 금방 사라지고 슬픔만이 남았다. 여자가 한쪽 손을 높이 들어 손가락을 튕기자, 물 먹은 솜처럼 묵직했던 원영의 몸이 한결 가벼워졌다. 원영은 의자에 늘어져 있던 몸을 바로 세웠다.

"신들이 자네에게 한 번 더 기회를 줬다네. 사은을 입었으니 저지른 일을 돌이킬 수 있게 노력하게. 자네의 죄가 사라질 때까지 스스로 기억을 태우게. 그전까지는 이곳에서 한 발자국도 나갈 수 없네. 얼마가 걸릴지는 모르네만, 자네가 진심을 다해 죄를 뉘우친다면 신들도 용서할 걸세."

"내가 뭘, 잘못했다는 겁니까?"

말라비틀어진 입술을 겨우 뗐지만 목소리는 형편없이 잠긴 채였다.

"죗값을 치르면 저절로 알게 될 걸세. 그전까진 알려줄 수 없네."

"당신 경찰입니까? 아님 검사?"

원영은 이 말을 내뱉고 3초도 되지 않아, 자신이 한 말을 잊어버렸다. 정확하게는 당신이 '무엇'이냐고 물어본 것까진 기억나는데, 그 '무엇'이 전혀 생각나지 않았다. 마치 원영이 입밖으로 그 말을 뱉음으로 인해 단어가 머릿속에서 완전히 빠져나간 것처럼.

"나는 자네를 돕기 위해 이곳에 왔네."

여자는 원영의 생각을 읽기라도 한 듯, 그 단어만을 쏙 빼고 원영이 이해할 수 있도록 대답해 주었다.

"무슨 권리로 나를 여기에 가둔다는 겁니까?"

원영은 마음속으로 자기가 방금 내뱉은 말을 곱씹었다. 이번에는 분명히 기억하고 있었다. 하지만 이해가 되지 않았다.

'내가 알던 법체계를 모조리 잊어버린 것 같군.'

그리고 원영은 이 생각을 하자마자 정말로 잊어버렸다. 자기가 알고 있던 어떠한 지식을 몽땅.

"한갓 죄인일 뿐인 자네가 이 좁은 공간이나마 허락받은 것은 불평할 일이 아니라 백배사례를 해도 모자란 일일세."

여자는 이번에도 교묘하게 원영이 이해할 수 있는 선에서 대답했다. 정신없이 번쩍이는 불빛이 점점 여자의 얼굴을 선명하게 비추고 있었다.

"좋습니다. 그럼 저도 제 변호사……."

원영은 입을 다물었다. 이제는 아예 하려던 말조차 기억나지 않았다. 자신이 무슨 말을 하려 했는지 더듬어 봐도, 자신이 알고 있는 게 전혀 없었다. 무엇을 잊어버린지조차 알 수가 없었다. 머릿속에 있던 글자들이 가장자리로 미끄러지더니 보이지 않는 깊은 바닥으로 떨어져 버렸으니까. 머릿속은 점점 어두워져 가는데, 어째서인지 가게는 더 환해지고 있었다.

"말했잖은가. 저 등불은 자네의 기억이라고. 여기서는 모든 걸 잃어갈수록 빛이 밝아진다네."

"나한테 무슨 짓을 한 겁니까!"

원영이 벌떡 일어났다. 등불이 더 거세게 흔들리면서 불빛이 한층 더 빨리 주변을 돌아다녔다. 일렁거리는 여자의 얼굴 때문에 멀미가 날 지경이었다. 그는 비틀거리며 심호흡을 했다. 어지러웠다. 이젠 여자의 얼굴에 소용돌이가 생기며 마구 일그러졌다.

"앉는 게 좋을 걸세."

"당장 멈추세요. 전 돌아갈 겁니다."

돌아가야 했다, 자신이 이곳에 오기 직전 있던 곳으로. 그러나 기억나지 않았다. 어디로 가야 하는지, 왜 가야 하는지, 아무것도 떠오르는 게 없었다. 그는 자기가 아는 것부터 천천히 되짚어보기로 했다.

'나는, 나는……'

그는 의자에 털썩 주저앉았다.

그 순간, 흔들리던 등불이 멈췄다.

어두침침한 모서리 구석구석까지 빛이 스며들면서 앉아 있는 장소가 환히 보였다. 그는 길쭉한 식탁 앞에 앉아 있었다. 식탁 건너편에는 작은 주방이 있었다. 깜짝 놀란 그는 주변을 두리번거렸다. 여긴 방이 아니었다. 작은 식당이었다.

"준비가 끝났구먼. 어지러울 텐데 잘 참았네."

"여긴 어딥니까."

"자네가 일할 곳이네. 일은 그리 어렵지 않아. 찾아오는 손님들에게 국수나 한 그릇 끓여주면 그만이지."

"제가 왜 그래야 합니까?"

"자네 이름이 뭐지?"

여자의 표정은 부드러웠지만 목소리는 날카로웠다.

남자는 정곡을 찔린 듯 고개를 떨어뜨렸다. 그는 머릿속을 뒤적거렸지만 수북이 쌓여 있던 글자들은 모조리 사라진 후였다. 남자는 한숨을 쉬었다.

"모르겠습니다. 아무것도 기억이 나질 않습니다. 내 이름까지도."

"이름을 찾고 싶다면, 열심히 일해야 할 걸세. 신들이 자네를 늘 지켜보고 있으니 말이야."

근엄하게 얘기하는 여자의 짙은 눈썹이 치켜 올라갔다. 하지만 머리를 감싸고 웅크려 앉은 남자를 보곤 이내 안쓰럽다는 듯 눈썹 사이가 좁아졌다.

"허나 이름이 없으면 불편할 테니 내 앞으로 자넬 제 사장이라 부르겠네."

"제 사장. 그것도 잊어버리면 어떡합니까?"

그는 괴로운 표정을 가리려 손바닥으로 얼굴을 비볐다.

"이곳의 기억은 자네에게서 달아나지 않네. 적어도 필요해 질 때까진 말이야. 그러니 안심하게."

여자가 제 사장의 어깨에 손을 올렸다. 참으로 따스한 손이 었다.

"참, 난 진 씨라고 하네. 진 여사라 부르게. 좌우지간 앞으로 잘 부탁함세, 제 사장."

2

제자리로

다미는 차가운 나무 바닥에 한쪽 볼을 붙인 채 눈을 떴다. 얼굴 위로 쏟아지는 따사로운 햇살 탓에 절로 인상이 찌푸려졌다. 그는 자꾸만 감기는 눈을 억지로 끔뻑이며 정신을 차렸다. 그대로 눈만 굴려 아래를 내려다보았다. 넓게 퍼진 연두색 재킷 가운데가 볼록했다.

"채이야!"

다미는 그제야 벌떡 몸을 일으켰다. 무릎을 질질 끌고 다가가 재킷을 홱 걷는다. 그는 쌕쌕 숨을 쉬고 있는 채이를 조심히 뒤집어 똑바로 눕혔다. 얼굴을 살펴보니 다친 곳은 없는 것 같았다. 혹시나 부서질라 어깨를 살살 흔들었다.

"얘가 왜 이래, 이거. 정신 좀 차려봐, 채이야!"

"내버려 둬. 금방 정신 차릴 거야."

흠칫 놀라 뒤돌아보니 제 사장이 식탁 앞에 앉아 있다. 팔을 괴고 얼굴을 가린 채로.

"정신 차리면 얼굴 볼 자신은 없지만."

"너! 너……."

다미는 벌떡 일어나 그의 어깨를 잡아당겼지만 더 말을 이을 수 없었다. 고개를 든 제 사장은 오랜 잠에서 막 깨어난 사람처럼 어딘가 수척해 보였다. 쯧, 혀를 찬 다미는 그를 놔주고 다시 채이 곁으로 갔다.

"어떻게 된 거야? 채이는 왜 이러고?"

"기억을 찾았어. 나도, 쟤도."

제 사장의 하얀 손바닥이 수심어린 얼굴을 감싼다.

"뭐? 채이도 기억을 잃었던 거야?"

뾰족한 바늘이 제 심장을 콕콕 찔렀다. 그의 심장을 찌르는 바늘은 수백수천 개로 점점 늘어났다. 차라리 심장이 터져버렸으면 했지만, 죄책감으로 부풀어 오른 심장은 터지지도 않았다.

"나랑 관련된 부분만. 쟤가 여기 온 것도 다 나 때문이었어."

채이는 여태 깨어날 기미가 보이지 않았다. 다미는 바스락거리는 등산 재킷을 구겨서 채이 머리 밑에 끼워 넣었다. 그러곤 식탁으로 돌아가 의자를 끌어당겨 제 사장 가까이 앉았다.

"그게 무슨 소리야? 너 때문이라니, 둘이 아는 사이였어?"

제 사장은 손바닥으로 얼굴을 쓸어내리며 한숨을 쉬었다. 그는 기다란 손가락으로 깍지를 껴서 턱을 괴었다.

"내가 모든 운명을 뒤바꿔놨어. 여기 찾아왔던 손님들은 전부 나 때문에 운명이 뒤틀려서 왔던 거야. 잘못된 운명을 바로잡는 게 내가 해야 할 일이었고. 내가 지은 죄는 그거였어."

제 사장의 길쭉한 손가락에 탐스러운 머리칼이 휘감긴다. 그가 힘을 주자, 손가락 사이로 튀어나온 머리카락이 더듬이처럼 둥글게 반원을 그리며 헝클어졌다.

"그래서 손님들이 다녀가면 고통스러웠던 거야. 그건 손님들의 감정이 아니라, 나의 죄책감이었으니까."

"도대체 뭔 소리야? 알아먹을 수가 없네. 그래서, 이제 어떻게 되는 건데? 채이도 돌아가야 할 거 아냐."

제 사장이 고개를 푹 숙이고 머리를 헝클어뜨린다.

"못 가, 이승으로는."

"누가요?"

채이의 목소리에 다미와 제 사장은 화들짝 놀라 뒤를 돌아보았다. 부스스한 머리로 몸을 일으킨 채이가 제 사장을 쳐다보고 있었다. 방금 막 깬 얼굴이었지만 충격으로 정신이 번쩍 든 것 같았다.

"저요? 이승에 못 가요? 왜요?"

제 사장은 차마 떨어지지 않는 입술을 달싹거리다가 고개를 돌렸다. 채이의 간절한 눈빛과 마주칠까 겁이 났던 것이다. 입술 틈으로 삐져나오는 거라곤 자신감 없는 목소리였다.

"기억해 봐. 여기 오기 전에, 무슨 일이 있었는지."

"기억 안 난다니까요. 그때 다 말했⋯⋯."

채이는 갑작스레 머릿속에 자리 잡은 케케묵은 기억 하나가 튀어 오르는 것을 느꼈다. 그 기억을 시작으로 오래된 전구에 하나둘 불이 켜졌다. 잔뜩 찌그러진 눈두덩이 밑에서 눈동자가 좌우로 움직였다. 눈동자는 점점 빠르게 흔들리다가 한 군데에 멈췄다. 채이는 입을 틀어막았다.

"왜? 뭐가 기억났어?"

다미가 의자에서 내려와 채이 앞에 무릎을 꿇었다. 채이가 시간이 필요하다는 듯 다미에게 손바닥을 들어 보였다. 잠시 흐르는 적막 속에서 채이는 자신의 기억이 확실한 것인지 생각하고 또 생각했다. 여태껏 믿어왔던 기억들과는 전혀 다른 기억들이 여기저기서 속속들이 튀어나왔다. 하지만 더듬으면 더듬을수록 기억은 선명해지기만 했다.

"사장님이, 왜 제 기억 속에 있어요?"

제 사장은 뒤돌아보지도, 대답하지도 않았다. 그는 그대로 멈춰서 아무런 말도 하지 않았다. 마치 사진 속의 사람이 된 것처럼.

"어떻게 된 거냐고요!"

채이는 벌떡 일어나 제 사장을 잡아당겼다. 그의 팔이 힘없이 툭 떨어지며 채이 쪽을 돌아보았다.

"전 분명히 수술하러 들어갔잖아요. 왜 제가 여기 있는 거예요?"

"수술 못 했어, 넌. 왜냐면, 너는, 그날……."

창백한 입술이 파르르 떨렸다. 한 마디, 한 마디가 숨을 삼키듯이 힘겹게 뱉어졌다. 제 사장은 숨을 크게 들이쉬고는 눈을 감으며 마지막 말을 털어놓았다.

"죽었으니까."

작은 손이 힘없이 떨어졌다. 가녀린 팔이 허공에서 달랑거렸다.

"넌 수술을 받기 전에 죽었어. 네가 빌었던 마지막 소원대로 가슴을 가르기 직전에."

말로 뱉고 나니 그 순간이 스쳐 지나가 제 사장은 괴로워하며 숨을 몰아쉬었다. 그는 잠시 호흡을 가다듬는다.

"내가 봤어, 너 죽는 거."

다미는 비틀거리는 채이를 잽싸게 부축했다. 그는 걱정스런 얼굴로 소녀를 의자에 앉혔다. 혹여나 쓰러질까 봐, 다미는 채이의 팔을 놓지 못했다.

"이번에도 말 못 했어요."

채이는 허탈한 웃음을 지었다. 쓴웃음이 배어나는 입술과 달리 눈에는 눈물이 고이기 시작했다. 울지 말라고 자신을 다그칠 힘조차 남아 있지 않았다.

"마지막에 왔던 아줌마 아저씨, 아니, 우리 엄마랑 아빠. 내 얼굴 한 번 더 보려고, 마지막 인사를 하려고 날 찾아왔는데. 고맙다고, 나도 사랑한다고 말 못 했어요. 진짜 마지막이었는데 서로 알아보지도 못해서……."

채이는 울음기 가득한 부모님의 얼굴이 떠올랐다. 수술실에 들어가기 전에도 하지 못했던 말을, 이번에도 하지 못했다. 발개진 눈가가 촉촉하게 젖어들었다. 채이는 아랫입술을 깨물고 다미의 품에 안겨 서러운 울음을 토해냈다.

다미는 무슨 말을 해야 할지 모르겠다는 당혹스런 마음을 숨기고 채이의 등을 다독였다. 그는 조용히 제 사장을 불렀다. 막상 반대편으로 고개를 돌리고 있던 제 사장이 자신을 쳐다보았을 때, 다미는 아무 말도 하지 못했다.

제 사장은 울음을 참고 있었다. 입술을 꾹 다물고 다 젖어버린 얼굴을 일그러트린 채, 울음소리가 새어 나가지 못하도록 온 힘을 다하고 있었다.

"정말, 미안하다. 약속을 두 번이나 어겨서."

제 사장이 자리에서 일어나 바닥에 무릎을 꿇었다. 그는 채이를 향해 고개를 조아렸다. 누군가 심장을 쥐어짜는 것 같다.

입술을 깨물어 어떻게든 흐느낌을 참아보려 했지만 결국 입술에는 핏자국과 함께 흐느낌이 섞여 나오기 시작했다.

"미안, 미안하다. 채이야……."

그는 가슴께를 부여잡고는 같은 말만을 반복했다. 그 말이 주문처럼 눈물샘을 자극했고, 둥근 눈물 자욱이 그의 무릎을 적시고 있었다.

검은 앞치마를 둘러맨 다미는 눈자위가 발갛게 부은 두 사람을 번갈아 힐끗거렸다. 채이는 아까부터 휴지 튤립만 만지작거렸고, 제 사장은 컵을 양손으로 쥐고서 아무 말도 하지 않았다. 다미는 숨 막히는 분위기를 풀어보려 "물 좀 마셔." 하고 말했지만, 속으로는 빨리 무슨 일인지 아무나 설명해 주기를 기다렸다.

슬슬 답답해진 다미가 한마디 하려는데, 제 사장이 결심한 듯 벌컥벌컥 물잔을 비웠다. 빈 컵을 쥔 손톱 끝이 하얬다.

"그땐 제정신이 아니었어. 세상이 하찮았어. 뭐든지 원하기만 하면 다 가질 수 있었으니까. 그런데 딱 하나, 내가 어떻게 할 수 없는 게 바로 죽음이었어. 난 인간이 죽지 않는, 영원히 사는 방법을 찾으려 했어. 죽음마저 손에 넣으면 신이 될 수 있다 믿었지. 그것만이 이 재미없는 세상에서 유일하게 즐거운 일이었으니까."

"어어? 그럼 네가……."

다미가 알 수 없는 비명을 지르며 제 사장을 손가락으로 가리켰다. 그는 이내 고개를 저었다.

"아니다, 아니야. 계속해."

이상한 눈빛으로 다미를 쳐다보던 제 사장은 컵을 탁, 내려놓았다.

"오랜 연구 끝에 결국 인공 신장을 만들었어. 흠잡을 네 없이 완벽한. 그게 문제였던 거지. 완벽해선 안 됐는데. 인류에게 절대 일어나선 안 되는 일이었거든. 심장을 이식받은 사람들은 전부 죽지 않고 살아남았어. 신이 정한 규칙과 질서가 무너지고 운명이 꼬여버렸지. 딱 한 사람만 빼고."

"그게, 나라는 거네요."

여태 듣고 있던 채이가 물을 홀짝였다. 그러다 무언가 생각난 듯 눈동자가 반짝였다.

"다른 손님들은 잠깐이라도 이승에 돌아갈 수 있었잖아요. 저도……."

"아니."

제 사장은 간절히 자신의 팔을 붙잡은 채이의 손을 못 본 체 했다.

"그 사람들은 뒤틀린 운명의 흐름을 바로잡기 위해 이승에 잠시 돌아갔던 것뿐이야. 넌 운명대로 죽었기 때문에 바로잡을 시간이 없는 거고."

잠시나마 희망에 부풀었던 볼이 바람 빠진 풍선처럼 푹 꺼졌다. 수긍한 채이의 모습에 제 사장이 고개를 푹 숙였다.

"내가 빚을 졌어. 네가 내 폭주를 막은 거야. 다른 사람들의 운명과 이승의 질서도 전부, 네가 지켰어."

"어어? 그럼 너는……."

다미가 아까와 같은 소리를 내며 이번에는 채이를 가리켰다. 아까보다 두 배는 더 커진 눈으로 두 사람을 번갈아 보았다.

"아까부터 뭔데?"

약간 짜증 섞인 말투가 이제야 제 사장답다.

다미는 이제야 모든 걸 알겠다는 표정으로 "흐응, 아니다, 별거 아니야." 하고 고개를 저었다.

제 사장은 어깨를 으쓱하곤 다시 축 처진 눈으로 채이를 바라보았다.

"나는 끝까지 위로도 못 하는구나. 하긴, 죄를 지은 장본인이 무슨 위로를 하겠어."

제 사장이 얄팍한 코웃음을 터트렸다. 그 누구도 아닌, 자신을 비웃는 것이었다. 그는 깍지 낀 손을 식탁 위에 내려놓았다.

"사실 난 네가 손님 이야기를 들어주고 위로해 주는 게 우습다고 생각했어. 그까짓 말 몇 마디가 무슨 소용이냐고. 지금 보니 그 사람들에게 절망을 안겨준 건 나인데, 정작 내 죄책감을 덜어준 건 너였네. 미안하…….”

“그 소리 좀 그만해요.”

칼날처럼 앙칼진 목소리가 머뭇거리는 사과를 끊어냈다.

“나 말고 우리 엄마랑 아빠한테나 사과하세요. 이승에 돌아가면 우리 부모님한테 용서 빌겠다고 약속해요. 이 정도는 지킬 수 있죠?”

매서운 당부에 움찔한 그는 “그래. 제대로 사죄할게. 나도 진심으로 죄송하게 생각해.” 하고 풀죽은 시선을 돌렸다.

“됐어요, 그럼. 내가 바라는 건 그게 다예요. 다른 건 다 못 지켰으니까, 그 약속은 꼭 지켜요. 그럼 용서해 줄게요.”

눈에 힘을 푼 채이의 표정이 한결 편안해졌다. 그녀는 바닥에 닿지 않는 발을 달랑거렸다.

“그리고 솔직히 저는요, 사장님 그렇게 나빴다고 생각 안 해요. 수술 받은 사람들 전부 잠깐이었지만 희망을 가졌잖아요. 환자들한텐 그게 가족과 인사를 나눌 마지막 기회였을지도 몰라요. 사장님이 시간을 벌어준 거고요.”

채이는 자신을 놀란 듯 쳐다보는 제 사장에게 살짝 웃었다.

“힘들었거든요, 언제 죽을지 기다리면서 사는 거요. 차라리 언제 태어날지 기다리면서 느긋하게 저승으로 가는 게 나은 거 같아요, 저는.”

채이가 달랑거리던 발로 땅을 박차고 힘껏 일어나 뚜벅뚜

벽 문으로 걸어갔다.

"가, 가려고?"

다미가 부랴부랴 부엌에서 나와 그 뒤를 졸졸 쫓아갔다.

"슬슬 가려구요. 내가 가야 사장님도 돌아가니까. 지난 생
은 잊고, 얼른 다음 생을 향해 가야죠, 그쵸?"

둘을 걱정시키고 싶지 않아 여유로운 척 했지만 사실 두려
웠다. 저승에 가는 일이 아직 실감 나지 않았다. 채이는 긴장한
티를 내지 않으려 문고리를 세게 쥐었다.

"겁먹지 마. 오래는 안 걸릴 테니까."

제 사장은 미세하게 떨리는 꼬마의 손을 보고 말했다. 뜬금
없는 소리에 뒤를 돌아본 채이의 얼굴이 어리둥절했다. 그는
한쪽 입꼬리를 올리며 의미심장하게 웃었다.

"어제 말 못 했는데, 너희 어머니 임신하셨더라. 지금쯤 두
분도 아셨을 거야."

"우리 엄마는 임신 못한다고 했는데? 잠깐만요, 그 말은, 제
가……"

"거기까지. 손님한테는 운명에 대해 어떤 말도 발설할 수
없으니까."

제 사장의 입꼬리에 걸려 있던 미소가 만면으로 번졌다. 눈
도 입도 동그래진 채 멈춰 있던 채이도, 그에게 전염된 것처럼
웃음을 터트렸다.

"뭐야? 뭔데? 둘만 알지 말고 나도 좀 알려줘."

영문을 모르는 다미가 둘을 번갈아 보며 물었다. 하지만 알려줄 두 사람이 아니었다.

"소원이 이뤄질 것 같아요. 저요, 부모님을 다시 만나러 갈 거예요."

"거참. 아까부터 뭔 소린지 당최 알 수가 없네."

영문도 모르는 다미도 끝엔 허허, 함께 너털웃음을 터트렸다.

손잡이를 다잡은 손에 힘이 들어갔다. 이제야 밖으로 나갈 용기가 생긴 것 같다. 문득 주머니 속의 팬지꽃이 생각났다. 채이는 브로치를 꺼내 흔들어 보였다.

"이거, 이제는 가져가도 되는 거죠?"

제 사장이 고개를 끄덕였고, 채이는 가슴팍에 브로치를 달았다. 브로치는 주인에게 돌아가는 걸 눈치챈 듯 반짝반짝 빛났다. 미소를 짓고 있던 다미의 얼굴이 살짝 굳어졌다.

"근데, 혼자 나가도 되겠어? 어떻게, 무서우면 내가 좀 바래다줄까?"

"저랑 가는 길이 다르잖아요. 아저씨는 아직 저승 못 가요. 이유는 알죠?"

고개를 살랑살랑 젓던 채이가 콧잔등을 찡긋거린다. 창문

밖에서 모래바람이 일었다.

"어차피 저 혼자 가야 돼요. 다른 사람이 알려줄 수 없는 길이라. 제가 준비되면, 길이 알아서 저를 안내할 거예요. 그러니까 걱정하지 마세요."

"정 그렇다면 조심히 가고……."

다미가 채이의 손을 움켜쥐었다. 무언가 말할까 말까 고민하는 그의 얼굴에 주름이 자글자글한 웃음이 핀다.

"참 고마웠어. 네 덕분에 많은 걸 배웠다."

할 수 있는 말이라곤 고작 그게 전부였다.

"잘 가라, 꼬맹이. 나도 여러 가지로 고마웠다."

그의 인사에 채이는 아쉬운 눈동자로 가게를 둘러보았다. 가로, 세로로 겨우 다섯 걸음이면 꽉 차는 좁고 허름한 식당. 채이에겐 세상 그 어느 병원보다도 편안했던 곳. 이 문을 나서면 다시는 돌아올 수 없다. 식당을 떠난 다른 손님들처럼 자신도 제 사장과 다미를, 환승을 잊게 될 테니까.

제 사장은 채이가 망설이는 이유를 눈치채곤 얼굴 앞에서 손가락을 튕겼다.

"이 시간들이 영영 사라지는 건 아니야. 네가 그랬잖아, 잊어버리는 거랑 잃어버리는 건 다른 거라고."

언젠가 채이가 했던 말을 돌려주며, 그가 어깨에 손을 올렸다. 용의 발톱처럼 단단하게 움켜쥔 그의 손가락을 통해 힘이 전달되었다.

'다시 만날 수 있을 거야.'

채이는 고개를 끄덕였다. 마지막으로 두 사람에게 빙긋 미소 지으며 뒤를 돌았다. 그사이에 키가 조금 큰 건지, 까치발을 하지 않았는데도 창문 바깥을 볼 수 있었다. 손잡이를 쥔 손에 힘이 들어간다. 짧고도 길었던 이번 생이 드디어 끝났다. 손잡이를 힘차게 잡아당기자 문이 활짝 열렸다. 이젠 정말 갈 시간이다.

태양이 작열하는 사막 위로 아지랑이가 스멀스멀 피어올랐다. 그래서일까, 겨우 두 칸짜리 계단일 뿐인데 채이는 어지러운 듯도 했다. 눈을 감고 잠시 심호흡한다. 왼쪽 가슴에 매단 브로치가 심장 박동에 맞추어 콩, 콩, 미약하게 튀어 올랐다. 채이는 브로치를 살짝 쥐었다. 눈을 떠보니 모든 것이 더할 나위 없이 선명하게 보였다.

계단을 내려간 채이는 한 발, 한 발 모래 위로 꺼내보았다. 걸음걸음마다 푹푹 발이 빠지던 평소와는 달리 단단한 땅이 발을 받들었다. 붉게 새겨진 소녀의 발자국마다 밤안개처럼 푸르스름한 빛이 피어올라 그녀를 감쌌다. 채이가 숨을 크게 들이마시자 일렁이던 빛이 그녀의 가슴을 향해 파고들었다. 옷에 그려진 생일 초의 불꽃이 보랏빛으로 번득였다.

내딛는 걸음이 점차 빨라졌다. 멀리서 한 줄기 모래바람이 불어오더니 망자의 뒷모습을 덮치듯 가린다. 모래바람이 다 지나갔을 때, 마지막 손님은 이미 사라진 뒤였다.

문은 저절로 닫혔다. 넋을 놓고 바라보던 두 사람은 고개를 털어냈다. 제 사장은 식탁 앞에 앉아 소복이 쌓인 휴지 더미에서 꽃처럼 보이는 조각을 집어 들었다. 손바닥 위에 올린 휴지를 가리키며 다미가 말했다.

"너한테 주는 선물이라더라. 튤립이라고 했던 거 같은데."

"튤립?"

제 사장은 흰 튤립 한 조각을 엄지손가락으로 쓰다듬다가 한 손에 꼭 쥐었다.

"그럼 너는, 이제 어떻게 하냐? 바로 가는 거야?"

"모르겠어. 내 할 일은 다 끝난 거 같은데……."

제 사장이 말을 멈추고 가게를 두리번거렸다. 작은 진동이 느껴졌다. 제 사장의 시선은 자연스레 등불로 향했다. 촛불 없이 텅 빈 종이 등이 부르르 떨리고 있었다. 진동이 점점 더 세졌다. 제 사장은 자리에서 벌떡 일어났다.

"야, 이거 또 왜 이러냐? 또 시작……."

의자 등받이를 붙들고 자세를 낮추고 있던 다미가 벌러덩 뒤로 넘어졌다. 바닥이 아까보다 거세게 흔들리기 시작했던 것이다.

"야! 이거 왜 이래! 이번엔 또 뭔데!"

돌아오는 대답은 없었고, 다미는 그저 비명을 지르며 이리저리 나뒹굴 뿐이었다.

제 사장은 또렷한 감각을 떠올렸다. 채이가 오던 날 느꼈던 그 느낌. 기억들이 끓어오르듯 몸속에 공기 방울이 차올랐다. 차가운 물 속에 가라앉는 기분과 함께, 제 사장은 눈을 감았다. 몸이 붕 떠오르며 구두 굽이 바닥에서 떨어졌다. 수면을 향해 급격히 몸이 치솟았다. 더 높이, 더 빨리 올라갈수록 그는 기억으로부터 멀어져 갔다.

"야, 괜찮냐?"

다미는 후들거리는 다리를 겨우 가누며 의자를 붙들고 일어났다. 허리를 두드리며 주변을 두리번거렸지만, 이미 식당에는 다미 혼자였다.

"야단스럽게도 데려가는구만."

다미가 쓸쓸한 표정으로 혀를 찼다. 허전한 주방을 말없이 바라보던 다미는 어쩐지 벌컥 화가 치밀었다.

"그렇다고 인사도 한마디 없이 보내는 건 좀 아니지!"

그는 누구에게 말하는 건지 저도 모르면서 버럭 소리를 질렀다. 실컷 소리라도 질러야 분이 풀릴 것 같았다. 그는 계속 눈앞에 없는 상대에게 욕설을 퍼부으며 주방으로 성큼성큼 걸어 들어갔다. 오두막을 한바탕 휩쓴 요란한 진동 탓에 선반

속의 물건이 쏟아져 엉망이었다.

똑똑.

그때, 누군가가 오두막의 문을 두드렸다.

3
되마중

원영은 하얀 백열등에 절로 눈살이 찌푸려졌다. 불빛에 익숙해지려 눈을 깜빡였다. 몽롱한 정신 속에서 어떤 기억들이 떠오른다. 매일 아침 눈을 뜨면 굳이 알고 싶지 않아도 저절로 기억나는 사실들. 내가 누구라든지, 오늘은 뭘 해야 한다든지. 이제 막 무언가가 생각나려던 참에 옆에서 무언가 땡그랑 떨어지는 소리가 들렸다.

"깨, 깼어……."

원영은 천천히 소리가 난 쪽으로 고개를 돌렸다. 간호사 한 명이 귀신이라도 본 듯한 표정으로 그를 쳐다보고 있었다. 그녀의 발밑에는 터진 링거액과 주사기 바늘들이 흩어져 있었다.

"……기요."

원영은 마른 입술을 뗐지만 말이 잘 나오지 않았다. 마치 오랫동안 잠들었던 것처럼 잠긴 성대가 꾸역꾸역 소리를 내고 있었다. 그는 혀 밑에 고인 침을 삼키며 목소리를 가다듬으려 했다.

"선생님! 선생님!"

그러나 원영이 다음 말을 꺼내기도 전에, 간호사는 소스라치게 놀란 얼굴로 급히 병실을 뛰쳐나간다.

"제원영 환자 깨어났습니다!"

간호사의 목소리가 멀어졌다.

원영은 얼굴을 팍 구겼다. 몸도 뻐근하고 목도 마르고, 두루두루 컨디션이 좋지 않은데 생판 처음 보는 사람이 꽥꽥 소리지르는 것을 듣고 있자니 짜증이 났다. 그는 차분히 고개를 움직여 주변을 둘러보았다. 뒷머리에 쏠리는 폭신한 촉감, 방금 본 여자의 의상, 그리고 여자가 떨어뜨린 물건들. 원영은 자신이 병원 침대에 누워 있다는 걸 금방 유추했다.

"내가 왜……."

그 순간, 아까 들이닥치려다 말았던 수많은 기억들이 갑작스레 이마로 달려들었다. 마지막 기억이 그의 관자놀이에 안착한 순간, 원영은 숨을 헐떡였다.

“인공 심장에 문제가 있다는 걸 알면서도 실험을 진행하신 겁니까?”

“돌아가신 분들에 대해 제일메디는 보상 의무가 없다는 판결에 대해 어떻게 생각하십니까?”

“제원영 씨, 한마디만 해주시죠!”

원영은 어머니의 유난이 제법 쓸모 있는 날도 있다는 걸 깨달았다. 경호원 따위는 필요 없다고 말했지만, 그들이 없었더라면 집 앞에 모인 수많은 인파를 헤치는 일이 그리 쉽지는 않았으리라. 차에 오르는 일조차 지금의 원영에게는 고된 일이었다. 차창 안으로 기어코 팔을 집어넣은 기자를 저지하는 경호원 덕분에 원영은 재빨리 문을 닫았다. 차가 움직이자 주위에 몰려있던 사람들은 그제야 뒤로 물러났다.

원영의 주문에 맞게 차는 점점 속도를 높였다. 창문 밖의 거리는 빠르게 스쳐 지나갔다. 원영은 멍하니 창밖을 바라보다가 어제 미처 못 잔 잠을 청했다. 깜빡 잠들었다 깨보니 차는 어느새 한적한 고속도로에 들어선 뒤였다. 원영은 사람이 없는 도로를 보고서야 숨통이 트였다. 그는 창문을 내리려다가 멈칫했다.

“그냥 입 닫고 조용히 지내라. 공연히 더 소란 키우지 말고.”

병원에서 눈을 뜨자마자 찾아온 아버지가 제게 건넨 첫마디였다. 괜찮냐거나, 다행이라는 말까진 기대하지도 않았지만, 그런 말을 예상했던 것도 아니었다. 원영은 버튼에서 손을 거두었다. 바람이야 도착해서 실컷 쐬면 그만이다. 그는 목을 조르는 넥타이를 느슨하게 풀었다. 기사는 자신이 깬 것도 모르는지, 앞만 보고 운전하고 있었다. 목적지에 도착할 때까지 조용히 혼자 생각할 시간은 충분했다. 원영은 매끄러운 시트에 기대어 가만히 눈을 감았다.

한마디로 모든 것이 엉망진창이었다. 안 그래도 바닥인 기분을 더 곤두박질치게 만드는 것은 이 초유의 사태를 원영, 본인이 자초했다는 사실이었다. 상황을 조금이나마 정리하는 방법은 딱 한 가지였다. 병원에서 퇴원하자마자 원영은 유족들을 찾아갔다.

원영은 수많은 카메라가 저를 향한 것에 아랑곳하지 않고, 그들에게 무릎을 꿇었다. 유족들 중엔 원영에게 손가락질하다가 북받쳐 우는 사람도 있었고, 조용히 앉아 눈물만 흘리는 사람도 있었다. 하지만 마지막에는 결국 모두 다 슬피 우는 것밖엔 달리 할 게 없었다. 원영 역시 자신이 이토록 눈물이 많은 사람이라는 걸 처음 알았다.

뒤늦게 상황을 알아차린 아버지가 원영을 끌어내긴 했다. 회장 자리는 꿈도 꾸지 말라느니 어쩌느니 노발대발하는 아버지의 말 따위는 귀에 들어오지도 않았다. 마땅히 해야 하는 일이었다. 그 많은 사람들을 자신이 죽였느냐고 하면, 그렇다고 대답할 순 없었다. 하지만 환자들을 비롯해 유족들과 수술을 기대하던 이들 모두를 절망의 구덩이에 빠트린 것은 역시 자신이었기에, 원영은 기꺼이 모든 질문에 죄송하다고 답하기로 했다.

법은 늘 그랬듯 자신, 아버지, 가문의 편이었다. 결국 원영은 아무런 죄도 없다는 판결을 받았다. 자기 대신 죄를 떠맡은 누군가가 있겠지만, 그 이상은 알 수 없었다. 그날 이후로 원영은 집 안에 틀어박혀 텔레비전도, 심지어는 스마트폰도 켜보지 않았다. 모든 것으로부터 도망가고 싶어서이기도 했고 그것들을 다시 마주할 용기가 나지 않아서이기도 했다. 무엇보다도 무죄라는 두 글자가, 자신을 마음 놓고 죄송해하지도 못하게 만들었다.

이대로 툭툭 털고 일어나 아무 일도 없었다는 듯이 살아가도 문제는 없다. 다른 가족들이라면 쉽게 했을 일이 어쩐지 원영에겐 어려웠다. 이대로 살아가도 되는지, 원영은 자신에게 끊임없이 묻고 또 물었다. 하지만 내면의 목소리는 이렇다 할 대답 없이 묵묵부답이다. 차라리 아니라고 하면 뭐든지 간에 아버지가 싫어할 만한 일들을 했을 터인데, 목소리는 가타부타 답이 없었다.

목소리는 그저 누군가의 이름을 나지막이 불렀다. 처음에 원영은 이름의 주인을 떠올리지 못했다. 그러나 얼마 지나지 않아 그 이름을 까먹은 자신의 머리카락을 쥐어뜯어야 했다. 도저히 잊을 수 없는, 잊어서는 안 되는 이름이었기에. 내면의 목소리가 이름을 더 또렷하게 외칠수록 원영의 눈꺼풀 속에는 얼굴이 선명해졌다. 동그랗고 하얀, 단발머리에 앳된 얼굴.

소녀는 입도 벙긋하지 않았다. 다만 희미한 미소가 뇌리에 박혀 떠나질 않았다. 분명 제게 무언가를 말하고 있다. 원영은 그것이 소녀가 자신에게 시킨 어떤 일이라는 걸 본능적으로 느꼈다. 하지만 그게 대체 무언지, 어쩌라는 건지 가늠할 수 없었다.

한편, 원영은 꿈속에서 몇 날 며칠 어딘지 알 수 없는 사막을 헤매다가 잠에서 깼다. 사막을 걷다 보면 깨진 유리조각 같은 단편적인 기억들이 원영을 관통했다. 워낙 빠르게 스쳐 지나가는 터라 원영은 어떤 기억도 잡아내지 못한 채, 늘 빈손으로 눈을 떴다.

그런데 어젯밤, 사막 언저리에서 마침내 소녀를 찾아냈다. 허나 꿈속에서 원영은 자신이 소녀를 쫓고 있었다는 사실조차 잊어버렸다. 그저 소녀의 뒤를 따라가기 바빴다. 좁은 보폭이지만 빠른 걸음이었다. 그녀는 검은 절벽에 다다라서야 뒤를 돌아본다. 원영은 마주 보고 선 그녀의 눈을 바라보았다. 무언가를 전하려고 애타게 반짝이는 눈동자를. 무언가 알아차릴 것만 같은 때에, 소녀는 갑자기 뒤로 돌았다. 그러더니 절벽 아래로 한쪽 발을 내딛는 게 아닌가.

"채이야!"

원영은 천장을 향해 손을 뻗으며 잠에서 깼다. 등이 온통 젖어 있었다. 그의 눈가도. 어스름하게 동이 트는 새벽에 눈을 떴지만 원영은 다시 잠들지 못했다. 그 대신 아침이 밝자마자 기사를 불러 차를 대기시켰다. 이번에야말로 소녀가 원하는 게 뭔지 알아내야 했다.

원영은 소녀의 납골함 앞에 서서 물끄러미 유리창 너머를 바라보았다. 나열된 숫자들은 소녀가 얼마나 어린 나이에 죽었는지를 가늠케 했다. 환자복을 입고서 환하게 웃고 있는 소녀와 눈이 마주치자 원영은 흠칫 놀라서 고개를 숙였다.

"대체 나보고 뭘 어쩌라는 거야."

그는 구두 끝을 쳐다보며 변명하듯이 중얼거렸다.

"네가 말을 안 해주면 내가 어떻게 알아. 말은 해줘야 할 거 아냐."

한숨을 내쉬던 원영은 살짝 비틀거렸다. 손에 쥐고 있는 꽃다발의 비닐이 부스럭거렸다. 제대로 잠을 못 잔 지가 벌써 며칠째인지 셀 수도 없다. 원영의 피로감은 극에 달했다.

자꾸만 꿈에서 보이는 사막이 낯설지 않았다. 사막을 계속 거닐다 보면 눈에 익은, 익숙한 어딘가가 나올 것만 같았다. 하지만 걸어도 걸어도 끝없는 모래만이 펼쳐질 뿐이었다.

원영은 자신이 꼬박 한 달간 누워 있었다는 말을 믿을 수 없었다. 채이의 수술이 시작되려는 순간 정신을 잃고 쓰러져 꼭 죽은 사람처럼 누워만 있었다고 했다.

'그동안 아주 긴긴 꿈을 꾼 건 아닐까.'

원영이 그렇게 생각하는 것도 무리는 아니었다. 자꾸만 어떤 잔상들이 번득였는데, 그건 현실을 아무리 헤집어봐도 실제로 겪은 기억이 아니었다. 그러니 꿈에서 본 것일 수밖에.

찰나의 순간 스쳐 간 기억들은 금방 잊혔다. 원영은 자신이 방금 무엇을 보았는지 가늠조차 할 수 없었다. 떠올리면 떠올리려 할수록 머리만 아파왔다. 이따금씩 침대에 앉아 잔상을 보려 해도 관자놀이를 누르고 있는 시간만 길어졌다. 답답했다. 그것만 기억하면 모든 걸 해결할 수 있을 것 같은데, 머리는 도무지 그를 도와주질 않았다.

또다시 골이 뻐근해서 원영은 손가락을 바짝 세워 관자놀이를 꾹꾹 눌렀다. 원영이 지끈거리는 머리를 싸매고 있는 사이 누군가 옆에 다가섰다. 신경질적으로 머리를 누르던 원영은 제 구두 옆으로 다가온 그림자에 놀라 고개를 들었다.

"본부장님, 이시죠?"

검은 머리의 남자가 먼저 말을 건넸다.

아, 원영은 입을 벌리고 그대로 굳어버렸다. 말을 뱉고 싶었지만 목구멍 뒤 어딘가에 숨은 목소리가 도무지 나오지 않았다. 말하는 걸 잊어버린 사람처럼 아, 아, 이상한 신음만 반복했다. 원영은 기억 속에서 남자의 얼굴을 끄집어냈다. 마지막으로 봤을 때는 머리가 거의 백발이었던 터라 잘 알아보지 못했다. 지금 그의 머리가락은 빛 한 줄기 스며들지 않을 정도로 새까맸다.

훨씬 젊어진 모습의 남자는 시선을 눈치채곤 "아, 머리요. 염색했습니다." 하며 정수리를 매만졌다. 옆에 서 있던 여자는 원영을 향해 가볍게 묵례를 했다. 전보다 길게 자란 머리는 여전히 단정하게 하나로 묶인 채였다. 달라진 점이라면 그전만큼 질끈 묶지는 않았다는 정도였을까.

"안녕, 하십니까. 저, 그니까……."

원영은 더듬거렸다. 어디에 둬야 할지 몰라 불안하게 서성거리는 눈동자를 발끝에 고정시켰다. 이곳에서 만날지도 모른다는 생각을 대체 왜 못 한 걸까. 자신이 한심하게 느껴졌다.

"됐어요. 설명 안 하셔도 돼요."

채이의 어머니가 입을 열었다. 딸의 영정사진을 잠시 바라보던 어머니는 코로 긴 한숨을 내쉬었다.

"편히 인사하세요. 잠시 비켜드릴게요. 여보, 가자."

그녀가 남편의 옷자락을 잡아당기며 밖으로 나서는 모습을 원영은 망연히 지켜보았다. 웅웅, 뒤통수를 세게 얻어맞은 것처럼 귓가에 이명이 울렸다.

'왜? 왜 하필 지금이지?'

원영의 머릿속에는 같은 질문이 반복되었다. 그 질문은 오로지 하나의 답변으로 이어졌다.

'채이가 일부러 나를 부른 거라면? 자기 부모님을 만나라고 부른 거라면?'

생각이 거기에 미치자 원영은 꽃다발을 한쪽 팔로 끌어안고 밖으로 뛰쳐나갔다. 대리석 바닥에 구두 굽 부딪히는 소리가 시끄럽게 울려 퍼졌다.

벌써 놓친 걸까. 뛰어본 지가 언젠지 아득하다. 고작 계단으로 두 층수 정도를 달리고선 숨이 턱 밑까지 차올라 씨근거렸다. 하지만 멈춰서는, 이대로 놓쳐서는 안 된다. 원영은 주차장으로 향하는 부부를 발견하곤 "잠시만! 잠시만요!" 하고 소리쳤다.

그들은 우뚝 멈춰서 원영을 돌아보았다. 원영은 목 안이 찢어질 것 같이 아팠지만 목적지에 도달할 때까지 멈추지 않았다. 결국 그들을 따라잡은 원영은 잠시 멈춰 서서 숨을 골랐다.

"왜, 왜 그러세요? 괜찮으세요?"

놀란 듯한 남편이 원영을 위아래로 훑어본다. 그도 그럴 것이 삐쩍 마른 남자가 창백한 얼굴로 마라톤이라도 한 듯 숨을 헐떡이고 있으니.

남편은 옆에 놓인 벤치를 가리켰다.

"일단 좀 앉으세요."

"드릴, 드릴 말씀이, 있습니다."

원영은 손을 내젓고 헉헉거렸다. 목구멍이 여름날의 아스팔트처럼 바짝 말라 쩍쩍 갈라지는 것 같았다. 혓바닥 아래에서 나오는 침을 모아 삼키면서 목구멍을 적셨다. 그렇게라도 하지 않으면 도저히 말을 할 수가 없었다.

"일단 좀 앉으라니까요?"

아내가 원영의 손을 잡아끌어 벤치에 앉혔다. 그사이 남편은 가방 속에서 생수를 꺼내 뚜껑까지 열어 건넸다. 원영이 무릎에 손을 얹고 계속 숨을 들썩이자, 아내가 옆에 앉아 생수를 손에 쥐어주었다.

"마시고 얘기해요. 이러다 사람 잡겠어."

원영은 더 듣지도 않고 생수를 벌컥벌컥 마셨다. 물줄기가 목구멍을 타고 흘러 심장을 시원하게 적셨다. 그는 가슴이 차갑게 아리는 것을 느끼며 물을 한 모금 더 삼켰다. 가슴 통증이 좀 가라앉자 원영은 생수통을 아내에게 건넸다.

"감사, 합니다."

"아니, 무슨 할 말이 있길래 이렇게 뛰어와요?"

남편이 아내 옆에 앉았다.

"저, 그게……."

막상 물까지 얻어 마시고 나니 원영은 다시 더듬거렸다. 두 사람의 눈동자가 자신을 뚫어져라 쳐다보고 있었다. 피하고 싶지만 더 이상 피할 수 없다. 원영은 겨우겨우 입술을 뗐다.

"죄송, 합니다."

부부는 서로를 잠시 쳐다보고는 다시 원영에게 시선을 돌렸다. 이 사과를 어떻게 받아줘야 할지 난감한 듯했다.

원영은 후들거리는 다리로 자리에서 일어났다. 허리를 꺾으며 정중한 목소리로 다시 한번 사과했다.

"정말로 죄송합니다. 채이 살릴 수 있다고 호언장담했는데…… 씻을 수 없는 상처를 드렸습니다. 두 분께 진심으로 죄송합니다."

원영은 허리를 더욱 깊숙이 숙였다. 그러곤 그들이 이대로 가버린대도 자신은 끝까지 고개를 숙이고 있을 심산으로 눈을 감았다.

"채이가 본부장님 얘기 많이 했어요."

사과를 받아주는 것도, 내치는 것도 아닌 애매모호하게 부드러운 말투에 원영은 슬며시 고개를 들었다. 그러다가 남편과 눈이 딱 마주치고 말았다. 원영은 허리를 펴지도 굽히지도 않은 엉거주춤한 자세로 눈을 내리깔았다.

"좋은 사람 같다더군요."

그 말에 원영은 허리를 똑바로 세우고 섰다. 사과를 받아준 건지, 아닌지도 모르겠거니와 당최 이 상황이 이해가 가지 않았다. 원영이 어리둥절한 표정으로 서 있으니 남편이 먼 산을 바라보며 다시 입을 열었다.

"무뚝뚝하고 차가운 사람인 줄 알았는데 아니었다고. 근데 우리 딸이 제대로 본 것 같아요. 본부장님이 우리가 생각한 것보다 좋은 사람이라서, 화를 낼 수가 없네요."

아내는 말을 이어 받으려다가 입술을 깨물었다. 속에서 무언가 북받쳐 오르는 모양이었다. 그녀는 금방 울음을 삼키고 떨리는 목소리로 말했다.

"그쪽을 조금도 미워하지 않는다면 거짓말이겠죠. 다음 날이 애기 생일이었거든요, 하필."

원영은 괜스레 어깨가 움츠러들었다.

"채이가 죽고 나서 한동안은 당신을 탓했어요. 우리 애가 죽었다는 사실을 견디려면 누구든 탓해야 했으니까요."

원영의 어깨가 축 처졌다. 감히 쉽게 용서를 구하려던 자신이 우스웠다. 아니, 어쩌면 용서받지 못할 죄를 평생 읊조리면서 살아가야 할지도 모른다. 원영은 손을 공손히 모았다.

"제 탓입니다. 제가 처음부터 욕심 부리지 않았다면……."

"아뇨. 그런 말이 아니에요. 채이는 수술하기 전에 온전한 몸으로 죽었어요. 그럼 그건 본부장님 탓이라고 할 순 없는 거예요."

아내는 아랫입술을 입속에 말아 넣고 잘근잘근 씹었다.

"그래서 저희는 제일메디와 관련된 일에서 전부 빠진 거구요. 그러니 이제 그만 찾아와도 돼요. 어차피 우리 채이에게 일어날 일이었다고 생각하니까요."

원영은 그제야 기자회견장에 부부가 없었다는 것이 떠올랐다.

"어떤 용서를 바라거나 하는 게 아닙니다. 제가 정말 잘못했다고 생각해서……."

"우리도 마찬가지예요. 우리한테는 본부장님을 원망하거나 용서할 만한 권리가 없어요. 우리가 준 건 아니지만, 어쨌든 채이는 우리와 함께했던 심장을 가지고 죽은 거니까요."

눈을 아래로 깔고 있던 원영이 "준 건 아니라뇨?" 하며 그들을 쳐다보았다.

"채이, 태어나자마자 저희가 입양했거든요."

남편이 별거 아니라는 듯 무릎을 문질렀다. 아내가 그 옆에서 고개를 떨구었다.

"채이는 늘 자유롭게 해달라고 신에게 기도했어요. 마지막 생일 선물로 신이 그 소원을 들어준 건 아닐까요. 채이에게 자유를 줬다고, 그렇게 생각해요."

원영은 입을 다물었다. 달리 할 말이 없었다. 어쩌면 이들 부부는 자신에게 용서보다 더 큰 것을 해준 것일지도 몰랐다. 그런 생각을 하자 원영은 절로 마음이 황송해졌다.

"흰 튤립이네요."

남편은 원영과 자신 사이에 놓인 하얀 튤립 다발을 집어 들었다.

"아, 예. 채이랑 닮은 것 같으시오."

원영은 어쩐지 꽃다발 위로 채이의 얼굴이 겹쳐 보였다.

"그리고 마침, 하얀 튤립의 꽃말이 사과라고 하길래."

아내가 남편에게 꽃다발을 건네받았다. 그녀는 코를 가까이 대고 냄새를 맡았다.

"용서라는 뜻도 있죠. 채이가 좋아하겠네요. 제일 좋아하는 꽃이 튤립인데. 혹시 알고 고르신 건가요?"

"솔직히 몰랐습니다. 사실 제가 병원에서 눈을 떴을 때, 이걸 쥐고 있었거든요."

그는 명함 지갑에 고이 끼워둔 휴지 조각을 꺼내 아내에게 건넸다. 건네받은 휴지 조각을 살펴보던 아내의 표정이 심상치 않았다. 그녀는 반쯤은 울 것 같은 표정으로 휴지를 남편에게 보여주었다. 그 역시 작게 숨을 들이마셨다.

"튤립……이네요. 티슈로 접은."

"어디서 났는지, 누가 준 건지는 모르겠습니다. 혼수상태로 누워 있는 사람 손에 이런 걸 쥐어줄 만한 사람도 없고요. 왜 인지는 모르겠지만."

다음 말을 할까 말까 고민하던 원영은 피식 웃음이 나왔다. 자신이 이렇게 비현실적인 생각을 하는 날이 있다니, 별일이 었다. 아무에게도 하지 못했던 고백을, 어쩐지 이 부부에게는 하고 싶었다.

"채이가 준 건 아닐까 생각이 들었습니다. 말도 안 되지만요."

아내가 손으로 입을 틀어막았다. 커다란 눈에서 굵직한 눈물방울이 흘러내렸다.

"맞는 것 같아요. 채이한테 휴지로 튤립 접는 법을 알려준 게 저예요."

그녀는 더 말을 잇지 못하고 남편의 품에 안겼다. 그는 "괜찮아." 하며 아내의 어깨를 다독였다.

원영이 그 말을 이해하는데 잠시 시간이 걸렸다. 혼란스러운 표정으로 서 있는 원영에게 남편은 휴지 튤립을 돌려주었다.

"채이는 어릴 때부터 병원에 입원하는 일이 잦아서 학교에 자주 못 갔습니다. 색종이 놀이를 못 한다고 속상해하길래 애 엄마가 알려줬거든요. 나이를 먹고도 심심하면 티슈로 이것저 것 접곤 했어요. 그래도 튤립을 가장 좋아했습니다. 갑 티슈 하 나를 다 쓸 때까지 튤립만 접은 날도 있었으니까요. 어떻게 된 건지 설명할 수는 없지만, 정말 채이가 준 건가 봅니다. 본부장님한테 주는 선물인가 봐요."

원영은 휴지 튤립을 멍하니 쳐다보다가 주먹을 쥐었다. 손바닥 안에 가둔 튤립의 부드러운 촉감을 느끼며 원영이 저도 모르게 말했다.

"그럼, 채이가 저를 용서했다는 뜻일까요?"

코를 훌쩍이며 아내가 남편의 품에서 얼굴을 뗐다. 남편은 주머니에서 손수건을 꺼내 그녀의 젖은 얼굴을 닦아주며 말했다.

"하얀 튤립에는 꽃말이 아주 많아요. 또 다른 꽃말로는 추억, 그리고……."

"새로운 시작이라는 뜻도 있어요. 지금 우리처럼요."

말을 이어받은 아내가 튤립 꽃다발을 쓰다듬었다. 남편은 튤립을 만지던 손을 배로 잡아끌어 포갰다.

"사실 며칠 전 꿈에 채이가 찾아왔어요. 내가 해준 게 없어 미안하다고 우니까 손을 꼭 잡고는 아니라고, 자긴 우리를 만나 행복했다더라고요."

"일어나서 알았습니다. 우리가 같은 꿈을 꾸었다는걸요. 마치 거짓말처럼요."

채이 어머니의 마른 몸에 비해 어쩐지 배가 살짝 튀어나온 것 같았다. 원영은 그녀의 배에서 눈을 떼지 못했다.

"자연 임신은 힘들댔는데 산부인과에서 기적이라고 하더

라고요. 노산이라 걱정이지만, 오히려 지금이라서 다행이에요. 만약 우리 부부가 젊어서 아이를 가졌다면, 채이같이 멋진 아이는 만나지 못했을 테니까요. 좀만 더 있다 가지, 그렇게 동생이 갖고 싶다더니.”

남편이 훌쩍이는 아내의 어깨를 끌어안았다.

“오늘은 큰딸한테 인사하려고 온 거예요. 우리 외로울까 봐 동생 보내줘서 고맙다고. 이렇게 만난 것도 아마 채이 덕분인 것 같네요. 채이는 우리가 새로운 인생을 시작하길 바라나 봅니다. 저희도 그렇고, 본부장님도 그렇고요.”

남편은 아내의 어깨를 부축하며 일어났다.

“이제 가봐야겠습니다. 이 사람, 찬바람 오래 쐬면 안 되거든요.”

“이건.”

아내가 꽃다발을 끌어안자 비닐이 부스럭거린다.

“채이 방에 둘게요. 저희도 보게요. 고마워요.”

부부는 서로의 얼굴을 마주 보며 미소 지었다. 가만히 웃는 두 사람은 이전보다 훨씬 생기있고, 행복해 보였다.

어느 틈엔가 주홍빛 저녁놀이 점점 멀어지는 부부의 뒤로 살포시 내려앉았다. 원영은 두 사람의 뒷모습이 보이지 않을 때까지 지켜보았다. 한 줄기 바람이 목덜미를 스친다. 원영은 주먹을 풀어 삐뚜름히 접힌 튤립을 바라보았다. 이내 손바닥을 활짝 펼쳐 높이 들었다.

손 위에 놓인 휴지 튤립은 약한 바람에도 들썩거렸다. 한차
례 불어온 바람이 튤립을 끌어안고 하늘로 날아오른다. 원영
은 저물고 있는 노을 속으로 사라지는 튤립을 바라보았다. 떨
어질 듯 말 듯 아슬아슬하게, 튤립이 먼 하늘을 향해 날아가고
있었다.

발자국 그리고······

매끄럽게 쌓인 눈 위로 낡은 구두가 지나가며 하얀 발자국을 남겼다.

캐럴과 웃음소리가 차가운 공기 입자를 타고 공중에 울려 퍼졌다. 길거리는 온통 반짝이는 것들로 가득하다. 북적이는 인파 속에서 남자는 퍽이나 쓸쓸해 보였다. 그는 수많은 군중을 지나쳐 화려한 거리를 빠져나왔다. 이런 곳은 자신에게 어울리지 않았다. 그는 머리에 쌓이는 눈을 대충 털어내고 걸음을 독촉했다. 구두가 남자를 좁고 어두운 골목길로 이끌었다.

불빛이 사라진 자리에는 따스함과 행복함 대신 차가움과 외로움만이 남는다. 불길하게 너울거리는 어둠이 남자를 덮쳤다. 적막 속에선 구두 소리만 규칙적으로 들려올 뿐이다. 그는 아랑곳하지 않고 정처 없이 더 깊은 심연 속으로 걸어 들어갔다.

얼마나 걸었을까. 구두 소리가 멎었다. 남자는 그제야 자신이 어디 있는지 둘러보려 했지만, 주변에는 온통 암흑뿐이었다. 골목길에 서 있던 스산한 담벼락과 흐릿한 전봇대 불빛마저 사라진 지금, 남자는 자신이 어디에 서 있는지 가늠조차 할 수 없었다. 그때, 남자에게 필요한 작은 불꽃이 멀리서 반짝거렸다. 남자는 미간을 찌푸리고 빛을 향해 천천히 걸어갔다. 빛이 가까워질수록 남자의 걸음도 빨라졌다. 이제 남자의 걸음은 뛰다시피 했다.

이윽고 멈춰 선 곳은 허름하고 낡은 목조 건물 앞이었다. 남자가 보았던 맑은 빛이 문에 달린 창문을 통해 주변에 퍼지고 있었다. 낮은 계단 옆에 놓인 입간판이 국수 가게라는 걸 알려주었다.

'이런 곳에 왜 식당이?'

의아해하는 머리와 다르게 손은 자연스레 문고리에 올라갔다. 남자는 한 번도 이런 소박한 가게에 발을 들여본 적이 없다. 하지만 이곳에 들어가는 일이, 남자에게는 그다지 생소한 감각이 아니었다. 그는 가볍게 문을 밀고 들어갔다.

"예예! 어서 오세요!"

떠들썩한 인사와 동시에 가스레인지에서 불길이 확 치솟았다. 주인장은 불을 조절하느라 정신이 없어 뒤도 돌아보지 않았다.

남자는 기다리자는 생각으로 자리에 앉았다. 길쭉한 식탁이 주방과 손님 자리를 가로질렀다. 조금 높은 의자 때문인지 이곳은 식당이라기보단 마치 칵테일 바처럼 느껴졌다. 남자는 길쭉한 손가락으로 식탁을 어루만졌다. 까슬까슬하게 일어난 가시가 그의 지문에 스쳤다. 남자는 정말이지 이곳이 하나도 낯설지 않았다.

"아이구, 죄송합니다. 어서…… 뭐야? 너 인마 여긴 왜……."

주인장과 남자의 눈이 마주친다. 가게 주인은 검붉은 얼굴을 찌푸리며 남자를 위아래로 훑어보았다.

"꼬락서니는 또 왜 이래? 그렇게 깔끔을 떨던 놈이 거지꼴을 다 하고."

"저희 아는 사입니까?"

남자가 미간을 찌푸리며 주인을 쏘아보았다. 처음 만난 사람에게 그다지 좋은 인사말은 아니었다.

"우리가 아는 사이냐고? 참 나, 인사할 틈도 없이 데려가더니! 애가 아무리 잘못을 했어도 그렇지, 정신머리를 아주 그냥 작살을 내놨네!"

주인은 왜인지 모르게 버럭버럭 역정을 냈다. 남자도 뭐라 맞받아치고 싶었지만 그럴 수 없었다. 이해할 수 없는 주인의 반응마저 너무 익숙했다. 남자는 몸을 식탁에 기대며 주인 쪽으로 몸을 기울였다.

"저기요. 저랑 어떻게 아는 사이죠? 제가 당신을 만난 적이 있습니까?"

"만난 적은 무슨. 몇십 년을 지지고 볶은 사이인데! 아무리 나랑 치고받고 싸웠다고 해도 그렇지, 어떻게 새까맣게 잊어먹을 수가 있냐? 야, 참 서운타, 서운해."

주인은 부아가 치미는지 혀를 차며 고개를 절레절레 흔들었다. 그러면서도 눈으로는 바삐 남자를 훑어보았다. 왜인지 그게 자신에게 짜증을 부리길 기다리는 것처럼 보였다.

"아예 기억이 하나도 안 나는 거야? 나도, 식당도?"

남자는 고개를 끄덕거렸다. 기억은 나지 않았지만 이 풍경만큼은 그의 눈동자에 친숙하게 다가왔다. 너무 친근해서 눈물이 날 지경이다.

"아주 웃기는 상황이구만. 하긴, 기억을 못 하니까 그렇게 지긋지긋하다고 했던 곳을 제 발로 찾아온 거지. 안 그럼 네가 여기 올 일이 있겠냐? 암만 그래도 니가 여길 와? 여기가 어디라고 와? 이 미친놈, 올 데가 없어서 여길 오냐? 그렇게 힘들게 돌아가 놓고?"

"제가 여기 왔던 적이 있다는 겁니까? 전 아무 기억도 없습니다. 근데, 이상하게 낯설지가 않아요."

느긋하게 주절거리는 주인과 달리 남자의 말투는 절박했다.

"당연히 낯설지가 않으시겠지. 아, 됐어. 그만 물어봐. 어차피 말해줘 봤자 니 머리만 아퍼. 금방 해줄 테니까 기다려."

주인이 남자의 말을 비꼬며 시퍼런 식칼로 당근을 내리친다. 주인은 계속해서 뭐라 구시렁거리며 뎅경 잘린 당근을 채썰었다.

남자는 주인에게 물어보길 포기하고 자리에서 일어나 문으로 다가갔다. 나무문에는 아까 보았던 둥근 창문이 하나 달려 있었다. 밖은 너무 어두컴컴한데다가, 창문으로 빠져 나가는 불빛 때문에 바깥이 잘 보이지 않았다. 창문에 손을 대고 눈을 가까이 들이대자 바깥 풍경이 어렴풋이 보였다. 온통 모래밭이었다.

"여기, 어딥니까?"

남자는 그만 물어보겠다던 다짐도 잊은 채, 저도 모르게 물었다.

"뭐긴 뭐야. 사막이지. 여긴 국수 파는 식당이고."

남자는 홀린 듯 바깥 풍경을 바라보았다. 사막을 정처 없이 헤매던 자신의 모습이 불현듯 떠올랐다.

'이게 진짜 내 기억일까?'

남자는 항상 기억을 의심했다. 어쩌면 그것은 기억이 아니라 그저 꿈의 한 조각에 불과할지도 모른다.

그에겐 아주 오랫동안 좇던 꿈이 있었다. 사막을 헤매는 꿈,

누군가를 쫓아갔지만 끝끝내 놓치는 꿈, 어딘가로 향하지만 결국 길을 잃는 꿈. 꿈은 늘 진짜인 것처럼 생생했다. 어느 순간부터 남자는 꿈과 현실을 구별하기 힘들어졌다.

정처 없이 방황하는 것은 꿈이나 현실이나 별다를 바가 없었다. 그래도 현실보단 꿈이 나았다. 아무것도 바꿀 수 없는 것이 자명한 현실에서 무력한 사람이 되느니, 무언가를 찾기 위해 헤매는 꿈속에서 희망이라도 느끼는 편이 덜 괴로웠다. 언제나 잠에 취해 있다 보니 꿈이 현실처럼 다가왔다. 아니, 그에겐 꿈이 곧 현실이었다. 손잡이를 움켜쥐고 있던 남자의 손이 툭, 떨어졌다.

"여긴 꿈속입니까?"

"그게 편하면 그렇게 생각하던가. 니 편한 대로 생각해."

주인은 프라이팬에 채소를 볶으며 대꾸했다.

"꿈이든 뭐든, 알게 뭐야. 어차피 금방 다 잊어버릴 텐데. 그게 중요한가."

남자는 '편한 대로'라는 대답이 꽤 마음에 들었다. 여긴 꿈이다. 남자는 그토록 찾아 헤매던 곳을 비로소 찾아낸 거라고 생각하기로 했다.

'그럼 그 뒷모습은?'

남자는 흐릿한 뒷모습을 떠올렸다. 그리고 바쁘게 음식을 준비하는 식당 주인을 돌아보았다. 자신이 꿈에서 쫓던 뒷모습이 맞는지 확신할 수가 없었다. 하지만 그냥 맞다고 생각하기로 했다. 그는 자신에 대해 자신보다 많이 아는 것 같았으므로. 그렇게 생각하자 제법 위로가 되었다.

남자는 다시 자리로 돌아왔다. 그는 이제 막 냄비 속에 소면을 집어넣는 주인에게 "여긴 얼마나 있었던 겁니까?" 하고 물었다.

"글쎄, 날짜 세는 건 진작에 그만둬 갖고 앗, 뜨그라!"

그는 냄비 끝자락에 닿은 손가락을 황급히 떼었다.

"손님이 오긴 합니까?"

"참 나, 지금도 내 앞에 한 명 있잖아."

주인은 찬물을 틀어 손가락을 집어넣었다. 찡그린 얼굴로 물줄기에서 빼낸 손가락을 유심히 살피다가 다시 흐르는 물에 손가락을 대고 있었다.

"여기 은근히 장사 잘 되그든? 너 때랑은 비교도 안 되지. 하루에 수십 명도 더 온다니깐. 신들도 이 식당을 없앨 생각은 안 할걸. 어째 자살하는 사람이 줄기는커녕 더 느는 거 같아."

"자살이라고요? 여기 오는 사람들은 전부 자살한 사람들이라는 겁니까?"

"그래, 그러니까 내가 복장이 터지지. 니가 여길 오니까."

주인은 남자를 째려보곤 데인 손가락을 입으로 한 번 빨았다.

"나 혼자 남았을 때, 내 수호신인가 뭔가 하는 양반이 들이

닥치더라고. 나더러 여기서 일 좀 하라잖아. 자살하는 인간이 너무 늘어나서 이승에 인간들이 부족하다고. 환승으로 오는 인간들을 돌려보내라나 뭐라나."

'내가 자살을 했다고?'

남자는 주인이 떠드는 말을 듣는 둥 마는 둥 했다. 남자는 자신이 그 정도로 용기 있는 사람인가에 대해 잠시 고민했다. 현실을 마주할 용기조차 없어서 꿈속을 헤맨 게 아니던가. 오늘도 눕기 전에 삼켰던 알약의 맛이 씁쓰름하게 혀 밑에서 올라왔다. 머리가 아파오는 것 같아, 그는 생각을 그만두었다.

그사이 주인장은 다시 젓가락을 집어 면발을 휘휘 저었다.

"아무튼 우리 딸한테 돌려보내 준다길래 냉큼 알겠다고 했지."

"딸이 있습니까?"

"있지. 이쁘고 착하고 눈에 넣어도 안 아픈 내 딸."

주인의 얼굴에 아주 잠깐이지만 씁쓸한 기운이 도는 것을, 남자는 보았다.

"너는 없냐? 그맘때면 결혼했을 법도 한데."

"없습니다, 전. 결혼 생각도 없습니다."

"결혼 생각이 없는 게 아니라, 못하는 거겠지."

주인은 면발을 채반에 받쳐 물을 버린다. 결연하게 찡그리고 있던 남자의 미간에 물방울이 튀었다. 그가 신경질적으로 휴지를 뽑아 얼굴을 닦자 주인이 킬킬거린다.

"짜식아, 그러고 죽상을 하고 다니는데 사람이 옆에 붙겠냐? 인상 좀 피고 살아! 내가 생긴 건 이래도 인기 하나는 아주 끝내줬다고. 그게 다 잘 웃고 다닌 덕 아니겠냐? 물론 내가 말도 좀 잘하긴 하고."

남자가 아무 대꾸도 안 하자, 가게 주인은 동그란 그릇에 먹음직하게 담아낸 잔치국수를 남자 앞에 내려놓았다. 남자가 멀뚱히 국수를 쳐다보기만 하자, "하여간 까탈스러." 하며 식탁에 꽂힌 나무젓가락 하나를 뜯어 남자에게 건넸다.

남자는 군말 없이 젓가락을 받아 들었다. 그러곤 후후 불면서 국수를 먹기 시작했다. 제법 맛있었다. 그는 그릇째로 들어 국물을 들이켰다. 남자가 맛있게 먹는 모습에 잠시 흐뭇한 미소를 짓던 주인장은 다시 복잡한 표정이 되었다.

"니가 이렇게 먹는 걸 보고 있으니깐 좋아해야 하는지, 슬퍼해야 하는지 모르겠다."

면을 빨아들이던 남자가 눈을 치켜떴다. 둘의 눈이 마주쳤다.

"사실 너 오기 전까지는 기분이 참 좋았그든? 오늘이 마지막 날이라서. 어떤 손님이 오건 최고로 맛있는 국수를 만들어주자고 마음먹었는데. 그게 너라서 다행인지 불행인지, 아리까리하다. 좋다 말았어. 괜히 기분 싱숭생숭하네, 이거."

입에 남은 국수를 삼킨 남자는 주인의 눈빛이 부담스러워 시선을 피했다. 어쩐지 바라보고 있으면 자신도 슬퍼질 것 같다. 바닥에 가라앉아 있던 감정이 바람에 휩쓸린 모래 먼지처럼 꿈틀거렸다.

붉어진 눈시울을 찍어내던 주인은 넌지시 "돌아가면 어떻게든 살아봐." 하고 말했다.

"너 여기 온 거 보면, 아직 죽을 때 안 된 거야. 간신히 돌아간 인생을 왜 자꾸 무르려고 해. 암만 힘들어도 살길 다 있어. 어떻게든 살려면 방법이 있지 않겠냐?"

남자에게서 돌아오는 대답은 없었다. 그냥 묵묵히 국수를 씹어 삼킬 뿐이었다.

"후딱 가라, 날 새기 전에."

남자를 배웅하러 나온 주인이 말했다. 그는 검은 앞치마에 양손을 푹 찔러 넣었다.

"너랑 나도 참, 뭘 질긴 인연인지 모르겠다. 운 좋으면 이승에서 한번 보자구. 그땐 둘 다 기억 못 하겠지만. 조심히 가라."

좀처럼 애틋한 눈길을 떼지 못하던 주인은 그 말을 끝으로 문을 닫았다.

남자는 가게를 등지고 넓게 펼쳐진 사막을 바라보았다. 자신은 식당까지 이어진 한 줄기 노란빛 위에 서 있었다. 그가 한 발, 한 발 내디뎠다. 바람에 흩날리는 모래가 뺨을 긁었지만 기분은 상쾌했다. 남자는 더 이상 한눈 팔지 않고 길게 뻗은 길을 따라 걸었다. 단단한 땅이 발바닥을 받쳐주었다.

남자의 발자국 위로 모래알이 쌓여간다. 발자국이 있던 자리에 파인 흔적만이 남았다. 이제는 꿈에서 깰 때였다.

심장개업

초판 1쇄 인쇄 2024년 7월 1일
초판 1쇄 발행 2024년 7월 23일

지은이 담자연

총괄 김명래
책임편집 김혜정
디자인 어나더페이퍼
책임마케팅 김서연, 김예진, 김소희, 김찬빈, 박상은, 이서윤, 최혜연, 노진현, 최지현

마케팅 유인철
경영지원 백선희, 권영환, 이기경
제작 제이오

펴낸이 서현동
펴낸곳 ㈜오팬하우스
출판등록 2024년 5월 16일 제2024-000141호
주소 서울특별시 강남구 테헤란로 419, 11층 (삼성동, 강남파이낸스플라자)
이메일 info@ofh.co.kr

ⓒ담자연 2024
ISBN 979-11-988099-7-1 (03810)

한끼는 ㈜오팬하우스의 출판브랜드입니다.